HANNA FROST

# AN OCEAN FULL OF LIES

IMPRESS

© privat

**Hanna Frost** wurde 2001 geboren und kann sich rückblickend an keine Nacht erinnern, in der sie nicht heimlich gelesen oder geschrieben hat. Mit 14 Jahren gründete sie ihren eigenen Literaturblog, fünf Jahre später schrieb sie ihr Debüt. Wenn sie nicht gerade an neuen Geschichten tüftelt oder in Tagträumen versinkt, verbringt sie gern Zeit mit ihrem Hund, plant ihre Reise ins All oder widmet sich ihrem Studium – übrigens in genau dieser Reihenfolge.

*Every seashell has a story to tell.*

# Kapitel 1

*»Aber wie würde es dir gefallen, wenn ich mir stattdessen deine kleine Freundin vorknöpfe?«* Ich glaubte zu ersticken, während mir Narius' Worte unaufhörlich durch den Kopf geisterten. Instinktiv legte ich mir eine Hand an meinen Hals, der von einem schweren Kloß aus Angst und Panik verstopft wurde. Während ich den Meeresgott aus großen Augen anstarrte, wurde dessen Gesichtsausdruck immer hämischer. »Was ist denn, kleine Bell?«, säuselte er in einem Ton, als würde er mit einem weinenden Kleinkind sprechen. »Gefällt dir mein Vorschlag etwa nicht? Vielleicht hast du Glück und dein Möchtegern-Gott vermag es, dich vor mir zu beschützen. Obwohl, in der Vergangenheit hat das ja auch nicht gerade gut geklappt, oder, Neo?«

»Wage es ja nicht«, knurrte der Halbgott, der immer noch schützend vor mir und Nala stand.

Hektisch sah ich mich in dem versteckten Raum, in dem wir das erste Artefakt gefunden hatten, um. Verdammt – wir saßen in der Falle. Narius und seine Schergen blockierten unseren einzigen Fluchtweg. Als mein Blick zufällig auf Neos Hände fiel, sah ich, wie er sie zu bebenden Fäusten ballte.

»*Was* soll ich nicht wagen, hm?«, provozierte ihn Narius, wobei sein fieses Grinsen noch breiter wurde. »Willst *du* mich etwa aufhalten, Neo? Wir wissen doch beide, dass du nicht den Hauch einer Chance gegen mich hast. Meine göttlichen Fähigkeiten sind übermächtig! Ich könnte deine kleine Bell einhändig erwürgen, ihr dünnes Genick in meiner Faust zerbersten lassen wie einen Schneeball oder ihr Köpfchen gegen die Wand schlagen, bis es abfällt. Du bist herzlich eingeladen uns beiden dabei zuzusehen und dich selbst von meiner immensen Macht zu überzeugen!«

Meine Knie wurden weich wie Butter. Ich musste mich mit beiden Händen an Nala festklammern, die schweigend neben mir stand, um nicht zu fallen.

»Oh, Verzeihung, Bell, nimm's nicht persönlich!«, flötete Narius prompt und schenkte mir ein mitleidiges Lächeln. Woher kannte dieses Ungeheuer eigentlich meinen Namen?

»Die Frage, was du von uns willst, können wir uns wohl sparen«, ergriff Nala unerwartet das Wort und schob sich ein Stückchen vor mich, wodurch ich den Blickkontakt zu Narius verlor.

»Aber wenn du mein Verlangen kennst, wieso erfüllst du es dann nicht?«, spottete er, doch in seiner Stimme schwang ein ernster Ton mit, der mir die Haare zu Berge stehen ließ. Suchend sah ich mich nach seinem Objekt der Begierde um und entdeckte den Handspiegel der Naturgöttin, das erste der drei Artefakte, hinter dem gläsernen Thron auf dem Marmorboden liegen. Er befand sich noch immer an der Stelle, an der Neo ihn fortgeworfen hatte ... Ob ich es wagen sollte, zu ihm hinüberzulaufen? Vielleicht würde es mir ja gelingen, das Artefakt vor Narius zu erreichen und in unseren Besitz zu bringen. Aber vermutlich konnte der Gott viel schneller rennen als ich ...

Als hätte er meine Gedanken gehört, räusperte er sich laut. »Ich plaudere ja wirklich gern mit euch Sterblichen, aber meine göttlichen Geschwister warten darauf, dass ich sie aus ihrem Stubenarrest befreie und die Welt unterwerfe. Darum gewähre ich euch nun eine letzte Chance, mir das Artefakt freiwillig zu übergeben. Entweder das oder ihr werdet in diesen alten Gemäuern euren Tod finden.«

»Vergiss es!«, zischte Nala, während sie meine Hand losließ und sich mit gezücktem Säbel neben Neo stellte.

Unbekümmert zuckte Narius mit seinen Schultern. »Ihr habt keine Chance.«

So überzeugt, wie seine Stimme klang, wurde mir ganz schwindelig vor Angst. Hektisch sah ich mich erneut nach dem Artefakt um, aber ich –

»Na, kleine Bell? Möchtest du auf dem Thron Platz nehmen, weil deine Knie vor Angst schlottern, oder warum siehst du dich andauernd um?« Der

Spott in der Stimme des Meeresgottes war unüberhörbar. »Komm, setz dich ruhig! Du darfst gern aus erster Reihe mitansehen, wie ich deine Freunde in Grund und Boden stampfe.«

Ich stockte. Natürlich wollte mich der Meeresgott nur zur Närrin machen, aber eigentlich kam mir seine spöttische Aufforderung sehr gelegen. Schließlich war sie der perfekte Vorwand, um in die Nähe des Spiegels zu gelangen … »Vielen Dank«, nuschelte ich und ließ zu, dass Narius über mein scheinbar naives Wesen lachte, während ich auf den Thron zueilte. Artig setzte ich mich. Das Gelächter des Gottes war so kräftig, dass ich mir einbildete, der Thron würde beben.

»Ach, ihr Sterblichen seid so furchtbar amüsant! Wie schade, dass ich die Mehrheit von euch töten muss.« Als Narius seinen Kopf in den Nacken legte und seinen langen Hals präsentierte, blickte ich zu Neo hinüber. Unsere Blicke trafen sich. Wir teilten denselben Gedanken. Keinen Wimpernschlag später stürmte Neo auf den Gott zu und schwang seine Klinge in die Richtung seines Halses. Narius' Lachen verstummte, doch leider gelang es ihm, im entscheidenden Moment einen Schritt zurückzutaumeln. Die Klinge des Säbels verfehlte seinen Kehlkopf um Haaresbreite und streifte stattdessen nur seine Brust. Unverzüglich holte Narius zum Gegenschlag aus. Eine Wassersäule schoss aus dem Boden empor, traf Neos Oberkörper und schleuderte ihn mit solcher Wucht gegen die dahinterliegende Wand, dass ich hörte, wie der Stein bröckelte. Erschrocken japste ich nach Luft und sprang auf. Was sollte ich nur tun? Erstarrt beobachtete ich, wie Nala ebenfalls zum Angriff ausholte – doch ehe sie auch nur in die Nähe des Gottes kommen konnte, wurde auch sie von einer Wassersäule erfasst und durch den Raum geschleudert. Hilfesuchend sah ich mich um, doch die Kämpfenden waren so miteinander beschäftigt, dass mir keiner von ihnen einen Blick widmete. Ich musste meinen Freunden helfen – aber wie?! Zum Kämpfen war ich zu schwach, um Hilfe zu holen zu langsam … doch dann kam mir plötzlich der rettende Einfall. Unauffällig machte ich einen Schritt zur Seite. Und noch einen. Und noch einen. Dann huschte ich hinter den Thron, warf mich auf den Boden und robbte auf den Spiegel zu.

In meinen Ohren dröhnten währenddessen die Geräusche des Kampfes. Das Rauschen von Wasser vermischte sich mit Flüchen und Ausdrücken, für die mich meine Großmutter zum Kartoffelschälen verdonnert hätte.

Immerhin rückte der Spiegel nun in greifbare Nähe. Ich streckte meine Hand danach aus und umfasste den rosenverzierten Griff. Das Gold fühlte sich unnatürlich kühl an, beinahe schon eisig. Mit einer Mischung aus Angst und Neugierde blickte ich auf das Artefakt hinab, für das die Götter über Leichen gingen. Ich sah in ein blasses Gesicht, das von zerzaustem Haar eingerahmt wurde. Die Pupillen der jungen Frau waren riesig und dunkle Schatten lagen unter ihren Augen. Sie sah mir verblüffend ähnlich, war aber doch so fremd. Wie eine Zwillingsschwester, deren bewegtes Leben sich in ihrem Gesicht widerspiegelte. Stutzig griff ich in mein eigenes kurzes Haar, das sich anfühlte, als würde ich in ein Vogelnest fassen. Zeitgleich imitierte mich die Frau im Spiegel. War sie etwa doch mein eigenes Spiegelbild? Gehörten diese müden Augen wirklich zu *meinem* Gesicht?

Mir blieb keine Zeit, mein Abbild weiter zu begutachten, denn das Glas nahm unvermittelt eine merkwürdige Färbung an. Nebelschwaden zogen darin auf und ließen mein Spiegelbild verschwimmen. Als sich die Wolken lichteten, erkannte ich einen weißen Sandstrand – *meinen* Sandstrand. Im Hintergrund erhob sich der einsame Berg meiner Heimatinsel, davor erblickte ich einige Häuschen. Ehe ich mir alle Details ansehen konnte, veränderte sich das Bild erneut. Als ich unser abgelegenes Haus auf der Düne erblickte, drohte mein Herz vor Freude überzuquellen – nur um im nächsten Moment beinahe vor Schmerz zu zerspringen, weil mir der Spiegel plötzlich ein Gesicht vorhielt, das ich nur allzu gut kannte. Schlagartig wurde mir bewusst, welche meiner Erinnerungen das Artefakt ausgewählt hatte, um mich in die Knie zu zwingen. Es zeigte mir den Teil meiner Vergangenheit, den ich schmerzlich verdrängt hatte. Zumindest hatte ich das angenommen – doch nun brannte sie wie die frische Bisswunde eines Haies.

»Nein«, hauchte ich erstickt und schüttelte den Kopf. Mit einem Mal konnte ich spüren, wie die warmen Sonnenstrahlen des damaligen Tages meine Haut erwärmten. Wie die Meeresluft durch mein Haar strich und mir den

Geruch nach Salzwasser in die Nase trieb. Ich hörte sogar die Melodie des Meeres, die so laut war, dass die Geräusche des Kampfes um mich herum verstummten. Es kam mir so vor, als wäre ich durch ein magisches Portal hindurch in eine andere Welt getreten.

Schon wieder geriet das Bild im Glas des Spiegels in Bewegung. Ich starrte in ein Gesicht, das meine Augen trug; allerdings gehörte es weder mir noch meinen Geschwistern. Das blonde Haar, fast so hell wie der Sand unter unseren Füßen, wehte dem erwachsenen Mann um den Kopf. Augenblicklich fuhr ein stechender Schmerz durch meinen Körper. Schweißperlen traten mir auf die Stirn und meine Hand begann so sehr zu zittern, dass ich kaum noch das Bild erkennen konnte, das mir der Spiegel zeigte. Allerdings musste ich es auch gar nicht zwingend mit eigenen Augen sehen, denn die Erinnerung war so fest in meinem Verstand verankert, dass ich auch blind in der Lage war, jedes Detail gedanklich abzurufen.

Mit zusammengepressten Lippen verfolgte ich, wie sich das Gesicht des Mannes im Spiegel zu einer bedauernden Grimasse verzog. Meine weinende Mutter stand neben ihm und sah zu ihm auf, presste sich eine Hand auf den Mund und schüttelte vehement den Kopf, während der Kerl, der Albtraum meiner Kindheit, leise auf sie einredete. Ihre andere Hand lag währenddessen auf der kleinen Wölbung ihres Bauches …

Plötzlich spürte ich, wie Phil neben mir nach meiner Hand griff und unsere Finger miteinander verschränkte. *»Ich wusste es«*, erklang die Stimme meines kindlichen Selbst, *»ich habe es gewusst, Phil.«*

*»Ich nicht«*, erwiderte er leise. *»Aber vielleicht wird er eines Tages wieder zu uns zurückkehren. Wir sollten nicht –«*

*»So wie er es in den letzten Jahren Dutzende Male getan hat?«*, zischte ich wütend und entriss Phil meine kleine Hand. Wütend stampfte ich durch den Sand und trat neben meine Mutter. Ich fixierte das Gesicht des Mannes, der meine Augen trug, während ich ihm die hasserfülltesten Worte entgegenschrie, die ich damals aufbringen konnte: *»Ich will dich nie wiedersehen, verstehst du? Scher dich davon und komm niemals zu uns zurück, du gemeiner Verräter! Wir brauchen dich nicht!«*

*»Bell!«* Unheimlich, dass ich mich noch immer so genau daran erinnerte, wie geschockt meine Mutter in diesem Moment geklungen hatte. Vermutlich hatte sie bis zu diesem Zeitpunkt gar nicht gewusst, dass ich überhaupt zu einer so negativen Emotion wie Hass fähig war. Vor und nach diesem schicksalhaften Tag hatte sie mich nie wieder so ungehalten erlebt …

Während sich der Tränenschleier vor meinen Augen verdichtete und mein Magen anfing zu schmerzen, als hätte ich verdorbenes Essen verschlungen, zeigte mir der Spiegel, wie mein Kindheits-Ich zu meiner Mutter herumfuhr. *»Was? Bist du wirklich so leichtgläubig, Mutter? Es war doch klar, dass er uns das antun würde!«* Wut und Verzweiflung rauschten durch meine Adern, während ich mich zu dem bekannten Gesicht umwandte. Der Schmerz, den ich bei seinem Anblick empfand, wurde mit jeder Sekunde unerträglicher. Ein leises Wimmern stahl sich über meine Lippen. *»Verschwinde von hier!«*, sprach ich die Worte aus meiner Vergangenheit leise mit. *»Ich will dich nie wiedersehen, hörst du? Für mich bist du gestorben!«*

Als hätte jemand den Korken gezogen, platzten die Gefühle ungebremst aus mir hervor. Mein ganzer Körper zog sich vor Schmerzen zusammen, während mir so heiß wurde, als hätte ich Fieber.

Ich war so dumm gewesen. So naiv. Hatte ich mir doch tatsächlich eingeredet, diese Erinnerung losgelassen zu haben. Was für ein Irrtum – denn ganz offensichtlich hatte ich *gar nichts* verkraftet. Das Artefakt hielt meinem Gewissen sprichwörtlich den Spiegel vor.

Meine Tränen ließen feuchte Streifen auf meiner Haut zurück. Kein Wunder, dass das Artefakt ausgerechnet diese Erinnerung ausgewählt hatte, um mich an meine Grenzen zu bringen. Nichts könnte jemals den Schmerz übertreffen, den ich empfunden hatte, als … als mein Vater … Ich schloss die Augen. Auch nach all den Jahren war ich noch immer zu feige, um mich meinem Gewissen zu stellen. Auf der Suche nach Halt klammerten sich meine Finger fester an den kühlen Griff des Spiegels, jedoch vergebens. Seufzend schlug ich meine Augen wieder auf und blickte durch das Glas hindurch auf das Gesicht meines Vaters, der sich mit unergründlicher Miene abwandte und wortlos davonging. *Ich will dich nie wiedersehen* … mein damaliger Wunsch hatte sich erfüllt – doch zu welchem Preis? Würde ich es wagen, ihn aus heutiger Sicht erneut auszusprechen? Kopfschüttelnd versuchte ich mein schlechtes Gewissen loszuwerden. Es kam mir vor, als würde ich mich wieder in diesem furchtbaren Strudel aus Zweifeln und Reue befinden, aus dem ich mich damals so mühsam befreit hatte. Was hätte es für einen Sinn, sich die gleichen quälenden Fragen erneut zu stellen? Ob mein Wunsch dazu beigetragen hatte, dass ich meinen Vater nie wiedergesehen hatte, ob er noch lebte oder nicht ... all das lag außerhalb meines Einflussbereiches. Es hatte keinen Sinn, darüber nachzudenken, was hätte sein *können*. Was geschehen war, konnte ich sowieso nicht mehr rückgängig machen. Nie wieder. Und eigentlich hatte ich dieses Kapitel schon vor langer Zeit geschlossen ...

Ich holte tief Luft. Als ich meinen Atem seufzend ausstieß, lockerten sich meine Schultern. Es war vorbei. Ich musste meinen Frieden finden und mit meiner Vergangenheit abschließen. Ich musste *heilen*. Und kaum hatte ich diesen Entschluss verinnerlicht, verebbte der Schmerz in meinem Körper. Nun fühlte ich mich nur noch seltsam taub. So als hätte ich einen zu großen Schluck von Großmutters Schlaftrank genommen. Vielleicht sollte ich dankbar dafür sein, dass der Nebel in meinem Kopf die schreienden Gedanken dämpfte und größtenteils verstummen ließ ... Blieb nur zu hoffen, dass sie nicht eines Tages wieder wie eine Sturmflut über mich hereinbrechen würden.

Als ich erneut in den Spiegel blickte, wirkte die Mimik meines Spiegelbildes abgeklärt, doch ehe ich mich darauf besinnen konnte, was um mich herum gerade geschehen war, verschwand mein Ebenbild und wurde von einer schnörkeligen Schrift ersetzt. Stirnrunzelnd betrachtete ich die Zeilen.

> Suche auf dem berühmten Markt nach mir, doch erwarte nicht, dass du mich dort finden wirst. Wo der Mond im Dreieck steht, dort liege ich, aber suche nicht am Himmelszelt. Ich mag eine Waffe sein, jedoch verabscheue ich den, der mich gegen seinesgleichen richtet. Nur wer mich

ohne böse Absichten aufsucht, dem öffne ich mein Herz. Kannst du mich finden?

Stirnrunzelnd legte ich den Kopf schief. Was sollte das denn schon wieder bedeuten? Worauf wollte dieser Spiegel hinaus? Ich hatte gedacht, *er* wäre das Artefakt, nach dem wir suchten ... Warum sollte ich denn nun auch noch nach einem *Mond im Dreieck* Ausschau halten?

Ehe ich genauer über die rätselhaften Zeilen nachdenken konnte, ließ mich ein lautes Poltern aufschrecken. Ich fuhr herum und blickte an der hohen Lehne des Thrones vorbei auf ein paar hässliche Kreaturen, die sich um Narius herum versammelt hatten. Ihre schleimigen Körper schimmerten im Licht der Fackeln und der Gestank nach modrigen Algen zog in meine Nase. Bei diesem Anblick jagte mir einen furchtbaren Schauer über den Rücken – *Untote!*

»Schaltet die anderen Männer aus und sucht nach dem verdammten Artefakt!«, donnerte die Stimme des Meeresgottes durch das Gewölbe, während er eine weitere Wassersäule beschwor, die Neo und Nala von den Füßen riss. »Ihr dürft euch auch am Halbgott und der Leserin austoben, aber deren Tötung steht ganz allein *mir* zu, klar?«

Sofort schwärmten die Untoten aus und durchkämmten den Raum. Erschrocken japste ich nach Luft. Es war nur noch eine Frage der Zeit, ehe mich jemand hinter dem Thron entdecken würde. Mein Blick fiel auf den Spiegel, den ich noch immer fest umklammert hielt. Wenn Narius mich so sehen könnte, würde er mir den Kopf abreißen. Hastig legte ich das Artefakt auf den Boden und betastete meinen Körper, doch zu meinem Unglück trug ich weder eine Waffe noch hatte ich etwas bei mir, worin ich den Spiegel verstecken konnte. Panisch sah ich mich um. Mein Herzschlag erschien mir dabei so laut wie das Donnern nach einem schweren Blitzeinschlag. Wenn die Untoten auch nur über ein halbwegs fähiges Gehör verfügten, würden sie sicherlich ebenfalls hören können ...

Auf der Suche nach einem Ausweg blickte ich erneut an meinem Körper hinab. Gut, dann musste eben eine Notlösung her! Ohne weiter darüber nachzudenken, knöpfte ich meine Bluse bis zum Bauchnabel auf und schob den Spiegel hinein. Ich legte ihn etwas schief, sodass der Griff in mein linkes Hosenbein rutschte und der Spiegelkopf an meinem Bauch lag. Das kalte Glas hinterließ ein unangenehmes Gefühl auf meiner Haut, doch in Anbetracht dessen, was mich erwartete, wenn Narius mich fand, war dieses Schaudern eindeutig das kleinere Übel. Hastig tastete ich nach den Knöpfen und versuchte meine Bluse wieder zu verschließen. Anschließend schnallte ich meinen Gürtel enger, um den Spiegel zu fixieren. Plötzlich spürte ich einen heißen Atem auf meiner Schulter. Mein Körper erstarrte.

»Wen haben wir denn da?« Mit bebenden Lippen drehte ich mich zu der Bestie um, die direkt hinter mir stand und mich aus ihren senkrecht stehenden Augen musterte.

Das riesige Maul wirkte genauso überdimensional, wie ich es in Erinnerung hatte. Trocken würgte ich meinen Speichel hinab. »D ...du weißt, dass du mir nicht wehtun darfst, oder?«

Lauernd neigte der Untote seinen riesigen Kopf. »Ach ja? Und wieso *darf* ich das nicht?«

»Hast du deinem Herrn etwa nicht zugehört? Er sagte doch, dass Neo und Nala ihm gehören. Und da ich Nala bin, darfst du mich nicht angreifen.«

Glucksend neigte die Kreatur ihren Kopf zur Seite. »Ich habe ihm sehr wohl zugehört, Sterbliche. Darum weiß ich auch, dass ich dich zwar nicht *töten* darf, Leserin, aber alles andere darf ich durchaus.« Kaum hatte er ausgesprochen, streckten sich seine knochigen Finger nach meiner Kehle aus.

Was sollte ich nur tun? Mich wehren? Weglaufen? Schreien? Ich hatte noch immer keine Antwort auf meine Frage gefunden, als plötzlich die echte Nala hinter dem Untoten auftauchte. Ohne zu zögern, rammte sie ihm die Klinge ihres Säbels in den Hinterkopf. Der Untote stieß einen hellen Schrei aus und sackte augenblicklich in sich zusammen.

Aus großen Augen beobachtete ich, wie sich sein Körper verflüssigte und als kleine Wasserpfütze endete. »Danke ...«

Etwas grob packte Nala mein linkes Handgelenk und zog mich auf die Beine. »Komm, wir müssen hier weg. Sofort!« Während sie unverzüglich loslief und uns einen Weg zu Neo vorkämpfte, stolperte ich nur ungeschickt hinterher. Er und Narius lieferten sich gerade einen erbitterten Schlagabtausch, bei dem sie immer wieder Wassersäulen beschworen und gegeneinanderschlugen. Bei diesem Anblick wurde mir ganz übel. Wer hatte gedacht, dass ich eines Tages mit eigenen Augen sehen würde, wie sich zwei Götter bekämpften? *Ich* definitiv nicht. Und einer von beiden lag mir auch noch ganz schön am Herzen ...

»Neo, komm!«, schrie Nala dem Halbgott zu, während wir an ihm vorbeirauschten.

Aus dem Augenwinkel sah ich, wie er eine gewaltige Wasserwand auf Narius warf, die so stark war, dass sie den Gott für einen Moment von den Füßen fegte. Wir nutzten die Gelegenheit, um einen Vorsprung zu erhaschen und zu fliehen. Der Anblick, der sich mir bot, als wir die Haupthalle erreichten, ließ mir allerdings das Blut in den Adern gefrieren. Überall lagen die bewegungslosen Körper unserer Männer auf dem kalten Marmorboden. Zwischen ihnen zierten Dutzende Pfützen den Boden und tränkten ihre Kleidung. Gelähmt starrte ich auf die Katastrophe, die sich vor mir ausbreitete. Waren sie ... waren sie alle tot? Aus dem Augenwinkel sah ich, wie Neo das Wasser aus den Pfützen aufsteigen und auf die Untoten, die noch immer mit unseren verbliebenen Männern kämpften, niederschlagen ließ.

»Lauft in den Gang dort hinten«, rief Nala ihnen zu, während sie an mir riss, »dort muss es noch einen weiteren Ausgang geben!«

»Aber Nala, die Männer –«, hauchte ich und deutete auf die Bewegungslosen am Boden, doch Nala schüttelte nur knapp den Kopf und zog mich mit sich.

»Wir können ihnen nicht mehr helfen, Bell. Jetzt geht es nur noch darum, diesen verfluchten Tempel zu verlassen – mit so vielen Überlebenden wie möglich.«

Das Getrampel unserer Schritte wurde durch die Wände verstärkt und hallte durch das hohe Gewölbe, hinter uns erklangen die Schreie der Untoten und das Rauschen von Wasser. Ich vermutete, dass sie uns dicht auf den Fersen waren, und beschleunigte meine Schritte, doch plötzlich blieb ausgerechnet Neo, der sich zuvor an die Spitze unserer Gruppe gekämpft hatte, abrupt stehen. Instinktiv wollte ich es ihm gleichtun, aber Nala zerrte mich weiter.

»Nicht stehen bleiben, Bell!«

»Aber Neo –«

»Er hat das im Griff.«

»Bist du dir sicher? Und wenn doch etwas schiefgeht?«

»Du hast doch gehört, dass Narius nicht vorhat ihn umzubringen, oder? Neo wird schon klarkommen.«

Entrüstet blieb ich stehen und zwang Nala es mir gleichzutun. Ihr Blick wirkte genervt, aber davon ließ ich mich nicht einschüchtern – nicht, wenn es um Neo ging. »Und du glaubst, dass Narius dieses Versprechen unter allen Umständen einhält? Selbst *wenn* er ihn nur gefangen nehmen sollte, wäre das eine Katastrophe! Wir *müssen* Neo helfen!«

Seufzend verdrehte Nala die Augen und nahm mein Gesicht in ihre Hände, um es in die Richtung zu drehen, aus der die Schreie der Untoten erklangen. Sehen konnte ich jedoch keinen von ihnen, denn Neo hatte eine Wasserwand aufgetürmt, die fast bis zur Decke reichte. Ob *das* ausreichen würde, um die Schergen des Meeresgottes aufzuhalten?

Prompt drehte sich Neo zu uns um. Als sich unsere Blicke trafen, verfinsterte sich der Ausdruck seiner leuchtenden Augen. »Verdammt, wieso steht ihr hier noch rum?!«

»Weil Bell meinte, sie könnte dir behilflich sein«, spottete Nala, was dazu führte, dass ich mir mit einem Mal dumm vorkam. Sie hatte recht – was konnte *ich* schon ausrichten? Während Neo die Wasserwand aufrecht erhielt und zu uns aufschloss, wurden seine Lippen trotz meiner naiven Aktion von einem sanften Lächeln geziert. »Das ist lieb von dir, Bell. Aber glaubst du wirklich, dass es mein Ego zulassen würde, mich noch ein weiteres Mal von dir retten zu lassen?«

Meine Mundwinkel zuckten. »Nein, vermutlich nicht.«

Ehe er etwas erwidern konnte, ertönte plötzlich ein Ruf aus der Richtung unserer Männer, die uns mittlerweile ein gutes Stück vorausgeeilt waren. »Nala, wir haben den Ausgang gefunden!« Ohne zu zögern, drehten wir um und rannten in seine Richtung.

»Wieso sind wir eigentlich nicht über diesen Eingang in den Tempel eingedrungen?«, keuchte ich atemlos.

»Weil es kein Eingang ist, sondern nur ein Ausgang«, erwiderte Nala knapp. »Der Mechanismus lässt sich nur von innen öffnen, mal ganz davon abgesehen, dass wir ihn von außen wahrscheinlich gar nicht entdeckt hätten.«

Wir bogen um eine scharfe Ecke und gelangten in einen breiten Seitengang. Die anderen Überlebenden unserer Gruppe hatten sich bereits vor einer hohen Strickleiter versammelt, die säulenartig gen Decke ragte. Allein ihr Anblick reichte, um die Welt um mich herum kreisen zu lassen. Die verdammte Strickleiter war mindestens so hoch wie unser Hauptmast; der Mast, den ich gerade mal bis zur Hälfte erklimmen konnte, ehe meine Knie weich wurden und die Panik meine Brust einschnürte. Das würde ich niemals schaffen! Panisch sah ich mich nach Neo um. Er stand neben mir und blickte mitleidig auf mich herab, während er vorsorglich seinen Säbel kreiste. Vermutlich teilten wir die gleiche Befürchtung.

»Du schaffst das, Bell«, raunte er dennoch und stupste mir seinen Ellenbogen in die Seite.

»Du *musst* es schaffen«, ergänzte Nala. »Entweder das oder Narius wird dich einen Kopf kürzer machen.«

Ihre Worte verursachten mir Bauchschmerzen. Ich legte mir eine Hand auf mein Dekolleté und versuchte ruhig zu atmen. Unter meiner Handfläche spürte ich das gehetzte Pochen meines Herzens. Wenn das so weiterging, würde ich bald vor Erschöpfung umfallen.

»Also gut, die Jüngsten und Bell gehen zuerst«, wies Nala an und deutete in Richtung Decke, allerdings erkannte ich nur Schwärze.

Die Leiter wurde in einigen Metern Höhe von der Finsternis verschluckt und nur die Götter wussten, was dort oben auf uns lauerte. Mein Körper erschauderte.

Während ich beobachtete, wie die Jüngsten unserer Mannschaft die morschen Leiterhölzer erklommen, wurde meine Mundhöhle staubtrocken.

»Komm, Bell, hoch mit dir.«

Ehe ich reagieren konnte, nahm Neo meine Hand und führte mich zur Strickleiter. Wir hatten sie beinahe erreicht, als ich abrupt anhielt und zu ihm aufschaute. »Ich sollte als Letzte gehen.«

»Du hättest keine Chance gegen Narius. Du musst *jetzt* gehen und dich in Sicherheit bringen, Bell.«

»Und wenn ich es nicht schaffe und auf der Hälfte hängen bleibe? Ich würde euch alle aufhalten!«

»Du wirst nicht hängen bleiben.«

»Das kannst du nicht wissen. Unseren Mast konnte ich bisher auch noch nicht hochklettern, schon vergessen?«

Seufzend deutete Neo ein paar Männern vor uns auf die Leiter zu steigen. Er nahm mich etwas beiseite, dann griff er nach meinen Schultern und beugte sich so dicht an mein Gesicht heran, dass sein warmer Atem meine Nase kitzelte. »Bell, du musst *jetzt* gehen. Du kannst dich diesmal nicht drücken oder auf halber Strecke umkehren, verstehst du das? Im Gegensatz zu unseren Übungen auf dem Schiff gibt es weder ein Sicherheitsseil noch einen zweiten Versuch. Jetzt muss es gelingen, Inselmädchen – jetzt oder nie.«

Obwohl ich davon überzeugt war, auch dieses Mal wieder zu versagen, nickte ich. Neo schenkte mir ein ermutigendes Lächeln und klopfte mir auf die Schulter. »Glaub an dich und dein Können, Bell. Ich tue es schließlich auch.«

Tatsächlich ließen seine Worte die zweifelnden Gedanken in meinem Kopf etwas leiser werden. Die Zuversicht in Neos Augen war so ansteckend, dass ich tief durchatmete und entschlossen auf die Strickleiter zustapfte. *Ich schaffe das! Ich schaffe das, ich schaffe das, ich schaffe das!*

Als ich nach einer Sprosse griff, zeugte mein fester Griff von Entschlossenheit. »Jetzt oder nie, Bell«, flüsterte ich so leise, dass nur ich es hören konnte. *»Jetzt oder nie.«*

Während ich an der wackeligen Leiter hinaufkletterte, zählte ich in jede erklommene Stufe mit und feierte sie wie einen Etappensieg. Erst waren es nur fünf. Dann sechs. Zehn. Zwanzig. Dreißig. Doch gerade, als ich mich über die fünfzigste Sprosse freuen wollte, riss mich ein ohrenbetäubender Knall aus dem Konzept. Erschrocken hielt ich inne und blickte mich um; ein Fehler, der meiner Zuversicht das Genick brach. Denn als ich in die Tiefe hinabsah, begannen meine Hände binnen eines Wimpernschlages so schwitzig zu werden, dass ich um Halt bangen musste.

»Kletter weiter!«, schrie mir Nala aus einiger Entfernung zu, doch mein Körper schien mit einem Mal Wurzeln geschlagen zu haben. Mit geöffneten Lippen beobachtete ich, wie Neo und Narius am Fuße der Leiter miteinander kämpften. Soweit ich das von hier oben aus beurteilte, gingen die Angriffe eher von dem Meeresgott aus, während Neo nur versuchte diese bestmöglich abzuwenden. Ob er sich seine Kraft einteilen wollte und deshalb so zurückhaltend war? Oder lag es daran, dass seine Kraftreserven bereits erschöpft waren?

»Bist du von allen guten Geistern verlassen?«, fuhr mich plötzlich eine Stimme unter meinen Füßen an.

Als ich hinabblickte, sah ich in die zornigen Augen eines Mannes, dem ich zuvor noch nicht begegnet war. »Beweg dich gefälligst, Weib, wir wollen nicht deinetwegen sterben!«

»Aber ... aber Neo ...«

»Hör mir gut zu, Mädchen: Es interessiert mich einen Scheiß, woher du kommst oder wer du überhaupt bist. Wenn der Käpt'n dich dabeihaben will, wird's wohl Gründe geben. Aber wenn du deinen Hintern nicht wieder in Bewegung setzt und zügig nach oben kletterst, werde ich dich hinunterschubsen. Hast du das verstanden?«

Zwar erreichten seine Worte meinen Kopf, doch trotz seiner Drohung konnte ich ihn nur bewegungsunfähig anstarren. »Aber –« Meine Stimme wandelte sich zu einem spitzen Schrei. Der Mann hatte tatsächlich meinen Knöchel gepackt und von der Sprosse gezogen. Unter meiner Fußsohle spürte ich nichts als endlose Leere ...

»Lass das!«, schrie ich panisch und zappelte mit meinem Bein, doch der feste Griff lockerte sich kein Bisschen.

»Entweder du kletterst sofort weiter oder ich schnappe mir auch deinen anderen Fuß!« Die bösartige Stimme ließ keinen Platz für Interpretationen – der Kerl meinte es *todernst.*

»Bell, jetzt mach schon!«, stimmte nun auch Nala in die Diskussion ein, allerdings klang ihre Stimme nach wie vor ein ganzes Stück weit entfernt. Ich traute mich jedoch nicht hinabzusehen, um nach ihr zu suchen. Stattdessen stiegen mir Tränen in die Augen, während ich mit zitternden

Händen nach der nächsthöheren Sprosse griff, um meinen Aufstieg widerwillig fortzusetzen.

Kaum machte ich Anstalten hinaufzustiegen, gab der Mann meinen Knöchel frei. »Ganz genau, immer schön weiterklettern«, blaffte er unfreundlich, doch ich hatte keinen Nerv, mich länger mit ihm auseinanderzusetzen. Der Aufstieg erforderte nicht nur all meine Kraft, sondern auch all meine Konzentration.

Erstaunlicherweise schaffte ich es trotz meiner schweißnassen Hände und meiner zitternden Knie, immer höher hinaufzuklettern. Aber auch wenn ich äußerlich gefasst wirkte, tobte in meinem Inneren ein Orkan. Die Gedanken in meinem Kopf überschlugen sich. Was, wenn Neo es nicht schaffte? Die Kampfgeräusche waren in den letzten Minuten immer lauter geworden ... Einerseits war dies bestimmt ein gutes Zeichen, weil es bedeutete, dass Neo dem Meeresgott standhielt – doch gleichzeitig fragte ich mich, wie lang er dieser überlegenen Kraft noch etwas entgegenzusetzen hatte.

Meine Angst trieb mich immer schneller voran. Ich blendete das Beben der Leiter aus, ebenso wie die Höhe und die lauten Geräusche um mich herum. Es war, als würde mein Körper dem Willen einer höheren Macht folgen. Mechanisch bewegten sich meine Gelenke und Muskeln, trugen mich immer höher und höher die Leiter hinauf. Plötzlich fiel ein Streifen Tageslicht auf meine Finger. Ich konnte es kaum glauben, doch ich sog tatsächlich den Geruch nach Bäumen und Gräsern ein. Endlich erreichte ich die geheime Luke, die die Männer vor mir bereits geöffnet hatten. Meine Unterarme zitterten vor Anstrengung, während ich mich durch das Loch im Boden aus dem unterirdischen Gemäuer zog.

Als ich aufsah, blickte ich die erschöpften Gesichter der Jungen, die vor mir die Leiter erklommen hatten. Sie halfen mir auf und zogen mich ein Stück zur Seite, damit die Männer hinter mir ebenfalls hinausklettern konnten. Einige von ihnen liefen in den Wald hinein und riefen Namen, die ich nicht kannte. Fragend wandte ich mich an einen der Jungen. »Sie suchen nach der Truppe, die zusammen mit Kai oben geblieben ist, während wir im Tempel waren«, erklärte er mit bebender Stimme.

Ich nickte knapp, zu mehr war ich momentan nicht imstande. Meine Beine zitterten so stark, dass ich befürchtete, sie würden jeden Moment zusammenklappen wie ein Kartenhaus.

Während ich beobachtete, wie weitere Männer aus der Luke im Boden kletterten und sich in der Nähe sammelten, wurde der Stein in meinem Magen immer schwerer, denn von Nala und Neo fehlte jede Spur. Die zeitlichen Abstände zwischen den Neuankömmlingen vergrößerten sich, bis schließlich sogar mehrere Minuten vergingen, ehe ein dunkler Haarschopf erschien.

»Nala!« Sofort stürmte ich auf sie zu, packte sie an den Armen und half ihr dabei, sich auf den Erdboden zu ziehen. Kaum ließ ich sie los, sackte sie zusammen und rollte sich auf den Rücken. Im Gegensatz zu ihrem bebenden Brustkorb kam meine Atmung beim Anblick ihres Körpers zum Stillstand. Ich öffnete meine Lippen, doch während ich mich neben sie in das weiche Moos kniete, drang kein Laut aus meiner Kehle hervor. Ungläubig starrte ich auf die dunkelrote Wunde, die in ihrem Bauch klaffte. Stöhnend legte sie sich eine Hand darauf, doch die Verletzung war so groß, dass ihre Handfläche nicht in der Lage war, alles zu verbergen. »Nala«, hauchte ich entsetzt und griff nach ihrer Hand, »wie konnte das passieren?« Obwohl meine Augen genauso fest an Nalas Wunde klebten wie das Blut an ihrer Kleidung, begriff mein Verstand einfach nicht, was ich dort sah. Nala war eine Kriegerin. Sie war die mutigste, stärkste Frau, der ich jemals begegnet war. Es kam mir irrational vor, dass ausgerechnet *sie* so stark verwundet worden war. Den Kampf mit dem Riesenkraken hatte sie weggesteckt, als hätte sie sich lediglich mit einer Katze duelliert. Wenn die Untoten und Narius in der Lage waren, selbst ihr so schwer zuzusetzen ... gab es dann überhaupt noch Hoffnung auf einen Sieg?

»Was ist passiert?«

Als ich Kais Stimme hörte, fuhr ich augenblicklich hoch und suchte seinen Blick. Kaum fand er den meinen, erblasste sein Gesicht.

»Verdammt!« Ohne zu zögern, stürmte er auf uns zu und hockte sich neben mich auf den weichen Waldboden. »Ich brauche sofort die Medizintasche!«, wies er seine Männer an, ehe sein Blick kurz zu mir zuckte. »Bist du unversehrt?«

Ich nickte knapp. »Aber Neo ist noch da unten.«

»Narius hat ihm den Weg –«, versuchte Nala uns zu sagen, doch ihre Stimme brach bereits nach wenigen Worten. Mir fiel unterdessen auf, dass sich immer mehr Männer um uns herum versammelten. Ein breites Stoffband wurde Kai gereicht, genauso wie kleine Tiegel mit duftenden Cremes und Flüssigkeiten. Um ihnen nicht im Weg zu stehen, erhob ich mich und trat einen Schritt zurück. Nala war in guten Händen. Es gab sowieso nichts, was ich für sie tun konnte. Kai würde ihr schon zur Seite stehen – doch wer würde Neo helfen? Unauffällig schlich ich zu der Luke zurück, die in das Innere des Tempels führte. Ich beugte mich hinab und schaute in die Dunkelheit. Dumpfe Geräusche drangen an mein Ohr, doch ich konnte nicht genau bestimmen, wer oder was sie verursachte. Nervös blickte ich wieder zu den anderen, die immer noch um Nala herumstanden.

Als Kais Blick den meinen traf, weiteten sich seine Augen. »Das ist keine gute Idee, Bell«, warnte er mich und richtete sich etwas auf, um mich besser sehen zu können. »Bleib du lieber hier bei Nala, ich kümmere mich gleich um Neo!«

Unschlüssig legte ich eine Hand auf meinen Bauch. Das kühle Gold des Spiegelgriffes spürte ich sogar durch den Stoff meiner Bluse hindurch. Ob Narius sich auf einen Handel einlassen würde – das Artefakt für Neos Leben?

»Bell, komm her!«, hörte ich Kais Stimme, die deutlich ungeduldiger klang als zuvor.

Für einen Wimpernschlag huschte mein Blick zu ihm hinüber. Mir war bewusst, dass ich wenig gegen den Gott des Meeres ausrichten konnte. Sollte er Neo bereits in seiner Gewalt haben, wäre ich machtlos. Dennoch verlangte mein Herz danach, erneut in die Tempelanlage hinabzusteigen. Ich konnte Neo nicht allein lassen. Vielleicht würde ich ihm nicht helfen können, aber untätig hier oben rumzusitzen war auch keine Option. Wären unsere Rollen vertauscht, würde er ebenfalls nichts unversucht lassen, um mich zu retten – dessen war ich mir sicher.

»Bell!«

Ehe mich jemand aufhalten konnte, schob ich ein Bein über die Kante des Schachtes und tastete in der Dunkelheit nach einer Sprosse. Als ich das Holz unter meiner Sohle spürte, hangelte ich mich vorsichtig hinab in die Dunkelheit. Stufe für Stufe kletterte ich tiefer, wohlbedacht nicht danebenzutreten. Währenddessen wurden Kais ärgerliche Rufe von einem Rauschen übertönt, das zunehmend lauter wurde. Als ich mich nach einigen Sprossen traute zum ersten Mal einen Blick hinabzuwerfen, blieb mir vor Schreck der Atem weg. Das Gemäuer stand meterhoch unter Wasser. Ich entdecke einige Untote, die wie Raubfische an der Oberfläche schwammen und aus ihren winzigen Augen zu mir heraufsahen. Einige von ihnen bleckten bereits die spitzen Zähne. Plötzlich schoss unterhalb der Leiter eine Wassersäule zu mir empor. Erschrocken schrie ich auf und klammerte mich fester an die Sprossen, die gefährlich hin und her schaukelten.

»Sieh an, wen haben wir denn da?«, säuselte Narius mit einem Mal neben meinem Ohr. Ich blinzelte vorsichtig in seine Richtung und erkannte, dass er auf der Spitze der Wassersäule stand, die bis zu meinen Knöcheln emporragte. Der Meeresgott beugte sich so dicht an mein Gesicht heran, dass mir der Geruch seines modrigen Atems in die Nase stieg. Angewidert verzog ich das Gesicht. »Wo ist Neo? Was hast du mit ihm gemacht?«

»Oh, du möchtest deinen Halbgott sehen? Kein Problem!« Grinsend riss Narius seinen Arm empor, als würde er nach einer lästigen Fliege schlagen. Noch bevor ich mich umsehen konnte, hörte ich bereits, wie etwas durch die Wasseroberfläche unter meinen Füßen brach. Ein Schatten rauschte an mir vorbei und schoss gen Himmel. Als ich aufblickte, sah ich gerade noch, wie Neo von einer Wassersäule gegen die Decke des Gewölbes geschleudert wurde. Die Wucht seines Aufpralls konnte ich förmlich in meinen eigenen Knochen spüren.

»Da ist er ja!«, verkündete Narius erfreut, doch der hämische Ausdruck in seinen schwarzen Augen erzählte eine ganz andere Geschichte. »Ziemlich tough, unser Möchtegern-Gott. Dabei hatte der Zirkel dich doch damals als das schwächste Mitglied auserkoren, oder, Neo? Was hatten sie noch gleich gesagt – die göttliche Magie in dir sei eine maßlose Verschwendung, weil du es sowieso nie zu etwas bringen würdest? Tja, da haben sie sich zu deiner Verteidigung wohl geirrt, immerhin hast du sie alle überdauert. An deiner Stelle würde ich ihnen diese Tatsache mal unter die Nase reiben ... Ach nein, stimmt ja! Das kannst du gar nicht, weil der Zirkel bis auf die letzte Seele ausgerottet wurde! Hast du deiner kleinen Menschenfreundin eigentlich schon erzählt, wie es dazu gekommen ist? Ich wette, dass es sie brennend interessieren würde zu hören, wie du –«

Ein riesiger Schwall Wasser schoss auf den Gott zu und traf ihn mit so viel Wucht, dass er von seiner eigenen Wassersäule heruntergeschubst wurde und hinabfiel. Hektisch blickte ich zu Neo auf. Er hatte seine Hände vor die Brust gestreckt und schien das Wasser, welches ihn noch zuvor an der Decke fixiert hatte, hinabzudrücken. Als er auf meiner Höhe ankam, griff er nach der Strickleiter. »Du musst sofort hier raus«, befahl er mir schwer atmend, »du hast keine Chance gegen ihn!«

»Du aber auch nicht, oder?«, erwiderte ich etwas schnippisch. Schließlich hatte ich mich doch nicht extra überwunden und war noch einmal in dieses scheußliche Loch gestiegen, nur um dann sofort wieder kehrtzumachen!

Seufzend verdrehte Neo die Augen. Scheinbar war er von meinem Mut weniger beeindruckt, als ich insgeheim angenommen hatte. »Ein bisschen besser als *deine* Chancen würde ich meine eigenen schon einschätzen – und jetzt ab nach draußen!«

Ehe ich etwas erwidern konnte, hörte ich, wie das Wasser erneut durchbrochen wurde. Keinen Wimpernschlag später tauchten Narius' tiefschwarze Augen direkt vor meinem Gesicht auf. »Tut mir leid, Kleine, aber ich fürchte, dass ich dich nicht einfach gehen lassen kann«, presste er zornig hervor.

Mein Mund wurde staubtrocken. Es war, als hätte ich meine Sprache verschluckt, aber zum Glück entschied sich Neo an meiner Stelle zu antworten.

»Wag es ja nicht, sie anzurühren. Es ist gegen die Regeln, dass du einen der Auserwählten umbringst, solange die Artefakte nicht –«

»Glaubst du wirklich, dass ich mich davon einschüchtern lassen würde, Möchtegern-Gott?« Während sich Narius' Lippen zu einem boshaften Grinsen verzogen, verdichtete sich der Kloß in meinem Hals. »Außerdem gehört deine

Kleine gar nicht richtig zu euch, schließlich ist sie keine Auserwählte ... Tja, Neo, vielleicht hättest du deinen Zirkelmitgliedern doch besser zuhören sollen, denn dann wüsstest du um die Regeln der Prophezeiung, die du anscheinend gar nicht so recht verstehst?«

Zaghaft sah ich zu Neo hinüber, der meinen Blick ernst erwiderte. Trotz des schummrigen Lichts sah ich, wie sein Kiefer mahlte. »Halte dich von ihr fern, Narius.«

»Sonst passiert *was*? Greifst du mich an? Mach dich nicht lächerlicher, als du bist, Neo. Wir wissen beide, dass du sie nicht vor mir beschützen könntest. Ganz schön skrupellos von dir, dass du sie überhaupt auf diese Reise mitgenommen hast. Schließlich wäre sie bei diesem Abenteuer früher oder später sowieso draufgegangen – das weißt du genauso gut wie ich. Lass es mich beenden, damit sie sich nicht noch mehr quälen muss.«

Zwar lag Narius mit seiner Einschätzung nicht komplett daneben, aber dennoch spürte ich, wie Trotz in mir aufkeimte. Ja, ich mochte nicht besonders stark sein, aber immerhin hatte ich einen Riesenkraken besiegt, den Biss eines Untoten überlebt und Neo geheilt. Ich würde ganz sicher nicht zulassen, dass dieser aufgeblasene Wichtigtuer der Grund für mein Scheitern sein würde – dafür war ich bereits zu weit gekommen. Entschlossen verstärkte ich meinen Griff um die Leitersprossen. Der Meeresgott hatte recht: Die Bell, die vor einigen Wochen an Bord der *Blutroten Lady* gestiegen war, hätte auf dieser Reise früher oder später den Tod gefunden, wenn sie sich nicht angepasst hätte – doch das hatte sie. Heute war ich zäher und mutiger, als ich es jemals für möglich gehalten hatte. Und genau diese Tatsache würde ich Narius am eigenen Leib spüren lassen!

»Neo, wir müssen springen!«

*»Was?«* Er hätte nicht fassungsloser klingen können.

»Wir haben das Artefakt vergessen«, log ich atemlos, »wir müssen es holen!« Ich hatte kaum ausgesprochen, da spürte ich bereits eine kalt-feuchte Hand an meiner Kehle.

»Wo. Ist. Es?«, fuhr mich Narius in einem Ton an, der mir das Blut in den Adern gefrieren ließ.

Auf einen Schlag wurde mir bewusst, wie groß der Druck war, der auf dem Meeresgott lastete. Ich hatte noch nie direkt darüber nachgedacht, aber Narius wäre genauso aufgeschmissen wie wir, wenn er die Artefakte nicht rechtzeitig in seinen Besitz brachte. Schließlich stand für ihn nicht weniger auf dem Spiel als die Entbannung der Götter und somit auch deren Rückkehr zu früherer Macht. Seine göttlichen Geschwister verließen sich genauso erbittert auf ihn wie wir Menschen uns auf Neo …

»*Wo?*«

Sein Fauchen jagte mir einen eisigen Schauer über den Rücken. Aus dem Augenwinkel sah ich, wie Neo eine weitere Wassersäule aufsteigen ließ. Der Griff um meine Kehle wurde unterdessen fester. Japsend legte ich meine Hand auf die des Gottes, doch seine Finger ließen sich nicht bewegen.

»Lass die Spielchen, Neo, oder ich breche deinem Menschenmädchen das Genick!«

Trotz ihrer geringen Lautstärke quollen Narius' Worte vor Hass über. Ich zweifelte nicht im Geringsten an ihrer Glaubhaftigkeit.

»Lässt du uns gehen, wenn ich es dir verrate?«, würgte ich darum hervor, ehe ich vor Sauerstoffmangel bewusstlos werden würde.

Raubtierartig neigte der Meeresgott seinen Kopf zur Seite. »Du willst mit *mir* verhandeln? Ich glaube nicht, dass du dich in der Lage dazu befindest. Sag mir endlich, wo der Spiegel ist, oder ich werde dich auf der Stelle umbringen. Liegt dir denn gar nichts an deinem Leben, Bell?«

»Liegt dir denn gar nichts am Artefakt, Narius?«, erwiderte ich spitz. »Neo wird dir wohl kaum verraten, wo es sich befindet, wenn du mir das Genick brichst. Es wäre also nur fair, wenn du uns im Gegenzug für das Artefakt gehen lassen würdest.«

Narius' Finger drückten fester auf meine Haut. Ich reckte den Kopf und versuchte nach Luft zu japsen, doch ich musste mir eingestehen, dass ich gegen die immense Kraft des Gottes keine Chance hatte.

»Weißt du was, Bell? Lass uns das unter vier Augen klären – dein Halbgott ist ja lästiger als ein Schwarm Bienen.« Verwundert runzelte ich die Stirn. Doch ehe ich mir genauere Gedanken darüber machen konnte, was der Gott meinen könnte, sah ich, wie eine imposante Wassersäule neben uns emporschoss. Sie traf mit voller Wucht auf Neo, der daraufhin durch das Gewölbe flog, als wäre er ein Blatt im Wind. Rückwärts knallte er gegen eine Wand. Als das Wasser von ihm abließ, fiel er hinab wie ein nasser Schwamm. Ich schrie seinen Namen, doch der Halbgott versank wortlos im Wasser. Die kreisförmigen Linien auf der Oberfläche waren noch nicht gänzlich verebbt, als bereits die Untoten auf sie zuschwammen. Sollte Neo durch seinen Aufprall verletzt oder gar bewusstlos sein, wäre er ihnen hoffnungslos ausgeliefert.

»Wenn du es wagst, mich noch ein einziges Mal anzugreifen, drehe ich deiner Freundin den zarten Gänsehals um!«, schallte Narius' Stimme durch das Gewölbe, obwohl ich mir sicher war, dass Neo ihn sowieso nicht hören konnte. »Dachtest du wirklich, du könntest mein eigenes Element gegen mich einsetzen? Denn dann bist du ein noch viel größerer Narr, als ich dachte!«

Meine Augen begannen zu brennen. Hilflos sah ich mich um, doch ohne Neo an meiner Seite schien mein Verstand nicht mehr richtig zu arbeiten. Mir fiel weder ein, wie ich ihm helfen konnte, noch, wie ich mich selbst retten konnte. Blieb nur zu hoffen, dass er sich gegen die Untoten zu wehren wusste, ehe sie ihn – nein, daran durfte ich nicht einmal denken! Angespannt versuchte ich den Kloß in meinem Hals hinunterzuwürgen, doch der Griff um meine Kehle war so fest, dass mir nicht einmal das gelang.

Langsam richteten sich Narius' Augen wieder auf mein Gesicht. »Wo ist der Spiegel, Bell?«

»Lass … mich … los!« Vor meinen Augen tanzten bereits kleine Punkte. Ich wagte schon nicht mehr zu hoffen, dass Narius meinen Köder doch noch schlucken würde, als er mich plötzlich unvermittelt losließ. Hustend versuchte ich wieder zu Atem zu kommen und krümmte mich vor Schmerzen.

»Merk dir dieses Gefühl, Bell«, zischte mir der Meeresgott ins Ohr. »Wenn ich dich eines Tages ertränken werde, wirst du noch viel mehr leiden. Und jetzt sag mir endlich, wo sich mein Artefakt befindet!«

»E …es liegt noch unter d …dem gläsernen Thron.«

Augenblicklich verengten sich seine pechschwarzen Augen zu schmalen Linien. »Lügst du mich gerade an, Bell?«

Mein Herz erstarrte. »Nein, das würde ich nicht wagen!«

»Du tust es schon wieder, Miststück. Ich sehe es in deinen Augen!«

»Nein, wirklich ni–«

»Hältst du mich für so blöd, dass ich nicht nachgesehen habe, ob das Artefakt noch in der alten Schatzkammer liegt?« Narius' Stimme bebte vor Zorn. Ich fühlte es bis in meine Magengrube. Meine schwitzigen Hände machten es mir derweil immer schwerer, mich an der Leiter festzuhalten. Wie hatte ich nur so naiv und übermütig sein und ernsthaft denken können, dass ich clever genug wäre, um einen Gott zu überlisten?

»Nein, das kann nicht sein«, stammelte ich, »der Spiegel lag unter dem Thron, als ich ihn das letzte Mal gesehen habe! Vie ...vielleicht hat ihn –« Erneut wurde mir die Kehle abgedrückt.

»Ich habe dich gewarnt, was geschehen wird, wenn du mich zum Narren hältst, Bell!«

»Nein! Ich schwöre dir, dass der Spiegel –« Meine Stimme verstummte. Zeitgleich prallte Wasser gegen meinen Bauch und presste allen Sauerstoff aus meinen Lungenflügeln. Ich war so überrumpelt, dass mir nicht einmal ein Schrei entwich, während ich neben der Leiter hinabfiel. Die Wasseroberfläche kam rasend schnell auf mich zu. Ich japste nach Luft. Im nächsten Moment schlugen die Wellen über meinem Kopf zusammen.

# Kapitel 2

Die Kälte des Wassers kroch tief in meine Knochen. Ich riss die Augen auf und versuchte auszumachen, in welche Richtung ich schwimmen sollte, doch alles um mich herum war tiefschwarz. Aus der Dunkelheit tauchte mit einem Mal das entstellte Gesicht eines Untoten vor mir auf, der gierig die Zähne bleckte. Panisch tastete ich meinen Körper ab, doch natürlich trug ich nichts bei mir, mit dem ich mich zur Wehr setzen konnte. Ehe der Untote angriff, geriet das Wasser um mich herum erneut in Bewegung. Ich wurde in eine Art Strudel gerissen, der mich in einem wahnsinnigen Tempo hinabsog. Um den Schrei zu unterdrücken, der mir von innen gegen die Lippen drückte, presste ich mir beide Hände auf den Mund. Plötzlich wurde ich an den Schultern gepackt und mein Kreisen dadurch jäh unterbrochen.

»Sieh mich an, Bell!«, hörte ich Neos Stimme klar und deutlich in meinen Ohren. Ich wurde herumgedreht, dann entdeckte ich ihn endlich. Als sich unsere Blicke trafen, wirkte der Ausdruck in seinen Augen fürchterlich besorgt. »Wir haben nicht viel Zeit, Narius könnte jeden Moment zu uns stoßen. Also, der Plan sieht so aus, dass ich ihn ablenke und du –«

Ehe er aussprechen konnte, griff ich nach dem Saum meiner Bluse und riss ihn ruckartig hoch.

Sichtlich irritiert versuchte Neo seine Augen auf meinem Gesicht ruhen zu lassen. »Ähm … Bell?«

Mir fehlte die Zeit, um ihm ausführlich zu erklären, was genau vorgefallen war, weshalb ich nur stumm auf den Spiegel an meinem Bauch deutete. Als sich Neos Augen auf die Größe einer Miesmuschel weiteten, wusste ich, dass er verstanden hatte, worauf ich hinauswollte. »*Was?* Aber wie hast du –?«

»Keine Zeit«, fuhr ich dazwischen und griff nach seiner Hand, »wir müssen uns beeilen! Wie kannst du das Artefakt auf dich prägen?«

»Ich muss es berühren, denke ich. Aber vorerst muss der Schutzzauber gelöst werden. Oder ... oder hast *du* das etwa schon geschafft?«

Ich zuckte mit den Schultern. »Keine Ahnung. Ich habe es berührt und mir eine Erinnerung angesehen, anschließend hat mir der Spiegel ein seltsames Rätsel gezeigt, mit dem ich aber nichts anfangen kann.«

Staunend nickte Neo und streckte seine Hand langsam nach dem Artefakt aus. »Klingt so, als hättest du die Prüfung wirklich bestanden und den Schutzzauber gelöst. Das würde auch erklären, weshalb weder Narius noch ich gespürt haben, dass du den Spiegel in unserer Nähe an dir getragen hast. Ist der Schutzzauber erst gelöst, verliert ein Artefakt seine magische Anziehungskraft auf uns göttliche Wesen.«

»Klingt einleuchtend ... also, irgendwie zumindest. Worauf wartest du dann noch? Narius wird bestimmt gleich hier sein.«

Da Neo noch immer etwas unentschlossen wirkte, packte ich sein Handgelenk, um ihm die Entscheidung abzunehmen. Ruckartig zog ich seine Handfläche an meinen Körper und presste sie auf die Rückseite des Spiegels. Augenblicklich erhitzte sich das Glas und verursachte ein unangenehmes Brennen auf meiner Haut. Vor Schmerz verzog ich das Gesicht und schloss für einen kurzen Moment die Augen. Als ich wieder aufblickte, erstarrte ich vor Ehrfurcht.

Neo sah aus, als hätte sich ein Geist seines Bewusstseins bemächtigt. Seine Augen waren weit aufgerissen, doch sowohl seine Pupillen als auch seine Iriden waren verschwunden. Stattdessen erstrahlten seine Augäpfel in einem goldenen Licht, welches mich so sehr blendete, dass ich meine Lider verengen musste. Neos Rücken war etwas nach hinten gekrümmt, während er seine Arme und Beine kerzengerade ausgestreckt hatte. Der Strudel um uns herum schien sich unterdessen zu verdichten, gleichzeitig legte er an Tempo zu. Das Glühen an meinem Bauch wurde so unerträglich, dass ich das Gefühl bekam, man würde mir meine Haut versengen.

Plötzlich entdeckte ich einen Schatten am oberen Rand meines Gesichtsfeldes. Bei genauerem Hinsehen stellte er sich als Narius heraus, der mit wutverzerrtem Gesicht auf uns zuschwamm.

»Neo!«, schrie ich ihm über das Rauschen des Meeres zu, doch der Halbgott rührte sich kein bisschen. Erst als Narius nur noch eine Armbreite von uns entfernt war, drehte er sein Gesicht ganz langsam in dessen Richtung. Neos leuchtende Augen verengten sich, während er zeitgleich seinen linken Arm hob und Narius seine Handfläche entgegenstreckte.

»Was soll das werden, Neo? Du Narr hast keine Chance gegen mi –« Die Stimme des Meeresgottes wandelte sich in einen zornigen Schrei, als ihn eine Welle mit solcher Wucht erfasste, dass er meterweit von uns weggeschleudert wurde. All das Wasser um uns herum sammelte sich in einiger Entfernung zu einer hohen rotierenden Säule, die alle Untoten mit sich zog und gefangen nahm. Ich wollte meinen Augen nicht trauen. Ich *konnte* es nicht. Selbst Narius wurde in den Sog des mächtigen Strudels gezogen, obwohl er sich mit Händen und Füßen wehrte. Sein Gebrüll ließ mich erschaudern. Dabei war ich mir nicht sicher, ob ich mich eher vor dem Zorn des Meeresgottes oder vor der unbegreiflichen Kraft, die von *Neo* ausging, fürchten sollte. Dessen Augen leuchteten noch immer wie die Sonne, während der Rest seines Gesichts so nichtssagend war wie ein leeres Blatt Papier. Ob ich ihn irgendwie stoppen musste? Wusste er überhaupt, was er zu tun hatte? Wie er das Artefakt auf sich prägen konnte? Was, wenn seine göttlichen Fähigkeiten außer Kontrolle gerieten und alles um uns herum zum Einsturz bringen würden?

Meine Unentschlossenheit ließ mich erstarren. Ich konnte nur untätig mitansehen, wie Neo seine Hand kreisen ließ, als würde er etwas Unsichtbares um sein Gelenk wickeln. Nach einer Weile zog er seinen Arm zurück, als würde er einen Bogen spannen oder zu einem vernichtenden Schlag ausholen. Dann preschte seine geöffnete Hand nach vorn.

Mein Herz geriet aus dem Takt, während die Wassersäule wie ein Wirbelsturm durch das Gemäuer fegte und schließlich mitsamt ihrer Gefangenen in dem Gang verschwand, der zu der großen Halle führte, in der unsere Erkundungsreise gestartet war. Ich hörte Narius über das Tosen hinweg fluchen, vernahm sein Schreien und Zetern, doch mit jedem Wimpernschlag wurde seine Stimme leiser. Ehe sie gänzlich verstummte, ertönte noch ein ohrenbetäubender Knall, der klang, als wäre gerade etwas eingestürzt. Dann war es schlagartig still.

»Bei den Göttern, was war *das* denn?«, fragte ich ungläubig, doch auch dieses Mal blieb meine Frage unbeantwortet.

Das Spiegelglas brannte währenddessen noch immer auf meiner Haut und die Schmerzen wurden so stark, dass ich sie kaum noch ertrug. Ächzend kauerte ich mich zusammen. Als hätte Neo meine Schmerzen endlich bemerkt, riss er seine Hand urplötzlich zurück. Kaum berührte er das Artefakt nicht mehr, erlosch sowohl das Leuchten seiner Augen als auch das Brennen meiner Haut.

Seufzend sackte er in sich zusammen. »Hey, Bell, alles gut?« Seine Stimme klang genauso erschöpft, wie ich mich fühlte.

»Ich weiß nicht ... und bei dir?«

»Keine Ahnung. Das war ganz schön *heftig*.«

»Kann ich bestätigen«, murmelte ich matt und zog den Spiegel aus meinem Hosenbund hervor, »deine Augen haben geleuchtet wie die Sonne. Hast du überhaupt gehört, dass ich dich angesprochen habe?«

Während ich den Spiegel langsam vor uns auf den Boden legte, ließ Neo ihn keinen Wimpernschlag lang aus den Augen. »Für einen Moment dachte ich, ich hätte deine Stimme gehört, aber ich war mir nicht sicher.«

»Was hast du mit Narius angestellt? Kommt er wieder?«

Ein spöttisches Schnauben glitt über Neos Lippen, die sich zu einem breiten Schmunzeln formten, als er zu mir aufblickte. »Natürlich. Er ist nerviger als jedes Insekt. Allerdings habe ich die Tempelanlage um ihn herum einstürzen lassen und da er der Gott des Meeres, nicht aber der Erde oder des Gesteins ist, dürfte ihn das eine ganze Weile beschäftigen. Dennoch sollten wir lieber zusehen, dass wir diese verfluchte Insel endlich verlassen. Fühlst du dich bereit die Leiter ein weiteres Mal zu erklimmen?«

Seufzend rollte ich mit den Augen. »Habe ich eine Wahl?«

Neos Miene hellte sich schlagartig auf. Als wäre er frisch aus einem langen

Schlaf erwacht, sprang er schwungvoll auf die Füße und streckte mir eine Hand entgegen, um mir ebenfalls aufzuhelfen. Zögernd ergriff sie und ließ mich auf die Beine ziehen. Im ersten Moment dachte ich, er würde mit mir tanzen wollen, denn anstatt mich loszulassen, zog mich Neo fest an seinen Körper. Überrumpelt hielt ich mich an seinen Schultern fest, während mein Verstand an nichts anderes dachte als an die Tatsache, dass sich unsere Körper beinahe überall berührten. Obwohl er ein Halbgott des Meeres war, strahlte Neos Körper mit einem Mal die Wärme eines Wüstengottes ab.

»Was hast du nun schon wieder vor?«, murmelte ich und blickte in seine ozeanblauen Augen.

Das Grinsen auf seinen Lippen wurde noch breiter. »Verrate ich dir nicht. Halt dich einfach gut an mir fest, Bell.«

»Pff, das hättest du wohl ge–«

Meine Stimme verwandelte sich in einen spitzen Schrei. Eine Wassersäule war unter unseren Füßen aus dem Boden emporgeschossen und beförderte uns in einem halsbrecherischen Tempo nach oben. Während ich mich zitternd an Neo festkrallte und daran dachte, dass er die Kratzspuren meiner Fingernägel für die nächsten Tage auf seinen Schultern tragen würde, bebte seine Brust vor Lachen.

»Ich wusste, dass das Artefakt seinem Geprägten neue Kräfte beschert, aber dass es so extrem ist, hätte ich nicht gedacht!«, verkündete er stolz. »Überleg doch mal, wie stark ich erst sein werde, wenn wir auch die anderen zwei Artefakte gefunden haben!«

»Großartig!«, erwiderte ich sarkastisch, während mir das Rauschen des Wassers in den Ohren dröhnte. »Beim nächsten Mal werde ich artig auf dem Schiff bleiben und auf eure Rückkehr warten, das verspreche ich dir!«

Lachend schüttelte er den Kopf. »Keine Chance, Bell. Du scheinst uns Glück zu bringen, von daher bist du ab sofort natürlich ein fester Bestandteil unserer Gruppe!«

Ich wollte protestieren, doch da erreichten wir bereits die Luke in der Decke des Gewölbes. Die Wassersäule beförderte uns hindurch und riss dann abrupt ab. Etwas unsanft landeten wir im Moos.

Während ich mir über mein schmerzendes Steißbein rieb, sah ich mich schwer atmend um.

»Ihr lebt«, hörte ich Nala in meiner Nähe sagen, wobei ihre Stimme ziemlich stutzig klang.

Als ich mich nach ihr umsah, entdeckte ich sie schließlich neben Kai am Boden sitzen. Sie lehnte an seiner Schulter, doch als Kai uns erblickte, stand er so schwungvoll auf, dass Nala ohne seinen Halt beinahe umgefallen wäre.

»Geht es euch gut? Seid ihr verletzt?« Er schloss Neo in eine kurze Umarmung, ehe er dasselbe mit mir tat. Unbeholfen legte ich meine Arme um seine breiten Schultern. »Du überraschst mich immer wieder aufs Neue, Inselmädchen«, raunte er mir ins Ohr, wobei ich nicht einschätzen konnte, ob er es neckisch oder stutzig meinte. »Entweder bist du einfach nur furchtbar blauäugig oder der mutigste Mensch, der mir je begegnet ist!«

»Vermutlich eine gesunde Mischung aus beidem«, erwiderte Neo, der Kais Worte ebenfalls gehört hatte. Er zwinkerte mir kurz zu, ehe er sich an den Rest seiner Mannschaft wandte. Während seine Augen über die Gesichter der Männer wanderten, fiel mir auf, wie sie sich zunehmend verdunkelten.

»Sind wir … vollzählig?«

»Aye, aye, Käpt'n«, antwortete ein älterer Mann, dessen dunkles Haar bereits von hellgrauen Strähnen gezeichnet wurde. »Die anderen haben es leider nicht geschafft.«

Ein stechender Schmerz durchfuhr meinen Körper. Unsere Gruppe war bei Antritt dieser Suche *deutlich* größer gewesen. Ungewollt wanderten meine Gedanken zu all den Angehörigen, deren Hoffnung auf die Rückkehr ihres Sohnes, Verlobten, Vaters oder Bruders für immer vergebens bleiben würde. Die quälenden Gewissensbisse, die sich in meinem Herzen breitmachten, ließen Übelkeit in mir aufsteigen. Zwar waren die Männer nicht direkt durch *mein* Handeln zu Tode gekommen, aber dennoch hatte ich das Gefühl, ich hätte es irgendwie verhindern müssen. Ich konnte mir nur annähernd vorstellen, wie schrecklich sich diese Last für Neo anfühlen musste. Schließlich war er nicht nur der Käpt'n und Anführer dieser Gruppe, sondern auch derjenige, der die verstorbenen Männer angeheuert hatte. Die meisten von ihnen hätten ohne seinen Befehl vermutlich nicht einmal einen Fuß auf die *Lady* gesetzt – und nun waren sie tot.

»Wir sollten uns beeilen. Narius wird nicht ewig in diesem Gemäuer gefangen sein, außerdem möchte ich die temporäre Kraft des Artefaktes nicht verfallen lassen«, verküdete Neo schließlich mit belegter Stimme.

Der matte Ausdruck in seinen Augen weckte Sorge in mir, doch ehe ich ihn darauf ansprechen konnte, kam mir Nala zuvor. »Die Kraft des Artefaktes? Wie meinst du das? Willst du etwa noch einmal in diesen verdammten Tempel hinabsteigen? Narius wird dich umbringen!«

Obwohl Neos Augen immer noch stumpf wirkten, hoben sich seine Mundwinkel nun zu einem müden Lächeln. Stolz tätschelte er meine Schulter und ließ seinen Blick erneut über die Gesichter der Männer wandern. »Ihr könnt euch bei Bell bedanken, denn sie war nicht nur clever genug das Artefakt einzustecken, sondern auch stark genug, um dessen Prüfung zu meistern. Sie hat sich den Schmerzen ihrer Vergangenheit gestellt und sich die Erinnerung im Spiegel angesehen, ohne vor Reue oder Schmerz daran zu zerbrechen. Durch diese überragende Willensstärke hat Bell den Göttern bewiesen, dass sie die Kraft hat, die Vergangenheit ruhen zu lassen; eine Eigenschaft, die wohl nur wenige von uns vorweisen können. Dank Bells exzellenter Vorarbeit konnte ich das Artefakt mühelos auf mich prägen, da der Schutzzauber durch ihr Bestehen bereits erloschen war. Anschließend habe ich Narius vorerst unter den Trümmern des Tempels begraben, aber wie gesagt: Ich denke nicht, dass ihn dies allzu lange aufhalten wird.«

Kaum hatte Neo ausgesprochen, richteten sich alle Augenpaare auf mich. Mit brennenden Wangen sah ich auf meine Stiefelspitzen hinab und wippte unruhig auf und ab. Als die Männer dann auch noch anfingen zu klatschen, wäre ich am liebsten im Erdboden versunken. Während ich mich für die ungewollte Aufmerksamkeit schämte, bemerkte ich, wie Kais Körper neben mir bebte – krampfhaft darum bemüht, sein Lachen zurückzuhalten. Er grinste mich mit zusammengepressten Lippen an und machte keinen Hehl daraus, wie sehr ihn meine Verlegenheit amüsierte. Beleidigt verschränkte ich die Arme vor der Brust. »Und was hast du so in den letzten Stunden gemacht?«, versuchte ich ihn zu ärgern, doch Kai ließ sich davon nicht beeindrucken. Er antwortete mir mit einem Schulterzucken, ehe Neo sich räusperte und erneut das Wort ergriff.

»Also gut, wir sollten jetzt besser den Heimweg antreten. Das Artefakt wird meine Fähigkeiten zwar dauerhaft etwas verstärken, aber die enorme göttliche Magie, die ich gerade verspüre, wird nur für ein paar Stunden anhalten. Deswegen schlage ich vor, dass ich diesen Schub ausnutze und uns die *Lady* zur Belohnung an den nächstgelegenen Strand bugsiere. So sparen wir uns die ewige Wanderung durch den Regenwald.«

Sofort brachen die Männer um uns herum in zustimmendes Gejohle aus. Ich beobachtete, wie sich Kai abwandte und zu Nala zurückkehrte, um ihren Arm um seine Schulter zu legen und sie zu stützen. An ihrem Bauch entdeckte ich zwar getrocknetes Blut, doch ihr Gesicht hatte bereits wieder einen gesunden Farbton angenommen. Ohne sich zu beklagen, lief sie neben Kai her. Auch die anderen Männer setzten sich in Bewegung und folgten einem schmalen Pfad durch das Dickicht. Während ich ihnen nachsah, ließ ich meine Hand langsam zu meinem Bauch hinaufwandern und schob sie unter meine Bluse. Ich musste meine Zähne zusammenbeißen, um nicht aufzuschreien – die verbrannte Haut schmerzte fürchterlich.

»Alles in Ordnung, Bell?«

Erschrocken blickte ich zu Neo, der plötzlich neben mir stand und mich besorgt musterte. Während ich nickte, versuchte ich mir ein Lächeln abzuringen. »Ja, alles in Ordnung.«

»Bist du sicher? Du wirkst erschöp –«

»Na ja, die Begegnung mit Narius ist natürlich nicht spurlos an mir vorbeigegangen. Und deine peinliche Ansprache hat mir gerade den Rest gegeben!«

Lachend fuhr mir Neo übers Haar. »Du hast uns heute wirklich den Tag gerettet, Inselmädchen. Wahrscheinlich sogar der ganzen Welt. Findest du nicht, dass es an der Zeit ist, dich dafür ein wenig feiern zu lassen? Die Menschen, die sich Narius entgegengestellt haben und mit dem Leben davongekommen sind, kann ich an einer Hand abzählen. Du darfst wirklich stolz auf dich sein, Bell. Das ist ganz allein dein Verdienst.«

Dankbar blickte ich in seine hellen Augen. Neos Worte lösten ein leichtes Prickeln in meinem Körper aus, dem ich mich nur zu gern hingeben würde. Leider ließ sich mein Kopf jedoch nicht so einfach austricksen wie mein Herz. Nur weil die Auseinandersetzung mit dem Meeresgott gerade noch einmal gut gegangen war, machte mich das noch lange nicht zu einer guten Kämpferin. Aber Neo hatte trotzdem recht – es war ein guter Anfang. Und je länger ich darüber nachdachte, desto kräftiger keimte der Stolz in meiner Brust.

»Lass uns gehen, Bell«, forderte mich der Halbgott auf und griff wie selbstverständlich nach meiner Hand.

Während wir den anderen folgten, verflochten sich unsere Finger ineinander. Neos Hand war wunderbar weich und warm und löste ein Gefühl in mir aus, das ich zum letzten Mal empfunden hatte, als ich mit meiner Familie am Kamin gesessen hatte. Ich wünschte nur, ich könnte das dämliche Grinsen von meinen Lippen wischen, doch wahrscheinlich würde es erst verschwinden, wenn auch das aufregende Kribbeln in meinem Bauch nachließ. Vielleicht könnte ich mich ja etwas ablenken, indem ich ihn mit Fragen löcherte. »Was meintest du eigentlich damit, dass deine Kraft nicht von Dauer sei? Ich dachte, der Sinn darin, die Artefakte zu finden, ist, dass sie den Geprägten stärker machen?«

»Das tun sie auch. Allerdings gibt es in den ersten Stunden nach der Prägung eine Art Überdosis an göttlicher Kraft, die so enorm ist, dass sie vom Körper eines Halbgottes gar nicht vollständig aufgenommen werden kann. Diese überschüssige Magie pulsiert ein paar Stunden in meinen Adern, ehe sie sich wieder verflüchtigt. Das, was mein Körper aufnehmen kann, bleibt jedoch dauerhaft erhalten.«

Interessiert nickte ich. »Und wie kann ich mir diese zusätzliche Kraft vorstellen? Kannst du jetzt noch größere Strudel erschaffen oder gibt es gar eine neue Fähigkeit, die du durch das Artefakt erhalten hast?«

»Meine göttlichen Fähigkeiten haben sich grundsätzlich verstärkt, was durchaus in reißerischeren Strudeln oder höheren Flutwellen mündet, wenn ich das beabsichtige. Allerdings stärkt es auch meine generelle Verbundenheit mit Wasser. Ich kann es nun wesentlich leichter kontrollieren oder zum

Angriff nutzen. Selbst im direkten Kampf gegen Narius könnte ich ab sofort länger die Kontrolle behalten und wäre ihm nicht mehr ganz so stark unterlegen. Außerdem ist der Zirkel davon ausgegangen, dass der Spiegel eine Art Schutzzauber auf seinen Finder ausübt, weshalb mein Körper Gegenschläge besser aushalten sollte. Ob an dieser Vermutung etwas dran ist, kann ich dir aber nicht sicher beantworten.«

Ich nickte ehrfürchtig. Neos Stimme hingegen klang so leicht und gut gelaunt wie schon seit Tagen nicht mehr. Ich konnte mir nur ansatzweise vorstellen, was für ein befreiendes Gefühl der Fund des Artefaktes in ihm ausgelöst haben musste. Zum ersten Mal seit Antritt dieser Reise sah es wirklich so aus, als hätten wir eine reale Chance gegen den übermächtigen Meeresgott. Auch ich spürte, wie der Erfolg meinen Geist beflügelte. Es war ein Gefühl, aus dem ich neue Kraft schöpfte, um positiv in die Zukunft zu schauen. Vielleicht würde ich ja doch die Chance bekommen, meiner Familie eines Tages von den Abenteuern zu erzählen, die ich auf meiner Reise erlebt hatte – eine Geschichte, die davon handelte, wie aus einer ängstlichen Bell eine mutige Kämpferin geworden war.

# Kapitel 3

Das Klirren der Gläser ging mir zunehmend auf die Nerven. Unruhig wanderte mein Blick durch den riesigen Raum im zweiten Unterdeck des Schiffes, in dem sich beinahe die gesamte Mannschaft versammelt hatte, um unseren Sieg zu feiern. Die Luft war stickig und stank nach Rauch, Rum und Schweiß. Erneut wünschte ich mir, man könnte wenigstens ein kleines Fenster öffnen und die kühle Meeresbrise hereinlassen, doch wie auch jeder andere Raum unter Deck war dieser hier fensterlos. Die Wände waren mit dunklen Holzbalken bestückt und nur die wenigen Öllampen, die an langen Seilen von der hohen Decke hinabhingen, brachten schummriges Licht in den Raum. Seufzend folgten meine Augen dem Geräusch von zerspringendem Glas. Ich fand dessen Ursprung an der langen Holztheke, die sich am anderen Ende des Raumes befand. Bier und Rum flossen über die dunkle Holzoberfläche und hinterließen unschöne Flecken. Abgesehen von mir schien sich jedoch niemand daran zu stören.

»Ach, Bell, jetzt hör endlich auf so verdrießlich zu gucken und hab etwas Spaß!«, grölte mir Nala ins Ohr, wobei ihre Worte von einem bissigen Gestank begleitet wurden. Ich konnte nicht sagen, wie viele Gläser sie in den letzten Stunden runtergekippt hatte, denn nach drei Krügen hatte ich aufgehört zu zählen – und selbst das lag schon eine ganze Weile zurück.

»Wann kommt Neo wieder?«, quengelte ich und rutschte auf meinem Stuhl umher. Mittlerweile hatte meine Stimmung einen Tiefpunkt erreicht, der es mir unmöglich machte, meine schlechte Laune zu verbergen. Ich hatte keine Lust mehr auf diese Feier, eigentlich war ich von vornherein dagegen gewesen. Der einzige Grund, weshalb ich mich überhaupt in diesen Raum begeben hatte, war Neo gewesen. Als er mich gebeten hatte ihn zu begleiten, hatte ich einfach nicht Nein sagen können. Zu meiner Verwunderung hatte er den Alkohol genauso vehement abgelehnt wie ich, obwohl Nala und Kai mehrfach betont hatten, dass er normalerweise alle unter den Tisch trank. Stattdessen hatte er ein paar Spielkarten an unseren Tisch geholt und mir beigebracht, wie man »Einundzwanzig« spielte. Zugegeben, die ersten Runden waren etwas mühselig gewesen, weil ich mich oft nach den Regeln hatte erkundigen müssen, aber mit der Zeit war es mir sogar gelungen, ein kleines Vermögen an Münzen und Schmuck anzuhäufen, das ich von Nala und Kai erspielt hatte. Leider waren die anderen Männer um uns herum mit voranschreitender Zeit so laut geworden, dass wir uns während des Spiels kaum noch verständigen konnten. Als Kai dann auch noch angefangen hatte regelmäßig König und Dame zu verwechseln, weil die Karten laut eigener Aussage ihre Bilder vor seinen Augen änderten, hatten wir das Kartenspiel beendet. Neo war ab diesem Zeitpunkt immer ruhiger geworden, bis er sich schließlich unter dem Vorwand, kurz Luft schnappen zu wollen, verabschiedet hatte – und leider hatte ich die Chance verpasst, mich ebenfalls abzusetzen. Mittlerweile war ich fast schon ein bisschen beleidigt mit dem Halbgott, weil er mich in diesem Tumult allein zurückgelassen hatte.

»Keine Ahnung, aber für Spaßbremsen haben wir hier unten eh keinen Platz«, erwiderte Nala schließlich lallend.

Sofort horchte ich auf. Diese Gelegenheit würde ich kein zweites Mal verstreichen lassen! »Na, wenn das so ist, suche ich wohl lieber das Weite.« Noch während ich sprach, schob ich meinen Stuhl zurück und sprang auf. Von der harten Lehne schmerzte mein Rücken, als hätte ich den ganzen Tag lang Gemüse geerntet.

»Hey, so war das gar nicht gemeint!« Kaum hatte sie ausgesprochen, schlang Nala ihre Arme um meine Taille und hielt mich fest. »Bitte, bleib doch noch, Bell!«

»Lass sie los, Nala, langsam wird es peinlich!«, lachte Kai und zog sie von mir weg. »Bell hat doch schon lange auf einen Vorwand gewartet, um endlich schlafen gehen zu können. Nimm es dir nicht zu Herzen und tanz lieber mit mir!«

»Mit dir?«, wiederholte Nala, als hätte Kai ihr gerade vorgeschlagen, das Parkett mit einem Untoten unsicher zu machen.

»Natürlich, mit wem sonst? Damals in den Tavernen haben wir doch auch gemeinsam das Tanzbein geschwungen, erinnerst du dich nicht mehr?«

Auf Nalas Gesicht trat der verträumteste Ausdruck, den ich je in ihren Zügen gesehen hatte. Lächelnd griff sie nach Kais Hand. »Dann beweis mir mal, dass du noch immer so flott bist wie damals!«

Ungläubig sah ich ihnen nach, wie sie Hand in Hand auf die freie Fläche vor den Dutzenden Tischen und Stühlen zuliefen. Merkwürdig. Ich erinnerte mich nicht daran, die zwei Streithähne jemals so friedlich gesehen zu haben. Es schien wohl doch ein Fünkchen Wahrheit in dem Sprichwort zu liegen, dass Alkohol Gemeinsamkeiten schuf und ungewöhnliche Verbindungen zutage brachte. Ich hätte nur allzu gern mehr darüber erfahren, wie ihr Leben im Zirkel vonstattengegangen war und in welchen Tavernen sie ihre Nächte verbracht hatten, aber das Risiko, dass sie in ihrem Zustand nicht mehr aufhören würden mir davon zu erzählen, war mir einfach zu groß. Weitere Stunden in diesem lauten, stickigen Raum würde ich nicht verkraften. Vermutlich würde dann sogar *ich* nach einem Krug Rum verlangen, um nicht vor Ungeduld an die Decke zu gehen. Ehe es jedoch so weit kam, verließ ich das Fest und eilte durch die Gänge des Schiffes. Hier roch es zwar ebenfalls alles andere als frisch, aber immerhin ließ die Duftnote des Alkohols nach einigen Metern nach.

Als ich endlich das Oberdeck betrat, blieb ich zunächst stehen und nahm einen tiefen Atemzug. Der Wind wehte mir sanft durchs Haar und kühlte mein glühendes Gesicht. Ich erlaubte mir einen Moment innezuhalten und der Melodie des Meeres zu lauschen, die so viel angenehmer in meinen Ohren widerhallte als das laute Stimmengewirr unter Deck. Ich schloss meine Augen und kostete das friedliche Gefühl bis in den entlegensten Winkel meines Körpers aus. Als ich meine Lider wieder aufschlug, hörte ich die leisen Rufe einer Möwe. Ich blickte zu ihr auf und betrachtete den wolkenlosen

Sternenhimmel, bei dessen Anblick sich plötzlich eine schwere Wehmut über mein Herz legte. Wie konnte es sein, dass wir in einer so wunderbaren Welt lebten, aber uns dennoch bekriegten? Wieso war es uns nicht vergönnt, die Schönheit unserer Welt einfach in vollen Zügen zu genießen, ohne uns darum sorgen zu müssen, ob wir die nächste Nacht überhaupt noch erleben durften – oder ob dann bereits alles um uns herum in Schutt und Asche läge?

»Hey, Bell, was machst du denn hier?«, sprach mich plötzlich jemand an und ließ mich herumfahren. Überrascht blickte ich in Arvids leuchtende Augen, die teilweise von seinem blonden Haar bedeckt wurden. Er lächelte mich an und mir fiel auf, dass ich ihn bisher nur selten aus dieser geringen Entfernung betrachtet hatte. Seine Arbeit als Ausguck musste ziemlich einsam machen.

»Hey«, erwiderte ich ebenfalls lächelnd, »hast du einen anderen Falken gefunden, der heute auf das Krähennest aufpasst?«

Lachend strich sich Arvid das blonde Haar aus dem Gesicht. »Sieh an, du sprichst ja schon fast wie ein alter Seebär! Ich wurde unverhofft abgelöst und diese Gelegenheit auf etwas Freizeit nutze ich natürlich gern. Es ist schon so lange her, dass ich einen Abend mit den anderen verbracht habe. Mal schauen, ob sie mich überhaupt noch erkennen ... Aber was machst du eigentlich hier oben, kleine Schatzsucherin?«

»Schatzsucherin?«, wiederholte ich verblüfft. Wie kam er denn darauf?

Schmunzelnd ließ er seinen Blick über mein Gesicht wandern. »Mein Arbeitsplatz mag etwas abgelegen sein, aber auf diesem Schiff passiert nichts, von dem ich nichts weiß. Ein paar Freunde haben mir vorhin erzählt, dass du das erste Artefakt gefunden hast. Gut gemacht, Bell!«

Trotz der kühlen Abendluft stieg augenblicklich Wärme in meinen Wangen auf. Etwas schüchtern wandte ich den Blick ab. »Ach so, deswegen ... Tja, wir hatten einfach eine Menge Glück. Bis vor wenigen Minuten habe ich übrigens unten gesessen und Karten gespielt, aber die Lautstärke und die stickige Luft sind mir auf die Nerven gegangen, weshalb ich nun etwas den Wind und den Meeresduft genießen möchte. Sag mal, haben deine Adleraugen zufällig Neo gesehen?«

Arvid verzog seine Lippen zu einem wissenden Schmunzeln, das mir ganz und gar nicht gefiel. Spätestens als er spöttisch die Augenbrauen hob, bereute ich meine Frage. Für ihn musste ich klingen wie ein verknalltes Mädchen …

»Nun, wie es der Zufall so will, habe ich ihn tatsächlich gesehen. Er ist derjenige, der mich im Mastkorb abgelöst hat.«

»Ach so?« Verwundert neigte ich den Kopf. Bisher war mir noch nie zu Ohren gekommen, dass Neo den Posten des Ausgucks übernommen hätte. Ich dachte, er wollte nur kurz frische Luft schnappen …?

»Tja, Bell. Wenn du mit ihm sprechen willst, wirst du wohl oder übel den Mast erklimmen müssen.«

Mein Magen wurde zu Blei. *Da hoch? Bis nach ganz oben? Niemals!* »Ach, ich habe nur so aus Neugierde gefragt, weißt du? Am besten wäre es wohl, wenn ich jetzt in mein Quartier gehe. Ich kann auch morgen mit Neo sprechen, es war sowieso nichts Wichtiges.« Schüchtern verlagerte ich mein Gewicht von einem Fuß auf den anderen. Zwar wünschte ich mir, dass meine Worte der Wahrheit entsprachen, aber insgeheim bedauerte ich es sehr, Neo heute nicht mehr sehen zu können. Ich hätte unser Gespräch gern fortgesetzt, aber diesen verdammten Mast würde ich nicht einmal erklimmen wollen, wenn oben im Korb ein Goldschatz auf mich warten würde.

»Schade. Es hätte ihm sicherlich gutgetan.«

Ich blinzelte. Stammte die Stimme wirklich von Arvid?

»Wie meinst du das?«

Während der Ausguck schluckte, sprang sein Kehlkopf auf und ab.

Seine Augen wichen mir aus, während er sich rasch durchs Haar fuhr. »Ach, es ist nur … Das Artefakt, das du gefunden hast, war dieser magische Spiegel, richtig? Sicherlich weißt du, dass dieser seinem Betrachter dessen reuevollste Erinnerung zeigt, nicht wahr?«

Ich nickte, obwohl mir immer noch schleierhaft war, worauf mein Gegenüber hinauswollte. Arvid wippte unterdessen auf seinen Fußballen und erweckte den Anschein, dass es ihm widerstrebte, mir seine wahre Intention offenzulegen. Aber was hatte er schon zu verbergen?

»Weißt du, Bell, Neo und ich sind gute Bekannte. Normalerweise respektiere ich seine persönlichen Grenzen und habe vollstes Verständnis dafür, dass er Dinge für sich behalten will. Aber mir scheint, als hätte ihn diese Prüfung mehr mitgenommen, als ihm guttut. Dieses Prozedere hat vermutlich Wunden in ihm aufgerissen, die er nur allzu gern verbergen würde. Ich will mir nicht anmaßen darüber zu urteilen, wie ihr zwei zueinandersteht, aber mir scheint, als hättest du einen guten Zugang zu ihm. Vielleicht ... vielleicht würde er sich ja *dir* gegenüber öffnen. Es würde ihm bestimmt schon helfen, wenn du ihm einfach Gesellschaft leisten würdest und er sich seinen quälenden Zweifeln nicht allein hingeben müsste. Dort oben im Mastkorb herrscht nämlich meist völlige Stille, weshalb die eigenen Gedanken lauter sind als irgendwo sonst auf dem Schiff. Es ist nicht das erste Mal, dass sich Neo dorthin zurückzieht und mich aus meinem Nest wirft. Ich denke wirklich, dass es zu seinem Besten wäre, wenn mal jemand nach ihm sehen würde.«

Unschlüssig blickte ich auf meine Stiefelspitzen hinab und dachte über seine Worte nach. Wenn Arvid recht hatte und ich Neo irgendwie helfen könnte, würde ich mich dieser Aufgabe natürlich sofort annehmen. Allerdings bezweifelte ich, dass er sich ausgerechnet *mir* gegenüber öffnen würde. »Ist nicht normalerweise Nala seine Vertrauensperson?«, sprach ich meinen Zweifel leise aus und erntete einen stutzigen Blick meines Gegenübers.

»Nala? Hm, ich weiß nicht. Die beiden sind eng befreundet und haben einen Großteil ihres Lebens zusammen verbracht, aber ...« Arvid beugte sich näher an mich heran, ehe er mir in einem verschwörerischen Ton zuraunte: »Aber wenn du mich fragst, hüten beide Geheimnisse, die sie dem jeweils anderen vorenthalten. Ich glaube nicht, dass Neo ihr alles anvertrauen würde, das ihm durch den Kopf geht – zumindest *nicht mehr.*«

Ich riss meine Augen auf, denn mit dieser Aussage hatte ich absolut nicht gerechnet. Von welchen Geheimnissen Arvid wohl sprach? Anscheinend hatte er nicht nur die See im Blick, wenn er im Krähennest hockte.

»Und du meinst, dass er solche Geheimnisse ausgerechnet *mir* anvertrauen würde?«

Schulterzuckend machte er einen Schritt zurück. »Keine Ahnung, es war nur so eine spontane Eingebung. Wie gesagt, ich stecke nicht in euren Köpfen und kann nur Vermutungen über die Dinge äußern, die ich sehe. Tut mir leid, falls ich dir das Gefühl gegeben habe, du seist zu irgendetwas verpflichtet.« Er nickte mir knapp zu und lief in Richtung Luke, die ins Unterdeck führte. »Gute Nacht, Bell. Erhol dich gut.«

Kaum war Arvid verschwunden, erfasste mich eine seltsame Ruhe. Die Melodie der Wellen und das leise Singen des Windes waren die einzigen Geräusche, die in meinen Ohren klangen. Nachdenklich legte ich meinen Kopf in den Nacken und blickte zum Mastkorb auf. Sollte ich es wagen? Der Wind riss bereits hier an Deck ziemlich fest an meinem Haar und meiner Kleidung, der Aufstieg würde sicherlich sehr beschwerlich werden. Andererseits gingen mir Arvids Worte einfach nicht mehr aus dem Kopf. Und selbst wenn ich Neo nicht direkt helfen könnte, wäre es doch sicherlich nicht verkehrt, einmal nach ihm zu sehen. Vielleicht war er im Kampf doch stärker verletzt worden, als er zugeben wollte ... Immerhin war mir bereits beim Kartenspielen aufgefallen, dass er mit voranschreitender Zeit immer unruhiger auf seinem Stuhl umhergerutscht war. Im Nachhinein ärgerte es mich, dass ich ihn nicht gleich darauf angesprochen hatte.

Wie von selbst setzten sich meine Beine in Bewegung und trugen mich auf den Hauptmast zu. Je näher ich ihm kam, desto deutlicher hörte ich das leise Knacken des Holzes. Erneut blickte ich hinauf und schluckte. Verdammt, diesen blöden Mast würde ich niemals erklimmen können. Ich sollte wohl lieber ins Unterdeck zurückkehren und Nala um Hilfe bitten. Aber Moment – Nala war ja betrunken! Nein, unter diesen Umständen konnte ich sie natürlich keinesfalls hier hochklettern lassen. Also ... also war doch *ich* diejenige, die ihn erklimmen musste?

Langsam streckte ich meine Hand nach der Takelage aus, die am Mast herabhing. »Reiß dich zusammen, du kannst nicht ewig vor allen Herausforderungen weglaufen«, murmelte ich mir mutmachend zu. »Immerhin hast du bereits vor wenigen Stunden eine Leiter erklommen, bei der du ebenfalls davon ausgegangen bist, es nicht zu schaffen. Aber du *hast* es geschafft, und nicht nur das. Selbst Narius, dem Gott der Meere, ist es nicht gelungen, dich aufzuhalten. Und darum wird das diesem blöden Mast hier auch nicht gelingen.«

Von neuer Zuversicht beflügelt stellte ich einen Fuß auf die erste Stufe. Sturkopf-Neo brauchte womöglich Hilfe und ich war momentan die Einzige, die ihm zur Seite stehen konnte. Ich *musste* es einfach schaffen. Entschlossen legte ich mir das Sicherheitsseil um die Taille und zog es fest, ehe ich mit meinem Aufstieg begann.

Während ich hinaufkletterte, nutzte ich die gleiche Methode, die mir auch schon im Tempel geholfen hatte, und begann die Stufen der Strickleiter zu zählen, die ich mit jedem Schritt erklomm. Erstaunlicherweise kam ich deutlich leichter voran als bei all meinen vorherigen Versuchen, aber ich schätzte, dass die Dunkelheit und die Ruhe um mich herum einen großen Beitrag dazu leisteten. Schließlich gab es weder Zuschauer, die mich zusätzlich unter Druck setzten, noch konnte ich meine aktuelle Höhe einschätzen, da ich sowieso nur vom Nachthimmel und den Sternen umgeben war. Selbst das Meer war so dunkel, dass ich den Horizont kaum erkennen und vom Himmel unterscheiden konnte.

Dennoch war ich unheimlich erleichtert, als ich meine Hand endlich auf die Kante des Krähennestes legte. Ein letztes Mal zog ich mich hoch und fand mich auf der Spitze des Mastes wieder. Mein Herz begann aufgeregt zu springen – ich hatte es tatsächlich geschafft. Ich war oben!

»Bell?« Neo hätte nicht ungläubiger klingen können. Triumphierend blickte ich zu ihm in den Mastkorb. »Überraschung!«, flötete ich gut gelaunt und zog mich über den Rand in das Innere des Korbes, der so winzig war, dass Neo und ich unsere Beine anwinkeln mussten, damit wir beide hineinpassten. Grinsend setzte ich mich neben ihn und blickte in seine großen Augen. »Du dachtest wohl, du wärst hier oben vor meinem Zorn sicher, hm?«

»Vor welchem *Zorn*?«

»Du hast mich mit den ganzen Betrunkenen allein gelassen und dich davongestohlen, schon vergessen?«

Durch meinen ironischen Vorwurf verzogen sich seine Lippen zwar zu einem Lächeln, doch der matte Ausdruck in seinen Augen gefiel mir ganz und gar nicht.

»Stimmt, jetzt erinnere ich mich wieder. Aber schau dich an, du bist der Meute auch ohne meine Hilfe entkommen!«

Sein Blick glitt in die Ferne und ich konnte dabei zusehen, wie sein Lächeln verblasste. »Du bist eben stärker als jeder andere hier an Bord, Inselmädchen.«

»Das stimmt doch gar nicht«, erwiderte ich leise, aber bestimmt. »Ich kann nur erahnen, wie vielen Hindernissen und Gefahren *du* auf dieser Reise trotzen musstest. Wenn jemand den Titel des stärksten Crewmitgliedes verdient hat, dann ja wohl du, Neo!«

Sein sarkastisches Schnaufen steigerte meine Besorgnis. Unruhig wanderte mein Blick über sein Gesicht, doch die Antworten auf meine unausgesprochenen Fragen blieben mir verborgen.

»Ohne mich hätte es die meisten dieser Hindernisse und Gefahren gar nicht erst gegeben, Bell. Ich bin mir ziemlich sicher, dass dieser verdammte Wettkampf zwischen uns Menschen und den Göttern bereits entschieden wäre, wenn ich nicht –«

Seine Stimme brach. Zeitgleich wandte er sein Gesicht von mir ab, damit ich nicht länger darin lesen konnte. Behutsam schob ich meine Hand unter seinen verschränkten Armen hindurch und hakte mich bei ihm ein. Mir selbst gab diese Geste meist ein Gefühl von Sicherheit, weil sie bewies, dass da jemand war, der an meiner Seite wachte. Doch Neos Brustkorb, der sich immer hastiger hob und senkte, ließ mich daran zweifeln, dass er unsere Berührung als genauso tröstlich empfand.

»Was ist los, Neo? Möchtest du … darüber reden?«

Entschieden schüttelte er den Kopf.

»Möchtest du, dass ich bei dir bleibe, oder magst du lieber ein bisschen Zeit für dich haben?« Ich hatte noch nicht einmal ausgesprochen, da zog Neo meinen Arm bereits fester an seine Seite.

*Gut,* dachte ich. Das bedeutete dann wohl, dass ich bleiben sollte. Nachdenklich blickte ich auf unsere ineinander verschränkten Arme. Ich versuchte mich daran zu erinnern, wie mich Phil früher getröstet hatte, als ich noch ein kleines Mädchen gewesen war. Damals hatte ich oft mit Albträumen zu kämpfen gehabt, die mich beinahe jede Nacht aus dem Schlaf gerissen hatten.

Mein Bruder hatte sich in dieser Zeit oft auf meine Bettkante gesetzt und meinen Arm gestreichelt oder meine Hand gehalten, bis mir vor Erschöpfung die Augen zugefallen waren. Auch wenn diese Zeit bereits etwas zurücklag, erinnerte ich mich noch genau daran, wie tröstend sich diese Geste angefühlt hatte. Und weil ich mir nicht besser zu helfen wusste, wandte ich sie gleichermaßen bei Neo an.

Kaum kreisten meine Finger über seinen Unterarm, ging ein Beben durch seinen Körper. Er begann zu zittern und ich fragte mich, ob ich ihm gerade wirklich half oder alles nur noch schlimmer machte. So traurig und verletzlich hatte ich Neo noch nie erlebt. Und würde ich dieses Verhalten nicht mit eigenen Augen sehen, hätte ich es wohl auch nicht für möglich gehalten. Es kam mir beinahe so vor, als hätten wir plötzlich die Rollen getauscht.

Vorsichtig schlang ich beide Arme um seinen Oberkörper und legte meine Wange auf seinen Kopf. Gleichmäßig strich ich über seinen Rücken, der unter meiner Handfläche erbebte wie ein kleines Segel im Orkan.

»Nenne mich naiv, aber ich bin überzeugt davon, dass alles wieder gut werden wird«, murmelte ich in sein weiches Haar. »Wir haben das erste Artefakt gefunden und Narius überwältigt, das ist doch schon mal ein riesiger Fortschritt! Nun gehen wir einfach dem nächsten Hinweis nach und wiederholen die Prozedur. Du wirst sehen, wenn wir –«

»Wenn wir es beim zweiten Artefakt genauso wiederholen, werden sich nur noch eine Handvoll Männer auf die Suche nach dem dritten Artefakt begeben, weil die anderen durch meinen miserablen Führungsstil bereits gestorben sein werden«, unterbrach er mich zynisch.

Zerknirscht presste ich meine Lippen zusammen. Also war es *das*, was ihn umtrieb? Aber wie sollte ich ihn nur über den Tod seiner Männer hinwegtrösten?

»Du weißt immer noch nicht, was aus den anderen Halbgöttern und dem Zirkel geworden ist.« Aus seiner Stimmenlage konnte ich nicht schließen, ob seine Worte als Frage oder Aussage gemeint waren, weshalb ich einfach zaghaft nickte. »Möchtest du es mir erzählen?«

Neo schnaufte abfällig. »O ja, sehr gern! Die Geschichte lässt sich relativ kurz zusammenfassen: Dem Zirkel ging es gut und wir waren auf dem besten

Weg, diesen verdammten Göttern zu trotzen, bis ich uns alle an den Feind ausgeliefert und somit in den Abgrund geritten habe.«

Stutzig runzelte ich die Stirn. »Wie meinst du das? Ich glaube, ich würde die ungekürzte Version bevorzugen ...«

»Gut. Und wo soll ich anfangen?«

»So weit vorn wie möglich.«

»In Ordnung. Dann fangen wir entgegen der Redewendung ›Das Beste kommt zum Schluss‹ zuerst mit dem Besten an. Keine Sorge, dieses fröhliche Kapitel meines Lebens ist kurzweilig und schnell erzählt.«

Neos Stimme klang entgegen seiner Ankündigung so zornig, dass ich mich fragte, ob ich gerade dabei war, die Wunden aufzureißen, von denen Arvid vorhin gesprochen hatte. Ich hoffte inständig, dass sich seine Verfassung durch meine Fragen nicht verschlimmern würde, und umklammerte ihn fester, als könnte ich ihn dadurch davor bewahren, in die Dunkelheit zu stürzen.

»Vor meinem Dasein im Zirkel habe ich ein normales Leben im Kreise meiner Familie geführt«, begann Neo mit belegter Stimme zu erzählen. »Ich hatte zwei ältere Brüder, eine kleine Schwester und lebte gemeinsam mit ihnen und meinen Eltern auf einem großen Bauernhof in einem abgelegenen Dorf auf dem Festland. Meine dortige Kindheit war vollkommen unbeschwert. Wir hatten ein enges Verhältnis zueinander. Unsere Eltern waren sehr geduldig mit uns Kindern und ich kann mich noch genau daran erinnern, wie sie uns stundenlang Geschichten vor dem Kamin vorgelesen oder auf den Feldern mit uns gespielt haben. Meine Welt war völlig in Ordnung – zumindest bis es eines Tages an unserer Tür klopfte. Meine Eltern hatten uns Kindern eigentlich strengstens verboten, jemals allein die Tür zu öffnen, aber mein Dickschädel war diesbezüglich anderer Ansicht. Wie sich herausstellte, gehörte der fremde Kerl, der auf unserer Schwelle stand, zum Zirkel. Er hatte Hinweise von unseren Nachbarn erhalten, die ihm für ein saftiges Preisgeld von ihren Beobachtungen über mich berichtet hatten. Damals hatte ich gar keine Ahnung von meinen göttlichen Gaben und habe es wohl als ganz normal empfunden, dass ich Wassersäulen oder kleine Strudel aus Pfützen erschaffen konnte. Tja, und als der Zirkel die Gerüchte über mich und meine Fähigkeit gehört hat, haben sie natürlich sofort einen ihrer Männer geschickt, um mich abzuholen. Verständlicherweise waren meine Eltern dagegen und haben versucht mich irgendwie in Sicherheit zu bringen. Anstatt meine Sachen zu packen, hat meine Mutter mich in einer Kiste auf dem Dachboden versteckt, während mein Vater versucht hat den Mann abzulenken. Natürlich ging dieses Manöver nach hinten los und das Zirkelmitglied und seine herbeigerufenen Begleiter haben unser ganzes Haus bei der Suche nach mir kurz und klein geschlagen. Schließlich haben sie mich gefunden und einfach verschleppt. Ich –«

Neo verstummte. Seine Stimme ließ mich vermuten, dass er selbst nicht glauben konnte, was ihm als Kind zugestoßen war. Aber auch wenn er mir die Details ersparte, war sein Schmerz für mich so greifbar, dass ich ein verdächtiges Brennen in meinen Augen spürte. Seine Worte, dass *niemand* freiwillig auf diesem Schiff war, ergaben mit einem Mal so viel mehr Sinn als zuvor ...

»Sie haben mich aus meinem behüteten Leben gerissen und meine Kindheit auf einen Schlag beendet«, fuhr Neo leise fort. »Im Trainingslager des Zirkels, das sich verborgen in einem tiefen Wald abseits einer großen Stadt befand, mussten die anderen entführten Kinder und ich schnell zu Erwachsenen werden. Wir wurden gedrillt und bestraft, weggesperrt und mussten oft hungern. Es war ... grausam, unmenschlich und verachtend. Im Gegensatz zu den anderen Halbgöttern habe ich damals leider nicht verstanden, dass mein Leben im Zirkel so viel einfacher gewesen wäre, wenn ich meinen Trotz und meinen Hass auf die Welt abgelegt hätte. Der Zirkel sah in uns nichts weiter als Mittel zum Zweck, sein persönliches Werkzeug, um den Kampf gegen die Götter zu gewinnen. Vielleicht war diese Einstellung richtig; vielleicht gab es für uns wirklich keinen anderen Zweck zu erfüllen. Doch ich habe immer mit dem Gedanken gelebt, dass es unfair ist, uns so zu behandeln. In meinem Frust habe ich mir eingeredet, dass ich es trotz der Tatsache, dass ich zu den Auserwählten gehörte und die Menschheit beschützen musste, verdient hätte, ein Leben nach meinen Vorstellungen zu führen. Ich war zu egoistisch, um zu erkennen, dass ich meine Bedürfnisse den höheren Gesetzen des Lebens unterordnen musste. Stattdessen habe ich alles in meiner Macht Stehende getan, um die Menschen um mich herum spüren zu lassen, wie es in mir aussieht. Ich war furchtbar frech. Habe nie zugehört, wenn mir etwas erklärt wurde. Habe das Training verweigert und sogar andere Kinder dazu angestiftet, es mir gleichzutun. Die Zirkelmitglieder sind beinahe wahnsinnig geworden, denn ganz egal, wie lang sie mich weggesperrt oder mir Nahrung verweigert haben, meinen Trotz vermochten sie nicht zu brechen. Ganz im Gegenteil, denn durch ihre Reaktionen fühlte ich mich erst recht darin bestärkt, ihnen die Stirn zu bieten. Mit der Zeit wurde ich älter, aber keineswegs einsichtiger. Ich stahl mich nachts davon und suchte zusammen mit Nala alle Kneipen und Gasthäuser auf, die sich in unserem Radius befanden. Nala verspürte die gleiche Wut und Ohnmacht wie ich, nur mit dem Unterschied, dass ihre Eltern sie freiwillig an den Zirkel gegeben hatten, als dieser auf ihre Begabung als Leserin aufmerksam geworden war. Wir feierten oft bis in die Nacht hinein und lebten, als würde es kein Morgen geben. Während die anderen Auserwählten um uns herum immer begabter wurden und gewissenhaft ihre Aufgaben absolvierten, blieben wir stets der Schandfleck des Zirkels.« Erneut unterbrach Neo seine Erzählung, um sich zu räuspern.

Ich spürte währenddessen, wie sich sein Körper unter meinem noch mehr zusammenkauerte. Meine Fingerspitzen kreisten sanft über seinen Hinterkopf, während ich geduldig darauf wartete, dass er erneut das Wort ergriff.

»Kais Eltern waren verarmt und hatten sich kaum um ihren Spross gekümmert, weshalb er wie ein Waisenkind auf der Straße gelebt hatte, ehe er dem Zirkel als Jugendlicher freiwillig beitrat, um dessen menschliche Armee zu unterstützen. Sein Fehler war es, an mich und Nala zu geraten, denn wir haben ihn dazu angestiftet, ein ebensolches Chaos zu veranstalten, wie wir es taten. So endeten wir eines Nachts gemeinsam in einer stickigen, dunklen Kneipe und tranken, was das Zeug hielt. Ich glaube, so betrunken war ich in meinem Leben noch nie gewesen, und das hatte schon etwas zu bedeuten. Rückblickend kann ich mich auch kaum noch an etwas erinnern, abgesehen davon, dass wir sprichwörtlich auf den Tischen getanzt haben. Als ich am nächsten Morgen zu mir kam, lag ich unter einer Sitzbank und hatte furchtbare Kopfschmerzen. Nala und Kai sind ebenfalls in der Kneipe geblieben und schliefen unter den Bänken neben mir. Während des Rückweges haben wir uns schon auf die zornigen Gesichter der älteren Zirkelmitglieder gefreut, die über unser unverantwortliches Handeln schimpfen würden, weil wir uns ihnen erneut widersetzt hatten.« Schon wieder geriet Neos Erzählung ins Stocken. Als er fortfuhr, war seine Stimme nur ein schwacher Hauch. »Doch als wir zurückkamen, hat uns niemand mehr belehrt. Denn sie waren alle tot, Bell. Ermordet. Abgeschlachtet wie Tiere. Die meisten von ihnen lagen noch in ihren Betten, die Laken in dunkles Blut getränkt. Den Angreifern war es egal gewesen, ob sie Kinder, Jugendliche oder Erwachsene vor ihre tödlichen Klingen bekommen hatten. Alle Auserwählten waren tot, genauso wie die Zirkelmitglieder. Wir waren völlig geschockt. An die Wochen nach dem Vorfall kann ich mich nur dunkel zurückerinnern, denn sie kamen mir vor wie ein einziger endloser Fiebertraum. Ich habe sie im Keller des Lagers verbracht, nur stumm dagesessen und auf die leere Wand vor meinen Augen gestarrt. Plötzlich wollte ich um jeden Preis lernen, wie ich meine Fähigkeiten einsetzen musste und was ich zu tun hatte, um Narius zu stoppen – doch diese Erkenntnis kam zu spät. Niemand ist zu mir gekommen, um mich zu unterrichten. Niemand ist zu mir gekommen, um mir zu sagen, was ich nun zu tun habe. Niemand ist gekommen ... Ich hatte meine Chance vertan.«

Die Welt um mich herum begann sich zu drehen. Als ich feststellte, dass ich unterbewusst die Luft angehalten hatte, japste ich und sog gierig die kühle Nachtluft ein. Allein die Vorstellung davon, wie sich Neo damals gefühlt haben musste, ließ mein Herz in tausend Teile zerspringen. Ich wollte ihm so gern helfen, wollte ihm einen Teil dieses furchtbaren Schmerzes abnehmen, doch ich wusste, dass ich, abgesehen davon, ihn in meinen Armen zu halten, nichts für ihn tun konnte. Daran zu denken, wie es mir wohl ergehen würde, wenn ich zu meiner Familie zurückkehren und meine Heimat in Trümmern vorfinden würde, brachte mich beinahe um den Verstand. Ich war froh darum, dass ich Neo und die anderen hatte und mich auf sie verlassen konnte, doch für ihn musste damals eine Welt zusammengebrochen sein, als ausgerechnet er, der nichts mit alldem hatte am Hut haben wollen, die volle Verantwortung hatte übernehmen müssen. Ich presste meine zitternden Lippen zusammen, um die Schluchzer aufzuhalten, ehe sie sich Gehör verschaffen konnten. Es war schon schlimm genug, dass meine Wangen tränengetränkt waren – schließlich war ich hier, um Neo zu *trösten*. Wie sollte ich ihm Stärke und Sicherheit schenken, wenn ich nicht mal selbst stark war?

Gleichmäßig tätschelte ich seinen Rücken. »Das tut mir so leid, Neo«, flüsterte ich in sein Ohr, obwohl ich mir dabei furchtbar unnütz vorkam. Wie sollten ihn diese Worte trösten? Was vermochten sie schon auszurichten? »Ich kann mir nur annähernd vorstellen, welchen Strapazen du dich in deinem Leben stellen musstest und wie sehr du unter der Situation mit dem Zirkel und deiner verlorenen Familie gelitten hast. Du hast jedes Recht der Welt, traurig zu sein, Neo. Aber so schwer es dir auch fallen mag: Du darfst dir nicht die Schuld daran geben. Du kannst nichts dafür, dass der Zirkel angegriffen wur –«

»Doch. Doch, das kann ich«, fiel er mir scharf ins Wort und richtete sich etwas auf.

Ich hielt ihn immer noch umschlungen, doch seine Stirn ruhte nun an meiner. Während ich in seine Augen sah, erkannte ich eine wahre Sturmflut aus Gefühlen darin. Sie mochten im Licht der Sterne schimmern, doch ihr Inneres war so dunkel wie der Ozean. »Es *ist* meine Schuld. Mehr als das, Bell: Es ist *ganz allein* meine Schuld. Denn ich war derjenige, der die Position unseres Verstecks an Narius verraten hat.«

# Kapitel 4

Sprachlos öffnete ich die Lippen. Ich konnte Neo nur anstarren, war unfähig auch nur ein einziges Wort hervorzubringen. Der Ausdruck in seinen Augen wirkte mit einem Mal abgeklärt, beinahe stumpf. Nur langsam verzog sich sein Mund zu einem müden Lächeln. »Überrascht? Ich habe dich bereits damals auf deiner Insel gewarnt, dass ich nicht der Held dieser Geschichte bin, Bell.«

»Aber wie –? Was meinst du damit, dass *du* sie verraten hast?«, stammelte ich, wobei meine Hände anfingen zu zittern. Behutsam nahm Neo sie in seine eigenen. Die Berührung fühlte sich so warm an, so vertraut. Und sie passte absolut nicht zu dem, was er mir zuvor offenbart hatte. »Genau das, was ich gesagt hatte. Sie mussten sterben, weil ich sie an den Feind verraten hatte. Nur durch meinen Hinweis wusste Narius, wo er nach ihnen suchen musste. Nur deshalb konnte er seine Armee der Untoten zu unserer Anlage führen. Und nur darum wurde der gesamte Zirkel im Schlaf vom Tode ereilt.«

»Aber ... aber warum?« Meine Stimme war kaum mehr als ein zittriges Flüstern. Neo hielt sein Lächeln noch immer aufrecht, doch mittlerweile wirkte es genauso tot wie der Ausdruck in seinen Augen.

»Während wir in der Kneipe tranken und feierten, trat ein junger Mann an uns heran und leistete uns Gesellschaft. Er war nett und sehr spendabel, was den Alkohol anging. Ich war so betrunken, dass ich schnell Vertrauen zu ihm fasste, denn er erzählte mir davon, dass er einst der menschlichen Armee des Zirkels gedient hatte und später fortgelaufen war, weil ihn die steifen Strukturen und der raue Ton wahnsinnig gemacht hatten. Ich fühlte mich mit einem Mal so verstanden, weißt du? Die anderen Halbgötter hatten sich damals schnell mit ihrem Schicksal arrangiert und mich mit der Zeit immer mehr ausgegrenzt, weil ich ihren Ideen widersprach. Ich wollte frei sein, wollte mein Leben zurück. Sie hingegen wollten nur die Prophezeiung erfüllen. Mein schlechtes Benehmen war eine große Last für den Rest des Zirkels. Es gab niemanden, der sich so vehement gesträubt hatte wie ich. Mit meinen Sorgen und Gedanken hätte ich mich an niemanden von ihnen wenden können, ich war ganz allein ... Und plötzlich war da dieser Mann, der ähnliche Erfahrungen gemacht hatte wie ich. Der mich verstand und mir Zuspruch schenkte, der mich darin bestätigte, dass mir Unrecht getan worden war. Er erzählte mir davon, wie er damals geflohen war und was für eine Wendung sein Leben seitdem genommen hatte. Er erzählte mir von dem Glück, das er empfunden hatte, als er nach der Flucht seine Familie wiedergesehen hatte. Sein Weg wirkte wie der Strohhalm, den ich ergreifen musste, ehe ich in meinem tristen Leben ertrinken würde. Ich war so eingenommen von ihm und der Hoffnung, die er auf mich ausstrahlte, dass ich ihm meine eigene Leidensgeschichte anvertraute. Wir unterhielten uns stundenlang und weil ich davon ausging, dass er durch seine Zeit beim Zirkel sowieso wusste, wo sich die geheime Trainingsanlage befand und wie die dortigen Sicherheitsmaßnahmen aussahen, sprach ich auch darüber. Wie sich später herausstellte, ist der Kerl aber gar kein ehemaliges Zirkelmitglied gewesen ... er war nicht einmal ein *Mensch*, Bell. Ich hatte all unsere Geheimnisse, all unsere Schwachstellen vor einem *Untoten* ausgeplaudert, den Narius persönlich auf mich angesetzt hatte. Er hat mich als Strohpuppe für seinen perfiden Plan auserkoren, weil ihm seine Spione zuvor gemeldet hatten, dass ich die größte Schwachstelle des Zirkels sei. Und während ich friedlich meinen Rausch ausschlief, löschten sie jegliches Leben aus, das sich zu diesem Zeitpunkt im Trainingslager befand. Ich –«

Eine Träne löste sich aus seinen glänzenden Augen und floss langsam an seiner Wange hinab. Immer mehr von ihnen folgten, bis sein gesamtes Gesicht im Licht der Sterne schimmerte, aber es drang kein einziger Laut über Neos Lippen. Es schien alles gesagt zu sein. Mir selbst fehlten ebenfalls die Worte.

Während sich die Gefühle in meinem Herzen überschlugen, schmerzte mein Kopf von all den Gedanken, die in ihm kreisten. »Du hast sie nicht wissentlich verraten«, sprach ich einen von ihnen aus, »es war ein ungünstiger Zufall. Du wolltest dem Zirkel nicht willentlich schaden – oder?«

»Nein. Aber das ändert nichts an der Tatsache, dass sie meinetwegen tot sind. Wenn unsere Welt wieder in die Hände der Götter fällt, ist es ganz allein mein Verschulden, weil ich diejenigen ans Messer geliefert habe, die dieses Schicksal abwenden sollten.«

Ich schluckte trocken. Neo hatte recht. So gern ich ihn auch mochte, konnte selbst ich nicht leugnen, dass sein Verhalten viele Leben gekostet hatte. Abgesehen davon, dass ich den Tod der anderen Halbgötter bedauerte, kam ich auch nicht um die Frage herum, ob sie den Wettkampf vielleicht längst beendet hätten, wenn sie noch leben würden. Was war mit den Zivilisten, die im Kampf der Götter umkamen, weil sie von Untoten angefallen wurden? Oder mit den Mannschaftsmitgliedern, die von Neo zwangsrekrutiert worden waren und auf dieser Reise ihren Tod fanden? War er verantwortlich für all den Trennungsschmerz, den die betroffenen Familien erlitten? Vielleicht hätte man diese Männer niemals anwerben müssen, wenn die Halbgötter noch am Leben gewesen wären ...

Je länger ich darüber nachdachte, desto widersprüchlicher wurden die Gefühle in mir. Es war egoistisch, aber ich musste auch an meinen eigenen Schmerz denken, den ich durch diese Reise erlitten hatte. Wäre der Zirkel noch aktiv, hätte ich mich vielleicht niemals von meiner Familie trennen müssen. Ich wäre da gewesen, wenn Mary ihr Baby zur Welt brachte. Ich hätte meinen Bruder nicht betäuben und unter dem Bett verstecken müssen, um mich heimlich auf mein eigenes Himmelfahrtskommando zu begeben. Ich konnte nur erahnen, wie sehr meine Familie unter meinem Verschwinden litt. Durfte ich all diese Schuld einfach Neo in die Schuhe schieben? War *er* der Bösewicht auf dieser Reise?

In dem Versuch, meinen rasenden Herzschlag zu beruhigen, atmete ich tief durch und blickte aufs Meer hinaus. Von hier oben sah es aus, als würde ich auf ein Netz aus Perlen und Edelsteinen hinabsehen. Das Sternenlicht brach sich auf den ruhigen Wellen und ließ die See wirken wie ein Spiegelbild des Nachthimmels.

»Was denkst du, Bell?«, drang Neos leise Stimme an mein Ohr. »Ich glaube, dies ist unser erstes Gespräch, bei dem ich nicht in deinem Gesicht ablesen kann, was in dir vorgeht.«

»Willst du das denn wirklich wissen?«, erwiderte ich genauso leise und blickte wieder in seine schimmernden Augen. Langsam nickte er. Ich atmete noch einmal tief durch und versuchte meine Gedanken zu ordnen, ehe ich zu einer Antwort ansetzte.

»Was geschehen ist, ist ohne Frage schrecklich. Ehrlich gesagt kann ich nicht aufhören daran zu denken, wie viel Elend und Leid deine Leichtsinnigkeit – wenn auch unbeabsichtigt – über die Welt gebracht hat. Wer weiß, vielleicht wäre diese verdammte Prophezeiung längst erfüllt und die Gefahr durch die Götter gebannt? Durch dein Handeln starben nicht nur die Mitglieder des Zirkels, was schon allein einer Tragödie gleicht, aber der Rattenschwanz, den dein Tun nach sich zieht, ist noch viel länger! Ich muss an die Männer denken, die von ihren Familien getrennt werden. An diejenigen, die auf dieser Reise umkommen – in diesem sinnlosen Kampf, der gar nicht ihr eigener ist …«

Betreten senkte Neo seinen Blick. Mir entging nicht, wie schlaff seine Schultern hinabhingen. Niemand konnte leugnen, wie schwer seine Fehler auf ihnen lasteten. Erneut atmete ich tief durch und seufzte frustriert, ehe ich zum zweiten Teil meiner Antwort ansetzte. »Ich weiß nicht, ob meine Gedanken nicht mehr über *meinen* miesen Charakter aussagen als über deinen Fehler, aber trotz allem fällt es mir schwer, dich jetzt in einem anderen Licht zu sehen, Neo.«

Wie von der Tarantel gestochen fuhr er hoch. Dem Ausdruck seiner Augen nach zu urteilen, zweifelte er gerade an seinem Hörvermögen. Ich hingegen stellte meinen moralischen Kompass infrage, von dem ich immer geglaubt hatte, dass nichts und niemand ihn je aus dem Gleichgewicht bringen konnte. Hätte ich von Neos Vergehen gewusst, ehe ich die *Blutrote Lady* betreten hatte, hätte ich ihm diesen Fehltritt niemals verzeihen können. Ich hätte ihn dafür gehasst und auch keinen Hehl daraus gemacht. Doch nun spürte ich abgesehen von Wut hauptsächlich Hilflosigkeit, Trauer und Mitleid – Mitleid für den Mann, der das Schicksal unserer Welt gefährdet hatte.

»Du hast es nicht aus Boshaftigkeit getan, sondern aus Ahnungslosigkeit. Und ja, das Endresultat ist das gleiche, aber deine Intentionen machen einen Unterschied; zumindest für mich. Dieser Zirkel scheint grausame Methoden angewandt zu haben und ich kann verstehen, weshalb du dich so fühltest, wie du es mir gerade beschreiben hast. Diese Menschen haben dein Leben zerstört und auch wenn ihre Motive auf den ersten Blick gut erscheinen, sind sie absolut verwerflich. Es war ein dummes Versehen deinerseits, das zu dieser Tragödie geführt hat. Aber was geschehen ist, können wir nicht mehr ändern. Ich finde, dass es sehr für dich spricht, was du aus diesem Vorfall gemacht hast, Neo.«

Fragend neigte er den Kopf und ich fuhr fort: »Na ja, du bist jetzt hier, oder? Du übernimmst Verantwortung und riskierst dein Leben, um die Übermacht der Götter doch noch abzuwenden, obwohl es so aussichtslos wirkt. Zugegeben, diese Erkenntnis kommt etwas spät und es ist natürlich genauso verwerflich von dir, unbeteiligte Männer aus ihren Familien zu reißen, aber du versuchst wenigstens deinen Fehler auszugleichen. Du wirst ihn niemals revidieren können, aber du kannst verhindern, dass der Rattenschwanz deines Vergehens noch länger wird und noch mehr Elend über unsere Welt bringt. Verstehst du, was ich sagen will?«

Schweigend betrachtete er mich. Die Spuren seiner Tränen glitzerten im Licht der Sterne. Ich streckte eine Hand nach ihnen aus und wischte sie behutsam von seiner weichen Haut. »Du kannst die Vergangenheit nicht ungeschehen machen, Neo. Aber du kannst dafür sorgen, dass die Zukunft besser wird.«

Seine Mundwinkel zuckten. »Weise Worte, kleine Bell. Weißt du eigentlich, wie sehr du mich in den letzten Wochen beeindruckt hast? Manchmal denke ich, dass du stärker und klüger bist als die gesamte Besatzung des Schiffes zusammengenommen.«

»So ein Blödsinn«, erwiderte ich ausweichend, doch Neo sah mir unbeirrt weiterhin in die Augen und hielt meinen Blick gefangen.

»Das ist kein Blödsinn. Du bist die Einzige auf der *Lady*, die aus eigener Überzeugung an Bord gekommen ist. Du hättest dein fades, aber dennoch sicheres Leben einfach fortführen können, aber stattdessen bist du aus eigener Motivation heraus für deinen Bruder eingetreten. Ich habe dir mehrmals angeboten, dass du dich bedeckt hältst und dieses Abenteuer einfach aussitzt, aber stattdessen hast du den Alltag der Mannschaft adaptiert und dich von Nala unterrichten lassen. Und nun hast du sogar eine Prüfung gemeistert, für die Nala und ich zu schwach waren, obwohl wir unser ganzes Leben lang genau auf diese Situation vorbereitet worden sind. Du bist unser Schlüssel zum Sieg, Bell. Den freien Willen eines Menschen vermag selbst ein Gott nicht zu bezwingen.«

Schweigend ließ ich zu, dass ich immer tiefer in Neos Augen versank. Seine Worte bedeuteten mir viel. Wie oft hatte ich mir in den letzten Jahren gewünscht, etwas mutiger zu sein – mehr wie Leah oder Nala und weniger wie ich. Ich bin davon ausgegangen, dass die Verkörperung von Mut und Stärke so aussah wie die beiden. Und dabei habe ich völlig außer Acht gelassen, dass Menschen nun mal unterschiedlich waren. Durch diese Reise hatte ich gelernt, dass ich entgegen meinem Selbstbild sehr wohl in der Lage war, über meine Grenzen hinauszuwachsen. Mittlerweile konnte ich sogar den Gedanken zulassen, dass ich auf meine Art und Weise genauso stark war wie Leah und Nala. Vermutlich war ich es schon immer gewesen, ich hatte mich nur nicht getraut es nach außen zu tragen.

»Bell?«, drang Neos raue Stimme an mein Ohr.

Um dem Nebel meiner Gedanken zu entkommen, musste ich mehrmals blinzeln.

»Hm?«

»Kannst du ... also ...?« Sein Blick huschte umher, als stünden die Worte, die er gern aussprechen würde, am Nachthimmel geschrieben. »Du hasst mich nicht, oder?«

Nachdenklich legte ich den Kopf schief. »Ich fürchte mich ein wenig davor, was meine Antwort über meinen Charakter aussagt, aber nein, tatsächlich nicht.«

»Aber du hast schon verstanden, dass ich Dutzende Leben auf dem Gewissen habe und womöglich schuld daran bin, dass Narius noch nicht besiegt ist?«

Natürlich hatte ich das. Und ich würde es auch nicht so schnell wieder vergessen können. Dennoch sagte ich mir, dass sein Fehler nicht beabsichtigt gewesen war und diese Tatsache den großen Unterschied zwischen ihm und einem wirklichen Verbrecher, so wie Narius einer war, ausmachte. So bitter die Situation auch war, rang ich mir doch ein vorsichtiges Lächeln ab. Seufzend strich ich ein paar dunkle Haarsträhnen aus Neos Gesicht, die ihm vor die Stirn gefallen waren. »Als ich noch ein kleines Mädchen war, habe ich oft an die Vergangenheit zurückgedacht und mir Dinge herbeigesehnt, die nur dort existiert hatten. Ich wollte mir einfach nicht eingestehen, dass manche Dinge nun mal nicht für die Ewigkeit bestimmt waren. Eines Tages nahm mich meine Großmutter beiseite und sagte etwas, das mir dabei geholfen hat, das Vergangene endlich loszulassen. Sie meinte, dass derjenige, der stets in die Vergangenheit blickt und versucht Geschehenes zu verändern, nicht nur grundsätzlich zum Scheitern verurteilt ist, sondern auch wertvolle Zeit der Gegenwart verschenkt. Eines Tages wird dieser Jemand an die Zeit zurückdenken, in der er gedanklich noch in der Vergangenheit steckte, und sich darüber ärgern, dass er dadurch viel, viel Zeit verloren hat. Zeit, die er hätte nutzen können, um die Wunden der Vergangenheit zu schließen und Glück im Jetzt zu finden. Natürlich bedeutet das nicht, dass man nur von einem Tag in den anderen leben soll und jegliche Verantwortung für sich und seine Mitmenschen verwerfen kann, aber ab einem gewissen Punkt muss man den Lauf der Dinge einfach akzeptieren und ins Heute zurückkehren, um weiterzuleben. Um den Weg für die Zukunft zu ebnen und die Saat auszustreuen, die einen zu einem späteren Zeitpunkt ernähren soll.«

Ich wusste nicht, ob mein Geschwafel in Neos Ohren Sinn ergab. Ein zynisches Stimmchen in meinem Kopf flüsterte mir zu, dass ich mir die Worte meiner Großmutter so zurechtlegte, um mein eigenes Gewissen zu beruhigen.

Was sagte es über mich aus, dass ich mich so leicht in Neos Lage versetzen und für ihn einstehen konnte? Dass mir mühelos Begründungen, Ausreden und Erklärungen für seine Integrität in den Sinn kamen? Für mich war er trotz allem ein guter Mensch.

»Damit steht wohl fest, von wem du dein kluges Köpfchen geerbt hast«, versuchte Neo die Stimmung etwas aufzuheitern.

»Ich weiß, dass mein Handeln unverzeihlich ist, und ich werde diese Schuld auch niemals verleugnen. Sie ist ein Teil von mir und meiner Geschichte, auch wenn ich mir sehnlichst wünsche, dass es anders wäre. Dennoch bedeutet es mir viel, dass du mich dafür nicht so sehr verabscheust wie ich mich selbst. Ich möchte dich nicht verlieren, Bell.«

Seine Worte trafen mich so unvermittelt, dass ich zunächst gar nicht wusste, was ich darauf erwidern sollte. Zwar hatte ich schon das Gefühl, dass wir uns seit der Erkundung des tropischen Waldes nähergekommen waren, doch trotz der weisen Worte meiner Großmutter konnte auch ich nicht gänzlich von der Vergangenheit absehen und über das hinweggehen, was sich zwischen uns zugetragen hatte, als Neo mich vor dem Untoten gerettet hatte. Seine harschen Worte hatten mich verletzt und überschatteten noch immer das, was zwischen uns war – wie auch immer man unsere Beziehung zueinander nennen wollte. Hatte ich damals zu viel in unseren *Kuss* hineininterpretiert? Oder durfte ich seine Worte doch in mein Herz lassen? Wenn ein Kuss wirklich der Weg war, um Magie zu übertragen, hatte sich Neo sicherlich nichts dabei gedacht. Vielleicht hatte ich damals überreagiert, weil ich für einen Moment gehofft hatte, dass mehr dahintersteckte: dass er mich geküsst hatte, weil es sein Wunsch gewesen war, und nicht, weil er es hatte tun müssen, um mich zu retten. Vielleicht wollte mich Neo einfach nicht verlieren, weil wir gute Freunde waren. Nicht mehr, aber auch nicht weniger.

»Bell?«

Schon allein die Art, wie sanft mein Name klang, wenn Neo ihn aussprach, ließ mein dummes Herz springen und meinen Kopf an meinem Verstand zweifeln. Verlegen blickte ich zu ihm auf. Hoffentlich konnten Halbgötter keine Gedanken lesen. Falls doch, wäre es wohl endgültig an der Zeit für mich, über die Planke zu gehen.

»Es beunruhigt mich, dass du plötzlich so still und in Gedanken versunken bist. Falls ich etwas Falsches gesagt habe, tut es mir leid. Ich wollte keinesfalls übergriffig wirken oder dich unter Druck setzen, weil du anders empfindest als ich.«

Ich kräuselte die Stirn. In welcher Hinsicht empfand ich anders als er? Zu viel, zu wenig oder doch gleich? Mein Kopf dampfte wie ein Teekessel. »Nein, es ist alles in Ordnung«, antwortete ich dennoch, »ich bin nur gedanklich etwas abgedriftet.« Zerknirscht biss ich meine Zähne aufeinander. Anscheinend war ich doch nicht so mutig, wie ich mir zuvor eingeredet hatte. Wieso konnte ich es nicht einfach riskieren und ihn direkt fragen, wie die Dinge zwischen uns standen? Dass er eine gewisse Anziehung auf mich ausübte, seit wir uns am Strand zum ersten Mal begegnet waren, ließ sich nicht leugnen – aber wie sah es in *seinem* Herzen aus?

»Darf ich dich etwas Persönliches fragen, Bell?«

*Solange du nicht fragst, was ich für dich fühle.* »Natürlich.«

»Was hast du gesehen, als du in den Spiegel geschaut hast?« Meine Augen weiteten sich. Wie schaffte Neo es nur, mich mit seinen unvorhergesehenen Fragen so oft kalt zu erwischen? In dem Versuch, meine Gedanken zu sortieren, atmete ich tief durch und streckte meinen Rücken. Er hatte mir sein dunkelstes Geheimnis anvertraut, also verriet ich ihm auch meines – so machten Freunde das doch, oder?

»Ich habe meinen Vater gesehen.«

Geduldig sah mir Neo in die Augen, während er seine Finger wieder mit meinen verflocht. Es war ein tröstliches Gefühl, ihn in meiner Nähe zu wissen. Dennoch kostete es mich immense Kraft, den Gedanken an die Vergangenheit erneut zuzulassen. Der Spiegel hatte diese Erinnerung schließlich nicht grundlos ausgesucht. Mir fiel kein anderer Moment aus meinem Leben ein, für den ich mehr Reue empfand als für diesen.

»Auch wenn ich es mir gern einredete, fand mein Leben tatsächlich nicht immer auf der Insel statt«, begann ich dennoch leise zu erzählen. »Meine ersten Jahre habe ich zusammen mit meiner Mutter, meinem älteren Bruder und meinem Vater auf dem Festland verbracht. Daher erinnere ich mich noch an einige Dinge, die es auf unserer Insel gar nicht gibt und die beispielsweise meinen Freunden völlig fremd sind. Im Gegensatz zu ihnen weiß ich, wie ein Wald aus Nadelbäumen aussieht und was ein Pferd oder eine Kutsche sind. Wir haben in einem Haus mit Garten am Rande einer kleinen Stadt gelebt, aber im Gegensatz zu der schönen Fassade unseres Heimes sah es in unserer Familie oft düster aus. Meinen Vater habe ich eigentlich nur gesehen, wenn der Mond am Himmel stand. Tagsüber war er fast immer weg, *arbeiten*, wie meine Mutter sagte. Ich habe keine Ahnung, was er gearbeitet hat oder wieso er gelegentlich über Tage hinweg fernblieb. Was ich aber weiß, ist, dass sich meine Eltern mit der Zeit immer öfter und immer heftiger gestritten haben. Wenn ich an die Zeit in unserem Haus zurückdenke, höre ich das Scheppern von Türen und das Schluchzen meiner Mutter, nachdem mein Vater wütend das Haus verlassen hatte. Eines Nachts riss sie mich und meinen Bruder aus dem Schlaf, packte unsere Sachen und brachte uns auf ein kleines Schiff, das uns auf die Insel brachte. Meine Großmutter lebt schon immer dort und meine Mutter ist auf der Insel aufgewachsen, weshalb uns die Gemeinde empfing, als wären wir nie weggewesen. Es fiel mir zunächst trotzdem nicht leicht, mich an das Inselleben zu gewöhnen. Zum Glück freundete ich mich nach einiger Zeit mit Leah und Flynn an. Außerdem schätzte ich die Ruhe und Sicherheit, die ich im Haus unserer Großmutter fand. Ich gewöhnte mich an das Inselleben und dachte, dass wir nun endlich unsere Heimat gefunden hätten, doch dann tauchte mein Vater eines Tages bei uns auf und bat uns zu ihm zurückzukehren. Er brachte meinem Bruder und mir Süßigkeiten mit und schenkte meiner Mutter Blumen und Schmuck. Solche Gesten hatte ich während unserer Zeit auf dem Festland nie erlebt. Plötzlich begann sich meine Mutter wieder nach unserem Vater zu sehnen. Es war, als hätte seine Rückkehr nicht nur alte Wunden aufgerissen, sondern auch alte Gefühle geweckt. Zum Glück hat sich meine Großmutter eingeschaltet und meiner Mutter klargemacht, dass sie uns Kinder nicht ständig aus unserem Umfeld reißen könne. Um uns zu beweisen, dass er sich gebessert hatte, bot unser Vater an uns regelmäßig auf der Insel zu besuchen. Anfangs klappte das auch ganz gut und ich begann mich richtig darauf zu freuen. Aus meiner kindlichen Sicht wirkte es wie unser altes Familienleben – nur ohne Streit und Gebrüll. Tja, ich hätte es besser wissen müssen, denn mit der Zeit wurden aus den Tagen zwischen seinen Besuchen Wochen und schließlich Monate. Er kam so selten und unregelmäßig, dass ich ihn zeitweise wieder vergaß, bis er plötzlich mit neuen Geschenken und Blumen vor unserer Tür stand und meiner Mutter das Blaue vom Himmel versprach. So ging das einige Jahre, bis meine Mutter unvorhergesehen schwanger wurde. Doch zwischen dem Zeitpunkt, zu dem sich die Wölbung ihres Bauches nicht mehr auf üppige Mahlzeiten schieben ließ, und dem Moment, in dem unser Vater zurückkehrte, vergingen erneut Monate. Sie stand bereits kurz vor der Geburt, als er das Resultat seines letzten Besuches erblickte.«

Ich unterbrach meine Erzählung, die mir vorkam wie ein ellenlanger Monolog, den ich normalerweise auf einem ausgiebigen einsamen Strandspaziergang geführt hätte, und suchte nach Hinweisen in Neos Augen. Er betrachtete mich schweigend, aber aufmerksam. Sein Daumen kreiste sanft über meinen Handrücken und spendeten mir Kraft, um mit meiner Geschichte fortzufahren. Ich räusperte mich, doch die Trockenheit in meinem Mund blieb. »Meine Mutter flehte ihn regelrecht an bei uns auf der Insel zu bleiben, doch er antwortete, dass er auf dem Festland Pflichten zu erfüllen habe. Keine Ahnung, was er damit meinte – vielleicht hatte er sich über die Jahre noch eine andere Familie zugelegt. Jedenfalls artete der angestaute Frust in einem riesigen Streit zwischen allen Beteiligten aus. Meine Mutter zog plötzlich wieder in Erwägung, für meinen Vater aufs Festland zu ziehen, aber für Phil und mich kam das gar nicht infrage, vor allem für mich nicht. Ihr Festländer mögt euch darüber lustig machen, dass unsere Insel so verschlafen und abgeschieden ist, aber dieser Umstand war genau das, was ich nach unserem Umzug gebraucht hatte. Für mich stand sie für Sicherheit, Freundschaft und ein unbeschwertes Leben im Hause meiner Großmutter. Niemand hätte einfach so verschwinden können, wie es mein Vater stets getan hatte, weil eigentlich nie Schiffe bei uns angelegten. Unsere Gemeinschaft war dazu gezwungen zusammenzuhalten und ich wusste, dass wir uns immer aufeinander verlassen konnten. Außerdem hatte ich in Leah und Flynn Freunde gefunden, die ich nie wieder missen wollte. Nach all den Strapazen wollte ich einfach nur meinen Frieden finden und aufhören darum bangen zu müssen, ob und wann mein Vater zurückkehren würde. Das Artefakt zeigte mir vorhin den Moment, in dem ich mich zum ersten Mal in den Streit eingemischt habe. Damals habe ich meiner Mutter ziemlich gemeine Dinge an den Kopf geworfen. Zum Beispiel, wie sie nur so naiv sein könne jedes Mal auf Neue auf unseren Vater hereinzufallen. Wieso sie zugelassen hatte, dass er ein weiteres Kind in die Welt setzte, das er genauso am langen Arm verhungern lassen würde wie Phil und mich. Schließlich wandte ich mich direkt an meinen Vater und schrie ihm ins Gesicht, dass er für mich gestoben sei und dass ich mir sehnlichst wünsche ihn nie wiedersehen zu müssen. Wortwörtlich klang es wohl in etwa so: ›Es ist mir egal, ob du bei deiner Rückfahrt ertrinkst, von einem Hai gefressen wirst oder einfach im Meer verloren gehst, Hauptsache, ich muss dein verlogenes Lächeln nie wiedersehen.‹ Das war die einzige Situation, an die ich mich erinnern kann, in der ich jemals so ausfallend geworden bin. Und es sollte auch das einzige Mal bleiben, dass sich einer meiner Wünsche erfüllte. Denn er kam nicht zurück, Neo ... Nie wieder. Und ich glaube, dass mir meine Mutter diese Tatsache bis heute nicht verziehen hat.«

Stille breitete sich zwischen uns aus. Ich blickte auf unsere verflochtenen Finger hinab und versuchte die Gefühle auszublenden, die in mir umherwirbelten, doch so ganz wollte es mir nicht gelingen. Auch nach so vielen Jahren wusste ich noch immer nicht, wie ich über das letzte Gespräch zwischen mir und meinem Vater denken sollte. Durfte ich stolz darauf sein, dass ich ihm endlich die Stirn geboten hatte und für meine Mutter und mich eingestanden war? Oder sollte ich mich lieber in Grund und Boden schämen, weil ich ihm indirekt den Tod gewünscht hatte?

»Das tut mir leid, Bell«, drang Neos aufrichtige Stimme an mein Ohr. »Ich hoffe, du weißt, dass es nicht deine Schuld wäre, wenn ihm wirklich etwas zugestoßen sein sollte.«

»Aber ich habe es ihm gewünscht«, erwiderte ich leise. »Und ehrlich gesagt bin ich mir nicht sicher, ob ich ihm heute etwas anderes sagen würde, wenn ich noch mal in der Zeit zurückreisen könnte. Es macht mich zu einem Monster, dass ich so über meinen eigenen Vater spreche, oder?«

»Nein.« Neo antwortete, ohne auch nur den kleinsten Moment zu zögern. »Seine Familie kann man sich leider nicht aussuchen, Bell. Er hatte seine Chance. Wer weiß, vielleicht liegst du ja auch richtig und er lebt mittlerweile bei einer anderen Familie. Du hast alles Recht der Welt, wütend auf ihn zu sein.«

Seine Worte entlockten mir ein sarkastisches Schmunzeln. Verschwörerisch blickte ich zu ihm auf. »Ich weiß nicht, ob es unseren moralischen Vorstellungen guttut, wenn wir uns austauschen. Irgendwie habe ich das Gefühl, dass wir beide etwas verkorkst sind.«

»Kann sein.« Lächelnd ließ er meine Hand los und änderte seine Sitzposition, sodass wir wieder Schulter an Schulter saßen. Anschließend legte er einen Arm um mich und zog mich sanft an seine Seite. Kaum spürte ich die Wärme seines Körpers, begannen die vorwurfsvollen Stimmen in meinem Kopf zu verstummen. Es war erstaunlich, wie viel eine bloße Umarmung auszurichten vermochte. Wäre es doch nur immer so einfach seinen Sorgen und Zweifeln zu entkommen ...

»Obwohl mich diese Erinnerung lange Zeit gequält hat, hat es sich beim Blick in den Spiegel weniger schlimm angefühlt, als ich erwartet hätte«, gab ich nach einiger Zeit zu. »Im Vergleich zu dem, was du bereits durchleben musstest, erscheinen mir meine eigenen Probleme beinahe lächerlich.«

»Das kommt daher, weil dein Herz bereits mit der Vergangenheit abgeschlossen hat. Der Spiegel soll seinen Finder dahingehend testen, ob dieser bereit ist sich mit seiner Vergangenheit auseinanderzusetzen. Wie du weißt, sollen die Artefakte die Werte prüfen, die ein vorbildlicher Anführer haben sollte. Dazu gehört eben auch, dass man seine Vergangenheit zwar nicht verleugnet, aber dennoch bereit ist mit ihr abzuschließen und nach vorn zu schauen. Meine Erinnerungen an die Sache mit dem Zirkel sitzen einfach noch zu tief, darum konnte ich den Schmerz während meiner Prüfung nicht ertragen. Du hingegen hast zwar auch Zweifel, aber grundsätzlich scheinst du zu wissen, dass du das Geschehene eh nicht ändern kannst, und hast damit abgeschlossen. Es hindert dich nicht mehr daran, in die Zukunft zu gehen – und genau das ist das Sinn dieser Lektion.«

Wir schwiegen eine Weile und hingen unseren eigenen Gedanken nach, während die Nachtluft um uns herum immer kälter wurde. Schließlich räusperte sich Neo und tätschelte meine Schulter. »Wollen wir hinunterklettern?«

»Und dann? Zur Feier zurückkehren, damit du mich nach der nächsten Kartenrunde wieder allein lässt?«

»Ich muss noch einige Aufzeichnungen des Zirkels studieren, um wenigstens nach einer vagen Spur zum Verbleib des zweiten Artefaktes zu suchen. Wenn du möchtest, darfst du mir gern dabei Gesellschaft leisten.«

Sofort spürte ich ein Prickeln in meinem Bauch. »Wenn es dir nichts ausmacht?«

»Nein, natürlich nicht. Sonst hätte ich dich nicht gefragt.« Neo beugte sich so weit vor, sodass seine Nasenspitze leicht über mein Gesicht strich. Obwohl die Berührung so zart und flüchtig war, reichte sie aus, um das Prickeln in einen Orkan zu verwandeln. »Dann lass uns gehen.«

Als ich Anstalten machte, über den Rand des Mastkorbs zu klettern, reichte mir Neo seine Hand und half mir dabei, das Sicherheitsseil umzulegen. Der Abstieg fiel mir wesentlich leichter, als ich es vermutet hatte. Es dauerte gar nicht so lang, bis ich wieder festen Boden unter den Füßen hatte und wir gemeinsam auf den Aufbau zugingen. Während wir den Flur durchquerten, blieb es mucksmäuschenstill. Nala schien immer noch unter Deck zu sein und zu feiern. Obwohl sie vermutlich die Letzte war, um die ich mich sorgen musste, hätte ich sie lieber in unserer Kammer gewusst als auf dieser Feier. Hoffentlich behielten sie und Kai die Kontrolle darüber, wie viel Alkohol sie verkrafteten.

Als wir Neos Zimmer betraten, stellte ich fest, dass es noch genauso aussah, wie ich es in Erinnerung hatte. Nur mit dem Unterschied, dass überall auf dem Bett verteilt Karten und Notizen lagen. Neugierig trat ich näher und betrachtete die Papiere. »Ist meine Heimat auch auf einer dieser Karten verzeichnet?«

Neo stellte sich so dicht neben mich, dass sich unsere Arme leicht berührten. Sofort sprang die Wärme seines Körpers auf mich über.

»Hier, schau mal«, sagte er lächelnd und legte seinen Zeigefinger auf einen eingezeichneten kleinen Punkt. Stirnrunzelnd neigte ich den Kopf. »Bist du dir sicher? Diese Insel liegt ziemlich hoch im Norden.«

Neos Finger legten sich um mein Handgelenk und hoben es behutsam an. Er führte es auf die Karte und griff nach meinem Zeigefinger, um diesen langsam über das Papier zu führen. Das Pergament unter meiner Fingerspitze fühlte sich dabei etwas rau an, doch der Großteil meiner Konzentration fokussierte sich sowieso mehr auf das Gefühl, das von Neos Berührungen ausgelöst wurde. Mein Mund wurde so trocken, dass ich heftig schlucken musste. Um mich etwas abzulenken, versuchte ich meine Aufmerksamkeit wieder auf die Karte zu lenken. Neo hatte meinen Finger unterdessen auf das Festland gelegt. Es war der einzige geografische Punkt, den ich schon beim ersten Blick auf die Landkarte erkannt hatte, obwohl aufgrund der Größe nur ein Teil der Ost- und Nordgrenze verzeichnet war. Die kleinen Punkte, die wohl die umliegenden Inseln darstellten, erinnerten mich an den Abdruck zerdrückter Obstfliegen. Ich hatte noch immer keine Ahnung, welcher dieser Pünktchen meine Heimat sein sollte.

»Hier befindet sich Königstein, die wohl wichtigste Stadt unseres Landes«, erklärte Neo, während er meinen Finger auf eine eingezeichnete Stadt im Nordosten des Festlandes bewegte. Bildete ich mir das nur ein oder klang seine Stimme etwas rauer als sonst?

»Wie der Name schon vermuten lässt, befindet sich hier der Sitz der Königsfamilie. Die Legende besagt, dass Königstein vor Hunderten Jahren nur eine kahle Ebene war, auf der es kaum Rohstoffe gab. Lediglich Steine, aus denen der damalige König eine kleine Hafenstadt errichten wollte, wurden dort in unterirdischen Gängen abgebaut. Als er das Werk eines Tages besuchte und selbst die Axt schwang, entdeckte er ein glänzendes Juwel, das er als Zeichen deutete, seinen Machtsitz auf genau diese Ebene zu verlagern. Angeblich ist dies der Grund, weshalb die Stadt dort erbaut wurde.«

Ich nickte interessiert, obwohl ich mich während Neos Erklärungen mehr auf den Klang seiner Stimme konzentriert hatte als auf die eigentliche Erzählung. Um den Schein nicht auffliegen zu lassen, versuchte ich eine Frage aus den paar Wortfetzen zu formulieren, bei denen ich zugehört hatte. »Und was ist aus der geplanten Hafenstadt geworden?«

Neos Augenbrauen zogen sich verwundert zusammen, doch das Lächeln auf seinen Lippen wurde zunehmend breiter. »Die Hafenstadt? Nun, der König hat sie nicht weiter ausgebaut. Die wenigen Häuser, die bereits errichtet worden waren, wurden von einer Handvoll Menschen besiedelt, die kein Problem mit der Abgelegenheit des Ortes hatten. Später wurden die Gebäude zu großen Höfen umgebaut. Tatsächlich –« Neo verstummte abrupt. Überrascht blickte ich ihn an und stellte fest, dass sein Lächeln schlagartig verblasst war. Als er fortfuhr, war seine Stimme wesentlich leiser als zuvor. »Tatsächlich befindet sich der Hof meiner Familie in der Region ebendieser Hafenstadt. Sie ist nicht einmal einen Tagesritt entfernt.« Neo führte meinen Finger auf einen Punkt an der Ostküste, der relativ nördlich lag. Ich entdeckte eine winzige Halbinsel, ehe Neo meinen Finger darauf platzierte und sie somit verdeckte. »Hier ist sie«, murmelte er leise. Als er zu mir hinabsah, versuchte er zwar sich ein Lächeln abzuringen, doch es vermochte mich nicht über den traurigen Ausdruck in seinen Augen hinwegzutäuschen.

»Wann hast du sie zuletzt gesehen?«, fragte ich vorsichtig.

»Bevor mich der Zirkel entdeckt und verschleppt hat.« Seine Stimme klang kälter als die Nachtluft. »Ich war damals acht Jahre alt.«

»Und wann war dieser *Vorfall* mit dem Zirkel?«

»Vor knapp zwei Jahren, wieso?«

»Hättest du deine Familie danach nicht besuchen können?«

Neo schnaufte kopfschüttelnd. »Und dann? Was hätte ich ihnen sagen sollen? Hallo, ihr Lieben, hier ist euer unfähiger Sohn, der aus Versehen die stärkste und wichtigste Institution im Kampf gegen die Götter ausgelöscht hat, weshalb unsere Welt innerhalb der nächsten Jahre wohl auf den Meeresboden sinken wird, aber ich hoffe, dass ihr euch dennoch freut mich wiederzusehen.«

Schmollend verzog ich meine Lippen. »Erstens hast du den Zirkel nicht ausgelöscht, sondern aus Versehen seine Position verraten, und zweitens haben sie dich bestimmt schrecklich vermisst! Gar nicht auszumalen, wie besorgt sie seit deiner Entführung sein müssen ... Ich kann mir jedenfalls nicht vorstellen, dass sie dich einfach weggeschickt hätten.«

Ein unschlüssiger Ausdruck schlich sich in Neos Miene. Er verlagerte sein Gewicht, wie ich es sonst nur von mir gewohnt war, wenn ich nervös wurde. »Na ja, es gibt da auch noch einen anderen Grund, denn ich hatte nicht nur Angst vor ihrer Reaktion, sondern auch davor, was ich ihnen mit meinem Auftauchen antun könnte. Narius wusste natürlich, dass ich der einzige überlebende Halbgott war, weshalb er mir all seine Untoten auf den Hals hetzte, nachdem ich meinen Zweck als Strohpuppe erfüllt hatte. Ich konnte nie wissen, ob ich gerade beobachtet oder verfolgt wurde. Wenn ich mich meiner Familie genähert hätte, hätte Narius sicherlich davon erfahren. Ich glaube, wir können uns beide denken, was er mit ihnen angestellt hätte ...«

Neos Erklärung klang einleuchtend, aber gleichzeitig warf sie eine andere Frage auf, die mich schon beschäftigte, seitdem wir uns kennengelernt hatten. Ob *das* die Lösung sein könnte? »Fragst du Menschen deswegen nicht nach ihren Namen? Weil du Angst hast, dass Narius auf die Idee kommen könnte, dass diese Leute zu dir gehören?«

Neos Griff um meine Hand verstärkte sich. »Du bist gut darin, zwischen den Zeilen zu lesen, Bell. Es gibt da aber auch noch einen weiteren Grund, wieso ich keine Namen wissen möchte. Ich –« Erneut verstummte er, ohne seinen Satz zu beenden.

Während ich in seine Augen blickte, konnte ich förmlich dabei zusehen, wie die widersprüchlichsten Emotionen darin kämpften. Ich vermutete, dass Neo seine Gefühle gern in Worte gefasst hätte, aber irgendetwas schien ihn davon abzuhalten. Vielleicht war es die Angst davor, dass seine Sorgen nicht ernst genommen werden würden? Dass er sich lächerlich machte oder zurückgewiesen wurde? Diese Gedanken gingen zumindest mir oft durch den Kopf, ehe ich mich traute über meine eigenen Ängste zu sprechen.

Sanft verflocht ich unsere Finger miteinander. »Was ist der andere Grund dafür, Neo?«

Er schenkte mir ein mattes Lächeln. »Vermutlich nicht so wichtig.«

»Wieso nicht? Wenn es dich belastet, ist es wichtig. Über seine Gefühle zu sprechen sollte kein Privileg sein, das man sich erst verdienen muss, Neo. Deine Sorgen und Ängste haben die gleiche Daseinsberechtigung wie die aller anderen Lebewesen auch.«

Er schwieg für einen Moment und ich hoffte, dass ihn meine Worte irgendwie erreicht hatten oder er zumindest darüber nachdachte. Sie schienen ihre Wirkung immerhin nicht ganz verfehlt zu haben, denn nach einigem Zögern setzte Neo erneut zum Sprechen an.

»Aber *ich* bin der Grund, weshalb sich so viele andere Menschen fürchten und sorgen müssen. Wir haben viel wichtigere Probleme, zum Beispiel die Suche nach den verbliebenden Artefakten. Ich kann es mir nicht leisten, in Selbstmitleid zu ertrinken. Das Schicksal der Menschen lastet auf meinen Schultern.«

»Aber wie willst du die Menschheit retten, wenn du nicht einmal auf dich selbst achtgibst?«

Erneut füllte Schweigen den Raum. Ich beobachtete, wie seine Kiefermuskeln aufeinander rieben, während sein Blick immer weiter abdriftete. Etwas zögerlich legte ich meinen Kopf an seine Schulter und sah in seine ozeanfarbenen Augen.

Als sich diese auf mein Gesicht richteten, formten Neos Lippen ein zurückhaltendes Lächeln. »Wieso habe ich das Gefühl, dass wir plötzlich die Rollen getauscht haben?«

»Nicht ablenken«, erwiderte ich sanft lächelnd. »Sag mir, wovor du dich fürchtest.«

»Hm, also, wenn du so fragst: vor Tariks Eintopf, aber das zählt wohl nicht, oder?«, versuchte er zu scherzen, doch seine Augen lächelten nicht mit. Schweigend betrachtete ich ihn, bis er seufzend die Augen rollte. »Gut, dann fürchte ich mich eben vor dem Weltuntergang. Oder davor, dass ich erneut versagen könnte und meinetwegen die gesamte Menschheit ausgerottet wird. Möglicherweise will ich keine Namen von Fremden wissen, weil ich keine persönlichen Geschichten mit ihnen verknüpfen will, wenn sie meinetwegen sterben. Vielleicht traue ich mir seit dem Überfall auf den Zirkel selbst nicht mehr über den Weg und habe Angst davor, dass ich diesen Fehler wiederholen könnte. Aber wenn ich den Namen eines Menschen nicht kenne, könnte ich ihn logischerweise selbst dann nicht verraten, wenn Narius mich foltern oder erpressen würde. Und vielleicht wollte ich damals um jeden Preis verhindern mehr über dich zu erfahren, weil ich von Anfang an gespürt habe, dass ich viel zu egoistisch bin, um mich trotz allem von dir fernzuhalten.«

Perplex öffnete ich meine Lippen. Dabei konnte ich nicht einmal sagen, welches seiner Geständnisse mich mehr überraschte. »Aber als du mich vor dem Untoten gerettet hast, sagtest du –«

»Dumme Lügen, weil ich zu feige war dir und mir gegenüber ehrlich zu sein.« Als sich sein Mund zu einem Schmunzeln verzog, wirkte es zum ersten Mal ehrlich amüsiert. »Hast du wirklich geglaubt, dass wir unsere göttlichen Kräfte durch Küsse übertragen?«

Sofort schoss mir das Blut in die Wangen. Sprachlos starrte ich den Halbgott an. Es war mir unbegreiflich, wie unser Gespräch plötzlich eine so unvorhergesehene Wendung hatte nehmen können. Das Tempo, in dem sich Neo mir gegenüber mit einem Mal öffnete, ließ mich ganz schwindelig werden. »Also war es doch ein ... Kuss?!«, fragte ich ungläubig. »Aber ... wieso?«

Neo schnaufte amüsiert. »Weißt du was? Ich nehme mein Lob von vorhin wieder zurück. Anscheinend habe ich deine Fähigkeit, zwischen den Zeilen zu lesen, maßlos überschätzt!«

Ich wollte etwas erwidern, doch ehe es dazu kam, beugte er sich zu mir herab und drückte seine Lippen sanft auf meine. Zwar kam dieser Kuss genauso unerwartet wie der letzte, doch dieses Mal war er mir von der ersten Sekunde an so vertraut, als wäre er einer von Dutzenden. Als Neo seine Arme um meine Taille legte und mich enger an seinen Körper heranzog, fühlte ich mich, als hätte er mich nach unserem letzten Kuss nie wieder losgelassen. Obwohl ich versucht hatte zu vergessen, wie gut seine Lippen schmeckten, kehrte die Erinnerung sofort zu mir zurück. Langsam erlangte ich die Kontrolle über meinen Körper wieder und schlang meine Arme um seinen Hals, um den Abstand zwischen uns auf das absolute Minimum zu reduzieren.

Mein Herz schlug kräftig in meiner Brust, doch ausnahmsweise kümmerte es mich nicht, ob Neo es ebenfalls spürte. Das Gefühl, wie unsere Lippen miteinander verschmolzen, ließ alle anderen Gedanken und Sorgen verblassen. Sie wirkten nichtig im Vergleich zu dem, was ich während unseres Kusses spürte. Das Prickeln in meinem Bauch breitete sich schon bald bis in meine Zehenspitzen aus und die Wärme, die mir Neos Körper schenkte, brachte mein Blut zum Kochen. Noch nie hatte ich erlebt, dass sich eine *Berührung* so sehr nach Heimkommen anfühlte.

Widerwillig lösten wir unsere Münder voneinander, um nach Luft zu schnappen. Neo nutzte die kurze Zwangspause, um seine Stirn schief grinsend an meine zu legen. »Glaubst du, du hast es jetzt verstanden, Inselmädchen?«

Ich hatte keine Ahnung, woher plötzlich dieses Selbstbewusstsein kam, aber auch ich verzog herausfordernd die Lippen. »Ich bin mir nicht sicher, Halbgott: Vielleicht wiederholst du es noch mal für mich?«

Neo schien genauso erstaunt über meine Aussage zu sein wie ich selbst, denn ich beobachtete, wie sich seine Augen sichtlich weiteten. Doch dann schnaufte er belustigt und schüttelte den Kopf, ehe er sein Geständnis wiederholte – wieder und wieder und wieder.

# Kapitel 5

Als ich meine Augen aufschlug, spürte ich sofort, dass es ungewöhnlich warm war. Ich blinzelte der Sonne entgegen, deren Licht durch ein riesiges Fenster ins Zimmer fiel und mir Tränen in die Augen trieb. Gähnend rieb ich sie fort und gönnte mir etwas Ruhe, während mein Verstand langsam aus seinem Tiefschlaf erwachte. Komisch, irgendwie hatte ich das Fenster in Nalas Zimmer wesentlich kleiner in Erinnerung gehabt. Bisher war ich von meinem Schlafplatz, ihrem Sofa, aus auch noch nie von den einfallenden Sonnenstrahlen geblendet worden. Und irgendwie trug die schwere Bettdecke auf meinem Körper einen Duft, der mir zwar durchaus bekannt vorkam, aber nicht im Zusammenhang mit Nala oder mir …

Schlagartig war ich hellwach. Nun registrierte ich auch die gleichmäßige Bewegung an meinem Rücken und die zwei Arme, die mich fest umschlungen hielten. Langsam kehrten meine Erinnerungen zurück. Meine Wangen fühlten sich mit einem Mal so warm an, dass ich ausschließen durfte, dass dieser Umstand allein dem Sonnenlicht geschuldet war. So behutsam, wie es mir nur möglich war, drehte ich mich in der Umarmung um und legte mich auf den Rücken. Neos Gesicht war zum Großteil mit pechschwarzen Haarsträhnen bedeckt, doch durch sie hindurch erkannte ich, dass seine Augen noch immer fest geschlossen waren. Erleichtert atmete ich durch und blickte zur Zimmerdecke auf. Wenigstens schien mir etwas Zeit zu bleiben, um mir zu überlegen, was ich –

»Guten Morgen, Inselmädchen.«

Sofort stahl sich mein Blick wieder auf Neos Gesicht. Zwischen seinem

Haar funkelten mir nun hellblaue Iriden entgegen, die von einem matten Schleier überzogen waren. Meine Mundwinkel zuckten amüsiert. Neo schien genauso ungern aufzuwachen wie ich.

»Guten Morgen«, erwiderte ich leise, während meine Hand wie von selbst auf sein Gesicht zuwanderte. Behutsam strich ich das verirrte Haar aus seiner Stirn und steckte die Strähnen hinter seinem Ohr fest. Während er mich gewähren ließ, schienen seine Augen jede meiner Bewegungen aufmerksam zu verfolgen. Als ich fertig war und meine Hand zurückziehen wollte, griff er danach und verschränkte sanft unsere Finger. »Hast du gut geschlafen?«

Ich nickte vorsichtig. Tatsächlich hatte ich geschlafen wie ein Stein, aber das nervöse Kribbeln in meinem Bauch ließ die Erholung immer weiter schwinden. Das Gefühl erinnerte mich an den Schwarm Glühwürmchen, den wir in der vorherigen Nacht im Urwald beobachtet hatten. Anscheinend hatten die Tierchen die Lichtung verlassen und schwirrten stattdessen nun in meinem Bauch umher. Obwohl die Stille zwischen uns keinesfalls unangenehm oder angespannt wirkte, verspürte ich plötzlich das Bedürfnis, auch etwas zu sagen – aber was? Fieberhaft dachte ich darüber nach, doch mir wollte auf die Schnelle nichts einfallen. So dicht neben Neo zu liegen, von seinem Körper gewärmt und von seinem Duft benebelt zu werden schien meinem Verstand nicht sonderlich zu bekommen.

»Und du?« *Was für eine einfallsreiche Gegenfrage.*

Neos Lächeln wirkte dennoch aufrichtig. »Tief und fest. Wir –«

Im nächsten Moment hörte ich, wie die Tür schwungvoll aufgestoßen wurde. Noch bevor sie gegen die Wand schlug, ertönte Nalas gut gelaunte Stimme. »Hey, Neo, sag mal, hast du zufällig Bell geseh –?«

Sie verstummte so abrupt, als hätte ihr jemand eine Hand auf den Mund gelegt. Vor Verlegenheit wurde mir so heiß, als hätte ich einen ganzen Tag lang in der prallen Sonne gelegen. Trotzdem hätte ich mich am liebsten unter der warmen Bettdecke verkrochen, obwohl ich gar nicht wusste, weshalb ich mich eigentlich so sehr schämte. Es war ja nicht so, als hätten Neo und ich irgendetwas Verbotenes getan ...

»Oh, ähm ...« Noch während Nala um Wörter rang, verdrehte Neo seufzend die Augen und legte sich ebenfalls auf den Rücken, um sie ansehen zu können. Dadurch, dass seine breiten Schultern mich nicht länger wie eine Mauer verbargen, war auch ich gezwungen in Nalas kreidebleiches Gesicht zu blicken. »Nun, jetzt weißt du ja, wo sie ist«, stellte Neo trocken fest. »Sonst noch was?«

Nalas Blick huschte zwischen uns hin und her. Dann räusperte sie sich und fuhr sich verlegen durchs Haar. »Kai und ich wollten was mit dir besprechen, wir warten nebenan.« Ohne ein weiteres Wort machte sie auf dem Absatz kehrt und lief wieder zur Tür hinüber. Im Vergleich zu sonst wirkten ihre Schritte hölzern und verkrampft. Erst als die Tür leise hinter ihr ins Schloss fiel, erlaubte ich mir meinen angehaltenen Atem auszustoßen.

»Mach dir keinen Kopf, Bell«, versuchte mich Neo prompt zu beruhigen, »sie war nur überrascht, mehr nicht. Es gibt keinen Grund für sie, deshalb irgendwie seltsam zu werden.«

»Ach nein?«

Der Halbgott drehte mir wieder sein Gesicht zu und schüttelte leicht den Kopf. »Wir sind enge Freunde, mehr aber auch nicht. Das war schon immer so, es gibt also keinen Grund für sie, eifersüchtig zu sein. Ich könnte mir vorstellen, dass sie sich etwas übergangen fühlt, weil ihr weder ihr bester Freund noch ihre beste Freundin *hiervon* erzählt hat, aber im Endeffekt geht es sie nichts an und wir sind ihr keine Rechenschaft schuldig. Es wird ihr nur unangenehm sein, dass sie hier einfach so hereingeschneit ist. Mach dir keinen Kopf, Bell!«

Lächelnd streckte er einen Arm nach mir aus und strich mit seinen Fingerspitzen über meine Stirn. Das Leuchten seiner Augen befeuerte das Prickeln in meinem Körper. Er sah so glücklich aus. Unbeschwert. Emotionen, die ich in letzter Zeit viel zu selten auf seinem markanten Gesicht gesehen hatte.

Ohne Vorwarnung beugte er sich plötzlich über mich und stützte seine Unterarme links und rechts von meinem Kopf ab. Ehe ich begriff, was er vorhatte, spürte ich bereits seine Lippen, die sich hauchzart auf meine Stirn legten. Selbst als er sie wieder gelöst hatte, konnte ich die Berührung noch nachklingen spüren. Aus großen Augen blickte ich zu ihm auf. Neo schmunzelte. »Was? Ich muss doch sicherstellen, dass du nicht wieder vergisst, was ich dir gestern Nacht mühsam erklärt habe.«

Spöttisch hob ich eine Augenbraue. »*Mühsam?*«

Neo gluckste vergnügt und stupste seine Nasenspitze kurz gegen meine, ehe er sich aufrichtete und das breite Bett verließ. »Na gut, ich gebe zu, dass ich mir wesentlich schlimmere Abendbeschäftigungen hätte vorstellen können.«

Ruckartig drehte ich mich auf die Seite und stützte meinen Kopf auf meinem angewinkelten Arm ab. Mit der freien Hand griff ich nach einem der Kissen und warf es nach Neo. Erstaunlicherweise traf ich ihn sogar an der Schulter. »Pass auf, was du sagst!«, wies ich ihn in gespielt beleidigtem Ton zurecht. »Wenn es *so* ist, schlafe ich ab heute wieder bei Nala.«

Neo fuhr zu mir herum und legte sich ergriffen eine Hand auf die nackte Brust. »Also, das kann ich natürlich nicht zulassen! Hier, als Entschuldigung habe ich dir schon deine Kleidung zusammengesucht.«

Kopfschüttelnd setzte ich mich auf und griff nach meinen Anziehsachen, die Neo gerade auf der Bettkante abgelegt hatte. Gestern Nacht hatte er mir freundlicherweise eines seiner Hemden und eine bequeme, wenn auch viel zu große Hose überlassen, damit ich es etwas gemütlicher hatte. Während ich mich nun umzog, hoffe ich insgeheim, dass er mir das Hemd am Abend wiedergeben würde. Schließlich roch es so gut nach Seeluft, nach Meer und nach ... Neo eben.

Nachdem wir uns beide umgezogen hatten, griff er so selbstverständlich nach meiner Hand, als würde uns diese Angewohnheit schon seit Jahren begleiten. Nicht, dass ich etwas dagegen hätte, denn obwohl ich nicht leugnen konnte, dass mich Neo auf seine verkorkste Art schon immer fasziniert hatte, hatte sich diese Empfindung in letzter Zeit noch einmal deutlich verstärkt. Das aufregende Kribbeln, das ich seit Neustem schon verspürte, wenn wir einander nur ansahen, durfte gern bleiben. Ob das diese Verliebtheit war, von der mir Phil damals erzählt hatte, nachdem er Mary kennengelernt hatte? Ich erinnere mich noch ganz genau daran, wie er vergeblich versucht hatte mir zu beschreiben, wie sich dieses Gefühl bemerkbar machte und woher man wusste, ob man sich verliebt hatte oder nicht. Damals hatte ich es noch nicht nachvollziehen können und mich ständig darüber lustig gemacht, wie

Phil stundenlang von den kleinsten Gesten und Eigenheiten Marys geschwärmt hatte. Würden wir heute miteinander über Neo sprechen, würde er wohl verständnislos den Kopf schütteln. Dennoch hoffte ich, dass ich irgendwann die Gelegenheit dazu bekommen würde, dieses Gespräch mit meinem Bruder zu führen. Denn auch wenn ich mich mittlerweile ziemlich wohl auf dem Schiff fühlte, vermochte mich selbst Neo nicht über die Sehnsucht nach meiner Familie hinwegzutrösten, die mit jedem Tag schmerzhafter wurde.

Gemeinsam verließen wir das Zimmer und gingen den Flur entlang, bis Neo unvermittelt vor einer weiteren Tür stehen blieb. Während seine Hand nach dem Türgriff fasste, zwinkerte er mir lächelnd zu. Noch im selben Moment spürte ich, wie sich meine Wangen erwärmten. Wie schaffte er es nur, mich mit einer so simplen Geste so in Verlegenheit zu bringen?

Neo öffnete die Tür und schob mich sanft in den kleinen Raum, der nur von dem Licht erhellt wurde, das durch ein kleines Bullauge hineinfiel. In den Sonnenstrahlen erkannte ich feine Staubpartikel, die durch die Luft trieben. Dieses Zimmer schien die Besatzung wohl genauso sehr zu vernachlässigen wie die Kammern unter Deck, in denen sich der Staub gefühlt stapelte.

Während ich mich umsah, fiel mein Blick sofort auf das einzige Möbelstück im Raum. Der kreisförmige Tisch, dessen geschwungenen Beine aus Gold gefertigt waren, nahm fast den gesamten Platz des Zimmers ein. Hinter ihm standen Nala und Kai, die mir mit ziemlich gegensätzlichem Gesichtsausdruck entgegensahen. Um mich zu versichern, dass Neo mich in dieser etwas unangenehmen Situation nicht allein ließ, verstärkte ich den Druck unseres Handgriffs. Als hätte er meine Gedanken gelesen, ließ er seinen Daumen beruhigend über meinen Handrücken kreisen.

»Ausgeschlafen?«, flötete Kai scheinheilig, doch weder Neo noch ich gingen auf seine Anspielung ein.

Schweigend traten wir an den Tisch heran. Ich staunte nicht schlecht, als ich unter den herumliegenden Papieren mit einem Mal das Artefakt entdeckte.

»Wir haben großes Glück«, ergriff Nala das Wort, wobei ihre Stimme das genaue Gegenteil ausstrahlte. »Der Zirkel hatte Recht in der Annahme, dass das erste Artefakt wohl am schwierigsten zu finden sei, denn es birgt einen Hinweis, der im Gegensatz zu den vorherigen Rätseln, die uns letztlich zum ersten Artefakt geführt haben, erstaunlich konkret ist.«

Neo streckte seine Hand nach dem Spiegel aus und ließ seine Finger langsam über den goldenen Griff gleiten. »Hast du diesen Hinweis schon gefunden?«

Nala nickte, ehe sie etwas zögerlich neben Neo trat und mit ihrem Zeigefinger auf das Glas tippte. Ich staunte nicht schlecht, als plötzlich leuchtende Buchstaben über dem Spiegelbild auftauchten. Um sie besser lesen zu können, neigte ich meinen Kopf leicht zur Seite.

> Suche auf dem berühmten Markt nach mir, doch erwarte nicht, dass du mich dort finden wirst. Wo der Mond im Dreieck steht, dort liege ich, aber suche nicht am Himmelszelt. Ich mag eine Waffe sein, jedoch verabscheue ich den, der mich gegen seinesgleichen richtet. Nur wer mich ohne böse Absichten aufsucht, dem öffne ich mein Herz. Kannst du mich finden?

Die Worte klangen noch immer so abstrus, wie ich sie in Erinnerung hatte. Immerhin wusste ich jetzt, dass sie nichts mit dem eigentlichen Spiegel zu tun hatten, sondern bereits einen Hinweis auf den Verbleib des zweiten Artefaktes enthielten.

»Und? Was steht dort?«, fragte Kai in die Runde. Seine Aussage verblüffte mich ein wenig, schließlich stand er dicht neben dem Spiegel und müsste die Wörter aus seiner Position heraus eigentlich gut lesen können.

Nala räusperte sich. »Suche auf dem kleinen Markt nach mir, doch erwarte nicht, dass du mich dort finden wirst. Wo der Mond im Viereck steht, dort liege ich, aber suche nicht am Himmelszelt. Ich mag eine Waffe sein, daher verabscheue ich den, der von meiner Kraft nicht gebraucht. Nur, wer mich mit ernsten Absichten aufsucht, dem öffne ich mein Herz. Kannst du mich finden?«

Ich runzelte die Stirn. Hatte ich nicht gerade noch etwas komplett anderes entziffert? Erneut wanderte mein Blick über die geschwungenen Buchstaben. »Ähm, Nala? Ich glaube, du hast da etwas falsch gelesen ...«

Als ich zu ihr hinübersah, riss sie ihre Augen auf, als hätte ich mich gerade in einen Untoten verwandelt. Auch Neo wirkte sichtlich überrascht und ich begann daran zu zweifeln, ob die anderen wirklich im Unrecht waren. Wenn es niemandem aufgefallen war, hatte ich mich vielleicht doch selbst verlesen.

»Wie meinst du das, Bell?«, fragte Neo scheinbar ruhig, doch ich hörte ein leichtes Beben in seiner Stimme.

»Na ja, statt auf dem kleinen Markt steht doch dort auf dem *berühmten* Markt, oder nicht? Der Mond soll *im Dreieck* stehen, nicht im Viereck, und die letzten zwei Sätze sind vollkommen anders. Erkennt ihr das nicht?«

»Nein, natürlich nicht.«

Kais Stimme klang ungläubig und genauso verwirrt, wie ich mich fühlte. Hatte ich irgendetwas Wichtiges übersehen? Oder vielleicht etwas Falsches gesagt?

»Du kannst diese Schrift also lesen, Bell?«, fragte mich Neo leise, worauf ich mit einem knappen Nicken antwortete.

»Hm, das kommt jetzt überraschend.«

»Wieso?«

Langsam wandte er mir sein Gesicht zu und blickte aus ungläubigen Augen auf mich herab. »Weil dies die Schrift der Götter ist und es abgesehen von ihnen nur zwei Menschen auf der ganzen Welt gibt, die sie entziffern können. Einer von ihnen ist Nala – und die zweite Person wurde nie gefunden.«

Mir blieb die Luft weg. Es fühlte sich an, als hätte jemand einen Karren voll Ziegelsteinen auf meinem Brustkorb abgelegt. Ich musste mich mit einer Hand an der Tischkante abstützen, während ich die andere auf mein Schlüsselbein legte. »Das kann nicht sein«, hauchte ich atemlos. »Ihr müsst da was verwechseln!«

Meine Worte schienen nicht nur mich aus meiner Schockstarre zu befreien. Nala schnappte lauthals nach Luft und stützte ebenfalls eine Hand auf den Tisch. »Das ist unmöglich, Neo! Der Zirkel hat jeden von uns aufgespürt, niemand konnte sich seinem Willen entziehen. Es mag zwar einige entlegene Ecken auf dieser Welt geben, aber glaub mir, dass keine von ihnen zu entlegen für den Zirkel ist. Diese Scheusale waren überall. Sie haben jeden noch so kleinen Kieselstein umgedreht, um uns alle zu finden, zusammenzupferchen und zu trainieren. Falls Bell ihr bisheriges Leben nicht zufällig auf der Insel der Götter verbracht hat, gibt es keine Möglichkeit, dass der Zirkel sie übersehen hat.«

»Tja ... dann wäre das Rätsel um den zweiten Leser wohl gelüftet«, stellte Kai so trocken fest, als würden wir uns gerade über das Wetter unterhalten.

Ich warf ihm einen zornigen Blick zu. »Könntest du vielleicht ein bisschen einfühlsamer sein?«

Überrascht weiteten sich seine Augen. »Hey, ich kann nichts dafür! Außerdem ändert sich doch nichts für dich, oder? Die Schrift kannst du doch sowieso schon dein ganzes Leben lang lesen, du wusstest nur nicht, wie man diese Fähigkeit beim Namen nennt. Jetzt weißt du es eben.«

»Mag sein, aber trotzdem ist es ja wohl etwas seltsam, dass Bell nie gefunden wurde«, sprach Nala meine Gedanken aus. »Sie hätte in den Zirkel gehört, so wie wir alle auch. Bleibt die Frage, wie sie sich so lange bedeckt halten konnte. Vielleicht hatte ja jemand anderes seine Finger im Spiel.«

»Kai hat recht«, stimmte ihm Neo unvermittelt zu und sah mir entgegen. »Ich weiß, dass diese Erkenntnis viele Fragen in dir aufwirft, aber im Endeffekt ist es doch wirklich so plump, wie Kai sagte: Du kennst jetzt den Namen einer Fähigkeit, die dich schon dein ganzes Leben lang begleitet. Und da der Zirkel nicht mehr existiert und du sowieso schon ein Mitglied unserer Mannschaft bist, wird sich nicht viel für dich ändern.«

Ich wollte etwas entgegnen, doch Neo wandte bereits sein Gesicht ab und drehte es stattdessen Nala zu. »Ehrlich gesagt wundert mich mehr, dass ihr zwei verschiedene Fassungen des Rätsels vorgelesen habt.«

Ich beobachtete, wie Nala ihre Arme auf ihre Hüfte stemmte und beleidigt die Lippen stutzte. »Bell hat keinen Unterricht in der Sprache der Götter erhalten – ich hingegen schon. Vermutlich hat sie sich vertan.«

»Du weißt genauso gut wie ich, dass diese Tatsache keinen Unterschied macht«, fiel ihr Neo harsch ins Wort. »Die göttliche Sprache wurde euch beiden *angeboren,* ihr konntet sie lesen, noch bevor ihr ›Mama‹ gebrabbelt habt. Rein physisch seid ihr Leserinnen die Schwächsten der Auserwählten, weil ihr keine göttlichen Kräfte besitzt, die euch im Kampf nützen würden. Darum wollte euch der Zirkel unterrichten, um euch auf potenzielle Kämpfe vorzubereiten. Das Erkennen der Sprache stand dabei lediglich an zweiter Stelle, da es sowieso nichts gab, was man euch dahingehend beibringen konnte. Sei ehrlich zu dir selbst, Nala: Wie oft musstest du ein Krafttraining absolvieren und wie oft hast du deine göttliche Schönschrift geübt?«

Ich beobachtete, wie sich der Ausdruck auf Nalas Gesicht verdüsterte. Sie kam zu mir, wobei sie Neo einen zornigen Blick zuwarf, und stellte sich schließlich an meine Seite. Aus schmalen Augen beäugte sie den Spiegel. »Keine Ahnung«, brummte sie missmutig und zuckte mit den Schultern, »wenn man aus diesem Winkel guckt, sehen die Zeichen etwas anders aus. Mit Fantasie könnte man sich vorstellen, dass die Worte so geschrieben sind, wie Bell sie vorgelesen hat.«

Unschlüssig blickte ich zwischen ihr und Neo hin und her. Als sich unsere Blicke trafen, wurde der Ausdruck auf seiner Miene etwas entspannter. »Also gut, dann lest das Rätsel doch bitte noch einmal vollständig vor.«

Ich blickte kurz zu Nala, doch ihre Lippen waren siegeldicht verschlossen. Also räusperte ich mich und las die Worte ein weiteres Mal vor: »Suche auf dem berühmten Markt nach mir, doch erwarte nicht, dass du mich dort finden wirst. Wo der Mond im Dreieck steht, dort liege ich, aber suche nicht am Himmelszelt. Ich mag eine Waffe sein, jedoch verabscheue ich den, der mich gegen seinesgleichen richtet. Nur, wer mich ohne böse Absichten aufsucht, dem öffne ich mein Herz. Kannst du mich finden?«

»Der berühmte Markt ...«, murmelte Kai nachdenklich und fuhr sich durchs Haar. »Meinst du, dass damit vielleicht die Mondinsel gemeint ist, Neo?«

Augenblicklich leuchteten Neos Augen auf. »Natürlich!«

»Denkt ihr nicht, dass das etwas zu einfach wäre?«, wandte Nala ein, doch die beiden Männer schienen ihr gar nicht mehr zuzuhören.

»Das ist ein genialer Einfall, Kai! Es gibt keinen Ort, der bekannter für seinen Markt ist als die Mondinsel. Vielleicht ist der Name ja auch ein Wortspiel mit dem Hinweis, dass der Mond im Dreieck stehen soll? Wenn ich mich recht erinnere, ist die Insel von vielen wesentlich kleineren Insel umgeben. Vielleicht bilden diese eine Art geografisches Dreieck?«

»Jetzt, wo du es sagst. Ich habe mir die Karte der Region neulich erst angesehen und du hast recht damit, dass die umliegenden Inseln die Eckpunkte eines Dreiecks bilden.« Kais Augen hatten das gleiche Leuchten angenommen wie Neos. »Hey, das war ja mal zur Abwechslung erstaunlich leicht zu erraten! Ich gebe den Kurs sofort an die Mannschaft weiter. Mit etwas Glück und gutem Wind könnten wir bereits morgen in den Hafen der Mondinsel einlaufen.«

Ich hörte, wie Nala neben mir lautstark seufzte. »Hallo, habt ihr mir überhaupt zugehört?«

Ihre Stimme klang sehr gereizt und ich war heilfroh, dass ihre Laune nicht mir galt.

»Das ist zu einfach, Jungs. Wieso sollten es uns die Götter plötzlich so leicht machen? Wir haben Jahre damit verbracht, das verdammte erste Artefakt zu finden. Ich kann mir nicht vorstellen, dass es ab jetzt *so* einfach sein wird.«

»Mag sein, dass wir ewig gesucht haben«, erwiderte Kai ungewohnt verständnisvoll, »aber du darfst nicht vergessen, dass wir in dieser Zeit den Verlust des Zirkels verkraften mussten. Du erinnerst dich doch bestimmt noch daran, wie schwierig es war, den König zu dem Gesetz zu überzeugen, dass ein Mann aus jeder Familie mit mindestens zwei Söhnen unserer Mannschaft beitreten muss, wenn wir ihn dazu auffordern. Die Mannschaft zusammenzutreiben und die unzähligen Hinweise zu verfolgen, die uns letztlich zum Artefakt gebracht haben, hat auch eine Ewigkeit in Anspruch genommen. Außerdem hat doch selbst der Zirkel vorausgesagt, dass das erste Artefakt am schwierigsten zu finden sei. Wer weiß, vielleicht waren sich die Götter sicher, dass Narius es zuerst entdecken würde, und haben die nachfolgenden Prüfungen absichtlich leichter gestaltet, damit er den Wettkampf schnell hinter sich bringen und die restlichen Götter befreien kann.«

»Das würde auf jeden Fall zu ihrem überheblichen Charakter passen«, pflichtete Neo ihm bei. »Außerdem frage ich mich, wo wir deiner Meinung nach sonst mit unserer Suche beginnen sollten, Nala.«

»Ich weiß es nicht«, murmelte sie verdrossen und blickte wieder auf den Spiegel hinab.

Eine bedrückende Stille legte sich über uns und ließ mir den Magen schwer werden. »Ich kann immer noch nicht glauben, dass ich eine Leserin sein soll.«

»Wie gesagt, es wird sich nicht viel für dich ändern«, meinte Kai und schlängelte sich am Tisch vorbei auf die Tür zu. »Allerdings stimme ich dir natürlich zu, dass das alles schon ein ziemlich großer Zufall ist. Sei einfach froh, dass du nicht im Zirkel aufwachsen musstest und den großen Anschlag auf –« Erschrocken riss er sich eine Hand vor den Mund und blickte zu Neo hinüber. Ich hörte, wie Nala laut nach Luft schnappte.

»Ist in Ordnung, Bell weiß Bescheid.«

Neos Stimme klang ruhiger, als ich in dieser Situation erwartet hätte. Wir wechselten einen vielsagenden Blick.

»Du weißt … Bescheid?«, fragte Nala hörbar überrascht. Ihre Stimme klang mindestens zwei Oktaven höher als sonst.

Ich nickte knapp. »Ja, tue ich.«

»Und du steckst das einfach so weg?«

»Na ja, also *einfach* würde ich es vielleicht nicht nennen, aber da niemand die Zeit zurückdrehen kann und Neo seinen Fehler aufrichtig bereut, kann ich damit leben. Er war sicher nicht sein Ziel, diese Menschen sterben zu sehen.«

Nala rümpfte ihre spitze Nase und hob die Augenbrauen. »So, so, das hätte ich überhaupt nicht von dir erwartet. Ehrlich gesagt wundert es mich, dass dich die Sache so kaltlässt, schließlich bist du doch die Moral in Person, oder?«

Ihr zickiger Tonfall irritierte mich. »Worauf willst du hinaus, Nala?«

»Ach, ich meine ja nur. Ich habe erwartet, dass du ihn ab sofort mit Verachtung strafen würdest, so wie es ein Mörder nun mal verdient hätte, aber anscheinend lässt sich dein Gewissen durch weiche Bettlaken und einen trainierten Körper bestechen. Kann man dir aber auch nicht verübeln, schließlich sah es in diesen Belangen ziemlich mau auf deiner Insel aus, oder? Da nimmt man eben, was man kriegen kann.«

Mir klappte der Mund auf. Ich konnte Nala nur anstarren, zu mehr war mein Körper nicht in der Lage. Schulterzuckend wandte sie ihren Blick von mir ab, schob sich an Neo und Kai vorbei und öffnete die Tür. Ohne ein weiteres Wort verschwand sie im Flur. Als die Tür wieder ins Schloss fiel, zuckte mein Körper aufgrund des lauten Geräusches zusammen. »Ähm«, fragte Kai langgezogen, »kann es sein, dass sie durch einen Untoten ersetzt wurde?«

Anstatt auf seine Frage einzugehen, blickte ich zu Neo. Sein Gesicht war kreidebleich, die Lippen leicht geöffnet. Für einen kurzen Moment zog er seine Augenbrauen zusammen, als wäre sein Kopf noch immer damit beschäftigt, Nalas Worte zu verarbeiten. Es dauerte ein wenig, bis sich seine Mimik langsam von Unglauben in Schmerz verwandelte, der so offensichtlich war, dass ich ihn in meinem eigenen Körper widerhallen spürte.

Behutsam streckte ich meine Hand nach seiner aus. Sie fühlte sich so kalt an wie der nächtliche Ozean. Während ich meine Finger mit seinen verschränkte, spürte ich deutlich, wie stark sie zitterten. Ich konnte nur mutmaßen, dass ihn Nalas Worte sehr verletzt haben mussten. Sie war seine Freundin, eine enge Vertraute seit Kindheitstagen. Es war mir unbegreiflich, weshalb ausgerechnet sie so kalt und fies reagieren musste. Obwohl es mich verletzte, wie abwertend und gemein sie über mich gesprochen hatte, taten mir die Worte, die sie an Neo gerichtet hatte, beinahe noch mehr weh. Durch seine dunklen Wimpern hindurch sah ich den Schmerz, der ihn wie ein Strudel hinabsog. Neo blinzelte mehrmals und wandte rasch den Blick ab, ehe ihn das Funkeln verriet. Als er unsere Finger löste, hätte ich am liebsten sofort erneut nach ihnen gegriffen. Doch ehe ich reagieren konnte, hatte sich Neo bereits abgewandt und langte nach dem Türgriff.

»Mach die Mannschaft bereit und nenn ihr den neuen Kurs!«, wies er Kai nüchtern an. Er wartete nicht einmal auf eine Antwort, sondern drückte den Türgriff noch im selben Atemzug herunter und verschwand ebenfalls im Flur. Besorgt blickte Kai ihm hinterher und verschränkte die Arme vor der Brust. »Aye, aye, Käpt'n.«

Schlagartig fand ich meine Stimme wieder. »Wieso hat sie das getan?«

Langsam wanderte Kais Blick zu mir herüber. Seine Miene wirkte angespannt, von dem typischen Funkeln seiner Augen fehlte jede Spur. »Nala ist wohl gerade klargeworden, dass du ihr nicht nur den Titel der einzigen Leserin abgenommen, sondern dich auch noch in eine weitere Position gebracht hast, die sie eigentlich für sich selbst deklariert hatte.«

# Kapitel 6

Wie sich herausstellte, war der Wind nicht auf unserer Seite. Drei Tage vergingen, ehe ich am Bug des Schiffes stand und durch mein Fernrohr hindurch auf eine kleine Inselformation blickte, die nicht allzu weit von uns entfernt lag; drei Tage, in denen die Stimmung an Bord so schlecht gewesen war, als hätten wir eine Woche lang hungern müssen.

Neo hatte seit dem Vorfall mit Nala kaum ein Wort gesagt, weder zu mir noch zu sonst irgendjemandem. Die meiste Zeit hatten wir gemeinsam in seinem Zimmer verbracht und schweigend alte Schriften des Zirkels studiert, um nach Hinweisen auf den Verbleib des zweiten Artefaktes zu suchen; allerdings ohne ein bahnbrechendes Ergebnis zu erzielen. Den Text des Rätsels hatte ich mittlerweile so oft gelesen, dass ich ihn zweifellos selbst dann vortragen könnte, wenn ich kopfüber von einem Mast baumeln würde. Vermutlich hätte ich währenddessen auch noch mit drei Bällen jonglieren können.

Während Kai wenigstens ab und an vorbeigeschaut hatte, um uns mit Essen zu versorgen und Berichte über die Lage an Bord zu erstatten, hatte ich von Nala rein gar nichts mitbekommen. Wenn ich es nicht besser gewusst hätte, hätte ich glatt vermutet, dass sie heimlich von Bord gegangen war. Ob sie sich für ihre Worte schämte und sich deshalb vor uns verbarg? Es fiel mir schwer einzuschätzen, ob und wie sehr sie unter der Situation litt. Ich konnte mir lediglich ein Urteil über Neos Zustand erlauben und der war alles andere als erfreulich. Seinerseits waren gar keine Worte nötig gewesen, um mir einen Blick in sein Innerstes zu gewähren. Nach dem Streit hatte er mir angeboten, dass ich bei ihm wohnen könnte, um eine weitere Konfrontation mit

Nala zu umgehen. Darum hatte er auch nachts nicht vor mir verbergen können, wie sehr ihn die Sache beschäftigte. Ich konnte gar nicht sagen, wie oft er sich rastlos hin und her gedreht hatte oder wie oft er seufzend aufgestanden und an seinen Schreibtisch gegangen war, weil er den Versuch einzuschlafen aufgegeben hatte. Früher waren er und Nala enge Freunde gewesen; nun waren sie es offensichtlich nicht mehr.

»Kannst du die Inseln bereits sehen?«, riss mich seine ruhige Stimme plötzlich aus meinen Gedanken. Sofort ließ ich das Fernrohr sinken und drehte mich zu ihm um. Neo lächelte und zum ersten Mal seit langer Zeit wirkte es aufrichtig. »Wer hätte gedacht, dass aus dir einmal eine waschechte Seemannsbraut werden würde?«

Amüsiert über seine Äußerung schmunzelte ich. »Nur weil ich es mittlerweile schaffe, das Rohr gerade zu halten und die Linse einzustellen, macht mich das zur Seemannsbraut?«

»Irgendwie schon. Immerhin kannst du ja mittlerweile auch Karten lesen, Himmelsrichtungen bestimmen und den Mastkorb erklimmen«, erwiderte er, während er seine Arme behutsam um meine Taille schlang und sein Gesicht an meinem Hals vergrub. Sofort bemerkte ich, wie die friedliche Ruhe aus meinem Körper verschwand und von einem starken Prickeln ersetzt wurde. Mein Herzschlag schien lauter zu sein als das Geräusch der Wellen, die krachend gegen den Schiffskörper schmetterten. Obwohl wir uns die letzten Tage öfter berührt hatten und die Nächte in einem – *seinem!* – Bett verbracht hatten, brachten mich seine Berührungen noch immer aus dem Konzept. Vorsichtig legte ich eine Hand auf seinen Arm und lehnte meinen Kopf an sein weiches Haar. Als eine leichte Windböe aufkam und mir den Duft des Meeres in die Nase trieb, schmeckte ich den salzigen Geschmack des Wassers auf meinen Lippen.

»Wie fühlst du dich heute?«, fragte ich, nachdem wir den friedlichen Moment eine Zeit lang genossen hatten.

Neos Lippen an meinem Hals verzogen sich spürbar zu einem breiten Schmunzeln. »Hm, im Moment ziemlich wohl.«

Grinsend verdrehte ich die Augen. »Schön zu hören, dass dein komischer Humor zu dir zurückgekehrt ist.«

Sofort fuhr Neo auf und blickte mir in die Augen. »Komischer Humor?«

Ich nickte und versuchte dabei das aufsteigende Kichern zu unterdrücken. »Das ist mir schon damals aufgefallen, als du auf meiner Insel angekommen bist. Irgendwie scheinst du ein Talent dafür zu haben, Worte, die eigentlich eine nette Bedeutung haben, überheblich oder, na ja, anzüglich klingen zu lassen.«

Lachend nahm er mir das Fernrohr aus der Hand. »Anzüglich? Das nennt man Charme, Inselmädchen. Anscheinend konntest du dahingehend noch nicht so viel Erfahrung sammeln, was?«, zog er mich neckend auf.

Allerdings irrte er sich gewaltig, denn mittlerweile wusste ich ziemlich genau, was er damit meinte. »Dann ist dein *Charme* aber manchmal ganz schön verkorkst«, ärgerte ich ihn erneut.

»Autsch. Dabei hatte ich immer das Gefühl, dass dir die anzüglichen Späße am meisten gefallen haben.«

Mein Körper reagierte prompt auf seine raue Stimme, indem mir augenblicklich Hitze in die Wangen stieg. Ich stupste meinen Ellenbogen empört gegen Neos Arm, doch insgeheim musste ich mir eingestehen, dass er mit seiner Unterstellung womöglich gar nicht so falsch lag.

»Ugh, irgendwie unangenehm euch beiden zuzuschauen.« Erschrocken fuhr ich zu Kai herum, der seine Miene verzogen hatte, als hätte ihn jemand dazu gezwungen, Tariks Kartoffelsuppe zu essen. Allerdings verriet ihn das spitzbübische Funkeln seiner Augen.

Seufzend drehte sich auch Neo zu ihm um. »Eifersüchtig?«

»Worauf? Darauf, dass du dich von einem Falken in eine Turteltaube verwandelt hast und dich nun aufführst wie die Pärchen, über die wir uns früher immer lustig gemacht haben? Ich denke nicht.«

Kopfschüttelnd richtete sich Neo auf und stellte sich neben mich, um seinen Freund besser ansehen zu können. »Bist du nur hergekommen, um uns mit deiner Eifersucht die Laune zu verderben, oder hast du auch noch etwas mit Mehrwert zu sagen?«

Abwehrend hob Kai die Hände. »Ich wollte nur Bescheid geben, dass wir die *Lady* langsam zum Anlegen bereit machen sollten. Außerdem hat mich der Proviantmeister gebeten dich zu ihm unters Deck zu schicken. Er würde gern noch vor dem Anlegen mit dir besprechen, was er auf dem Markt einkaufen darf, da wir beim letzten Mal zu viel gebunkert haben und ein Großteil davon auch heute noch im Lager vor sich hin schimmelt.«

Seufzend verdrehte Neo die Augen. »Ist gut, ich kümmere mich drum. Kannst du wieder die Aufsicht an Deck übernehmen? Ich gehe nicht davon aus, dass Nala ihrer Aufgabe nachkommen wird.«

»Klar, ich übernehme das.« Kai nickte uns noch einmal kurz zu, ehe er sich umdrehte und über das Oberdeck davon schlenderte.

Kaum war er verschwunden, stellte Neo sich mir gegenüber hin und legte seine Hände sanft auf meine Schultern. »Meinst du, du kommst ein paar Minuten ohne mich aus?«

Herausfordernd reckte ich ihm mein Kinn entgegen. »Wieso nicht? Meinst du etwa, die Sehnsucht nach dir würde mich auffressen?«

Neo schnaufte amüsiert und beugte sich tiefer zu mir herab, um mir direkt in die Augen sehen zu können. Sofort versank ich im tiefblauen Meer seiner Iriden – dem einzigen Meer, aus dem ich nicht gerettet werden wollte, sollte ich drohen darin zu ertrinken.

»Na, das sowieso«, erwiderte er mit rauer Stimme, »aber ehrlich gesagt mache ich mir mehr Sorgen darüber, dass du auf deine magische Art wieder Ärger anziehen wirst.«

Schnippisch hob ich eine Augenbraue. »Wer hat denn hier wen zuletzt vor Narius gerettet, hm?«

»Punkt für dich, Bell.«

Als sein warmer Atem über meine Unterlippe strich, jagte er mir einen Schauer über den Rücken. Ich beobachtete, wie sich seine Lippen zu einem verschmitzten Lächeln verzogen, ehe er sie für einen viel zu kurzen Augenblick auf meine Stirn legte. »Bring dich nicht in Schwierigkeiten, abgemacht?«

»Das habe ich doch schon längst«, erwiderte ich ehrlich. Neo hob eine Hand und strich mir einige Strähnen hinters Ohr, die sich durch den leichten Meereswind in mein Gesicht verirrt hatten. Erneut drückte er seine Stirn für einen kurzen Moment an meine, ehe er sich zurückzog und einen Schritt nach hinten trat. Zum Abschied lächelten wir einander noch einmal zu, dann drehte sich Neo um und lief in die gleiche Richtung, in die auch Kai gegangen war. Ich blickte ihm nach, bis sein rabenschwarzes Haar unter Deck verschwand. Da ich nicht wusste, wie man ein Schiff bereit machte, um anzulegen, und die anderen Männer an Deck nicht den Anschein erweckten, Hilfe zu benötigen, setzte ich mich an der Spitze des Bugs auf den dunklen Holzboden und überkreuzte meine Beine, da ich heute ausnahmsweise ein knielanges weißes Kleid trug, das ich durch Zufall in einer Kiste unter Deck gefunden hatte. Es hatte mich so sehr an die Kleider erinnert, die ich in meiner Heimat gern getragen hatte, dass ich Neo gefragt hatte, ob ich es mir ausleihen durfte. Ohne auch nur einen Wimpernschlag zu zögern, hatte er mir das Kleid geschenkt. Das und alle anderen Kleidungsstücke, die wir dort entdeckt hatten.

Aus meiner Position hatte ich einen fabelhaften Blick auf die leichten Wellen des Wassers, welches im Licht der Mittagssonne im gleichen Blauton erstrahlte wie der wolkenlose Himmel. Ich genoss den kühlen Wind, der mir ins Gesicht wehte und nicht nur nach Meer, sondern auch nach dem alten Holz der *Blutroten Lady* roch. Ich lauschte der Melodie der Wellen, den leisen Rufe der Möwen, die über meinem Kopf am Himmel kreisten, und den ruhigen Stimmen der Männer an Deck. Es war wie an einem dieser friedlichen Sommertage, die Leah, Flynn und ich häufig in unserer kleinen Bucht verbracht hatten. Während ich mich daran erinnerte, wie wir gemeinsam schwimmen gegangen waren und die kleinen Gebäcke verschlungen hatten, die uns meine Großmutter häufig mitgeschickt hatte, wurde mein Herz mit jedem Schlag schwerer. Ob die beiden unsere Tradition gerade fortsetzten? Wie so oft wünschte ich, ich könnte auch nur einen einzigen Wimpernschlag lang auf meine Heimat schauen und sehen, was meine Liebsten gerade taten. Wie es ihnen ging, ob alles in Ordnung war. Doch ich wusste, dass die Sehnsucht in meinem Herzen noch so groß werden konnte – dieser Wunsch würde mir vorerst verwehrt bleiben. Mir blieb nur zu hoffen, dass wir das zweite Artefakt rasch finden würden.

Die Inseln näherten sich schneller, als ich gedacht hatte. Schon bald konnte ich nicht nur das Land mit bloßem Auge erblicken, sondern auch mehrere Gebäudeumrisse. Während wir uns der Hauptinsel näherten, erkannte ich immer mehr Details der Bauwerke. Die meisten Häuser waren aus Backstein erbaut worden. Die Fensterbretter waren zum Großteil mit Blumenkübeln verziert und über vielen Eingängen entdeckte ich eine Art Stofftuch, das auf einer Seite an der Hauswand befestigt und auf der anderen Seite über dünne Pfeiler mit dem Boden verbunden war. Diese Konstruktionen erinnerten mich an die Art von Zelt, die Flynn, Leah und ich in unserer Kindheit aus Bettdecken und Tüchern zusammengeflickt hatten. Schon bald entdeckte ich auch einen langen Steg, der weit ins Meer hineinreichte. Ich hörte das Rasseln der wuchtigen Metallkette, an deren Ende unser Anker befestigt war. Langsam trieb das Schiff am Steg entlang und kam schließlich zum Stillstand. Als einige der Männer bereits begannen Leitern und Seile über die Reling zu werfen, damit die Mannschaft das Land betreten konnte, tauchten auch Neo und Kai wieder auf. Nur von Nala fehlte noch immer jede Spur.

»Na, Bell, bereit für den Landgang?«, fragte mich Kai freundlich und streckte mir eine Hand hin, um mir aufzuhelfen.

Lächelnd ergriff ich sie und stellte mich auf meine Füße. »Ja, ich kann es kaum erwarten, endlich mal wieder andere Gesichter zu sehen«, scherzte ich, doch als Kai vor Schock der Mund aufklappte, beschlich mich die Angst, er hätte es in den falschen Hals bekommen. Ruckartig drehte er sich zu Neo um, der sich nun ebenfalls zu uns gesellt hatte. »Hast du das gehört, Neo?«

»Natürlich habe ich das«, antwortete er, während er lächelnd nach meiner Hand griff. »Sie wird immer mehr wie wir, findest du nicht?«

»Oh, auf jeden Fall! Ich bin mir nur noch nicht sicher, ob das eine gute oder eine schlechte Sache ist.«

»Pff, du hast doch nur Angst, dass dir auch noch die letzte Person, die dich auf diesem Schiff ernst genommen hat, auf der Nase herumtanzt.«

Kichernd stupste ich in Neos Seite. Er zwinkerte mir verschwörerisch zu, während Kai nur seufzend die Augen verdrehte. »Pärchen sind so anstrengend, am besten, ich gehe schon mal vor, ehe ich mich vor Fremdschämen freiwillig von der Planke stürze.«

Schmunzelnd sah ich ihm nach, während er zu den anderen Männern an die Reling trat und ihnen Anweisungen erteilte. »Wie sieht der Plan aus?«, fragte ich leise an Neo gewandt, der sich daraufhin in Bewegung setzte und ebenfalls in Richtung Reling schlenderte.

»Ein paar unserer Männer werden sich an die örtlichen Mediziner wenden, Vorräte einkaufen und nach Zimmermännern suchen, die kleine Schäden an der *Lady* reparieren sollen. Währenddessen wird der Rest die Insel erkunden und nach Hinweisen Ausschau halten, die uns eventuell zum Artefakt führen könnten. Vielleicht können uns die Einheimischen weiterhelfen, schließlich kennen sie diese Insel besser als jeder andere von uns.«

Überrascht beobachtete ich, wie Neo einen Fuß auf die Reling stellte und sich hinaufzog. Als er sicher auf beiden Beinen stand, streckte er seine Hand nach mir aus und half mir dabei, ebenfalls hochzukommen.

»Was hast du vor?«, fragte ich misstrauisch und rückte näher an ihn heran. Obwohl ich sonst nicht genug von Neos Grinsen bekam, gefiel es mir in dieser Situation ganz und gar nicht. Ich spürte, wie mein Mund immer trockener wurde.

»Du vertraust mir doch, oder, süße Bell?«

»Ich weiß nicht, ob mir die Richtung gefällt, in die sich dieses Gespräch ent –« Ehe ich meinen Satz beendete, wandelte sich meine Stimme in einen spitzen Schrei.

Neo war mit mir über die Reling gesprungen, doch ehe ich richtig begreifen konnte, dass er uns *wirklich* hinabgestürzt hatte, durchbrachen wir bereits die Meeresoberfläche. Kühles Wasser schmiegte sich um meinen Körper und tränkte meine Kleidung. Ich drückte Neos Hand so fest, dass ich für einen Moment befürchtete, ich könnte ihm einen Finger brechen.

»Du kannst normal sprechen und atmen, ich habe dir die nötige Magie übertragen«, hörte ich ihn ruhig sagen.

Unterdessen musste ich mehrmals blinzeln, ehe ich sein Gesicht klar erkennen konnte. »Du hättest mich ruhig vorwarnen können!«

»Das hätte ich, aber dann wäre es nur halb so spaßig geworden«, erwiderte er schmunzelnd, während er tiefer hinabschwamm und mich mit sich zog.

»Was machen wir hier? Ich dachte, wir müssten nach dem Artefakt suchen …«

»Das tun wir. Während Kai und die anderen auf dem Land anfangen, sehen wir uns hier unten um. Außerdem wollte ich dir etwas zeigen.«

Seine Worte entflammten meine Neugierde. »Ach ja? Was denn?«, wollte ich wissen, doch Neo antwortete mir nicht, stattdessen wurde sein Grinsen nur noch breiter.

»Verrate ich dir nicht.«

Enttäuscht verdrehte ich die Augen. Wieso musste er immer so geheimnisvoll tun? Konnte er mir nicht einfach sagen, weshalb er mich zu einer unfreiwilligen Schwimmstunde gezwungen hatte? Zu gern hätte ich erneut nachgefragt, doch ich kannte Neo mittlerweile gut genug, um zu wissen, dass mir der Halbgott sowieso nichts verraten würde, wenn er es nicht wollte. Also schwamm ich schweigend neben ihm her und genoss das kühlende Gefühl auf meiner Haut. Das Wasser war so klar, dass die Sonnenstrahlen beinahe bis auf den Meeresgrund reichten. Es hatte einen wunderschönen Türkiston angenommen, der mich an den funkelnden Edelstein an Großmutters Kette erinnerte. Unter uns erkannte ich feinen Sand, auf dem sich die Muster der Oberfläche spiegelten.

Ich wünschte, ich könnte den Moment noch mehr genießen, doch es gelang mir nicht, meine innere Anspannung restlos abzulegen. Konnte ich mir eine Art Auszeit von all dem Elend der Welt nehmen? Von dem Druck, der auf unseren Schultern lastete? *Durfte* ich das überhaupt?

Ein Teil von mir hasste mich für meine nächsten Worte, doch nach ein paar Minuten konnte ich sie nicht länger für mich behalten. »Neo, was hast du vor? Ich denke nicht, dass wir genug Zeit haben, um friedlich durch den ganzen Ozean zu schwimmen, so gern ich es auch tun wollte. Wenn Narius uns bereits auf die Schliche gekommen ist, dürfen wir keine Zeit verlieren.«

»Du hast recht, Bell«, antwortete er ruhig, »aber wenn wir uns keine Zeit gönnen, um uns ein wenig zu erholen, können wir sowieso nicht mit ihm mithalten. Es ist wichtig, dass wir auch in stressigen Situationen nicht vergessen unsere Augen und Ohren offen zu halten. Hätte ich mich in meinem

Leben immer nur auf Narius und diese verfluchte Prophezeiung konzentriert, wäre ich bereits vor Jahren daran zerbrochen. Von Zeit zu Zeit muss ich mir einfach die Zeit nehmen, um zu sehen, dass die Welt doch nicht so grausam und trist ist, wie sie mir manchmal erscheint. Sieh mal, dort hinten ist es schon.«

»Was denn?«, fragte ich neugierig und reckte den Kopf, doch erkannte zunächst nichts.

Als ich zu Neo aufsah, lächelte er mir vergnügt an.

»Siehst du diese riesigen Wasserpflanzen dort hinten? Wir müssen zwischen ihnen hindurchschwimmen, dahinter verbirgt sich etwas, das ich dir unbedingt zeigen möchte.«

Zwar war ich immer noch nicht gänzlich überzeugt, doch Neos Augen quollen vor Vorfreude beinahe über, weshalb ich mir weitere Nachfragen verkniff. Wir schwammen so tief hinab, dass der feine Sandboden nur eine Armbreite von meinem Oberkörper entfernt war. Als wir uns den Wasserpflanzen genähert hatten, griff Neo in sie hinein und schob die langen Blätter auseinander, als würde er Gardinen öffnen. Der Anblick, der sich mir dahinter bot, raubte mir den Atem. Hinter den Wasserpflanzen erstreckte sich eine ausladende Kuhle, deren Boden mit unzähligen Muscheln gepflastert war. Noch nie in meinem Leben hatte ich so viele auf einmal gesehen. Sie glitzerten in allen erdenklichen Farben, von Pfirsichtönen bis hin zu tiefem Mitternachtsblau. Genauso verschieden wie die Farben der Muscheln waren auch ihre Formen. Einige waren platt und mondförmig, andere erinnerten mich eher an das Haus einer Schnecke. Etwas, das jedoch alle Muscheln gemeinsam hatten, war ihre schimmernde Oberfläche, auf der sich das Licht der gedämpften Sonnenstrahlen brach. Der ganze Boden glitzerte, als hätte jemand eine Kiste Perlen ausgekippt. Die Schönheit des Augenblicks war so überwältigend, dass ich wie eingefroren vor mich hin starrte. Dies musste zweifellos der schönste Fleck Meeresboden im gesamten Ozean sein.

»Und, gefällt es dir?«, drang Neos sanfte Stimme an mein Ohr.

Ich war noch immer so gebannt von dem Anblick, dass ich nur knapp nicken konnte. Ich war mir sicher, dass ich niemals die Worte finden würde, um zu beschreiben, welche Gefühle dieser Augenblick in mir auslöste.

»Es ist atemberaubend, oder? Ich hatte gehofft, dass es dir gefällt. Als du mich damals gefragt hast, wo mein Lieblingsort ist, habe ich den Entschluss gefasst, es dir irgendwann einmal zu zeigen. Nach dem Zerfall des Zirkels bin ich damals oft hierher gekommen. Dieser Ort ist so schön und ruhig, dass es mir sogar möglich war, das Leid und Elend dieser Welt für einen kurzen Augenblick zu vergessen. Erinnerst du dich noch daran, als wir von dem Riesenkraken angegriffen wurden? Ich war nicht an Bord, weil ich diesen Ort hier aufgesucht hatte.«

»Wieso?«, brachte ich leise über die Lippen. Die Frage, wieso er damals nicht auf dem Schiff gewesen war, hatte mich lange Zeit beschäftigt. Weder Nala noch Kai hatten es mir im Nachhinein verraten.

»Weil ich überfordert war«, gab Neo überraschend ehrlich zu. »Ich war durcheinander, weil ich daran gezweifelt habe, ob wir die Artefakte jemals finden würden. Außerdem beschäftigte mich das Verschwinden eines unserer Mannschaftsmitglieder. Zwar stand ich ihm nicht so nah wie Kai oder gar Nala, aber dennoch waren wir gute Freunde gewesen. Auf ihn und seine Loyalität hatte ich mich immer verlassen können. Umso überraschender kam sein Verschwinden. Ich weiß bis heute nicht, was mit ihm geschehen ist. Er verschwand eines Nachts, doch niemand sah, wohin er gegangen war. Nicht einmal unser Falke hat etwas bemerkt. Mittlerweile muss ich wohl davon ausgehen, dass er gestorben ist.«

Neos bedrückter Tonfall ermöglichte es mir, meinen Blick von den Muscheln abzuwenden und stattdessen in sein Gesicht zu sehen. Er hatte seinen Blick noch immer starr geradeaus gerichtet, doch in seinem Profil sah ich, wie seine Kiefermuskeln aufeinander mahlten. Plötzlich überkam mich eine böse Vorahnung. Meine Atmung wurde hektischer und mit jedem Zug schien mein Herz schneller zu pochen. Ich musste mich geradezu überwinden die Frage auszusprechen, die wie Säure auf meiner Zunge brannte, denn ich befürchtete, dass sich die Antwort noch viel schmerzhafter anfühlen würde. »Wann ist dieser Freund verschwunden?«

»Ungefähr einen Tag, bevor wir deine Insel erreicht haben.«

Mein Magen verwandelte sich in einen Steinkoloss. Bilder, die ich längst vergessen haben wollte, krochen schlagartig wieder an die Oberfläche meines Bewusstseins. Es war, als würde ich an meinem eigenen Leib spüren, wie sich die knochigen Finger erneut um mein Handgelenk krallten; als würde ich erneut in die von Wahnsinn gezeichneten Augen blicken und die röchelnde Stimme in meinen Ohren hören. Die Angst, die nun Besitz von meinem Körper ergriff, war genauso schlimm wie damals – damals, als ich zum ersten Mal hatte mit ansehen müssen, wie jemand aus dem Leben gerissen wurde.

»Hatte er blondes Haar?«, fragte ich heiser. »Blondes Haar und hellblaue Augen? War er ungefähr in deinem Alter?«

Neo blinzelte mehrmals. Langsam wandte er mir sein Gesicht zu. Seine Augen betrachteten mich, als hätte ich mich in einen Untoten verwandelt. »Woher weißt du das, Bell?«, fragte er rau.

Ich schluckte trocken. »Weil er gestorben ist, als ich seine Hand hielt.«

# Kapitel 7

Der Wind peitschte mir durchs Haar, während wir durch die kleine Stadt rannten. Hätte ich nicht Neo an der Hand gehalten, hätte ich ihn sicherlich längst verloren; mit seinen langen Schritten konnte ich unmöglich mithalten. Meine Lungenflügel brannten, als hätte ich mich zuvor am Salzwasser verschluckt. Am liebsten wäre ich kurz stehen geblieben und hätte versucht sie wieder mit Sauerstoff zu füllen, doch ich wusste, dass mir keine andere Wahl blieb, als weiterzulaufen. Erstens würde Neo sowieso nicht haltmachen, sondern mich einfach weiter mit sich ziehen, und zweitens war mir durchaus bewusst, was auf dem Spiel stand. Also versuchte ich mich mit all meiner Willenskraft weiter anzutreiben, vorbei an den unzähligen Marktständen und den vielen Menschen, die uns verständnislose Blicke zuwarfen. Ich konnte es ihnen beim besten Willen nicht verübeln, schließlich würde ich genauso überrascht aus der Wäsche gucken, wenn zwei Menschen in durchnässter Kleidung durch die Straßen fegten, als säße ihnen der Tod im Nacken. Wir bogen gerade um eine spitze Hausecke, als Neo plötzlich stoppte. Er kam so abrupt zum Stehen, dass ich ungeschickt gegen seinen Rücken stolperte. Als ich mich auf Zehenspitzen stellte und über seine Schulter blinzelte, entdeckte ich die Ursache für sein unvorhergesehenes Verhalten.

»Hey, ihr zwei, ist alles in Ordnung? Ihr wirkt so gehetzt.« Nalas Stimme klang ungewöhnlich leise, ja geradezu schüchtern. Ihr Gesicht wirkte blasser, als ich es in Erinnerung hatte, und unter ihren Augen prangten dunkle Schatten. Besorgt löste ich meine Hand aus Neos Griff und ging um ihn herum auf sie zu. »Geht es dir gut, Nala? Bist du verletzt?«

Irritiert blinzelte sie. »Verletzt? Meinst du körperlich?« Auf mein Nicken hin schüttelte sie langsam den Kopf. »Wie kommst du darauf?«

»Wieso bist du nicht auf dem Schiff?«, kam Neo mir zuvor und trat ebenfalls einen Schritt näher an sie heran. »Ich habe angenommen, du würdest dortbleiben, nachdem du deine Pflichten vernachlässigt und dich die letzten Tage benommen hast, als wärst du kein Teil dieser Mannschaft mehr.«

»Ich habe es mir anders überlegt. Ehrlich gesagt«, sie trat nervös von einem Bein auf das andere, »habe ich nach euch beiden gesucht. Ich schäme mich so fürchterlich für diese dummen Worte, die ich euch an den Kopf geworfen habe. Das war einfach unüberlegt und gemein und es tut mir leid, dass ich euch so verletzt habe.« Mit schimmernden Augen griff sie nach Neos Händen und trat so dicht an ihn heran, dass ihre Körper einander beinahe berührten. Ich spürte, wie sich meine Mundwinkel nach unten zogen. Ein komisches Gefühl, das mir bis dahin völlig fremd gewesen war, durchfuhr mich. Es äußerte sich in einem leichten Stechen in meinem Bauch, gepaart mit Hitze, die mir vorrangig in den Kopf und in die Wangen stieg. Ich fühlte Wut, doch gleichzeitig spürte ich auch eine seltsame Kränkung, welche sich wie eine Dornenranke um mein Herz legte. Wie von selbst wanderte mein Blick über Nala und musterte sie, landete auf ihren schlanken Fingern, die sacht über Neos Handgelenk strichen. Was meine Augen sahen, missfiel mir. Es missfiel mir, wie sie ihre Lippen schürzte, wie ihr Blick an Neo klebte und sie ihm immer näher kam. Dabei erinnerte ich mich nicht daran, zuvor auf diese Details geachtet zu haben. Im Moment stachen sie mir jedoch wie Pfeilspitzen in die Brust und brachten mein Blut in Wallung. *Eifersucht, Bell,* flüsterte eine hämische Stimme in meinem Kopf. *Du bist eifersüchtig.*

»Du darfst deine persönliche Meinung jederzeit kundtun, Nala. Vielleicht hättest du das schon viel früher machen sollen. Jetzt sind die Fronten wenigstens geklärt.«

Ich hörte mich innerlich aufatmen, als Neo seine Hände aus Nalas Fingern löste und einen Schritt zurücktrat. Gleichzeitig fühlte ich mich schlecht. Schließlich wusste ich, wie sehr er sich wünschte den Streit mit Nala beizulegen.

»Es tut mir so leid, Neo«, bekräftigte sie, »ich wollte das wirklich nicht! Ich war einfach so gestresst und durcheinander, dass ich meine Wut unwillentlich gegen dich gerichtet habe. Ich wünschte, ich könnte es irgendwie wiedergutmachen. Bitte, Neo, du weißt, wie sehr ich dich schätze. Ich würde dir niemals einen Vorwurf aus dem machen, was geschehen ist. Wir –«

»Das hast du aber getan«, unterbrach er sie kühl. »Lass es einfach gut sein, Nala. Ich kann nicht erwarten, dass mir meine Taten von allen Menschen um mich herum vergeben werden. Du liegst ja nicht falsch mit deinen Aussagen, es ist nur so, dass ich mir gewünscht hätte, dass du von Anfang an ehrlich gewesen wärst. Nun ist es nicht mehr zu ändern, aber ich würde es schade finden, wenn dieser Streit für immer zwischen uns läge. Stattdessen wäre es schön, wenn wir die Sache einfach abhaken könnten.«

»Das wäre auch mein Wunsch«, murmelte Nala etwas kleinlaut und senkte den Blick.

Ich war überrascht, als sie plötzlich den Kopf hob und in meine Richtung blickte. »Bei dir möchte ich mich auch entschuldigen, Bell. Was ich gesagt habe, war gemein und ungerecht. Es tut mir leid.«

Ich spürte, wie die Dornenranken in meinem Inneren welkten. »Schon gut, Nala. Ich habe auch kein Interesse daran, dass dieser Streit zwischen uns steht. Schließlich sind wir doch Freunde, oder?«

Ihre Augen hellten sich so schlagartig auf wie die Sonne, wenn sich die Wolken am Himmel klärten. Im nächsten Moment hatte sie die Distanz überbrückt und fiel mir so schwungvoll um den Hals, dass ich beinahe mein Gleichgewicht verloren hätte. »Danke, Bell!«, nuschelte sie in mein Haar, ehe sie sich wieder zurückzog und etwas Abstand zwischen uns brachte. Während sie zwischen mir und Neo hin- und hersah, wirkte ihre Miene so zufrieden und unbeschwert wie eh und je. »Verratet ihr mir nun, weshalb ihr so angeschlagen ausseht? Habe ich etwas verpasst?«

Neo und ich wechselten einen besorgten Blick. »Nun, wir wissen jetzt, was damals mit Illas geschehen ist.«

Kaum hatte er ausgesprochen, begann der Ausdruck auf Nalas Gesicht zu bröckeln. »Ach so?«

»Bell und ihre Freunde haben ihn einen Tag, bevor wir die Insel erreicht haben, am Strand gefunden. Er lag wie betäubt im Sand, war völlig neben sich und Bell beschrieb mir Verletzungen an seinem Hals, die für einem Kampf mit den Untoten sprechen.«

»Also ist er noch auf der Insel?« Nalas Stimme klang so schrill, dass ich mich fragte, in welcher Beziehung die beiden gestanden hatten. Anhand ihres Gesichtsausdrucks und der Art, wie sie auf ihrer Unterlippe herumkaute, war klar ersichtlich, dass sie die Nachricht nicht kaltließ.

»Leider nein«, antwortete ich an Neos Stelle, der betreten den Kopf gesenkt hatte. »Er starb mehr oder weniger in meinen Armen. Er erlag seinen Verletzungen, aber ehe er von uns ging, musste ich ihm ein letztes Versprechen geben.«

Nala hob ihre Augenbrauen. »*Dir?* Aber ihr habt euch doch gar nicht gekannt, oder?«

»Nein, aber ich war die Einzige, die während seines Ablebens bei ihm war. Ich habe den Wahnsinn in seinen Augen gesehen, während er wirres Zeug gesprochen hat, aber nun ergeben seine Worte mit einem Mal Sinn.«

»Ach? Was hat er dir denn erzählt?«

»Den genauen Wortlaut weiß ich leider nicht mehr, aber er sprach davon, dass unsere Welt dem Untergang geweiht sei, weil die Götter es auf uns abgesehen hätten. Er sagte etwas in die Richtung, dass ›wir‹ verfolgt wurden und ›er‹ sie gefunden hätte. Neo und ich denken, dass er damit Narius gemeint haben muss, denn –«

Nalas Mimik entspannte sich. »Aber die Tatsache, dass Narius uns dicht auf den Fersen war, ist ja nichts Neues oder Ungewöhnliches, oder?«

»Nein«, erwiderte Neo gedämpft, »aber er sprach auch von einem Verräter, der Narius mit Informationen versorge. Außerdem sollte Bell einen Mann vor dem Verrat warnen – damit kann ja nur ich gemeint sein. Illas hatte mir einige Tage vor seinem Verschwinden nämlich davon erzählt, dass er einen Verdacht hege, der mir ganz und gar nicht gefallen würde. Darum bat er mich um Zeit, um der Sache genauer auf die Spur zu kommen, ehe er mir von seinen Verdächtigungen erzählen würde. So wie es aussieht, ist er dem

Verräter *zu* nahegekommen und dieser hat ihn daraufhin verschwinden lassen. Bleibt nur die Frage, wer es war … Und was ich fast noch wichtiger finde: Ist dieser Wurm noch immer an Bord und versorgt unseren Feind mit Informationen oder hat ihm das Schicksal bereits seine gerechte Strafe zugeführt?«

Während Neo gesprochen hatte, hatte ich eine seltsame Veränderung in Nalas Gesicht wahrgenommen. Sie hatte ihre Augen so weit aufgerissen, als stünde Narius persönlich vor ihr, und ihre Lippen so weit geöffnet, als würde sie schlecht Luft bekommen. Ihr Hautton war um mehrere Nuancen blasser geworden. Ungläubig beobachtete ich, wie sie sich plötzlich mit einer Hand an der Hauswand abstützte und die andere auf ihre Brust legte. Langsam glitt sie an der Wand hinab und setzte sich etwas schwerfällig auf den Boden. Sofort kniete sich Neo neben sie und hob ihr Kinn an. »Hey, Nala, sieh mich an!«, forderte er besorgt und tätschelte leicht ihre Wange, um sie bei Bewusstsein zu halten.

Endlich gelang es mir, mich aus meiner Schockstarre zu lösen und mich ebenfalls neben Nala zu setzen. Sorgsam strich ich ihr das lange Haar aus dem Gesicht und kämmte es über ihre Schultern. Als ich sah, wie sich ihre Augen unkoordiniert nach hinten rollten, griff ich rasch nach ihrem Handgelenk und tastete darauf herum. »Ihr Herzschlag ist schwach«, stellte ich fest und blickte zu Neo hinüber, der seine Lippen fest aufeinanderpresste. »Die Nachricht hat sie sprichwörtlich von den Beinen gefegt. Vielleicht sollte ich die Einheimischen nach einem Glas Wasser fragen?«

Kaum hatte ich ausgesprochen, schnappte Nala plötzlich lauthals nach Luft. Ihre Lider flatterten wie die Flügel eines Vogels. Dann fuhr sie ruckartig hoch und blickte uns aus geweiteten Augen an.

»Es geht gleich wieder«, japste sie heiser und griff sich an den Hals. Ihre Atmung klang so rasselnd, dass ich bezweifelte, dass sie innerhalb der nächsten Minuten wieder auf die Beine kommen würde.

»Ganz ruhig, Nala, kein Grund zur Panik«, versuchte ich sie zu beruhigen, obwohl ich wusste, dass ich ihr gerade dreist ins Gesicht log. Natürlich war unsere Entdeckung ein Grund zur Panik, schließlich wussten wir weder, wer der Verräter war, noch konnten wir seinen nächsten Schritt erahnen.

»Neo!«, stieß Nala aus und packte sein Handgelenk. Während sie ihn ansah, füllten sich ihre Augen mit Tränen. »Viele Leute an Bord waren beleidigt, als du Illas zum Kanonier gemacht hast. Als Geschützoffizier war er einer deiner wichtigsten Vertreter. Aber weißt du noch, wer es dir am übelsten genommen hat, dass du nicht ihn in diese Position gehoben hast?«

Neo erstarrte. Dann verwandelte sich die Verblüffung in seinen Augen in pure Rage. »Das ist nicht dein Ernst, oder? Solche Behauptungen will ich nicht hören!«

»Aber, Neo, denk doch mal nach!«, forderte Nala, während Tränen ihre Wangen befeuchteten. »Er war damals so wahnsinnig wütend und gekränkt. Außerdem hat er dir vorgeworfen, dass du dich nicht wundern sollst, wenn dir diese Entscheidung auf die Füße fallen wird. Das war doch schon mehr als eine indirekte Drohung, oder? Und wir dürfen nicht vergessen, unter welchen Umständen er damals in den Zirkel aufgenommen wurde. Wenn er –«

»Genug davon!« Neos Stimme klang wie ein fernes Donnergrollen und ließ mich überrascht zusammenzucken. Unsicher blickte ich zwischen ihm und Nala hin und her. Die Frage, wen sie verdächtigte, züngelte wie ein offenes Feuer in meinem Körper. Unsicher suchte ich ihren Blick. »Wen meinst du, Nala?«

Als sich unsere Blicke trafen, jagte mir ihr finsterer Ausdruck einen eisigen Schauer über den Rücken. »Ich meine denjenigen, der nach Illas den Posten bekommen hat, auf den er zu dessen Lebzeiten so versessen war. Denjenigen, der nur in den Zirkel aufgenommen wurde, weil das Mitglied, das Veto gegen seine Aufnahme eingelegt hatte, in der Nacht vor der Abstimmung grausam im Schlaf ermordet worden war.«

Vor Aufregung begannen meine Hände schwitzig zu werden. »Wen meinst du, Nala?«

Die Miene des Halbgotts wirkte verbissen. »Kai«, brachte er schließlich leise über die Lippen. »Sie meint Kai.«

Mir klappte der Mund auf. »Das kann nicht sein«, hauchte ich. »Das würde er niemals tun!«

»Dieser Überzeugung bin ich auch«, pflichtete Neo mir bei, doch wenn ich ehrlich war, überzeugte mich der unentschlossene Ausdruck in seinen Augen nicht. Während Nalas Anschuldigungen wie ein Wirbelsturm durch meinen Kopf fegten, spürte ich plötzlich, wie auch in mir leichte Zweifel aufkeimten. Ich mochte Kai und ich hatte mich noch nie in der Situation befunden, irgendetwas an ihm verdächtig oder gar beängstigend zu finden. Doch konnte ich mich wirklich auf meine Wahrnehmung verlassen? Schließlich kannten Nala und Neo ihn schon viel länger als ich ... Ich hatte keine Ahnung, wie er damals zum Zirkel gekommen war. Wusste nicht, ob an Nalas Verdacht mit dem ermordeten Mitglied etwas dran war. Ich konnte nicht einschätzen, wie Kai damals reagiert hatte, als ein anderer Mann in die Position erhoben worden war, die er insgeheim für sich beansprucht hatte. Ich hasste mich dafür, dass ich der hämischen Stimme in meinem Kopf Gehör schenkte. Ihre Einwände ließen die Saat der Zweifel zu Unkraut heranwachsen. Ich las in Neos Augen, dass es ihm ähnlich erging. Er rang mit sich, der Freundschaft zu Kai und seinem Verstand. Obwohl er sie nicht laut aussprach, konnte ich die Fragen hören, die ihm durch den Kopf geisterten. *Hat Nala vielleicht doch recht? Könnte es sein, dass ausgerechnet Kai derjenige tist, der unsere Mission erschwerte, indem er insgeheim Informationen an Narius weitergab?*

»Denk doch mal nach, Neo«, sprach Nala ihn sanft an. »Abgesehen von Bell und mir ist er der Einzige, der über all unsere Pläne Bescheid weiß. Vielleicht ist er nicht nur Illas Mörder, sondern auch der Spitzel, der Narius dabei hilft, uns dicht auf den Fersen zu bleiben.«

»Wieso sollte er das tun?«, fragte Neo leise. Es war ihm anzuhören, wie sehr es ihn schmerzte, diesen Gedanken überhaupt zuzulassen. »Nur weil er nicht zum Kanonier ernannt wurde?«

Nala zuckte die Schultern. »Ich weiß nicht ... Vielleicht hat Narius ihm ein Angebot unterbreitet, das er nicht ausschlagen konnte. Wie wir wissen, gibt es so einige Menschen, die der Machtübernahme der Götter positiv entgegensehen. Er verspricht ihnen ein Leben in Reichtum und Überfluss. Macht, Geld, Einfluss. Der Meeresgott versteht es, den menschlichen Verstand so zu verdrehen, dass die Betroffenen nicht einmal merken, wie er sie manipuliert. Sie hoffen auf ein besseres Leben, doch das Einzige, was sie von diesem Handel erwarten dürfen, ist eine Klinge an ihrer Kehle. Narius wird ihrer schneller überdrüssig als Kinder ihrer Spielzeuge.«

Neo schüttelte leicht den Kopf, ehe er sich langsam aufrichtete. »Trotzdem, ich bleibe dabei: Kai ist nicht derjenige, nach dem wir suchen.«

»Du kannst es nicht ausschließen, Neo. Er hat ein Motiv!«, bekräftigte Nala, doch dieser machte nur eine wegwerfende Handbewegung.

»Und du kannst es nicht beweisen, Nala.«

Sie schnaufte verächtlich und stellte sich ebenfalls wieder auf die Beine, wobei sie sich an der Hauswand abstützen musste. »Vorsicht ist in diesem Fall unser bester Berater. Ich sage ja nicht, dass du ihn gleich über die Planke gehen lassen sollst. Immerhin ist er auch mein Freund, Neo. Ich will genauso wenig wie du, dass er der Übeltäter ist. Dennoch müssen wir aufmerksam bleiben und vielleicht nicht alle Details über unser weiteres Vorgehen in seiner Gegenwart aussprechen, meinst du nicht auch?«

Er antwortete ihr nicht, doch sein finsterer Gesichtsausdruck verriet mir, dass er ihre Vorwürfe Kai gegenüber ernst nahm.

»Wo ist er jetzt?«, fragte er hörbar gereizt.

»Ich bin mir nicht ganz sicher ... Als ich ihn das letzte Mal sah, befand er sich in der Nähe eines kleinen Marktstandes und unterhielt sich mit der jungen Besitzerin. Der Stand befindet sich ein paar Gehminuten östlich von hier.«

»Gut«, antwortete Neo, »dann lasst uns dort hingehen und schauen, was er gerade so treibt.«

»Hältst du das für eine gute Idee?«, fragte Nala, doch da hatte Neo bereits nach meiner Hand gegriffen und lief mit mir los. »Sollten wir uns nicht lieber auf die Suche nach dem Artefakt konzentrieren? Wir könnten jemand anderen damit beauftragen, Kai zu beschatten. Ich fürchte, dass uns ansonsten langsam die Zeit davonrennt.«

Da Neo keine Anstalten machte, ihr zu antworten, traute ich mich meinerseits eine Frage zu stellen. »Wie sieht dein Plan aus?«

»So ganz genau weiß ich das auch noch nicht ... Aber ich bin mir sicher, dass mir etwas einfällt, sobald ich Kai im Blick habe. Auf die Beschattung durch jemand anderen will und kann ich mich nicht verlassen – wenn er wirklich etwas im Schilde führt, muss ich es mit eigenen Augen sehen.«

Ein beklemmendes Gefühl machte sich in mir breit. Nalas Anschuldigungen schwebten wie eine finstere Gewitterwolke über meinem Kopf und verfolgten jeden meiner Schritte. Ich wollte es genauso wenig wahrhaben wie Neo, doch wenn ich ehrlich war, klang Nalas Erläuterung nicht gänzlich unrealistisch … Dennoch wollte ich nicht vorschnell urteilen. Ich kannte Kai vermutlich nicht einmal halb so gut wie die anderen beiden, aber bisher wäre ich nie auch nur auf die Idee gekommen, dass er zu so einer Boshaftigkeit imstande wäre. Am besten, ich vertraute einfach auf Neos Einschätzung und hielt mich vorerst im Hintergrund.

Während wir an den Marktständen vorbeiliefen, wehten mir die verschiedensten Gerüche in die Nase. Eines hatten sie jedoch alle gemeinsam: Sie brachten meinen Magen zum Singen. Obwohl unsere Lage so verzwickt war und ich nicht gedacht hätte, unter diesen Umständen überhaupt etwas runterzubekommen, lief mir mit einem Mal förmlich das Wasser im Mund zusammen. Am liebsten hätte ich einen Bissen von jedem Stand gekostet. In meinem Zustand wäre es mir egal, ob ich zuerst von den süßlich duftenden Beeren oder von dem frischen Brot probieren würde, dessen knuspernde Kruste in meinen Ohren hallte. Im Vorbeigehen entdeckte ich viele mir unbekannte Speisen, die jedoch alle verführerisch dufteten oder zumindest appetitlich aussahen. Als Neo nach einigen Minuten endlich stehen blieb, hörte ich plötzlich das verräterische Knurren meines Magens. Peinlich berührt blickte ich zwischen ihm und Nala hin und her, doch keiner der beiden schien es bemerkt zu haben. Als ich ihren starren Blicken folgte, erkannte ich auch den Grund für ihre geistige Abwesenheit. An einem Marktstand, der von einem roten Segeltuch überdacht wurde, entdeckte ich eine junge Frau, die ihr blondes Haar zu einer eleganten Hochsteckfrisur gebunden hatte – und vor ihr stand niemand Geringeres als Kai. Die Augen der Frau klebten förmlich an seinem Gesicht, doch wer könnte ihr das bei seinem Anblick verübeln? Obwohl ich in letzter Zeit gefühlt nur Augen für Neo gehabt hatte, wusste ich selbst, dass er mit dem breiten

Lächeln auf den Lippen und dem dunkelblonden Haar, das ihm der Wind leicht um den Kopf wehte, ziemlich attraktiv aussah. Die Fremde und ich mussten den gleichen Gedanken teilen, denn selbst aus unserer Entfernung konnte ich sehen, wie ihre Wangen leicht erröteten. Während sie sich mit Kai unterhielt, deutete sie plötzlich in den Himmel über unseren Köpfen. Kai folgte der Richtung ihres ausgestreckten Zeigefingers, doch als sein Blick zufällig auf uns fiel, weiteten sich seine Augen. Obwohl ich es nicht für möglich gehalten hätte, wurde das Grinsen auf seinen Lippen noch breiter. Aufgeregt winkte er und deutete uns an zu ihm zu kommen. Hastig wechselte ich einen besorgten Blick mit Neo. In seinen Augen konnte ich die gleichen widersprüchlichen Gefühle erkennen, die auch mir durch den Kopf flogen.

»Benehmt euch so unauffällig wie möglich«, wies er mich und Nala leise an, ehe er sich wieder in Bewegung setzte und auf Kai zuging, der uns immer noch freundlich entgegenblickte. Auf mich wirkte er nicht einmal ansatzweise wie jemand, der uns hinterrücks verraten würde – aber was wusste ich schon von dieser heimtückischen Welt?

Kaum waren wir in hörbarer Nähe, deutete Kai auf uns und blickte wieder zu seiner neuen Bekanntschaft. »Das sind die anderen, von denen ich dir erzählt habe.« Sofort stellten sich mir die Nackenhaare auf. Was er ihr wohl über uns erzählt hatte? Wohlmöglich, dass wir diejenigen waren, nach denen Narius suchte? Vielleicht gehörte sie ebenfalls zu seinen Sympathisanten und versorgte ihn mit den Informationen, die Kai ihr zuvor gegeben hatte ...

Hastig schob ich diesen Gedanken beiseite. Nalas Andeutungen lenkten meine Fantasie wirklich in ziemlich dunkle Ecken.

»Oh, ich hoffe, du hast ihr nur Gutes über uns erzählt.« Ich fragte mich, ob Nalas Aussage genauso zweideutig gemeint war, wie ich sie verstanden hatte.

»Aber natürlich!«, erwiderte Kai und zwinkerte der jungen Frau zu, deren Wangen sofort die Farbe von frisch erblühten Rosen annahmen. »Ich habe ihr von unserem Piratenschiff erzählt und davon, weswegen wir hier sind: dem Piratenschatz, der schon mein Urgroßvater in dieser Gegend vermutet hat. Tatsächlich hat die reizende Maria mir einen Hinweis gegeben, der durchaus der Schlüssel des Rätsels sein könnte.«

Sofort richteten wir unsere Blicke auf die Fremde, die schüchtern den Kopf senkte. »Versprechen kann ich nichts«, murmelte sie mit piepsiger Stimme, »es war ja nur so eine Idee ... Vielleicht irre ich mich auch.«

»Nur keine falsche Scheu, Maria«, flötete Kai in einem so charmanten Ton, dass selbst meine Wangen etwas warm wurden. »Würdest du meinen Freunden erzählen, was du mir gerade gesagt hast? Ich wette, dass du es viel besser wiedergeben kannst, als ich es jemals könnte.«

Ich konnte den Wunsch des Mädchens, bei so viel ungewollter Aufmerksamkeit im Erdboden zu verschwinden, förmlich spüren.

»Also, ähm ... Kai erzählte mir, dass ihr auf der Suche nach einem Schatz seid, dessen Position etwas mit dem Mond zu tun haben soll. Er erwähnte, dass er nach einer Formation sucht, die einem Dreieck ähnelt. Ich musste dabei sofort an das Sternenbild des Bogenschützens denken.«

Ich bemerkte, wie sich meine Augen vor Aufregung weiteten. Als ich kurz zu Kai hinübersah, nickte er mir eilig zu. »Der Bogen dieses Himmelsbildes besteht aus drei Sternen, die ein Dreieck am Himmel bilden, nicht wahr, Maria?«

Die junge Frau nickte scheu. »Ja, ganz genau. Zwei Sterne, die parallel zueinanderstehen, bilden den Bogenrücken, und der dritte Stern, der eine Art Scheitelwinkel zu den anderen beiden darstellt, markiert den Punkt, bis zu dem die imaginäre Sehne des Bogens gespannt ist. Man könnte ihn auch als den Punkt kennzeichnen, an dem die Pfeilspitze des gespannten Bogens liegt. Ist das ... ist das einigermaßen verständlich? Meine Beschreibung klingt so fürchterlich kompliziert, dabei ist sie das eigentlich gar nicht. Wenn ihr nachts nach einem großen Sternenbild Ausschau haltet, dass mit etwas Fantasie einen Menschen zeigt, dann schaut einfach gen Westen und ihr werden den Bogen finden. Tief in der Nacht befindet sich der Mond für einige Zeit sogar genau in der Mitte des Bogens, was es noch einfacher macht, ihn zu entdecken. Allerdings findet dieses Phänomen wirklich ziemlich spät statt, die meisten Menschen und Tiere schlafen um diese Uhrzeit.«

*Wenn der Mond im Dreieck steht,* schoss mir eine Zeile des Rätsels durch den Kopf. Mein Herz geriet vor Aufregung ins Stocken – das musste die Lösung sein! So unauffällig wie möglich schielte ich zu Neo hinüber. Ich beobachtete, wie er seine Finger immer wieder zu einer lockeren Faust ballte und dann wieder öffnete. Er schien genauso nervös zu sein wie ich. Bestimmt hatte er während der Erzählung der Fremden ebenfalls an das Rätsel denken müssen.

»Vielen Dank, Maria, das hilft uns wirklich enorm weiter«, bedankte sich Kai und deutete eine Verbeugung an, die Maria ein leises Kichern entlockte. Schüchtern hob sie eine Hand vor ihr Gesicht und versuchte ihr breites Lächeln zu verbergen. Zuerst amüsierte mich die Art, wie leicht Kai sie in Verlegenheit brachte, doch dann wurde mir schlagartig bewusst, dass dies genau die gezielte Art von Manipulation war, vor der ich mich in Acht nehmen musste. Wenn es ihm so leichtfiel, die junge Frau um den Finger zu wickeln, und er so schnell mit einer Lüge dienen konnte, die unsere wahren Absichten verschleierte, musste er in diesen Belangen geübt sein. Er konnte lügen und er war verdammt gut darin. Niemand konnte garantieren, dass er diese Fähigkeit nicht auch in unserer Gegenwart anwandte.

»Das Sternenbild befindet sich im Westen, sagtest du?«, wollte sich Nala versichern. Die junge Frau nickte. »Ganz genau. Bestimmt seid ihr Schatzsucher bestens ausgerüstet, aber an dem Stand dort hinten werden auch Kompasse und Sonnenuhren verkauft, falls ihr diese Hilfsmittel benötigen solltet. Irgendwo habe ich heute auch schon eine Sternenkarte und ein Fernglas gesehen, aber leider bin ich mir nicht mehr sicher, an welchem Stand diese Waren angeboten wurden.«

»Danke für den Tipp, wir werden die Augen offen halten«, erwiderte Neo an Nalas Stelle und verstärkte unseren Händedruck, als würde er mir ein Zeichen geben. Obwohl ich nicht wusste, was er mir damit sagen wollte, nickte ich lächelnd. »Bell und ich werden uns mal ein wenig umschauen.«

»Ich komme mit«, klinkte sich Nala, ohne zu zögern, ein.

»Ich auch.« Überrascht blickte ich zu Kai, der gerade nach Marias Hand griff und sie langsam an seine Lippen hob. Während ich beobachtete, wie er ihr einen sanften Abschiedskuss auf den Handrücken hauchte, stieg ein unangenehmes Gefühl in mir auf. Ob Neo und ich die gleichen Emotionen bei den anderen auslösten, wenn wir einander näherkamen?

»Vielen Dank für deine Hilfe«, verabschiedete Kai sich und zwinkerte der Frau noch ein letztes Mal zu, ehe er ihre Hand losließ und Nala hinterherlief, die bereits einige Schritte vorausgegangen war. Auch Neo setzte sich in Bewegung und zog mich sanft mit sich. Zwar kam ich mir etwas komisch vor die Frau ohne ein weiters Wort zurückzulassen, aber ehe die Situation noch unangenehmer werden würde, lief ich artig mit Neo mit. »Hätten wir ihr nicht irgendeine Belohnung geben müssen?«, zischte ich ihm nach wenigen Schritten zu. »Schließlich könnte ihr Hinweis ausschlaggebend dafür sein, ob es uns gelingt, das Artefakt zu finden oder nicht.«

»Ich bin mir nicht sicher, ob ihr Hinweis uns wirklich weiterhelfen wird«, gab Neo leise zu. »Erstens hat *Kai* diese Information aufgetrieben und wir können noch immer nicht zu einhundert Prozent sagen, wem seine Loyalität gilt, und zweitens hat das Rätsel doch ausdrücklich vorgegeben, dass wir das Dreieck und den Mond *nicht* am Himmelszelt suchen sollen.«

Nachdenklich knabberte ich an meiner Unterlippe. Neo hatte recht, der Hinweis des Rätsels hatte eindeutig ausgeschlossen, dass wir unsere Antwort am Himmel finden würden ... Sofort machte sich Enttäuschung in mir breit. Frustriert stieß ich einen Seufzer aus. »Also sind wir genauso schlau wie vorher ...«

»Im schlimmsten Fall, ja. Dennoch denke ich, dass wir es zumindest versuchen sollten. Die Chance ist zwar sehr klein, aber was haben wir schon zu verlieren?«

Ich wollte gerade etwas erwidern, als Kai plötzlich vor mich sprang und mir den Weg blockierte. Erschrocken japste ich nach Luft und taumelte gegen Neos Seite.

Lachend streckte Kai mir eine kleine Papiertüte hin. »Hier, das ist für dich, kleiner Angsthase.«

Verunsichert streckte ich meine Hand nach der Tüte aus und nahm sie entgegen. Sofort strömte mir ein süßlicher Geruch in die Nase, der das Knurren meines Magens verstärkte. »Na los, schau rein!«, forderte mich Kai etwas ungeduldig auf. Ich folgte seiner Anweisung und faltete die Öffnung der Papiertüte auseinander. Mit einer Hand griff ich hinein und zog ein dünnes

Holzstäbchen hervor. Als ich erkannte, was er mir geschenkt hatte, schoss meine Laune schlagartig in luftige Höhen.

»Das sind aufgespießte Früchte, die zuvor in flüssiger Schokolade gedreht wurden«, erklärte Kai und deutete auf einen Stand, der nur wenige Meter von uns entfernt lag. »Maria hat mir erzählt, dass die Mondinsel landesweit für diese spezielle Süßigkeit bekannt ist. Laut ihrer Aussage hat man etwas falsch gemacht, wenn man die Insel wieder verlässt, ohne zuvor davon gekostet zu haben. Und da dein Magen bebt wie ein ausbrechender Vulkan, dachte ich, ich besorge dir eine Kostprobe.«

Vor Schreck hätte ich die Tüte beinahe fallen gelassen. »Das hast du gehört?!«

»Ich bin mir sicher, die gesamte Inselbevölkerung hat das.«

Ich wollte kaum glauben, dass Kai diese Peinlichkeit einfach so ausplauderte – und dann auch noch vor Neo! Als ich das amüsierte Schmunzeln auf dessen Lippen entdeckte, wäre ich am liebsten im Erdboden versunken.

»Du auch?«, presste ich leise hervor, woraufhin seine Augen noch mehr funkelten.

»Nun, es war nicht zu überhören ... Aber im Gegensatz zu Kai bin ich anständig genug, um dich nicht darauf anzusprechen. Abgesehen davon knurrt jedem Mal der Magen, das ist nun wirklich nichts, wofür man sich schämen sollte.«

Er mochte recht haben, aber auch seine Worte vermochten es nicht, die Wärme aus meinen Wangen zu vertreiben. Verlegen verschloss ich die Papiertüte und führte das Stäbchen, das ich zuvor herausgenommen hatte, an meinen Mund. Ich wollte gerade abbeißen, als ich plötzlich so heftig von der Seite angerempelt wurde, dass ich sowohl die Süßigkeit als auch die Tüte fallen ließ. Empört fuhr ich herum und staunte nicht schlecht, als ich mit einem Mal in Nalas Katzenaugen blickte.

»O nein, das tut mir leid!«, rief sie, doch in ihren Augen erkannte ich, dass sie ihre Worte nicht ehrlich meinte. Ehe ich darauf eingehen konnte, hakte sie sich bei mir unter und zog mich mit sich. »Komm, Bell, ich kaufe dir neue Stäbchen.«

»Aber die in der Tüte sind gar nicht schmutzig geworden, die anderen sind doch sicherlich noch genießbar«, widersprach ich ihr, doch Nala ließ sich nicht beirren. »So genießbar, wie sie dir dein *Feind* zubereitet hat, ja.«

»Was? Wie meinst du das?«

Ruckartig blieb sie stehen und blickte mich genervt an. »Mensch, Bell, wir können ihm nicht vertrauen! Wer weiß, wie er die Speise präpariert hat. Vielleicht wärst du auf der Stelle tot umgefallen! Zum Glück habe ich dich noch rechtzeitig vor deiner eigenen Naivität gerettet.«

Entrüstet entzog ich ihr meinen Arm und trat einen Schritt zurück. »Jetzt mach mal halblang, Nala! Du übertreibst maßlos!«

»Ach ja? Kannst du ausschließen, dass er das Obst vergiftet hat? Verdammt, sei doch nicht immer so furchtbar gutgläubig! Es gibt die reelle Chance, dass Kai nicht mit offenen Karten spielt und womöglich Illas auf dem Gewissen hat. Ich würde doch niemals eine Speise von jemandem annehmen, der des Mordes verdächtigt wird!«

Verlegen blickte ich auf meine Schuhspitzen. Ich wollte nicht glauben, dass Kai wirklich zu so etwas Grausamem fähig war, aber Nala hatte recht; ausschließen konnten wir es nicht. »Stimmt schon ... tut mir leid«, murmelte ich kleinlaut. »Danke, dass du mich beschützt hast.«

Als ich wieder zu ihr aufblickte, hatten sich ihre Gesichtszüge geglättet. »Schon gut, Bell. Komm, wir besorgen uns was zu essen. Mit etwas Glück finden wir vielleicht noch die Sternenkarte, von der diese Maria gesprochen hat.«

Ich nickte verhalten und folgte ihr, während Nala die schmale Straße hinablief, die an beiden Seiten von Marktständen flankiert wurde. Mein Hungergefühl stieg mit jeder Sekunde, in der ich den verführerischen Düften der Waren ausgesetzt war. Auf der Suche nach Ablenkung drehte ich meinen Kopf über meine Schulter hinweg nach hinten. Sofort fand mein Blick Neos Augen, die mich eindringlich beobachteten. Er und Kai liefen in einiger Entfernung hinter uns. Während Kai viel redete und sich nach den unterschiedlichen Waren umsah, war Neos Blick starr auf mich gerichtet. Seine Lippen waren fest verschlossen und seine Augen wirkten so matt und ausdruckslos, wie ich sie schon lange nicht mehr gesehen hatte. Der Anblick der beiden ließ meine Anspannung zu einem festen Knäul in meinem Hals heranwachsen. Und plötzlich war ich mir nicht mehr sicher, ob ich überhaupt etwas herunterbekommen würde.

# Kapitel 8

»Bist du dir sicher, dass wir hier richtig sind?«, fragte ich, während ich die Sternenkarte zum gefühlt einhundertsten Mal betrachtete. Neo, der neben mir am Strand saß, gluckste leise. »Ich habe in den letzten Jahren mehr Zeit auf hoher See verbracht als an Land, außerdem habe ich unser Schiff durch unzählige Stürme, Strömungen und Gewitter navigiert. Ich würde einen Besen fressen, wenn ich mich mit dieser Karte verschätzt haben sollte. Lehn dich einfach zurück und warte, bis die Nacht anbricht.«

Schmunzelnd legte ich das Stück Papier wieder neben mich in den feinen Sand. »Ich werde dich daran erinnern.«

»Und was bekomme ich, wenn ich entgegen deiner dreisten Unterstellung richtig liege?«

»Ein neues Artefakt, das dir vielleicht den Hintern rettet, wenn du dich Narius stellst?«

Schulterzuckend legte er sich auf den Rücken, hielt meinen Blick aber weiterhin fest. »Hm, das klingt nach einem vernünftigen Argument … aber mehr bekomme ich nicht?«

Kopfschüttelnd betrachtete ich ihn, wobei mein Blick kurzzeitig an seinen Bauchmuskeln hängen blieb, die sich leicht unter dem dünnen Stoff seines Hemdes abzeichneten. »Der Weltfrieden scheint dir wohl nicht auszureichen, hm? Das ist irgendwie typisch. Was möchtest du denn noch haben?«

Ehe ich auch nur erahnen konnte, was er schon wieder im Schilde führte, umschlang Neo meine Taille, um uns gemeinsam auf die Decke zu ziehen, die er vor einigen Stunden unter uns ausgebreitet hatte. Im nächsten Moment wirbelte er mich herum, sodass ich mich auf dem Rücken liegend mehr oder weniger unter ihm wiederfand. Neo stützte seine Unterarme an den Seiten meines Kopfes ab und betrachtete mich so eingehend, als würde er mein Gesicht gerade zum allerersten Mal sehen.

»Weißt du schon, was du vorhast, wenn all das hier hinter uns liegt?«

Seine Frage kam so unvermittelt, dass ich perplex meinen Kopf schüttelte. Dabei wusste ich ganz genau, wohin es mich als Erstes ziehen würde. »Du?«

Sofort verzogen sich seine Lippen zu einem friedlichen Lächeln. »Ich möchte frei sei. Reisen, wohin ich möchte, und nicht, wohin ich muss. Ich möchte mehr von der Welt sehen, deren Schicksal in meinen Händen liegt, denn ironischerweise kenne ich abgesehen von den hohen Mauern des Zirkels und dem endlosen Meer ziemlich wenig von dem, was sie angeblich zu bieten hat. Aber ... aber das möchte ich nicht allein tun, sondern mit –«

Zuerst dachte ich, dass das laute Pochen meines Herzens seine Stimme verschluckt hätte, doch dann bemerkte ich, dass Neo seine Lippen wirklich geschlossen hatte. Ich musste zuvor so tief in seinen meerblauen Augen ertrunken sein, dass ich gar nicht darauf geachtet hatte. Auch jetzt konnte ich ihn nur anstarren, unfähig meine Gefühle in Worte zu fassen. Er wollte nicht allein reisen, sondern mit jemandem zusammen? Durfte ich mich trauen zu denken, dass er vielleicht *mich* meinen könnte? Einerseits erschien mir diese Möglichkeit gar nicht so abwegig, schließlich küssten wir uns und teilten ein Bett miteinander. Andererseits wusste ich nicht, ob ihm das bereits ausreichte, um auch die Zukunft mit mir an seiner Seite zu erleben. Ich kannte einfach viel zu wenige Beziehungen, an denen ich mich orientieren konnte. Die einzigen Paare, die mir in den Sinn kamen, waren Mary und Phil, die einander wirklich und offensichtlich liebten, und meine Eltern, die sich ... offensichtlich nicht genug geliebt hatten. Aber wie sah es überhaupt in *mir* aus? Liebte ich Neo? Im Moment konnte ich mir keinen Menschen vorstellen, an dessen Seite ich lieber wäre, aber meine Mutter hatte sicherlich einmal genauso für meinen Vater empfunden. Wo lag also der Unterschied zwischen ihrer Liebe und der, die Phil für Mary empfand? War es ein anderes Prickeln, ein anderes Herzklopfen? Oder lag der Unterschied zwischen den beiden Paaren gar nicht so sehr in dem, was sie fühlten, sondern in dem, was sie daraus gemacht hatten?

»Woran denkst du?«, suchte sich seine raue Stimme einen Weg durch den Wirrwarr meiner Gedanken.

Ich musste ein paar Mal blinzeln, ehe ich aus meiner verkopften Welt ausbrechen konnte. »Mit wem willst du später einmal reisen, Neo?«

Als er ungläubig schnaufte, kitzelte sein warmer Atem über meine Lippen und löste einen regelrechten Vulkanausbruch an Gefühlen in mir aus. »Fragst du das gerade wirklich, Bell? Ist es für dich so abwegig, dass ich –« Seine Stimme brach abrupt ab.

Plötzlich stellte ich eine Veränderung in seinen Augen fest, die mir ganz und gar nicht gefiel. Mit einem Mal wirkte er so besorgt. Traurig, als hätte ihn meine Frage verletzt. Für einen Moment wandte er seinen Blick zur Seite und sah auf die Wellen des Meeres hinaus, die im Licht der untergehenden Sonne in einem kräftigen Orange erstrahlten. Ich beobachtete, wie seine Kiefer mahlten. Als er seinen Blick wieder auf mein Gesicht richtete, hatte ich das Gefühl, er hätte sich eine ausdruckslose Maske übergezogen. »Ach, vergiss einfach, was ich gesagt habe. Ich bin wohl etwas durcheinander.«

»Wieso?«

»Weil wir ganz offensichtlich ziemlich unterschiedliche Auffassungen von der Zukunft haben. Von ... *von uns, Bell.*«

Seine Antwort hätte selbst für jemanden wie mich, der jede Aussage dreimal umdrehte und hinterfragte, nicht eindeutiger sein können. Neo sprach von einer Zukunft, über die er sich offensichtlich Gedanken gemacht hatte und in der es einen Platz an seiner Seite gab, falls ihn jemand begleiten wollte. Und weil ich ihn nicht an meinem Gedankenchaos teilhaben ließ, hatte mein Schweigen auf ihn so gewirkt, als hätte ich mir im Gegensatz zu ihm noch gar keine Gedanken darüber gemacht, wie es nach diesem Abenteuer für uns weitergehen könnte. Er musste denken, dass mir diese Frage nicht wichtig sei; als sei *er* mir nicht wichtig.

»Neo?«

»Hm?«

»Ich habe Angst.«

Überrascht weiteten sich seine Augen. »Vor mir?!«

»Nein, natürlich nicht!«, ruderte ich mit meiner ungeschickten Aussage sofort wieder zurück. »Ich habe keine Angst vor dir, wieso sollte ich auch? Ich habe einfach Angst vor der Zukunft.« In diesem Moment war ich Neo furchtbar dankbar dafür, dass er mir geduldig einen Moment gewährte, um meine Gedanken zu sammeln. Schließlich wollte ich ihm nicht schon wieder etwas an den Kopf werfen, das unwillentlich das genaue Gegenteil von dem ausdrückte, was ich fühlte. »Seit meine Mutter mit mir und meinem Bruder auf die Insel geflohen ist, stand für mich fest, dass ich mein ganzes Leben auf diesem Fleckchen Erde verbringen würde«, sprach ich das aus, was mir zuerst in den Sinn kam. »Im Gegensatz zu meinen Freunden habe ich nie, wirklich niemals das Bedürfnis verspürt, meinen kleinen Schutzraum zu verlassen. Es hat mich nicht gelangweilt, dass ich übertrieben gesagt jedes Sandkorn beim Namen kannte – im Gegenteil, es hat mich beruhigt. Denn nach all den Strapazen mit meinem Vater wusste ich, dass ich dieses aufgeregte Leben nicht wollte … Leah hat stets davon geschwärmt, wie sie eines Tages mit einem Seemann durchbrennen und die Welt bereisen würde. Ich hatte seit Kindertagen ein völlig anderes Bild vor Augen. Ich sah das Bild einer kleinen Familie, die ein glückliches Leben auf der Insel führte. Ein bescheidenes Häuschen neben dem meiner Mutter, vielleicht mit ein paar Hühnern und einem kleinen Garten, in dem bunte Pflanzen wuchsen. Ich sah mich vor dem Kamin sitzen, in den Händen eine Strickarbeit, die ich später verkaufen und dadurch Geld verdienen würde. Jeder Tag wäre gleich und dieser Ablauf, der andere zu Tode langweilen gelangweilt hätte, gab mir die Stabilität und Sicherheit, die ich als Kind nie gehabt hatte. Aber … seitdem es überhaupt ein *Wir* gibt, kann ich dieses Bild der heimeligen Insel nicht mehr sehen, Neo. Es ist einfach verschwunden. Und wenn ich versuche mich daran zu erinnern –« Das Zittern in meiner Stimme übermannte mich. Ungewollte Tränen verschleierten meine Sicht und ließen Neos Antlitz verschwommen wirken, dabei wusste ich nicht einmal, weshalb ich überhaupt so traurig war. Weinte ich der Vergangenheit nach? Oder weinte ich vor Erleichterung, weil ich es endlich geschafft hatte, nicht nur Neo, sondern auch mir gegenüber ehrlich zu sein? Ich stieß ein leises ungläubiges Schnaufen aus. »Wenn ich jetzt daran zurückdenke, könnte ich mir nichts Langweiligeres vorstellen. Dieses Bild, das ich seit meiner Kindheit im Kopf trage – es ist nicht mehr *meins*. Natürlich will ich meine Familie wiedersehen und da sein, wenn das Kind meines Bruders zur Welt kommt, aber dann möchte ich wieder weg, Neo, verstehst du? Ich möchte auf die *Blutrote Lady* und die Welt bereisen, vor der ich mich viel zu lange versteckt habe. Und natürlich will ich das alles nicht allein entdecken, sondern ... sondern gemeinsam mit *dir*. Aber immer wenn ich diesen Gedanken zulasse, nimmt die altbekannte Angst in mir wieder überhand. Ich fürchte mich einfach vor allem, Neo: vor dem Unbekannten, das dort draußen lauert, vor den Hindernissen, die mich erwarten werden – aber vor allem fürchte ich mich davor, dass wir nicht so enden werden wie mein Bruder und Mary, sondern wie meine Eltern. Dass du mich im Stich lassen könntest, so wie es mein Vater damals getan hat. Dass du mir eines Tages mein Herz brechen könntest, weil mich die Blindheit der Liebe genauso getäuscht hat, wie sie es damals bei meiner Mutter getan hatte. Es ist wirklich nicht so, dass ich dir so etwas Grausames zutrauen würde, aber diese Angst, diese dumme, hinterlistige Angst, dass es geschehen könnte, raubt mir den Atem.« Ich schämte mich für die Tränen, die mir in Strömen über das Gesicht flossen. Die ganze Situation kam mir furchtbar grotesk vor. Wir waren hier, weil wir ein verdammtes Rätsel lösen mussten, um die Welt vor dem Untergang zu bewahren – und ich hatte nichts Besseres zu tun, als mich in Selbstmitleid zu suhlen? »Was, wenn ich wirklich so naiv bin, wie du denkst? Wenn ich mir etwas zwischen uns einbilde, weil ich genauso emotional abhängig bin wie meine Mutter? Wenn du gar nicht so empfindest wie ich, weder im Hinblick auf das Prickeln noch auf das pochende Herz? Wenn die Zukunft, die ich mir heute wünsche, nur eine dunkle Hinterlassenschaft des Schmerzes ist, den ich damals empfand?«

Ich spürte, wie Neos Fingerkuppe sanft über meine Wange strich. Seine Berührung war so sanft, so behutsam, als könnte ich bei zu viel Druck zerbrechen; und vielleicht stimmte das auch. In dem Versuch, meine Schluchzer zu unterdrücken, presste ich meine Lippen so fest zusammen, dass sie zu zittern begannen. Wenige Augenblicke später spürte ich, wie Neos Finger darüberfuhren, als könnte er den Schmerz genauso leicht wegwischen wie meine Tränen.

»Aber was, wenn es nicht so ist, Bell? Wenn ich genauso empfinde wie du, wenn ich genau die gleiche Angst verspüre, wenn ich an die Zukunft denke? Wenn auch ich mich davor fürchte, dass sich die Vergangenheit wiederholen könnte, dass dich mir jemand wegnimmt, so wie mir damals meine Familie weggenommen wurde? Wenn wir der Zukunft eine Chance geben, dann könnte uns das Leben genauso sehr enttäuschen, wie es das früher bereits getan hat – aber genauso gut könnte es uns auch überraschen und Dinge für uns bereithalten, die wir uns heute nicht einmal erträumen können. Die Chancen stehen eins zu eins, Bell. Entweder es wird gut oder eben nicht. Wenn ich eines in meinem Leben gelernt habe, dann ist es, dass das Schicksal sowieso eigene Pläne für uns bereithält. Sicherheit ist eine Illusion. Wir können noch so weit in die Zukunft denken, uns noch so genau ausmalen, wie unser Leben einmal sein soll. Wir haben es nicht in der Hand. Darum habe ich beschlossen, dass ich mich nicht aus Angst vor der Angst verstecken will. Ich möchte auf das Beste hoffen dürfen und das Glück einfordern, dass eines Tages alles gut werden wird. Und darum habe ich auch keine Angst davor, dir hier und jetzt zu gestehen, dass ich mich Hals über Kopf in dich verliebt habe. Ich will dich an meiner Seite, Bell. Das ist es, was ich mir als Belohnung vom Schicksal wünsche, wenn ich diese verdammten Artefakte gefunden und Narius besiegt habe.«

Als ich aus dem Augenwinkel zu ihm sah, konnte ich trotz meines Tränenschleiers erkennen, wie sich Neos Mundwinkel zu seinem typischen Schmunzeln verzogen.

»Also, nein, der Weltfrieden ist mir ehrlich gesagt nicht genug. Nenn es egoistisch, aber das, was ich mir wirklich wünsche, ist eine Zukunft mit dir. Dass du mich nicht nur auf meiner Reise begleitest, weil du es musst, sondern weil du es möchtest.«

Ich sah in das verschwommene Gesicht, das mir so bekannt war, dass ich es gar nicht klar vor mir sehen musste, um zu wissen, wie es im kleinsten Detail aussah. Und während ich ihn so betrachtete und über seine Worte nachdachte, die Wunden in meinem Herzen aufgerissen und sie anschließend so sorgsam verbunden hatten, dass es nun weniger schmerzte als zuvor, verstand ich, was er mir sagen wollte; was ich tief in meinem Inneren, weit hinter der Mauer aus Angst bereits gewusst hatte. Ich war verliebt. Ehrlich verliebt. Und meine Zukunft würde ich nicht länger auf meiner Insel finden, sondern bei ihm. Die Chance, dass es gut werden könnte, lockte mich so viel mehr als die Angst, dass wir scheitern und wie meine Eltern enden könnten.

Obwohl mir gerade Tausende Dinge durch den Kopf schwirrten, brachte ich zunächst nur ein leises »Danke« über die Lippen. Neos aufrichtiges Lächeln hatte etwas so Tröstliches an sich, dass ich mir im Moment keinen schöneren Ort vorstellen konnte als diesen hier – umgeben von Angst, Hoffnung, Unsicherheit und Liebe.

»Hab keine Angst, Bell. Ich bin hier und ich werde auch in Zukunft bei dir sein – versprochen. Da müssen sich die Götter schon etwas Besseres einfallen lassen als eine bescheuerte Prophezeiung, von der das Schicksal unserer Welt abhängt.«

Seine Worte entlockten mir ein leichtes Lächeln. Neo erwiderte es, während er sein Gesicht langsam tiefer zu mir hinabbeugte. Seine Nasenspitze strich über meine und ich spürte seinen warmen Atem auf meinen Lippen. Ich hob meine Arme, die zuvor an den Seiten meines Körpers geruht hatten, nach oben und tastete nach seinen Händen. Als wir unsere Finger ineinander verflochten und ich in seine blauen Augen sah, konnte ich förmlich hören, wie ein tonnenschweres Gewicht von meinem Herzen abfiel und anschließend zerschellte. Ich fühlte mich befreit, so als würde ich zum ersten Mal seit Langem wieder richtig durchatmen können. Es war richtig gewesen, diese unausgesprochenen Dinge endlich zu sagen. Jetzt wusste ich, woran ich war, und musste meine kostbare Zeit nicht länger damit verschwenden, unzählige Szenarien in meinem Kopf durchzuspielen; Zeit, die sich genauso gut nutzen ließe, um glücklich zu sein. Mit Neo. Mit mir selbst. Mit uns. Und auch, wenn ich Neos Gesicht noch ewig hätte anstarren können, beschloss ich die Initiative zu ergreifen und hob meinen Kopf, um die fehlende Distanz zwischen uns endlich zu überbrücken. Als ich meine Lippen stürmisch auf seine presste, breitete sich das Prickeln überall in meinem Körper aus. Ich genoss den süßen Geschmack seiner Lippen, wohlwissend, dass es nicht das letzte Mal sein würde. Unser Händedruck verstärkte sich, während Neo den Kuss so leidenschaftlich erwiderte, dass mein Kopf wieder auf die Decke zurückgedrückt wurde. Obwohl es nicht das erste Mal war, dass wir uns küssten, konnte ich dennoch einen Unterschied feststellen. Irgendwie war alles intensiver. Verbindlicher. Als würden wir einander beweisen wollen, dass wir uns liebten und für unsere gemeinsame Zukunft kämpfen würden. Jeder Zentimeter, an dem sich unsere Körper berührten, stand in Flammen. Ich spürte, wie das Prickeln zu einem unersättlichen Verlangen heranwuchs. Ich wollte mehr, mehr Neo, mehr Liebe, mehr Zweisamkeit. Und wenn ich die drängende Art, mit der er seine Lippen auf meine presste, richtig interpretierte, ging es ihm genauso.

»Ihhh, nehmt euch ein Zimmer!«, durchdrang Kais spöttischer Ruf plötzlich die fluffige Wolkenschicht, die meinen Verstand umhüllte. Sofort unterbrachen wir unseren Kuss und blickten uns nach dem Störenfried um. Als ich ihn einige Meter von uns entfernt auf einer kleinen Düne erblickte, verengte ich bedrohlich die Augen. Nach diesem Zwischenruf könnte er nicht länger erwarten, dass ich ein gutes Wort für ihn einlegen würde, sollten Nala und Neo beschließen ihn wegen Verrats zum Tode zu verurteilen. Während er uns ansah, lachte er so herzhaft, dass er sich den Bauch halten musste. »Also, wenn Blicke töten könnten, wäre ich jetzt hinüber!«

»Und weil sie es nicht können, glaubst du, dass ich dich einfach so davonkommen lassen werde?«, erwiderte Neo trocken, woraufhin Kais Gelächter noch lauter wurde. Kopfschüttelnd blickte Neo wieder zu mir hinab und rollte seine Augen. »Wenn er wirklich der Verräter ist, werde ich ihn für diese Aktion doppelt bestrafen.«

Grinsend sah ich zu ihm. »Genau das Gleiche habe ich auch gedacht.«

Behutsam zog ich meine Hand aus seinem Griff und strich ihm einige dunkle Strähnen aus dem Gesicht, die ihm der Wind in die Stirn geweht hatte. Ehe ich mich versah, spürte ich seine Lippen erneut auf meinem Mund. Zu meinem Bedauern sollte es nur ein kurzer Kuss werden, dem es aber dennoch gelang, das Feuer in mir erneut zu entzünden. »Lass uns die Sache mit dem zweiten Artefakt schnell hinter uns bringen«, raunte mir Neo verführerisch zu, ehe er sich gänzlich zurückzog. »Ich glaube, wir haben heute noch etwas ... Besseres vor.«

# Kapitel 9

»Was sagen sich zwei Kerzen, wenn sie über ihre Pläne für den Abend sprechen?«, fragte Kai in die Stille hinein.

Nala schnaufte frustriert und nahm einen tiefen Schluck aus der Weinflasche, die sie bei ihrer Rückkehr zu unserem Treffpunkt am Strand mitgebracht hatte. »Kerzen reden nicht, Kai. Wie viele Stunden willst du uns noch mit deinen schlechten Witzen foltern?«

»Ach, kommt schon, jetzt seid doch nicht solche Langweiler! Also los, was denkt ihr, was eine Kerze antworten könnte?«

Da ich mit meinem Kopf an Neos Schulter lehnte, spürte ich, wie er sie ratlos zuckte. »Keine Ahnung. Klärst du uns auf, Scherzkeks?«

Seufzend zog Kai den langen Ast aus dem kleinen Lagerfeuer, das wir vor einiger Zeit errichtet hatten. Wir vier saßen im Halbkreis darum herum und versuchten Stockbrot zu machen, doch bisher hatten die Männer nur schwarze Kohlen hervorgezaubert. Lediglich Nala war es gelungen, eine Kugel Teig richtig zuzubereiten. Freundlicherweise hatte sie mir sogar ein Stückchen abgegeben.

»Ich gehe aus. Das ist die Abendplanung der Kerze.«

Der Scherz war so schlecht, dass er irgendwie schon wieder lustig war. Hastig hob ich mir eine Hand vor dem Mund, um meine Reaktion zu verbergen.

»Ah, seht ihr? Bell ist eine Frau mit Humor!«, verkündete Kai im gleichen Augenblick und streckte mir eine Hand entgegen, in die ich wohl einschlagen sollte. In der Hoffnung, ich würde die Sache dadurch nicht schlimmer machen, tat ich ihm den Gefallen.

»Hey, Kai, wieso gehst du nicht zu den anderen und versuchst die mit deinen schlechten Witzen zu begeistern?«, schlug Nala etwas taktlos vor und deutete auf die Feuerstellen am Strand, um die sich der Rest der Mannschaft versammelt hatte.

Kai stutzte. »Wieso werde ich das Gefühl nicht los, dass du mich nicht in deiner Nähe haben willst? Du bist schon den ganzen Abend so komisch. Gibt es etwas, dass wir klären sollten?«

»Wenn *du* nichts zu klären hast?«, erwiderte Nala spitz.

Sofort warf ihr Neo einen drohenden Blick zu und schüttelte kaum merklich den Kopf. Wir hatten abgemacht Kai noch nicht mit den Vorwürfen zu konfrontieren, sondern ihn vorerst nur unter Beobachtung zu halten. Wenn Nala weiter so unüberlegte Fragen stellte, würde er jedoch bald darauf kommen, dass etwas nicht stimmte.

»Was sollte ich klären wollen? Von meiner Seite aus ist alles wie immer.«

»Gut. Dann ist ja alles bestens«, antwortete Nala knapp und nahm einen weiteren Schluck aus ihrer Weinflasche.

Besorgt beobachtete ich, wie die rote Flüssigkeit durch den klaren Flaschenhals in ihre Kehle strömte. »Nala?«, sprach ich sie vorsichtig an. »Meinst du, dass es eine gute Idee ist, jetzt zu trinken? Vielleicht sollten wir uns das Feiern lieber aufheben, bis wir das Artefakt gefunden haben. Die Sonne ist schon fast hinter dem Horizont verschwunden und ich kann bereits die ersten Sterne am Himmel erkennen. Es kann nicht mehr lange dauern und dann müssen wir auf alles vorbereitet sein.«

»Bell hat recht«, stimmte mir Neo zu, ehe Nala die Chance hatte zu antworten, »es ist so untypisch für dich, deine Emotionen im Alkohol zu ertränken.«

»Ganz genau«, pflichtete ihm Kai bei, »vielleicht gibt es ja doch etwas, das du uns sagen möchtest? Wieso bist du so nervös, Nala?«

Anstatt uns zu antworten, schleuderte sie die Flasche wütend in den Sand. Ihre Wurfbewegung war so aggressiv, dass ich erschrocken zusammenzuckte. Ehe ich meine Stimme wiederfand, hatte sich Nala bereits auf die Füße gestellt und stapfte davon.

»Nala, was soll denn das?«, rief Kai ihr nach. Seine Stimme klang genauso fassungslos, wie ich mich fühlte.

»Es steht einfach verdammt viel auf dem Spiel, kapiert?!«, erwiderte sie zornig, ohne sich dabei noch einmal zu uns umzudrehen.

Ratlos wechselten wir einen Blick.

»Wisst ihr, was mit ihr los ist?«, fragte Kai nach einiger Zeit, doch Neo schüttelte nur den Kopf. »Nein, keine Ahnung. Aber ich stimme dir zu, dass sie sich ziemlich ungewöhnlich benimmt. Vielleicht wächst ihr die ganze Situation langsam über den Kopf.«

»Meinst du? Bisher hatte ich immer das Gefühl, dass sie die einzige Person an Bord ist, die wirklich für dieses Abenteuer gemacht ist. Ich wäre sogar so weit gegangen zu sagen, dass sie *Spaß* an alldem hat.«

»Ehrlich gesagt habe ich schon lange vermutet, dass es eines Tages so kommen würde«, gab Neo leise zu.

Überrascht legte ich meinen Kopf in den Nacken und blickte zu ihm auf. »Ach so?«

»Ja. Damals, als wir noch in der Obhut des Zirkels gelebt haben, habe ich genauso über Nala gedacht wie Kai. Obwohl sie keine Auserwählte mit göttlichen Fähigkeiten war, sondern lediglich eine Leserin, war ich davon überzeugt, dass sie stärker ist als wir alle zusammen. In ihr brannte so viel Ehrgeiz, so viel Willensstärke und so viel Mut. Sie schrieb sich freiwillig für unser Kampftraining ein und übte so verbissen, bis sie jeden von uns im Schwertkampf schlug. Selbst der Zirkel war überrascht von ihrem Können und ihrer Intelligenz. Eines Tages hörte ich sogar, wie sich zwei der Mitglieder darüber unterhielten, dass sie die Hoffnungsträgerin dieser Mission sei. Damals sah ich das genauso, aber dann ging ich sie eines Tages in ihrer Kammer besuchen und –« Er räusperte sich trocken. »Nun, sie hat mir zunächst nicht geöffnet, obwohl wir verabredet gewesen waren. Ich hatte von den anderen gehört, dass das Training an diesem Tag ziemlich hart für sie gewesen sei, darum habe ich den Notfallschlüssel benutzt, um nach ihr zu sehen. Als ich sie in ihrem Waschzimmer fand, habe ich sie fast nicht wiedererkannt. Sie hatte sich hinter einem Wäschekorb versteckt und so klein zusammengekauert, dass ich sie zuerst für ein Kind hielt. Ihre Augen schimmerten rot und ihre Schluchzer waren so heftig, dass ihr ganzer Körper erbebte. Sie erzählte mir, dass sie mit einem der Halbgötter gewettet hatte, dass sie ihn am nächsten Morgen in einem öffentlichen Schwertduell schlagen würde. Allerdings hatten sich während ihres Trainings mehrere Fehler eingeschlichen und nun befürchtete Nala, sie könnte gegen ihren Herausforderer verlieren. Ich versuchte sie zu beruhigen und ihr klarzumachen, dass es absolut keine Schande ist, gegen einen Auserwählten zu verlieren, doch sie war untröstlich. Ihre Verzweiflung steigerte sich immer mehr, bis sie sogar so kräftig an ihrem Haar zog, dass sie sich einige Strähnen herausriss. Nala sagte mir, dass sie nicht verlieren durfte, weil sie dann nicht die Beste sei und niemand sie mehr gernhätte. Erst in diesem Moment, in dem sie so verzweifelt in ihrem Bad kauerte, gestand sie mir, dass sie eigentlich nur so ehrgeizig und verbissen ist, weil sie schreckliche Angst davor hat, erneut weggegeben zu werden. Ihr wisst ja, dass ihre Eltern sie bei der erstbesten Gelegenheit an den Zirkel verscherbelt haben. Nala muss sich eingeredet haben, dass sie dies nur getan haben, weil sie nicht gut genug und somit nicht liebenswert gewesen war. Das Lob des Zirkels und das hohe Ansehen der anderen Mitglieder sind ihr zu Kopf gestiegen und haben sie furchtbar unter Druck gesetzt, weil sie angenommen hat, dass ihre Beliebtheit ausschließlich an ihre Leistungsfähigkeit geknüpft sei. Nach außen hat sie es nicht gezeigt, aber innerlich ist sie vor Angst beinahe daran zerbrochen. Sie dachte, dass man sie fallen lassen würde, wenn sie das Duell nicht gewinnt. Dass die Menschen um sie herum merken würden, dass sie eigentlich gar nicht so stark und unfehlbar war, wie sie dachten. Als ich Nala damals in diesem Zustand sah, hatte ich ehrlich gesagt nicht daran geglaubt, dass sie sich jemals wieder fangen würde – doch dreimal dürft ihr raten, was am nächsten Tag geschah: Sie kämpfte, als hätte es niemals auch nur die Möglichkeit gegeben, dass sie verlieren könnte. Während des Duells schlug sie den Halbgott haushoch in einem Kampf, der so brutal war, dass selbst der Zirkel geschockt von Nalas schier übermenschlicher Stärke war. Danach habe ich ungelogen monatelang daran gezweifelt, ob die Sache in ihrem Waschzimmer wirklich stattgefunden hat. Nala hat es nie wieder mit einer Silbe erwähnt und sich seitdem wieder so tough und stark verhalten wie eh und je, aber ich komme einfach nicht umhin zu denken, dass dies unmöglich ein Einzelfall gewesen sein kann. Wer weiß, was sie sonst noch mit sich selbst ausmacht – wie es ihr geht, wenn niemand in der Nähe ist, den es zu beeindrucken gilt. Ich bin mir sicher, dass sie selbst ein Opfer ihrer Gefühle ist und sich einfach nicht zu helfen weiß. Darum kann ich mir gut vorstellen, dass es noch immer an ihrem Ego kratzt, dass auch Bell eine Leserin ist. Für ihr Ego muss Bell eine Bedrohung ihrer Einzigartigkeit sein, Konkurrenz im Kampf um die meiste Aufmerksamkeit. Vielleicht ist das der Grund, weshalb sie so angespannt ist. Vielleicht denkt sie, sie müsste den Helden spielen und dieses verdammte Artefakt in Alleingang bergen, um ihren Wert zu beweisen.«

»Kann schon sein«, murmelte Kai, während mir noch immer die Worte fehlten. »Mir ist auch schon in den Sinn gekommen, dass Nala manchmal zu Masken greift, die so unbequem zu tragen sind, dass sie ihr ins eigene Fleisch schneiden. Zwar habe ich es noch nie so direkt erlebt wie du, Neo, aber wenn es Feiern unter Deck gibt und sie zu Alkohol greift, verrutschen diese Masken gelegentlich und offenbaren eine Seite von ihr, die wir normalerweise nicht zu Gesicht bekommen. Wir sollten in Ruhe mit ihr darüber sprechen, sobald wir das Artefakt geborgen haben.«

»Gute Idee«, stimmte Neo zu und nickte bekräftigend, »lasst uns hoffen, dass wir die Sache schnell über die Bühne bringen. Bisher haben wir weder einen Hinweis auf Narius und seine mehr oder weniger toten Gefolgsleute erhalten noch eine große Veränderung im Meer gespürt. Ich denke, dass meine Kräfte durch das erste Artefakt so ausgeprägt sind, dass ich mitbekommen würde, wenn sich Narius auf eine Seemeile nährt.«

»Dann hoffen wir mal, dass wir hier richtig sind«, murmelte ich gedankenversunken. Neos Erzählung über Nala ließ mich nicht los. Wenn ich so darüber nachdachte, dann hatte auch ich gespürt, dass sie sich in meiner Nähe manchmal anders verhielt, wenn wir allein waren. Dadurch, dass ich viele Wochen in ihrem Zimmer gewohnt hatte, war es oft zu tiefgründigen

Gesprächen gekommen. Besonders nachts, wenn wir zu zweit gewesen waren und nur das Rauschen der Wellen zu hören gewesen war, hatte sie ausgeglichener gewirkt als tagsüber – beinahe so, als ob sie sich nicht beweisen müsste. Doch ob es daran gelegen hatte, dass wir so gute Freunde waren und sie mir vertraute, oder ob sie einfach keine Konkurrenz in mir gesehen und sich sowieso überlegen gefühlt hatte, vermochte ich nicht zu sagen. Allerdings missfiel mir letzterer Gedanke so sehr, dass ich ihn hastig beiseiteschob. Neo hatte recht, wir sollten uns auf das zweite Artefakt konzentrieren; aber sobald das erledigt war, musste ich mich wohl mit Nala aussprechen. Mir lag wirklich viel daran, diese Dinge zu klären. In Nala hatte ich eine Freundin gefunden, die ich nicht mehr missen wollte.

Nachdenklich blickte ich in den Himmel, der mit jedem Wimpernschlag dunkler wurde. Als auch die letzten Sonnenstrahlen vom Horizont verschluckt worden waren, gab Neo den anderen Männern das Zeichen, die Lagerfeuer zu löschen. Schlagartig legte sich eine bedrückende Dunkelheit über den Strandabschnitt. Ohne die Wärme des Feuers begann ich augenblicklich zu frieren. Zwar legte Neo seinen Arm um meine Schultern und rieb mir sanft über den Rücken, doch selbst die Nähe zu seinem Körper vermochte es nicht, die Kälte aus meinen Knochen zu vertreiben. Ich konnte im Nachhinein gar nicht sagen, wie lang ich schweigend in seinem Arm saß und den Anblick des Meeres genoss. Nebenbei lauschte ich Neos ruhiger Stimme, während er sich mit Kai über irgendwelche Schiffstypen und Segel unterhielt, deren Namen und Bezeichnungen ich noch nie gehört hatte. Unter meinem Kopf bewegte sich sein Brustkorb gleichmäßig auf und ab und in Kombination mit dem angenehmen Klang seiner Stimme spürte ich, wie ich langsam schläfrig wurde. Meine Lider wurden immer schwerer, bis ich das Meer nur noch unscharf vor Augen hatte. Ich schmiegte mich noch enger an Neos wärmenden Körper und ließ meine Gedanken von seinem Duft benebeln, bis mein Verstand abschweifte und ich schließlich friedlich eindöste.

»Bell«, drang Neos Stimme dumpf an mein schlafendes Bewusstsein, »hey, Bell, du musst aufwachen!«

Als ich meine bleischweren Lider öffnete, fiel es mir zunächst schwer, die

Orientierung wiederzufinden. Ich blinzelte mehrmals, bis ich Neos Gesicht trotz der Dunkelheit einigermaßen erkennen konnte. »Was ist los?«, fragte ich schläfrig. »Ich habe nur ganz kurz die Augen zugemacht.«

Ein amüsiertes Grinsen schlich sich auf seine Lippen. »Ganz kurz? Das waren mehrere Stunden.«

Ich fuhr so erschrocken auf, dass ich beinahe gegen Neos Kinn gestoßen wäre. »Was?! Warum hast du mich nicht geweckt?«

»Wieso hätte ich das tun sollen? Du hast so friedlich geschlafen, außerdem gab es keine besonderen Vorkommnisse – bis jetzt.«

Während ich der Richtung seines ausgestreckten Fingers folgte, begann mein Herz aufgeregt zu pochen. Ich musste wirklich länger geschlafen haben, als ich vermutet hatte, denn der Mond war bereits ein ganzes Stück weiter über den Himmel gewandert. Je länger ich in die Nacht starrte, desto mehr Sterne konnte ich erkennen. »Hey, das muss der Bogen sein!«, rief ich aufgeregt und deutete auf eine Sternenformation in der Nähe des Mondes. Die Lichtpunkte waren nicht besonders hell, aber sie bildeten eindeutig ein Dreieck. Nicht weit von ihnen entfernt entdeckte ich weitere Sterne, die ich mit etwas Fantasie gedanklich zu einem Bogenschützen zusammensetzte. Dies war zweifellos das Sternbild, von dem diese Maria erzählt hatte.

»Davon gehen wir auch aus«, stimmte mir Kai zu. »Falls dieses Sternbild wirklich mit dem Rätsel des Artefaktes zusammenhängen sollte, sind wir hier auf jeden Fall an der richtigen Stelle.«

»Das ist großartig!« Lächelnd setzte ich mich auf und streckte meine Glieder. Die Müdigkeit war mit meiner Entdeckung schlagartig verschwunden, stattdessen spürte ich, wie meine Adern nun mit Energie durchflutet wurden.

»Wollt ihr Bell gar nicht erzählen, was es sonst noch Neues gibt?« Überrascht lehnte ich mich nach vorn und entdeckte Nala, die mit verschränkten Armen neben Kai saß und mich aus düsteren Augen musterte. Fragend sah ich zu Neo, der meinen Blick auffing und erwiderte: »Erinnerst du dich noch daran, wie ich sagte, dass ich mir sicher bin Narius spüren zu können, wenn er sich auf eine Seemeile nähern sollte?«

Ich nickte langsam. »Ja, daran erinnere ich mich, aber – verdammt, er ist hier, oder?«

»Eine Seemeile beschreibt zum Glück eine relativ weite Entfernung, aber wenn man in Betracht zieht, dass Narius der Gott des Meeres ist und dementsprechend schnell schwimmen kann, ist es eben doch näher, als uns allen lieb ist.« Kai war hörbar bemüht darum, seine Stimme möglichst gelassen klingen zu lassen, doch der angespannte Unterton war nicht zu verbergen.

Zähneknirschend sah ich zwischen ihm und Neo hin und her. »Und was machen wir jetzt?«

»Abwarten«, antwortete Nala trocken. »Abwarten und hoffen, dass wir ihm mindestens zwei Schritte voraus sind.«

»Wenn er hier aufkreuzt, wird uns keine Zeit bleiben, um einen Plan zu entwickeln«, mischte sich Neo nachdenklich ein. »Wir sollten uns *jetzt* überlegen, wie wir im Ernstfall vorgehen wollen.«

»Wir werden uns aufteilen müssen«, gab Nala zurück und rutschte etwas mehr in unseren Halbkreis, »andernfalls haben wir keine Chance.«

»Du meinst, wir teilen uns vier vom Rest der Mannschaft?«, fragte Kai.

»Nein, das würde nichts bringen. Wenn Narius hier auftauchen sollte, müssen wir ihn mit allen Mitteln davon abhalten, sich dem Artefakt zu nähern. Ich gehe davon aus, dass wir wieder irgendeine Form von Prüfung ablegen müssen, ehe wir das Artefakt verwenden können. Neo als Halbgott, auf den es geprägt werden soll, und ich als Leserin – und somit einzige Übersetzerin – müssen uns dem Artefakt widmen, während Kai, Bell und die Männer Narius und die Untoten in Schach halten. Ich –«

»Kommt gar nicht infrage«, fiel ihr Neo streng in Wort. »Wenn es zu einem Kampf mit Narius kommt, haben unsere Männer allein keine Chance. Wir befinden uns direkt am Meer, Nala, seine Kraft wird gewaltige Ausnahme annehmen. *Wenn* sich ihm jemand gegenüberstellen muss, dann werde ich das sein.«

»Aber du musst auch das Artefakt auf dich prägen«, widersprach ich leise. »Wenn du kämpfst, kannst du die Prüfung nicht bestreiten.«

»Das stimmt, aber ich werde die Prüfung sowieso nicht meistern können, wenn Narius unsere Männer mit einer Flutwelle beseitigt und dann mich angreift. Vielleicht haben wir ja auch Glück und die Prüfung kann wieder von einem von euch erledigt werden. Dann müsste ich das Artefakt nur noch berühren, was auch während des Kampfes mit Narius möglich ist.«

»Also, wie sollen wir uns deiner Meinung nach dann aufteilen?«

»Klar ist, dass ich an Neos Seite bleiben muss, weil ich die Leserin bin«, mischte sich Nala erneut ein, doch als niemand von uns antwortete, verdunkelte sich ihr Blick. Eine bedrückende Stille legte sich über den Strand und ich hatte das Gefühl, dass die Temperatur um uns herum um mehrere Grad sank. »Ich verstehe«, durchbrach Nalas gekränkte Stimme schließlich die Ruhe. »Du willst Bell bei dir haben, richtig?«

»Nicht, wenn wir in einen Kampf verwickelt werden. An meiner Seite wäre es in diesem Fall viel zu gefährlich für sie.« Kaum hatte Neo ausgesprochen, stieß Nala ein zynisches Schnaufen aus. »Ah, jetzt habe ich es begriffen: Wenn es sicher ist, willst du sie in deiner Nähe wissen, aber wenn die Gefahr besteht, dass deine Lieblingsleserin in Mitleidenschaft gerät, ziehst du mich als Kanonenfutter vor. Alles klar, Neo. So machen wir das.«

»So meine ich das nicht!«, ruderte Neo hastig zurück, doch auch ich musste zugeben, dass er sich wirklich etwas missverständlich ausgedrückt hatte. Arme Nala. Wenn sie wirklich unter Verlustängsten litt, weil sie damals als Kind fortgegeben wurde, mussten sich Neos Worte für sie anfühlen wie Dolchstöße in die Brust.

»Also sind wir genauso gut vorbereitet wie vor dieser Diskussion«, fasste Kai passend zusammen.

»Ich kann nur für mich sprechen, aber ich habe während dieser Diskussion durchaus neue Erkenntnisse erlangt«, gab Nala zurück, ohne auch nur eine Sekunde zu zögern.

Als Neo seufzte, klang er erschöpft. »Hör auf damit, Nala. Du weißt, dass ich das natürlich nicht so gemeint habe, so etwas würde ich niemals auch nur denken! Lass uns die Sache nicht größer machen, als sie ist – wir müssen uns vorbereiten.«

»Dann erklär mir, wie du es sonst gemeint hast!«

»Könntet ihr diese Diskussion bitte verschieben, bis wir das Artefakt gefunden haben?«, versuchte Kai zu schlichten, doch da weder Nala noch Neo etwas erwiderten, blieb die Stimmung unterkühlt.

Angespannt blickte ich in die Runde. »Also warten wir erst einmal ab, was geschieht, wenn der Mond ins Dreieck tritt?«, »Abgemacht – aber was machen wir danach?«, raunte Kai hörbar angespannt. »Dieser Fall ist nämlich gerade eingetreten.«

Sofort blickte ich zum Mond auf. Er stand direkt im Dreieck der Sterne. »Suche auf dem berühmten Markt nach mir, aber erwarte nicht, dass du mich dort finden wirst«, sagte ich die erste Zeile des Rätsels auf.

»Ich denke, diesen Part haben wir erfüllt«, murmelte Nala. »Damit muss gemeint sein, dass das Artefakt nicht direkt auf dem Markt angeboten wird oder zu finden ist, aber in der geografischen Region.«

»Gut«, sagte ich, »danach folgt der Satz: ›Wo der Mond im Dreieck steht, dort liege ich, doch suche nicht am Himmelszelt.‹«

»Das machen wir ja wohl ganz offensichtlich falsch«, murmelte Neo nachdenklich und reckte den Hals. »Hat jemand von euch eine Idee, wo wir sonst noch suchen könnten?«

Auch ich setzte mich gerade auf und ließ meinen Blick über den Strand wandern, allerdings konnte ich nichts Auffälliges entdecken. Vielleicht lag es aber auch daran, dass es mittlerweile so dunkel war, dass ich Schwierigkeiten dabei hatte, *überhaupt* etwas zu erkennen. Narius könnte direkt neben mir im Sand liegen, ohne dass ich ihn bemerken würde.

Frustriert stieß ich einen langen Seufzer aus und stand auf. »Was hast du vor?«, fragte Neo, während ich mir den Sand von den Oberschenkeln klopfte.

»Ich muss etwas Energie loswerden, sonst drehe ich noch durch vor Anspannung. Mach dir keine Sorgen, ich gehe nur bis zum Wasser.«

»Gut, aber ich werde dich begleiten. Im Meer lauern zu viele Gefahren.«

Ich schenkte ihm ein müdes Lächeln und wartete, bis er sich ebenfalls aufgerichtet hatte. Sanft griff er nach meiner Hand und wir liefen gemeinsam auf das Meer zu.

»Darf ich hineingehen?«, fragte ich, als wir das Wasser beinahe erreicht hatten.

Neo zögerte einen Moment, doch dann nickte er. Hand in Hand gingen wir einige Schritte durch das flache Wasser, bis uns die leichten Wellen gegen die Knie schwappten. Sie hinterließen ein angenehm kühles Gefühl auf meiner Haut. Tief sog ich die frische Meeresbrise ein, bis ich den salzigen Geschmack in meinem Mund wahrnahm. »Komisch«, murmelte ich verträumt, »das hier fühlt sich so *friedlich* an. Als würden wir einfach nur einen nächtlichen Spaziergang unternehmen.«

»Ich wünschte, es wäre so«, erwiderte Neo, »aber ich kann ganz deutlich spüren, dass etwas nicht stimmt. Es mag in deinen Ohren sonderbar klingen, aber das Meer ist in Aufruhr.«

»Inwiefern?«

»Es ist schwer zu beschreiben, aber ich spüre eine Art Anspannung, wenn ich das Wasser berühre. Ich kann wahrnehmen, dass sich viele Meerestiere in der Nähe aufhalten – große, die sich normalerweise nicht an die Küste verirren. Und einige Hundert Meter von hier ist das Wasser unheimlich tief, viel tiefer, als ich es in Erinnerung habe. Es ist, als hätte jemand ein riesiges Loch ausgehoben. Ich kann die enormen Wasserbewegungen spüren, die von dieser Stelle ausgehen. Irgendetwas stimmt da nicht, Bell.«

»Eine starke Wasserbewegung?«, fragte ich, während ich meinen Blick über den Ozean gleiten ließ, dessen Oberfläche so glatt war, dass sich der Himmel darin spiegelte. »Von hier sieht alles so ruhig aus …«

»Das ist es ja, was mich so stutzig macht«, gab Neo leise zu. »Alles wirkt so glatt, aber dort hinten, an der Stelle, an der sich der Mond im Wasser spiegelt –« Abrupt verstummte er. Sein Gesicht wurde kreidebleich.

»Was ist los?« Anstatt mir zu antworten, starrte er nur weiterhin aufs Meer hinaus. Ich folgte seinem Blick zu der Stelle, die er mir zuletzt beschrieben hatte. Schnell erblickte ich die Spiegelung des Mondes, doch mir war noch immer nicht klar, worauf er hinauswollte. »Neo, was ist los?«

»Wo der Mond im Dreieck steht, dort liege ich, doch suche nicht am Himmelszelt«, murmelte er rau. »Das ist es, Bell.«

»Was denn?«, drängte ich ungeduldig und reckte den Hals, konnte aber noch immer nichts entdecken. Dann traf mich die Erkenntnis wie ein Blitz. »Die Spiegelung im Meer!«, hauchte ich fassungslos. »An der Stelle, wo der gespiegelte Mond im gespiegelten Sternbild des Bogens liegt, verbirgt sich das Artefakt!« Neo nickte zustimmend. »Die Spiegelung befindet sich ungefähr an der Stelle, an der ich die starken Wasserbewegungen spüre. Ich denke, es ist eine Art Strudel, der sich erst aufgetan hat, als der Mond an der richtigen Stelle stand.«

Sprachlos blickte ich zu ihm auf. »Wir müssen den anderen Bescheid geben!« Ohne Neos Antwort abzuwarten, drehte ich mich auf dem Hacken um und rannte zurück zum Strand.

»Bell, was ist los?«, rief Kai mir zu, doch ehe ich antworten konnte, hörte ich, wie Neo ebenfalls meinen Namen rief. Sofort blieb ich stehen und drehte mich nach ihm um.

Als ich den finsteren Ausdruck auf seinem Gesicht bemerkte, zog sich mein Magen schmerzhaft zusammen. Ich wusste, was er mir sagen wollte, noch ehe er es aussprach. Mein Atem wurde flach. »Narius ist hier, oder?«

Neo nickte – und ich spürte, wie mein Herz noch im selben Moment schwer wie Blei wurde.

# Kapitel 10

»Er ist hier!«, rief ich Nala und Kai zu, während ich darauf wartete, dass Neo endlich zu mir aufschloss, doch der Halbgott blieb wie angewachsen im Meer stehen. »Neo, komm!«

Ungläubig beobachtete ich, wie er den Kopf schüttelte. »Erzähle Nala und Kai von unserer Entdeckung und richte aus, dass sie sich kampfbereit machen müssen. Narius kommt nicht allein, er scheint ein ganzes Heer an Untoten dabeizuhaben.«

»Und du?«

»Ich werde sie aufhalten, solange ich kann.«

Mir klappte die Kinnlade auf. Das konnte unmöglich sein Ernst sein!

»Du musst dich in Sicherheit bringen, Bell.«

»Und dich allein zurücklassen? Kommt gar nicht infrage!«

»Du lässt mich nicht zurück, du nimmst mir eine große Last ab, indem du dich in Sicherheit begibst«, entgegnete er sanft. »Bitte, Bell, du musst jetzt gehen!«

Während ich vehement den Kopf schüttelte, brannten mir schon wieder Tränen in den Augen. Ich wusste, dass ich keine Chance gegen die Untoten, geschweige denn gegen Narius hatte, aber dennoch konnte ich Neo nicht einfach allein mit diesen Ungeheuern zurücklassen. »Es gibt keinen Ort, an dem ich vor ihm sicher wäre«, entgegnete ich daher und verschränkte die Arme vor der Brust, um meinen Worten mehr Autorität zu verleihen. »Da kann ich genauso gut an deiner Seite bleiben.«

»Bell, du musst jetzt wirklich gehen! Versteck dich in einem der Häuser, Narius wird dich nicht so leicht finden, wie du denkst.«

»Ich will aber nicht!«, widersprach ich, wohl wissend, dass ich genauso bockig klang wie mein kleiner Bruder. Ehe ich mir bessere Argumente überlegen konnte, raste jedoch eine Welle auf mich zu, die mich gegen meinen Willen über den Strand hinweg auf Nala und Kai zutrieb. Ich wollte mich wehren, doch die Kraft des Wassers war so stark, dass ich ihm nichts entgegenzusetzen hatte. Ich wurde direkt vor Nalas Füße gespült. Danach zog sich das Wasser wieder zurück. War das Neos verdammter Ernst? Trotz der Distanz zwischen uns hoffte ich, dass er den erzürnten Blick sehen konnte, den ich ihm zuwarf.

»Bell, was ist los?«, wollte Nala wissen.

Rasch richtete ich mich auf und wrang mein nasses Haar aus. »Wir haben das Rätsel gelöst«, erklärte ich atemlos. »Der Mond muss im Dreieck des Sternbildes stehen, aber die Lösung befindet sich nicht am Himmel, sondern auf der gespiegelten Oberfläche des Meeres. An der Stelle, wo der Mond im Sternbild steht, also im gespiegelten, kann Neo ungewöhnliche Meeresbewegungen feststellen. Er vermutet, dass sich dort ein Strudel aufgetan hat, als der Mond an die besagte Position gewandert ist. Aber –«

»Das ist ja großartig!«, unterbrach mich Kai mit leuchtenden Augen. »Dann müssen wir ja nur noch rüberschwimmen und schauen, wie wir an das Artefakt gelangen. Für Neo dürfte es kein Problem sein, in den Strudel hinabzutauchen, also –«

»Darf ich erst einmal ausreden?«, fiel ich ihm ebenfalls ins Wort. »Narius ist hier und wie es aussieht, ist er nicht allein. Neo will ihn und die Untoten im Alleingang stoppen und hat mich aufgefordert das Weite zu suchen, was natürlich –«

»Eine großartige Idee ist«, wurde ich schon wieder unterbrochen, dieses Mal von Nala.

Stutzig sah ich sie an. »Wie bitte?«

»Ach, komm schon, Bell. Du kannst unmöglich vorhaben dich an diesem Kampf zu beteiligen! Deinen Mut in Ehren, aber das gleicht einem Himmelfahrtskommando. Du würdest uns am meisten helfen, wenn du dich einfach in Sicherheit bringst. Am besten sofort, ich kann dort hinten bereits die Köpfe der Untoten im Wasser sehen.«

In der Hoffnung, dass mich wenigstens Kai verstand, sah ich zu ihm hinüber, doch er hatte mir bereits den Rücken zugewandt und gab den anderen Männern Befehle. Ich spürte, wie Nala nach meiner Hand griff.

»Sei vernünftig und bring dich in Sicherheit, Bell. Wir meinen es keinesfalls böse, ganz im Gegenteil.«

Mit einem kräftigen Ruck entzog ich ihr meine Hand und verschränkte die Arme. »Ich weiß, dass ich keine Chance gegen Narius habe. Aber ich werde euch nicht im Stich lassen: weder Neo noch dich noch sonst jemanden. Die anderen Männer wurden auch nicht gefragt, ob sie sich auf diese gefährliche Reise begeben wollen oder nicht. Sie mussten sich anpassen, und genau das werde ich auch tun. Außerdem konnte ich mich bei der Bergung des ersten Artefaktes auch als nützlich erweisen.«

»Das war reiner Zufall, Bell. Du solltest das Schicksal nicht zu oft herausfordern.«

»Würdest du dich feige verstecken, wenn du an meiner Stelle wärst?«

»Wenn ich trotzdem über mein Können verfügen würde: Nein, natürlich nicht. Wenn ich nur deine Fähigkeiten hätte: Ja, definitiv.«

Genervt verdrehte ich die Augen. »Anstatt mit mir zu diskutieren, könntest du mir auch einfach sagen, wie ich mich nützlich machen kann.«

»Das habe ich bereits. Such! Das! Weite!«

Mein Blut begann zu kochen. Gut, wenn mir niemand sagen wollte, wie ich Neo zur Hand gehen konnte, ließ ich mir eben selbst etwas einfallen. Ich kehrte auf den Hacken um und blickte aus verengten Augen aufs Meer hinaus. Nala hatte recht – überall guckten die entstellten Gesichter der Untoten über die Wasseroberfläche. Zähneknirschend versuchte ich sie zu zählen, doch es waren einfach zu viele. Was sollte ich nur tun? Neo zur Hilfe eilen, der immer noch mutterseelenallein am Strand stand und die einzige Mauer zwischen uns und unserem Feind bildete? Mich den anderen Männern anschließen und einfach tun, was ihnen befohlen wurde? Oder sollte ich mich vielleicht doch …? Ehe ich den Gedanken beendete, schüttelte ich heftig den Kopf. Nein, sich zu verstecken kam gar nicht infrage! Ein lautes Rauschen lenkte meine Aufmerksamkeit wieder auf Neo. Gerade streckte er seine Hände nach oben und riss sie dann ruckartig nach vorn, als würde er etwas wegschieben wollen. Sofort bildete die sich eine riesige Welle, die bestimmt zehn Meter hoch war, und rauschte auf die Angreifer zu. Sie wurden von den Wassermassen erfasst und so weit zurückgedrängt, dass ich ihre Köpfe kaum mehr erkennen konnte. Nachdenklich blickte ich ihnen nach.

»Bell, ich werde dich nicht noch einmal auffordern, das Weite zu –«

»Ich habe einen Plan.«

Vor Überraschung weiteten sich Nalas Augen. »Ach?«

»Ich weiß, dass er funktionieren wird, allerdings werde ich ihn erst verraten, wenn du mir versprichst, dass ich an der Ausführung beteiligt sein werde.«

Nala lachte trocken. »Ist das dein Ernst? Du weißt schon, dass du unser aller Leben riskierst, indem du diese Idee für dich behältst und Zeit verschwendest?«

»Versprich es mir, Nala. Bitte! Ich kann nicht einfach nur untätig zusehen. Und falls mir wirklich etwas zustoßen sollte, hättest du wenigstens deine Ruhe.«

Stutzig hob sie ihre Augenbrauen. »Wie kommst du darauf, dass ich dich loswerden will? Hast du etwas an den Kopf bekommen?«

»Ich weiß nicht«, murmelte ich ausweichend. Zwar hatte ich gewusst, dass dieses Gespräch zwischen Nala und mir unausweichlich gewesen war, aber der aktuelle Zeitpunkt könnte nicht ungünstiger sein. »Es ist ja nicht zu leugnen, dass ich deinen Alltag ganz schön durcheinandergewirbelt habe. Erst musstest du mich unterrichten und bei dir wohnen lassen, dann stellte sich heraus, dass ich ebenfalls eine Leserin bin, und jetzt …« Ich brauchte einen Moment, um meine nächsten Worte zu wählen, ohne sie noch mehr zu kränken. »Jetzt bist du nicht mehr Neos einzige Freundin.«

Nalas Miene veränderte sich. Für einen Augenblick wirkte sie überrumpelt, doch dann formten sich ihre Lippen zu einem aufrichtigen Lächeln.

Sie streckte ihren Arm nach mir aus und wuschelte sanft durch mein Haar. »Ach, Bell, manchmal erzählst du aber auch einen Blödsinn! Denkst du wirklich, dass ich dich loswerden will? Falls ja, liegst du absolut falsch. Natürlich hast du unser aller Leben ganz schön auf den Kopf gestellt und ich gebe zu, dass ich nicht immer ganz fair zu dir war, aber es ist mein völliger Ernst, wenn ich sage, dass ich furchtbar dankbar dafür bin, dass ausgerechnet du dich auf unser Schiff verirrt hast. Du bist meine Freundin, Bell. Und auch, wenn ich es vielleicht noch nicht so ganz zeigen kann, freue ich mich für dich und Neo. Ihr gehört beide zu meiner Familie und ich würde auf keinen von euch beiden verzichten wollen – wirklich nicht.«

Eine Woge der Leichtigkeit flutete meinen Körper. Lächelnd erwiderte ich Nalas Blick. »Ich hätte zwar anfänglich nie gedacht, dass ich das mal sagen würde, aber ich bin heilfroh darüber, mich auf euer Schiff geschlichen zu haben. Danke, Nala.«

»Keine Ursache. Erzähl es aber nicht den Jungs, nachher wollen Kai und Neo auch so eine Gefühlsduselei von mir hören.«

Ihre Worte brachten mich trotz des Ernstes der Lage zum Lachen. »Wieso denn nicht? Die Armen warten bestimmt schon seit Jahren darauf!«

»Kann schon sein«, schnaufte sie grinsend. »Aber jetzt, wo wir das geklärt haben, kannst du mir erst mal deinen Plan verraten.«

»Aber ich bin dabei!«

Langsam wanderte ihr Blick über mein Gesicht. Dann nickte sie widerwillig. »Wehe, dir stößt etwas zu. Nicht nur, dass ich ein furchtbar schlechtes Gewissen hätte – Neo würde mich umbringen.«

»Geht in Ordnung. Also gut, ich verrate ihn dir: Wenn Neo eine weitere Welle auf die Untoten spült, werden wir uns mittreiben lassen. Die Rückströmung ist so stark, dass wir im Nu auf die Höhe des Strudels gespült werden und mit unserer Suche nach dem Artefakt beginnen können.«

»Und dann?«

»Dann sehen wir weiter«, gab ich schulterzuckend zurück. Nala rollte mit den Augen. »Ernsthaft? *Das* ist dein genialer Plan?«

»Hast du einen besseren?«

»Nein. Aber dein Plan ist schon jetzt zum Scheitern verurteilt, denn im Gegensatz zu Neo könnten wir zwei tatsächlich ertrinken, wenn wir zu lange unter Wasser bleiben. Wer weiß, was uns in diesem Strudel erwartet.«

»Dann lass uns Neo bitten, uns sicher zum Strudel zu leiten. Und kann er uns nicht einfach wieder die Fähigkeit übertragen, unter Wasser zu atmen?«

»Ich denke nicht, dass er dem zustimmen wird, aber von mir aus können wir es versuchen.«

Als Nala mein Handgelenk packte und mich ruckartig mit sich zog, war ich noch immer so überrascht von ihrem plötzlichen Zugeständnis, dass ich nur hinter ihr her stolperte. Kaum erreichten wir Neo, fuhr er mit loderndem Blick zu uns herum. »Was macht ihr hier?«

»Bell und ich wollen, dass du uns die Fähigkeit gibst, unter Wasser zu atmen. Falls wir von den Untoten ins Meer gezogen werden, könnte uns das unser Leben retten.«

Neo runzelte die Stirn. »Das klingt vernünftig. Aber ihr wisst, dass diese Fähigkeit nicht ewig währt?«

»Klar, aber besser als nichts.«

Überrascht blickte ich zu Nala auf. Wieso sagte sie ihm nicht, was wir wirklich vorhatten? Ich dachte, das wäre der Plan gewesen?

Neo richtete seinen Blick wieder aufs Meer hinaus und streckte uns einen Arm entgegen. »Nehmt nacheinander meine Hand, dann übertrage ich euch einen Teil meiner göttlichen Kräfte.« Nala nickte mir zu, also griff ich zuerst nach seiner Hand. Als ich Neos weiche Haut berührte, begann mein Körper plötzlich zu zittern. Angst kroch in meine Knochen und ließ mich innerlich frieren. Was, wenn dies das letzte Mal war, dass ich seine Hand hielt? Wenn ihm etwas zustieß? Hatten Nala und ich überhaupt eine Chance, das Artefakt zu bergen?

Neo legte seinen Daumen auf meinen Handrücken und streichelte ihn sanft, ehe er unsere verschränkten Hände löste. »Geh jetzt bitte, Bell, und bring dich in Sicherheit.«

»Mach ich«, erwiderte ich mit zitternder Stimme. Als ich kurz zu Nala blickte, die nun ihrerseits nach Neos Hand griff, konnte ich in ihren Augen sehen, wie meine Worte zur Lüge wurden. Egal, was sie nun vorhatte – ich würde definitiv nicht in Sicherheit enden.

Nachdem Neo auch ihr seine Kräfte übertragen hatte, stellte sich Nala neben mich und ergriff meine Hand. Während ich beobachtete, wie Neo erneut eine Wassermauer vor sich auftürmte, wurde mein Mund ganz trocken. Erneut zuckte mein Blick zu Nala, die sich langsam seitwärts bewegte und mich mit sich zog. Sie würde doch nicht etwa …

Genau in dem Moment, indem Neo seine Arme nach vorn streckte, machte Nala einen Satz und zog mich mit sich in die Fluten. Die Welle schlug über uns zusammen und die Kälte des Meeres drang tief in meinen Körper ein. Im nächsten Moment wurden wir in eine so heftige Strömung gerissen, dass mir der Kopf schmerzte. Ich wollte schreien, doch kein Laut drang aus meiner Kehle. Also klammerte ich mich stumm an Nala fest, während wir in der Riesenwelle aufs Meer getrieben wurden. Mein Kopf fühlte sich dabei an, als würde er gleich explodieren.

Und dann war schlagartig alles vorbei.

Die Welle trieb uns wieder an die Oberfläche. Hustend spuckte ich das salzige Wasser aus, während ich versuchte meine Orientierung wiederzufinden. Die Wellen um uns herum waren im Vergleich zu dem, was wir wenige Sekunden zuvor überstanden hatten, geradezu sanft. Beinahe hätte ich mich bereits in Sicherheit gewogen – wäre da nicht dieser riesige Strudel, der wenige Meter von uns entfernt in der Meeresoberfläche klaffte und alles im Umkreis in seinen gierigen Schlund sog. Alles – so auch uns.

»Nala!«, stieß ich hustend hervor. »Nala, bist du unversehrt?«

»Ja, alles in Ordnung«, erwiderte sie keuchend, »mach dir keine Sorgen. Geht es dir so weit gut?«

»Den Umständen entsprechend, aber was machen wir jetzt?«

»Ich glaube, diese Frage stellt sich nicht mehr, der Strudel ist zu stark. Wir können ihm nicht entkommen. Am besten, wir versuchen ruhig zu bleiben und lassen uns mitziehen.«

Ich wollte ihrem Rat gern folgen, doch mein Herz schlug so kräftig, dass ich unmöglich zur Ruhe kommen konnte. Die Kreise um uns herum zogen sich unterdessen immer enger. Ich versuchte das Zentrum des Strudels auszumachen und stellte erschrocken fest, dass wir uns direkt daneben befanden.

»Ich hab Angst, Nala!«, stieß ich wimmernd aus und klammerte mich noch mehr an ihre Hand. »Was war das nur für eine bescheuerte Idee? Wieso hast du Neo nicht einfach gesagt, was wir vorhaben?«

»Wozu? Er hätte es niemals erlaubt!«, rief sie über das Rauschen des Wassers zurück. »Vermutlich hätte er sogar recht daran getan, es uns zu verbieten, aber nun ist es sowieso zu spät.«

Aus angstgeweiteten Augen beobachtete ich, wie der Schlund immer näher kam. Von den kreisförmigen Bewegungen wurde mir schwindlig, außerdem schmeckte ich Gallenflüssigkeit auf meiner Zunge. Als wir schließlich in den Strudel gezogen wurden, begann sich die Welt um uns herum erneut zu drehen. Ich sah nur Wasser, überall endlos viel Wasser. Weder war ich in der Lage zu bestimmen, wo die Meeresoberfläche war, noch wusste ich, in welche Richtung ich mich um meine eigene Achse drehte. Und während die Welt ihre wilden Kreise zog, konnte ich mich nur fragen, ob dies der Preis meines Mutes oder meiner grenzenlosen Dummheit war.

Plötzlich verstummte das Rauschen des Wassers. Es wurde so still, dass ich nur noch meinen eigenen Atem hörte. Im ersten Moment spielte ich mit dem Gedanken, ob ich nun in diesem Niemandsland angekommen war, von dem Illas damals gesprochen hatte, als er vor meinen Augen verstorben war. Die Stille machte mich zunehmend nervös ... Plötzlich wurde ich hinabgerissen und brach durch die Wasserwand. Ich schrie, doch schon im nächsten Moment landete ich unsanft auf meinem Gesäß. Das Wasser um mich herum war mit einem Mal verschwunden ... Bei den Göttern, was war denn nun schon wieder passiert? Befanden wir uns in einer unterirdischen Höhle? Ehe ich eine Antwort auf meine Frage fand, blickte ich zuerst zu Nala hinüber und versicherte mich, dass sie unversehrt war. Als ich mich anschließend umsah, musste ich mir vor Unglauben die Augen reiben. »Sind wir ... unter einer Glaskuppel?«

»Sieht so aus«, murmelte Nala und strich sich die Haare aus dem Gesicht. »Schau mal nach oben, Bell.«

Als ich ihrer Anweisung folgte, klappte mir vor Schreck die Kinnlade herunter. Augenscheinlich saßen wir unter einer unsichtbaren Kuppel, die mehrere Meter in die Höhe ragte. Das Wasser zog wellenförmig über ihre Oberfläche, als würde es nur darauf lauern, dass die Kuppel einbrechen und uns den Kräften des Meeres ausliefern würde. Am meisten erstaunte mich jedoch der Anblick der unzähligen Meerestiere. Dutzende Fische, die in allen Farben des Regenbogens erstrahlten, zogen über unsere Köpfe hinweg. Ich entdeckte Rochen, die aus unserer Perspektive wie Vögel wirkten, die friedlich am Himmel kreisten. Auch Haie mit säbelspitzen Zähnen zogen ihre Runden um unseren unsichtbaren Schutz, der uns davor bewahrte, als Fischfutter zu enden. Erst als Nala auf meine Schulter klopfte, konnte ich mich von dem magischen Anblick losweißen. »Bell, sieh nur!«

Ich folgte der Richtung ihres Fingers. Es fiel mir schwer, meinen Augen zu trauen, als ich einen imposanten Kristall erblickte, der mindestens so groß war wie ich selbst. Seine Oberfläche war klar wie Eis und ermöglichte mir einen Blick in sein Inneres. Darin ruhte ein silbernes Schwert, dessen Griff aus einem dunkelblauen Material gefertigt war. Vor dem Kristall stand ein kleiner Steintisch, auf dessen Oberfläche mehrere Papiere und Tintenfässchen verstreut lagen. »Ist das Schwert etwa …?«

»Ich denke, ja«, beantwortete Nala die unausgesprochene Frage, wobei ihre Stimme genauso ehrfürchtig klang wie meine. »Komm, wir sehen uns das aus der Nähe an.«

Ehe ich mich's versah, sprang sie auf ihre Beine und griff nach meiner Hand, um mir aufzuhelfen. Gemeinsam gingen wir auf den Kristall zu. »Was meinst du, Nala? Müssen wir ihn aufbrechen?«

»Ich bin mir nicht sicher«, erwiderte sie zögerlich und fuhr mit dem Zeigefinger über dessen glatte Oberfläche. »Wir haben es zweifellos mit dem Schwert der Schande zu tun, dem zweiten Artefakt der Götter, aber ich weiß nicht, wie wir es in unseren Besitz bringen können.«

»*Schwert der Schande*?«, wiederholte ich stutzig. »Das klingt … nicht gut.«

»Nein, das ist es auch nicht. Aber ich schätze, wir –«

Der Boden unter unseren Füßen begann zu beben. Erschrocken japste ich nach Luft und hielt mich mit einer Hand an Nala, mit der anderen am Kristall fest.

»Verdammt, die Kuppel wir kleiner«, hörte ich sie fluchen, doch ich kam gar nicht dazu, ihrem Blick zu folgen. Stattdessen starrte ich aus großen Augen auf die glatte Oberfläche neben meiner Hand. Die goldenen Schriftzeichen, die wie aus dem Nichts darauf aufgetaucht waren, erinnerten mich an die Zeichen, die damals auf magische Weise auf dem Spiegel erschienen waren.

Ich mag eine Waffe sein, jedoch verabscheue ich den, der mich gegen seinesgleichen richtet. Nur, wer mich ohne böse Absichten aufsucht, dem öffne ich mein Herz.
Willkommen, Prüflinge. Setzt euch nun an den Tisch. Jede von euch wird sich ein Stück Papier nehmen und niederschreiben, was ihre größte Schandtat war. Sollte eine von beiden lügen, wird sich die Schutzbarriere verkleinern. Lügner verlassen diese göttliche Stätte nicht – sie ertrinken oder werden von den Meeresbewohnern gefressen.

»Verdammt«, fluchte Nala und riss sich vom Kristall los, »die Regeln sind wirklich genau so, wie sie unsere Vorfahren beschrieben haben.«

Ihre Erklärung führte zwar nicht wirklich dazu, dass ich verstand, was hier vor sich ging, aber dennoch folgte ich ihr zu dem kleinen Tisch. Der Boden bebte noch immer und ich hatte große Mühe damit, nicht vornüberzukippen. »Aber das ist doch gut, oder? So wissen wir – oder zumindest du – wenigstens, was wir zu tun haben. Und wenn wir wirklich nur Zettelchen beschriften müssen, klingt diese Prüfung doch äußerst machbar, oder?«

»Wie man's nimmt.«

Zuerst dachte ich, ich hätte mir Nalas mürrisches Gemurmel nur eingebildet, doch während wir uns nebeneinander an den flachen Tisch knieten, wurde ihr Gesichtsausdruck immer finsterer. Zögerlich griff ich nach einem Stück Papier und einer der Schreibfedern, die wahllos auf dem Tisch verstreut lagen.

»Meine größte Schandtat«, murmelte ich konzentriert. »Oh, ich weiß es!«

Während ich meine Worte eifrig niederschrieb, spürte ich Nalas neugierigen Blick auf mir haften. Meine Hände wurden etwas schwitzig, doch anstatt mich vor der Prüfung zu drücken, verstärkte ich meinen Griff um die Feder. Ich war nicht stolz auf das, was ich aufschrieb, aber ich wusste, dass ich mir gegenüber ehrlich bleiben musste. Niemand war fehlerfrei – das Einzige, was uns Menschen dahingehend unterschied, war, wie jeder Einzelne von uns mit seinen Fehlern umging.

»Fertig«, stieß ich schließlich erleichtert aus. »Was muss ich nun tun?« Ich hatte kaum ausgesprochen, da spürte ich etwas Warmes an meiner Hand.

»Leg sofort das Papier weg, Bell!«

Sofort heftete sich mein Blick auf den kleinen Zettel in meiner Hand – oder besser auf das, was davon noch übrig war. Erschrocken legte ich das brennende Papier auf den Tisch und beobachtete, wie die helle Flamme auch den Rest verspeiste. Zurück blieb nur ein kleines Häufchen aus Asche und Ruß. Mein Herz drohte sich zu überschlagen. »Was ist passiert?«

»Du hast gelogen«, antwortete Nala mir leise. »Was du aufgeschrieben hast, ist nicht deine schlimmste Schandtat, Bell.«

»Doch ... doch, das ist sie!«, stotterte ich und rückte etwas näher an Nala heran, die mir kommentarlos ein neues Blatt Papier vor die Nase legte.

»Was hast du denn aufgeschrieben?«

Verlegen rutschte ich auf meinen Knien umher. »Meine Mutter hat mich einst gebeten ihr beim Kochen zu helfen, aber da wir uns zuvor gestritten hatten, habe ich gesagt, dass ich Kopfschmerzen habe und erst einmal schlafen muss, dabei ging es mir eigentlich gut.« Nala riss ihre Augen auf und ich senkte meinen Blick beschämt auf das leere Papier vor meiner Nase. »Das war gemein und feige von mir, ich habe deswegen noch heute ein schlechtes Gewissen. Zwar kann ich es nicht ungeschehen machen, aber ich schwöre, dass ich danach nie wieder geschummelt habe, wenn ich im Haushalt helfen sollte.« Als ich mich traute, wieder zu Nala aufzusehen, starrte sie mich noch immer fassungslos an. Angespannt würgte ich den Kloß in meinem Hals herunter. »Denkst du jetzt sehr schlecht von mir?«

»Ist das dein Ernst, Bell? *Das* hast du aufgeschrieben?« Betreten nickte ich. Plötzlich brach Nala neben mir in so lautes Gelächter aus, dass ich erschrocken zusammenzuckte. »Ich fasse es nicht!«, brachte sie mühsam über die Lippen. »Bell, es geht um unsere *größten Schandtaten*, nicht um solche Lappalien! Solche Dinge kommen in jeder Familie vor, Dummerchen. Ich habe zum Beispiel der Tochter eines Dienstmädchens den Zopf abgeschnitten, weil ich eifersüchtig auf ihr schönes Haar war. Außerdem habe ich mich in unsere Küche geschlichen und ein Fässchen Salz in den Kochtopf gekippt, weil ich wollte, dass Mutter die Köchin entlässt. Diese Frau war wirklich unerträglich ... Aber das sind doch alles keine Sachen, die man als *größte* Schandtat bezeichnen würde!«

Sprachlos starrte ich sie an. Während ich versuchte ihre Worte zu überdenken, bekam ich Kopfschmerzen. »Und ob das schlimme Dinge sind, Nala! Das ist furchtbar!«

Ihr Lächeln verschwand. »Jetzt stell dich nicht so an, Bell. Überleg dir lieber, was du als Nächstes auf deinen Zettel schreiben willst.«

»Ich finde, dass du zuerst die Sache mit dem abgeschnittenen Zopf aufschreiben solltest, ehe ich es noch einmal probiere. Für mich klingt es grausam genug, vielleicht geben sich die Götter ja damit zufrieden.«

Genervt verdrehte Nala die Augen.

Ich sah ihr den Widerwillen an, während sie nach einer Feder griff und kräftig mit der Spitze aufdrückte. Sie kritzelte etwas aufs Papier und ich wandte mich ab, um es ihr gleichzutun. Was könnte schlimmer sein als die Tatsache, dass ich meine Mutter belogen hatten?

»Als wir noch etwas jünger waren, hat Leah das Stofftier ihres Bruders ausgeliehen, ohne ihn um Erlaubnis zu fragen. Wir haben damit gespielt, doch dann fiel es ins Meer und verschwand. Ich habe ihm nie gesagt, dass ich wusste, was mit seinem Spielzeug passiert war. Meinst du, ich sollte das aufschreib–«

»Nein!«

Nun war ich diejenige, die seufzend die Augen verdrehte. »Während eines Sturmes vergaß ich die Hühner einzusperren und eines von ihnen hatte am nächsten Tag einen Schnupfen. Vielleicht –«

»Bell, das ist nicht lustig! Hör auf solche banalen Dinge zu nennen! Außerdem können Hühner gar keinen Schnupfen bekommen …«

»Doch, natürlich! Die arme Henne hat meinetwegen eine ganze Woche lang gelitten. Sie hätte daran sogar sterben können.«

Da Nala nichts mehr erwiderte, blickte ich abwartend zu ihr auf. Auf ihrem Gesicht spiegelte sich das Licht der Flamme, die gerade ihren Zettel verspeiste. Ob sie die Sache mit dem abgeschnittenen Zopf aufgeschrieben hatte? Vielleicht war ihr ja auch etwas noch Schlimmeres eingefallen, das aber immer noch nicht schlimm *genug* war, um ihre grausamste Schandtat zu sein. Unruhig rutschte ich ein Stückchen zur Seite. Ein fader Geschmack breitete sich in meiner Mundhöhle aus, während ich überlegte, was Nala noch alles verbrochen haben könnte. Obwohl sie meine Freundin war, löste ihre Nähe mit einem Mal ein unbehagliches Gefühl in mir aus. Auch wenn ich mich für den Gedanken schämte, wünschte ich mir insgeheim, wir wären nicht allein hier unten …

»Versuch es weiterhin, Bell«, hallte ihre ausdruckslose Stimme in meinen Ohren. »Die Kuppel um uns herum wird immer kleiner.«

Ich versuchte meine Gedanken wieder auf das Papier und meine eigenen Vergehen zu lenken, doch so sehr ich mich auch bemühte, kehrten sie immer wieder zu Nala zurück. Ich schielte auf ihren Zettel hinab, doch ihr langes Haar versperrte mir die Sicht. Lediglich ein Wort ließ sich deutlich erkennen; ein Wort, das mir einen eisigen Schauer über den Rücken jagte. *Mord.*

Ich schluckte heftig und beschloss einfach darauf zu hoffen, dass ich mich verlesen hatte. Während ich aufschrieb, wie ich meinen Bruder betäubt hatte, um mich auf die *Lady* zu schleichen, zitterte meine Hand so sehr, dass meine Schrift beinahe so krakelig aussah wie Nalas. Wenn meine Mutter das sehen würde, würde sie mich zwingen es noch mal ordentlich niederzuschreiben. Kaum setzte ich die Feder ab, entzündete sich auch dieser Zettel. Auch nicht richtig! So langsam begann ich zu verzweifeln. Was hatte ich jemals Schlimmeres getan, als meinen eigenen Bruder zu betäuben und mich heimlich davonzustehlen? Plötzlich wurde ich von einem hellen Licht geblendet. So plötzlich, wie es gekommen war, verschwand das Leuchten auch wieder. Als mein suchender Blick auf den Kristall traf, bemerkte ich sofort, dass sich die Schrift verändert hatte.

> Ihr seid beide ratlos, was ihr niederschreiben sollt, aber eure Motive könnten unterschiedlicher nicht sein. Während die Erste nicht so recht weiß, was eine Schandtat überhaupt ist, hat die Zweite so viele Verbrechen begangen, dass sie sich nicht entscheiden kann, mit welchem Geständnis sie anfangen soll.

Sofort schnellte mein Blick zu Nala hinüber, die mich ihrerseits aus verengten Augen musterte.

»Das Leben war nicht gut zu mir und ich musste lernen, wie ich mich zur Wehr setzen könnte«, rechtfertigte sie sich schulterzuckend. »Nicht jeder hat den Luxus, so behütet aufzuwachsen wie du, Bell. Manche von uns hatten eben keine Wahl. Ich wünschte, ein krankes Huhn wäre jemals mein größter Kummer gewesen.«

Eine bedrückende Stille breitete sich zwischen uns aus. Ihre Worte stimmten mich so nachdenklich, dass mir tatsächlich noch eine weitere Idee kam, die ich niederschrieb. Erneut ging der Zettel in einer Flamme auf, die dieses Mal jedoch in einem hellen Goldton erleuchtete. Als der Zettel vollständig verbrannt war, blieb ein kleines Häufchen zurück, das aussah wie feiner Goldstaub. Keinen Augenblick später ließ mich ein lautes Knacken zu dem Kristall herumfahren, dessen zuvor makellose Oberfläche nun von einem tiefen Riss durchzogen wurde.

»Du hast es geschafft, Bell«, murmelte Nala mit ehrfürchtiger Stimme. Als sie zu mir blickte, leuchtete die Neugier in ihren Augen so hell wie die Sonne. »Was hast du aufgeschrieben?«

»Das verrate ich dir erst, wenn du *dein* schlimmstes Vergehen aufgeschrieben hast und es mir ebenfalls anvertraust.«

Nala schnauft kopfschüttelnd. »Vergiss es!«

Entgegen ihrer Worte richtete sie ihren Blick wieder auf den kleinen Zettel vor ihren Augen. Da es offensichtlich nichts mehr für mich zu tun gab, sah ich dabei zu, wie Nala ihre Schreibfeder hektisch über das Papier führte. Während ich ihr Schriftbild beäugte, bekam ich plötzlich das Gefühl, diesen Stil bereits irgendwo gesehen zu haben ... Vielleicht auf dem Schiff? Ehe ich genau erkennen konnte, was Nala aufgeschrieben hatte, entzündete sich das Papier bereits. Auch dieser Zettel wurde von einer goldenen Flamme verspeist, die nur einen kleinen Goldhaufen zurückließ. Erneut ertönte ein lautes Knacken. Als ich mich dem Kristall zuwandte, brach dieser gerade in zwei große Schalen auf und gab das Schwert frei, dessen Klinge silbern funkelte.

Ehe ich auch nur Luft holen konnte, sprang Nala bereits auf und rannte auf das Schwert zu. Sie griff nach der Waffe, doch so fest sie auch zog, das Objekt ihrer Begierde bewegte sich keinen Millimeter. Während ich ebenfalls darauf zulief, erkannte ich, dass die Schwertspitze in einem weiteren Kristall steckte, der mit dem Boden verankert war. Nala zog währenddessen so fest am Schwertgriff, dass ihre Unterarmmuskeln hervortraten – doch die Waffe blieb an Ort und Stelle.

*»Ich mag eine Waffe sein, jedoch verabscheue ich den, der mich gegen seinesgleichen richtet. Nur wer mich ohne böse Absichten aufsucht, dem öffne ich mein Herz«*, erinnerte ich mich an die letzte Zeile des Rätsels.

»So ein Blödsinn«, presste Nala angestrengt hervor, »jeder, der nach einem Schwert greift, will sich an dessen Macht bereichern. Aus welchem Grund sollte man sonst eine Waffe schmieden?«

»Hm, damit kenne ich mich nicht aus, aber die Betonung scheint ja darauf zu liegen, dass man die Waffe nicht gegen *seinesgleichen* richten soll und keine bösen Absichten hegen darf.«

Nala hielt in ihrer Bewegung inne. Sie presste ihre Lippen fest zusammen, während sie das Schwert so bitterböse anfunkelte, dass ich an dessen Stelle freiwillig nachgegeben hätte. »Komm her!«, wies sie mich knapp an und deutete auf den Griff des Schwertes. »Wer eines Huhnes wegen ein schlechtes Gewissen hat, besitzt sicherlich ein Herz, das unschuldig genug ist, um dieses Schwert zu führen.«

Zögerlich trat ich näher. »Meinst du wirklich?«

»Es ist nicht so, dass wir eine andere Wahl hätten, also versuch es einfach.«

Als ich meine Finger auf den Schwertgriff legte, hatte ich das Gefühl, das kühle Metall würde leicht vibrieren. Ehrfürchtig legte ich meine Hand um den Griff und packte zu. Da ich erwartete, dass sich das Schwert nicht so leicht aus dem Kristall ziehen lassen würde, lenkte ich all meine Energie in meinen Arm. Kraftvoll zog ich an dem Griff – und fand mich wenig später samt Schwert auf dem Boden wieder. Der Schwung hatte mich glatt von den Füßen gerissen. Verdutzt blickte ich zu Nala, die mich aus großen Augen anstarrte.

»Ich fasse es nicht … du hast es tatsächlich geschafft!«

Ein ungläubiges Lachen drang aus meiner Kehle. »Sieht so aus. Nun, dann müssen wir jetzt nur noch zu Neo zurückkehren und ihm das Schwert überreichen, oder?«

Für einen kurzen Moment verlor Nalas Lächeln seinen Glanz, doch als ich genauer hinsah, wirkte es wie zuvor. »Genau, das sollten wir tun. Kannst du mir das Schwert geben? Ich würde gern untersuchen, ob ich einen Hinweis auf den Verbleib des dritten Artefaktes finden kann.«

Ich ließ meinen Blick ein letztes Mal über die glänzende Klinge gleiten, ehe ich das Schwert an Nala weitergab. Kaum ließ ich es los, kehrte das mulmige Gefühl zurück. Die Frage, was sie wohl auf den letzten Zettel geschrieben hatte, war allgegenwärtig. Hatte da wirklich *Mord* gestanden? So sehr ich es auch versuchte, mir wollte nichts Grausameres einfallen als der Mord an einem anderen Menschen. Wen hatte Nala auf dem Gewissen? Und was hatte sie verbrochen, das noch schlimmer war als das?

»Das Schwert ist ganz schön schwer«, schnaufte Nala und lenkte meine Aufmerksamkeit auf sich.

Ich beobachtete, wie sie das Schwert gekonnt durch die Luft schwang. Auf der silbernen Klinge spiegelte sich die Bewegung des Wassers, das von außen gegen die Kuppel drückte. Obwohl ich eigentlich nichts mit Waffen anfangen konnte, beeindruckte mich der Anblick. Nalas Bewegungen waren so kontrolliert, als hätte sie ihr Leben lang nichts anderes getan; als wäre das Schwert

Teil ihres Körpers, eine Verlängerung ihres Armes. Ich war stolz darauf, dass ich zumindest einige der Schwertgriffe und Angriffstaktiken darin wiedererkannte, die mir Nala einst während unseres Trainings auf dem Schiff beigebracht hatte. Im Gegensatz zu mir wirke sie dabei jedoch so anmutig wie eine Tänzerin. Als ich damals versucht hatte, ihre Schritte zu imitieren, war ich mir vorgekommen wie ein Trampel.

Ich sah mich erneut in der Kuppel um. »Merkwürdig«, murmelte ich, doch Nala schien meine Worte trotzdem zu hören.

»Was ist merkwürdig?«, hakte sie nach und ließ das Schwert sinken.

Ich konnte ihren Blick auf mir spüren, doch statt zu ihr hinüberzusehen, schaute ich auf den gespaltenen Kristall. Auf den ersten Blick schien er sich nicht verändert zu haben, seitdem wir das Schwert herausgezogen hatten, doch bei genauerem Hinsehen entdeckte ich ein goldenes Schimmern in seinem Inneren. Neugierig ging ich darauf zu.

»Bell, *was* findest du merkwürdig?«, wiederholte Nala ihre Frage, wobei ich das Misstrauen in ihrer Stimme deutlich hörte.

»Wir haben das Rätsel gelöst, oder?«, fragte ich und legte meine Hand auf die kühle Oberfläche des Kristalls.

»Sieht ganz danach aus, schließlich halte ich das Artefakt in meinen Händen ... Worauf willst du hinaus?«

Zögernd fuhr ich mit meiner Fingerspitze einen der Risse nach, der wie eine Schlucht im Kristall klaffte. Bildete ich mir das nur ein oder fühlte sich die glatte Oberfläche unter meiner Fingerkuppe plötzlich wärmer an? »Die Kuppel schrumpft noch immer«, antwortete ich schließlich, »dabei haben wir den Göttern doch bereits gebeichtet, welche schrecklichen Vergehen wir in unserem Leben begangen haben. Wir schweben immer noch in Lebensgefahr. Ich kann keinen Ausweg sehen – du etwa?« Nun blickte ich doch über meine Schulter hinweg zu Nala hinüber. Sie hatte ihre Augenbrauen nachdenklich zusammengezogen und presste ihre Lippen fest aufeinander. »Lass uns die Hinweise noch einmal durchgehen«, schlug ich vor und sah wieder auf den Kristall hinab. *»Ich mag eine Waffe sein, jedoch verabscheue ich den, der mich gegen seinesgleichen richtet.«* Unwohl verlagerte ich mein Gewicht von einem Fuß auf den anderen. Ich wollte Nala auf keinen Fall kränken oder ihr etwas unterstellen, aber die finstere Vermutung in mir schrie mir so laut entgegen, dass es mir schwerfiel, sie zu überhören. Seufzend stieß ich meinen Atem aus. Dann wandte ich mich vom Kristall ab und drehte mich zu Nala um, die mich noch immer abwartend beobachtete. »Es tut mir so leid, aber ich muss dich das fragen.« Mein trockener Mund ließ meine Stimme kratzig klingen. »Hast ... du schon mal jemanden ... umgebracht? Ich habe wirklich nicht versucht auf deinen Zettel zu schielen, aber –«

Nalas Gesichtszüge entgleisten. Wie ein lauerndes Tier neigte sie ihren Kopf und obwohl ich mich schlecht fühlte diese Emotionen beim Anblick meiner Freundin zu empfinden, ließ sich die Angst in meinem Herzen nicht verleugnen.

»Du hast *was* getan?«, fragte sie mit bebender Stimme. »Das ist nicht die feine Art, Bell! Vertraust du mir etwa nicht?«

Der Kloß in meinem Hals wurde unerträglich. Zitternd verschränkte ich meine schwitzigen Hände hinter meinem Rücken. »Natürlich, also ... also, meistens zumindest, aber ich ... ich würde dir gern immer vertrauen, Nala. Das will ich wirklich! Aber ehrlich gesagt hast du mir das in den letzten Wochen nicht gerade einfach gemacht.« Jetzt war es raus. Selbst wenn ich wollte, könnte ich meine Worte nicht mehr zurücknehmen. Eine beklemmende Stille breitete sich zwischen uns aus. Natürlich hatte ich schon vorher gewusst, dass unsere Freundschaft in den letzten Wochen gelitten hatte, doch nun, wo ich mich getraut hatte meinen Zweifeln Luft zu machen, erschien mir den Graben zwischen uns unüberwindbar. Nala war nicht dumm. Ich wusste ganz genau, dass sie auch die Worte verstanden hatte, die ich nicht laut ausgesprochen hatte. Und ihrem Ausdruck nach zu urteilen, gefielen sie ihr ganz und gar nicht.

Kopfschüttelnd ließ sie ihren Blick durch die Kuppel schweifen. »Alles klar. Damit wären die Fronten wohl geklärt.«

»Schade«, erwiderte ich aufrichtig. »Ich hatte gehofft, dass es keine verhärteten Fronten zwischen uns gäbe, sondern lediglich Missverständnisse. Es tut mir weh, dass du von Fronten sprichst, Nala. Schließlich stehen wir doch auf derselben Seite – oder?«

»Sag du es mir«, zischte sie wütend. »*Ich* weiß, auf welcher Seite ich stehe und für welches Ziel ich kämpfe. Ich will nur das Beste für Neo, für unsere Welt, für uns. Aber ist es auch das, was du willst, Bell? So langsam hege ich dahingehend nämlich Zweifel. Du wirst mir doch zustimmen, dass es schon etwas verdächtig ist, dass du dich auf unser Schiff geschlichen hast, obwohl du doch angeblich Angst vor allem hast, was sich außerhalb deiner bedeutungslosen Insel befindet, oder? Neo und Kai hielten dich von Anfang an für ein naives, hilfloses Mädchen, dessen Herz am rechten Fleck sitzt. Aber mich konntest du nicht so leicht um den Finger wickeln, Bell. Ich nehme dir diese Unschuldsnummer nicht mehr ab.«

»Was willst du mir damit sagen?« Meine Stimme bebte und ich musste meine Hände hinter meinem Rücken zu Fäusten ballen, um meine Tränen zurückzuhalten. Von Anfang an hatte ich Nala für meine Freundin gehalten. Sie hatte mich unter ihre Fittiche genommen und das Wort für mich ergriffen, hatte mir die Sprache und Vorgänge auf hoher See erläutert und mich in der Kampfkunst unterrichtet – aber am bedeutendsten war für mich nicht die Rolle der Lehrerin, die sie für mich eingenommen hatte, sondern die der Freundin. Während unserer Nächte in ihrer Kammer hatte ich ihr so viele Dinge aus meinem Leben anvertraut. Wir hatten zusammen gelacht, zusammen geweint. In ihrer Nähe hatte ich die Einsamkeit und das Heimweh etwas beiseiteschieben können. Ich hatte ihr bedingungslos vertraut und fest geglaubt, dass sie mir gegenüber ähnlich empfand. Doch all das, was einst zwischen uns gewesen war, lag nun in Scherben. Scherben, die sich in meine Fußsohlen bohrten, während ich gezwungen war über sie hinwegzulaufen.

»Du willst Klartext reden, Bell? Gut, das kannst du gern haben: Ich will ausdrücken, dass die Umstände deiner Reise einige Fragen aufwerfen, *Inselmädchen*«, erwiderte Nala hämisch und zuckte mit den Schultern. »Seitdem du an Bord bist, sind uns Narius' Schergen dichter auf den Fersen als je zuvor. Du hast dich Neo an den Hals geworfen und seinen Verstand durch deinen unschuldigen Blick zu Watte werden lassen. Findest du das nicht auch ziemlich ... *verdächtig*?«

Ihre Worte ließen mich nach Luft ringen. Neben der Trauer spürte ich einen Anflug von Wut in mir aufkeimen. Was bildete sie sich ein so abwertend über mich zu sprechen? Waren wir je Freundinnen gewesen oder hatte sie insgeheim schon immer so erniedrigend von mir gedacht?

»Spuck es endlich aus, Nala!«, zischte ich verletzt. »Sonst behältst du deine Worte doch auch nicht für dich. Hab endlich den Mut und sag mir ins Gesicht, was du von mir denkst!«

»Na gut, wie du willst«, antwortete sie kaltherzig und blickte mir direkt in die Augen. »Ich denke, dass *du* der Maulwurf bist, den wir suchen.«

# Kapitel 11

Meine Gesichtszüge entgleisten. Ich hörte, wie mein Herzschlag ins Stolpern geriet, fühlte, wie mir Nalas Vorwurf die Kehle zuschnürte. Ich wollte dem Gesagten nicht glauben, hoffte, dass ich mir die schneidenden Worte nur eingebildet hatte – doch der eiskalte Ausdruck auf ihrem Gesicht ließ beim besten Willen keinen Platz für Zweifel. Als ich endlich meine Sprache wiedergefunden hatte, glich meine Stimme einem zarten Lufthauch. »Ich?«

»Ja, ich meine dich, Bell. Ich habe dich in den letzten Wochen genauestens im Auge behalten und dir einiges durchgehen lassen, aber ich werde mir nicht gefallen lassen, dass du mir solche Unterstellungen an den Kopf wirfst. Lass und die Sache auf später verschieben und Neo entscheidet dann, wer von uns beiden die Lügnerin ist. Was glaubst du wohl, wem er mehr Glauben schenken wird, wenn ich ihm von meinem Verdacht erzähle? Dir oder mir?«

Sprachlos schüttelte ich den Kopf. Plötzlich wirkte Nala wie eine Fremde. »Ich würde euch niemals verraten! Allein die Tatsache, dass du das überhaupt in Erwägung ziehst, lässt mich an deinem Verstand zweifeln – und ich wette, dass es Neo genauso gehen wird, wenn du ihm dieses Märchen auftischst.«

»Wir werden sehen. Ich weiß jedenfalls, was Neo und mich verbindet. Bist du wirklich naiv genug zu glauben, dass er dich mir vorziehen würde?«

Fassungslos schnappte ich nach Luft. »Was ist nur mit dir passiert, Nala? Liegt es an dem Artefakt? Verzerrt es deine Wahrnehmung? Ich verstehe nicht, was plötzlich in dich gefahren ist!« Meine Augen brannten wie Säure. So sehr ich es auch versuchte, ich konnte die Tränen nicht länger zurückhalten. Während sie meine Wangen hinabliefen, versuchte ich Worte zu finden, die in der Lage dazu wären, meinen Schmerz und meine Verwirrung auszudrücken, aber je länger ich nach ihnen suchte, desto überzeugter wurde ich, dass sie nicht existierten. Ich wusste nicht, wie ich diese heftigen Emotionen in mir beschreiben sollte; ich wusste nur, dass sie schrecklich wehtaten. Dass sie mich von innen auffraßen und mein Herz in tausend Teile zerspringen ließen.

Doch Nala schien nichts von all dem Schmerz zu spüren. Ihre Augen waren kalt wie Eis, genauso unergründlich und geheimnisvoll. Mit einem schmalen Lächeln auf den Lippen schwang sie das Schwert durch die Luft. Diesmal wirkte sie nicht wie eine Tänzerin, sondern wie eine Kriegerin, die sich zum Angriff bereit machte. Und wir beide wussten, wo ihr Ziel lag. Der Schmerz in mir wurde so unerträglich, dass meine Beine anfingen zu schlottern. Am liebsten hätte ich mich auf die Knie fallen lassen, doch Nalas bedrohliches Auftreten hielt mich gerade noch davon ab. Stattdessen stützte ich mich mit meiner Hand auf dem Kristall in meinem Rücken ab.

»Nicht weinen, Bell. Noch ist nichts verloren«, lenkte sie unvorhergesehen ein. »Wir sind beide emotional geladen, am besten, wir verschieben dieses Gespräch, bis wir wieder bei Sinnen sind.«

Ihre Stimme war mit einem Mal so weich wie Samt, aber ihre unberechenbaren Gefühlsschwankungen bereitet mir trotzdem Kopfschmerzen. Stand sie unter dem Einfluss der Magie, die das Artefakt ausstrahlte? Oder war ich diejenige, deren Verstand nicht ganz klar war? Plötzlich stieß Nala ein Zischen aus und griff sich an den Kopf, als hätte ihr jemand eine Flasche gegen die Schläfe geschlagen. Sie ließ den Griff des Schwertes fallen, als wäre es pures Feuer.

»Verdammt, spürst du das auch?«, rief sie mir zu, wobei mich ihre Stimme wieder an ihr altes Ich erinnerte. »Ich kann fühlen, wie die Magie der Götter versucht Besitz von mir zu ergreifen. Wir dürfen das Artefakt auf keinen Fall anfassen!«

»Meinst du ... meinst du das ernst?«, fragte ich hoffnungsvoll. Mein Herz machte Freudensprünge und eine tonnenschwere Last löste sich von meinen Schultern. Ich hatte es geahnt: Diese fiesen Unterstellungen und

Anschuldigungen stammten gar nicht von Nala selbst, sondern von den hinterhältigen Göttern, die sie durch das Artefakt manipulierten und ihr Worte zuflüstern, die sie niemals aussprechen würde.

»Ja, todernst!«, rief mir Nala zu und blinzelte, als hätte sie die Orientierung verloren. »Du solltest den Kristall loslassen, schließlich trägt er ebenfalls göttliche Magie in sich!«

Sofort fuhr ich herum und riss meine Hand von der kühlen Oberfläche. Dabei fiel mein Blick auf die geschwungenen Buchstaben, die noch immer auf dem Stein standen.

Lügner verlassen diese göttliche Stätte nicht – sie ertrinken oder werden von den Meeresbewohnern gefressen.

Ein merkwürdiges Gefühl breitete sich in mir aus. Ich war mir sicher, dass ich etwas übersehen hatte und die Antwort darauf in den Worten des Kristalls versteckt lag. *Lügner verlassen diese göttliche Stätte nicht ...*

Lügner!

War das die Antwort? Erschrocken schnappte ich nach Luft. Natürlich! Es hatte sich kein Fluchtweg aufgetan, obwohl wir das Artefakt bereits in unseren Händen hielten, weil eine von uns eine Lügnerin war – und Lügner durften diese göttliche Stätte nicht verlassen! Aber wenn ich nicht die Lügnerin war, konnte das ja nur bedeuten, dass ... Langsam blickte ich über meine Schulter zu Nala hinüber, die sich immer noch an den Kopf griff. Doch der Ausdruck in ihren Augen hatte sich verändert. Sie wirkte ... angespannt. Ängstlich. Als fürchtete sie, dass man die dunkle Lüge hinter ihrem schönen Antlitz erraten könnte.

»Alles in Ordnung, Bell?«

Mein Herz geriet ins Stolpern. Verdammt! Die Erkenntnis brach wie eine Welle über mir zusammen. Mit zitternden Beinen rückte ich so nah an den Kristall heran, dass ich seine Kälte an meinem Körper spürte. *Ich mag eine Waffe sein, jedoch verabscheue ich den, der mich gegen seinesgleichen richtet. Nur, wer mich ohne böse Absichten aufsucht, dem öffne ich mein Herz.* Nala hatte die Waffe nicht befreien können – ich schon. Das einzige Wort, dass ich auf ihrem Zettel entziffert hatte, brannte sich schmerzhaft in meinen Kopf. *Mord.* Und mit einem Mal wusste ich auch wieder, woher ich diese krakelige Schrift kannte ...

»Was ist los?« Nalas Stimme klang wie ein in die Enge gedrängtes Tier – angespannt, aber nicht minder bedrohlich.

»Du ...«, hauchte ich fassungslos. »Du hast ihn verraten. Du bist Narius' Spitzel!«

Verdutzt neigte Nala ihren Kopf, erneut veränderte sich der Ausdruck ihrer Miene. Diesmal war es Wut, die in ihre Augen stieg. »Du solltest mit solchen Behauptungen vorsichtig sein, Bell«, knurrte sie gefährlich ruhig. »Du bist nicht bei Sinnen und man weiß nie, wer solche Anschuldigungen in den falschen Hals bekommen könnte.«

Ich wusste, dass es in dieser Situation klüger gewesen wäre, einfach den Mund zu halten, doch mein inneres Chaos war so gewaltig, dass ich mich nicht zurückhalten konnte. »Ist es das, was du auf deinen Zettel geschrieben hast? Hast du gestanden, dass du uns alle hintergehst und insgeheim für die gegnerische Seite arbeitest?« Verzweifelt griff ich mir an den Kopf. »Das ist ja alles noch viel schlimmer, als ich gedacht habe! Ich hatte angenommen, dass du schon mal deinesgleichen mit einer Waffe bedroht hast und deshalb nicht in der Lage warst, das Schwert aus dem Kristall zu ziehen. Oder schlimmer: dass du in einen Mord verwickelt warst. Aber dass du Narius' Spitzel bist, übertrifft einfach alles! Kein Wunder, dass er meinen Namen kannte und uns so schnell ausfindig gemacht hat – das hast alles *du* zu verantworten!«

»Lass das, Bell. Du redest dich gerade um Kopf und Kragen.«

»Ach, wirklich? Ich denke eher, dass –«

Ehe ich meinen Satz beenden konnte, ertönt plötzlich ein ohrenbetäubender Knall. Die Kuppel um uns herum vibrierte, genauso wie der Boden unter meinen Füßen. Instinktiv hielt ich mich an dem Kristall fest, um nicht von den Füßen geworfen zu werden. Ich behielt Nala im Blick, während ich hektisch die Kuppel überprüfte. Dann entdeckte ich ihn.

*Narius.*

Der Gott des Meeres saß auf dem Dach der Kuppel und grinste gehässig auf mich herab, seine pupillenlosen Augen fixierten mein Gesicht. In seiner Hand hielt er einen goldenen Dreizack, der fast so groß war wie er selbst.

Aus schreckgeweiteten Augen beobachtete ich, wie er damit zu einem weiteren Schlag ausholte. Die scharfen Spitzen das Dreizack knallten auf die Kuppel und ließen sie erzittern, als bestünde sie aus Glas.

»Dies ist nicht irgendeine Waffe.«

Erschrocken fuhr ich zu Nala herum, die plötzlich direkt neben mir stand. »Sie ist göttlichen Ursprungs und damit imstande diese Kuppel zerspringen zu lassen.

Erschrocken wich ich vor ihr zurück. »Keinen Schritt näher!«

Während ich in Nalas Augen sah, konnte ich so viele widersprüchliche Emotionen darin erkennen, dass mir allein vom Zuschauen schwindlig wurde. Ihre Miene war so undurchsichtig, dass sie gleichermaßen wütend wie traurig, ruhig wie aufgebracht, bedrohlich wie ängstlich wirkte. Verzweifelt schüttelte ich den Kopf und versuchte meine Tränen zurückzuhalten. »Hör auf mit deinen Spielchen«, fuhr ich sie mit bebender Stimme an, »und sag mir stattdessen endlich, auf wessen Seite du eigentlich stehst! Hast du uns nun an Narius verraten, oder nicht?«

Mit leicht geröteten Wangen versuchte sie meinem Blick auszuweichen, doch so leicht würde ich sie nicht davonkommen lassen. »Das ist ... nicht so einfach«, murmelte sie, wobei ihre Stimme verdächtig zittrig klang.

»Doch«, entgegnete ich leise. »Es ist ganz simpel: Entweder du hast uns verraten oder eben nicht.«

Seufzend fuhr sich Nala durchs Haar. Als sie mir endlich in die Augen sah, wirkte ihr Blick aufrichtig traurig und ich konnte mich nicht daran erinnern, sie jemals so verletzlich gesehen zu haben. Es kam mir so vor, als würde ich nun zum ersten Mal der Nala gegenüberstehen, die sie bisher stets unter ihrer harten Schale versteckt gehalten hatte.

»Ich wollte immer nur das Beste für ihn ... immer, Bell. Das schwöre ich dir. Neo ist meine Familie, der einzige Mensch, der immer bedingungslos zu mir gehalten hat. Ich musste diese Entscheidung treffen, um ihn zu beschützen. Der Zirkel hat sich einen Dreck um ihn geschert, es wäre ihnen gleich gewesen, wenn Neo das Training nicht überlebt hätte. Er ist ihnen immer ein Dorn im Auge gewesen, Bell. Die stärkeren Halbgötter haben ihn oft grob behandelt und allein bei dem Gedanken daran, wie sie mit ihm umgegangen wären, wenn sie zusammen diese Reise angetreten hätten –«

Nalas Stimme brach. Mit geöffneten Lippen beobachtete ich, wie ihr Tränen über die Wangen flossen. Nala weinte – eine Feststellung, die mir im ersten Moment unmöglich erschien. »Ich stehe nicht auf Narius' Seite«, verkündete sie überraschend fest. »Ich stehe auf keiner Seite, Bell. Alles, was ich will, ist eine sichere Zukunft für Neo und mich. Und es ist mir scheißegal, über wie viele Leichen ich noch gehen muss, um dieses Ziel zu erreichen.«

*Leichen. Mord.* In meinem Kopf fiel der Groschen. »Du hast versucht den Verdacht auf Kai zu lenken, aber in Wahrheit bist du diejenige, die Illas umgebracht hat!«

Nala legte den Kopf schief. »Wie kommst du denn darauf?«

»Ich weiß, woher ich deine krakelige Handschrift kenne – du bist die Verfasserin der Flaschenpost, die ich damals am Strand gefunden habe! Sie war an Narius adressiert und du wolltest, dass er dir deinen Lohn dafür bezahlt, dass du Illas ermordet hast, ehe dieser deine wahren Absichten an Neo verraten konnte!«

»Das stimmt nicht, Bell. Ich hätte Illas niemals ermordet, er gehörte zu meinen engsten Freunden!«

»Aber die Flaschenpost stammt von dir, stimmt's? Antworte mir!«

Seufzend verdrehte sie die Augen. »Illas hat mich dabei erwischt, wie ich eine Nachricht für Narius in den Ozean warf. Ich hatte gehofft mich herausreden zu können, aber dieser Dummkopf musste mir ja unbedingt weiterhin hinterherschnüffeln. Eines Nachts brach er in meine Kammer ein und fand die Flaschenpost, die du anscheinend ebenfalls in die Finger bekommen hast. Er muss sie bei sich getragen haben, als ... als die Untoten ihn entführt und auf die Insel gebracht haben. Ich wollte das nicht, Bell, aber verstehst du nicht, dass ich keine andere Wahl hatte? Um Neo zu schützen, blieb mir nichts anderes übrig, als Narius davon zu berichten, dass Illas zu viel über meine Verbindung zu ihm wusste. Ich hatte gehofft, dass er dem Gott einfach verraten würde, wo wir das erste Artefakt vermuteten. Narius hätte ihn in diesem Falle sicher verschont, aber dieser Sturkopf musste sein Schicksal ja unbedingt herausfordern! Ich schwöre, dass ich nie gewollt habe, dass er stirbt – aber wenn man mich vor die Wahl stellt, ob ich Neo oder einen meiner Freunde ausliefere, dann würde ich mich immer für Letzteres entscheiden.«

Ich traute meinen Ohren kaum. Von Nalas Worten wurde mir schwindelig, mein Herz pochte verzweifelt in seinem Rippengefängnis. Mit einem Mal machten Illas' Worte, die er kurz vor seinem Tod an mich gerichtet hatten, Sinn. *»Sie haben gemerkt, dass ich ihnen auf die Schliche gekommen bin«*, hatte er mir damals gesagt, *»aber ich habe ihnen nichts verraten! Du musst … ihn warnen!«*

*Ihn* – damit hatte er Neo gemeint! Illas hatte mich damals also nicht nur vor den Göttern warnen wollen, sondern auch vor Nala – der Verräterin, die eine Gefahr für das Gelingen der Mission darstellte. Verdammt, wieso war ich da nicht früher draufgekommen? Wie lang sie wohl schon für den Meeresgott spionierte? Ob noch mehr Crewmitglieder in die Verschwörung verstrickt waren?

Langsam schüttelte ich den Kopf. Mittlerweile war der Tränenschleier über meinen Augen so dicht, dass ich Nalas Gesicht kaum noch erkennen konnte. Ich blickte in das Antlitz einer Verräterin. Einer eiskalten Frau, der kein Weg zu schmutzig war, um ihre Ziele zu erreichen. Die den Tod ihrer vermeintlichen Freunde billigend in Kauf nahm. Wie hatte ich mich nur so in ihr täuschen können? Mein Verstand sträubte sich dagegen, die Realität anzunehmen. Ich wollte nicht, dass ich sie verachten musste – ich wollte meine Freundin zurück!

»Was hast du getan?« Meine Stimme war kaum mehr als ein Hauch. »Nala, was hast du nur getan?«

Plötzlich zerriss ein ohrenbetäubender Knall die Luft. Ich zuckte zusammen und blickte zur Kuppel auf. Ein verheerender Fehler, wie sich herausstellte, denn unzählige Glassplitter rieselten von oben auf mich herab. Schützend riss ich meine Hände über meine Augen. Als sich die ersten Spitzen in mein

Gesicht und in meine Schultern bohrten, schrie ich vor Schmerzen auf und duckte mich hastig auf den Boden. Erst als der Scherbenhagel aufgehört hatte, traute ich mich durch meine blutigen Finger hindurch nach oben zu sehen. Der Anblick ließ mich erschaudern.

»Na, kleines Mädchen, hast du mich vermisst?« Narius' Stimme war so bedrohlich wie ein gewetztes Schwert.

Sprachlos blickte ich auf die spitzen Fangzähne, die durch sein Grinsen entblößt wurden. Augenblicklich begann die Verletzung, die mir der Untote vor einigen Tagen zugefügt hatte, fürchterlich zu brennen. Ich könnte wetten, dass Narius' Kiefer genug Kraft innewohnte, um meinen Hals mit einem Biss zu durchtrennen.

»Ah, wie ich sehe, hast du mein Artefakt gefunden! Du scheinst klüger zu sein, als ich angenommen habe. Wirklich, Menschenmädchen, dir gebührt mein Respekt! Doch nun muss ich dich leider bitten mir dein Fundstück zu übergeben. Andernfalls ...« Narius fuhr sich mit seinen Fingerspitzen über die Kehle und ließ es so aussehen, als ob er sie durchschneiden würde. Der wahnsinnige Ausdruck in seinen Augen und sein lechzendes Grinsen ließen mich erschaudern. Hastig riss ich meinen Blick zu dem Schwert hinüber, das mutterseelenallein auf dem Boden lag. Wieso bat mich Narius darum, ihm das Artefakt zu überreichen? Es war doch offensichtlich, dass er gewonnen hatte – er könnte es sich doch einfach nehmen. Und wenn Nala seine Komplizin war, konnte er auch sie darum bitten, ihm das Artefakt zu überreichen.

»Na, komm schon, Menschenmädchen«, donnerte Narius' Stimme wie ein Gewitter durch mein magisches Gefängnis, »ich habe schließlich nicht ewig Zeit.«

»Hol es dir doch selbst!« Erschrocken presste ich mir meine Hände auf die Lippen. Hatte ich das gerade wirklich laut ausgesprochen?! Narius' entgleisten Gesichtszügen nach zu urteilen lautete die Antwort Ja. »Entschuldigung«, presste ich kleinlaut hervor, doch die Mimik des Meeresgottes blieb unverändert. Als er den Kopf neigte und zum Sprung ins Innere der Kuppel ansetzte, wich ich ängstlich zurück.

»Bei den Göttern, du *willst* wohl sterben, was?«, zischte mir Nala verständnislos zu.

Zaghaft schüttelte ich den Kopf. »Es ist mir so rausgerutscht … Eigentlich wollte ich nur wissen, wieso er *mich* darum bittet und es sich nicht einfach selbst holt. Er hat doch sowieso gewonnen!«

»Manchmal bist du wirklich schwer von Begriff, Bell! Verstehst du nicht, dass er dir durch diese Bitte die Möglichkeit gibt, deinen Kopf aus der Schlinge zu ziehen?«

»Wie meinst du das?«

Nala stieß ein unverständliches Schnaufen aus. »Verdammt, du sollst ihm durch diese Geste deine Loyalität beweisen! Indem du ihm das Artefakt schenkst, zollst du ihm Respekt und Anerkennung. Du unterwirfst dich seiner Autorität, wodurch er Gnade mit dir walten lassen kann, ohne seinen Stolz aufs Spiel zu setzen.«

»*Was?* Aber wieso sollte er mich verschonen? Und wieso sagst du mir das überhaupt? Ich dachte, wir wären Feinde!«

Als ich zu Nala aufblickte, wirkte der Ausdruck in ihren Augen aufrichtig. »Ich will nicht deine Feindin sein. Und das muss ich auch nicht. Wenn du bereit bist meinen Weg einzuschlagen, um unsere Welt, aber allen voran Neo zu retten, gibt es noch Hoffnung für unsere Freundschaft.«

Ich traute meinen Ohren nicht. Bot sie mir gerade einen Seitenwechsel an? Hatte sie das zuvor bereits mit Narius abgestimmt? Erneut huschte mein Blick zum Meeresgott, der mich lauernd beobachtete. Hinter dem Gott entdeckte ich plötzlich einen Schatten, der aus der Ferne auf uns zugeschwommen kam. Ich schnappte nach Luft – konnte das Neo sein?

Als hätte Narius meinen Blick bemerkt, wandte er sich stirnrunzelnd um und folgte der Richtung meiner Augen. Keinen Wimpernschlag später riss er seinen Kopf wieder nach vorn.

»Nala, mach sie unschädlich!« Kaum hatte er ausgesprochen, sprang er zu uns in die Kuppel, in die trotz des Loches seltsamerweise noch kein Wasser eingetreten war. »Uns bleibt keine Zeit mehr. Ich hole mir das Schwert!« Gekonnt landete er auf dem trockenen Boden und rannte ohne Umschweife auf das Schwert zu. Mein Herzschlag wurde so schnell, dass mir schummrig vor Augen wurde. Ich musste ihn aufhalten – aber wie?

Schnell wurde mir klar, dass mir nur eine einzige Chance blieb, um das Spiel zu wenden. »Nala, ich bitte dich! Du kannst doch nicht ernsthaft denken, dass du damit durchkommen wirst! Glaubst du wirklich, dass Neo dir diesen Verrat jemals verzeihen würde? Noch kannst du das Ruder rumreißen, indem du mir hilfst, das Artefakt –«

Weiter kam ich nicht. Etwas knallte dumpf gegen meinen Kopf. Mir blieb nicht einmal Zeit zu raten, was mich getroffen hatte, denn fast zeitgleich mit dem Aufprall versank die Welt um mich herum in unendlicher Schwärze.

# Kapitel 12

Ein schmaler Lichtstreifen erschien in der Dunkelheit, doch sein Anblick war nur von kurzer Dauer. Meine Lider waren so schwer wie Blei, weshalb ich sie nur für einen klitzekleinen Augenblick öffnen konnte, ehe sie von selbst wieder zufielen. Ein dumpfes Pochen hallte in meinen Ohren, doch ich wusste nicht, ob es von meinem Herzschlag stammte oder von etwas anderem. Kälte fraß sich durch meine Knochen und ließ meinen Körper erzittern. Erneut sammelte ich meine verbliebenen Kräfte und versuchte meine Augen zu öffnen. Meine Lider zitterten wie die Flügel eines Schmetterlings, doch tatsächlich gelang es mir dieses Mal, sie etwas länger offen zu halten als zuvor. Langsam setzten sich die bläulichen Lichtpunkte zu einem scharfen Bild zusammen. Das dumpfe Geräusche in meinem Kopf ebbte ab und ermöglichte es mir, wieder einen klaren Gedanken zu fassen.

Erst jetzt bemerkte ich, dass ich seitlich auf dem Boden lag. Die Oberfläche unter meiner Wange war kühl und glatt und sah aus wie Glas, das jemand in Dutzende Blautöne getränkt hatte. Golden glitzernde Linien durchzogen das Muster und wirkten wie die Adern eines Blattes. Dies war zweifellos der schönste Boden, den ich je gesehen hatte – aber leider auch der ungemütlichste.

Ich unternahm einen vorsichtigen Versuch, mich auf meine Handflächen zu stützen. Während ich mich ächzend aufsetzte, zitterten meine Arme wie Fische an der Angel. Als ich endlich mehr oder weniger aufrecht saß, musste ich erst mal eine Verschnaufpause einlegen. Es dauerte einen Moment, ehe sich die Welt um mich herum zu drehen aufhörte und mein rasselnder Atem wieder etwas leiser wurde. So wie es aussah, saß ich in einem kleinen quadratischen Raum. Abgesehen von mir befand sich nichts darin, nicht einmal ein einziges Möbelstück oder ein Bild an den bläulich schimmernden Marmorwänden. Selbst eine Tür schien es nicht zu geben, was mich rätseln ließ, wie ich überhaupt hier reingekommen war. Im Gegensatz zu den anderen dreien bestand die vierte Wand aus durchsichtigem Glas. Als ich hindurchblickte, stockte mir der Atem.

Vor meinen Augen erstreckte sich der weite Ozean. Unzählige Fische schwammen vor meinem Gefängnis umher und schimmerten in ihren leuchtenden Farben um die Wette. Etwas weiter entfernt entdeckte ich riesige Felsformationen, die mit knallroten Korallen und Meerespflanzen übersät waren. Die Landschaft vor meinen Augen war wirklich atemberaubend. Um noch mehr von ihr sehen zu können, krabbelte ich auf das Glas zu und rückte so nah an die Scheibe heran, dass meine Nasenspitze sie beinahe berührte. Um mehr Halt zu finden, stützte ich mich mit meinen Handflächen auf das Glas, während mein Blick umherhuschte. Nun erblickte ich auch den Meeresboden, der sich einige Meter unter mir befand. Hünenhafte Fische, die ich noch nie zuvor gesehen hatte, schwammen darüber hinweg. Einige von ihnen hatten überstehende Kiefer, die ihre langen Fangzähne entblößten, während andere mit prachtvollen Rückenflossen ausgestattet waren. Ich war vom Anblick der Tiere und der Landschaft so gebannt, dass es einen Moment dauerte, bis ich die unweigerliche Frage in meinem Inneren hörte: Was zum Henker hatte ich hier unten am Meeresboden zu suchen? Und wie war ich hier überhaupt hergekommen?

»Na, Bell«, erklang plötzlich eine mir wohlbekannte Stimme und ließ mich erschrocken herumfahren, »wie gefällt es dir im Reich des Meeresgottes?«

Meine Hände ballten sich zu Fäusten. »Was ist hier los, Nala?«

Das schmale Lächeln auf ihren Lippen erstarb. »Anstatt mich so giftig anzustarren, solltest du mir lieber dankbar sein, denn ich bin der einzige Grund, weshalb dich Narius noch nicht an seine Tiere verfüttert hat.«

Ich schnaufte sarkastisch. »Oh, na dann! Mein Dank wird dir auf ewig folgen, gnädige Verräterin.«

»Spar dir deine spitze Zunge für später auf, Bell«, erwiderte sie kühl und lief in meine Richtung.

Während sie langsam auf mich zuschritt, klebten meine Augen förmlich an ihr. Es überraschte mich, sie in diesem halb durchsichtigen goldenen Kleid zu sehen, das wie eine zweite Haut an ihrem Körper klebte. Normalerweise war sie doch meistens in enge Lederhosen und weiten Blusen gekleidet, schon allein deshalb, weil sie ihre Bewegungsfreiheit nicht einschränken wollte … In diesem engen Kleid hingegen könnte sie nicht einmal einen einzigen Schritt machen, wäre da nicht dieser lange Schlitz, der auf der Seite des Rockes von ihrem Knöchel bis zu ihrer Hüfte reichte und ihr linkes Bein entblößte.

»Hör auf mich so missmutig anzusehen«, forderte Nala, doch ich nutze ihren Unmut, um mein Gesicht noch mehr zu verziehen.

»Wieso trägst du dieses komische Kleid? Hast du es von jemandem gestohlen oder wurde es dir von deinem neuen besten Freund geschenkt?«

»Er ist nicht mein *neuer bester Freund*.«

»Oh, stimmt – mein Fehler! Ihr zwei seid ja schon etwas länger befreundet.«

Nala blieb direkt vor mir stehen und stützte ihre Hände auf ihre Hüfte. Ihr Blick fixierte mich so eindringlich, dass ich das Gefühl bekam, sie wollte mir stumm etwas mitteilen. Fragend neigte ich den Kopf, doch ihre Lippen blieben fest verschlossen. Anscheinend hatte ich mir meine Vermutung nur eingebildet. »Wie bist du überhaupt so plötzlich hierhergekommen? Ich kann gar keine Tür oder Ähnliches sehen.«

»Wir befinden uns in Narius' Palast – hier braucht man keine Türen, die Wände lassen sich durch Magie öffnen.«

Irritiert runzelte ich die Stirn. »Wie meinst du –?«

»Das spielt jetzt keine Rolle«, fiel sie mir schroff ins Wort. »Wir sollten uns lieber einig darüber werden, wie du Narius gegenübertreten wirst, wenn er uns gleich einen Besuch abstattet.«

Ihre Aussage ließ noch mehr Fragezeichen in meinen Kopf aufsteigen. Wir befanden uns in Narius' Palast? Ich hatte gar nicht gewusst, dass er einen solchen überhaupt besaß. Waren wir überhaupt in unserer Welt oder stand der Palast auf der Insel, auf welche die Götter verbannt worden waren? Und wieso wollte Nala, dass wir uns einig darüber wurden, wie –?

»Hör auf über die falschen Dinge nachzudenken!«, forderte sie und stampfte ungeduldig mit dem Fuß auf.

Irritiert weiteten sich meine Augen. »Trägst du Schuhe mit Absatz?«

»Bell, ich meine es ernst, konzentriere dich endlich!«

Nun war ich diejenige, die die Augen verdrehte. »Was willst du eigentlich von mir? Ich weiß zwar immer noch nicht, was du genau verbrochen hast, aber feststeht, dass wir uns nicht auf der gleichen Seite befinden. Wieso kommst du nicht endlich zum Punkt und gestehst, was hier eigentlich los ist und was du mit mir vorhast?«

»Psst, nicht so laut!«

»Wieso denn nicht? Im Gegensatz zu mir hast du doch nichts zu befürchten!«

»Bist du wirklich *so* naiv? Ich setze gerade mein Leben für dich aufs Spiel, damit wir eine Lösung finden, wie wir beide heil aus dieser Sache herauskommen und Neos Leben retten können!«

Ich geriet ins Stocken. Meine nächsten Fragen wagte ich kaum auszusprechen. »Ist er hier? Ist er verletzt?«

Seufzend fuhr sich Nala durch ihr lockiges Haar. Als sie mir antwortete, klang ihre Stimme deutlich sanftmütiger als zuvor. »Nein, natürlich nicht. Aber das kann sich binnen eines Wimpernschlages ändern, weshalb wir uns endlich zusammenreißen müssen, um uns einen Plan zu überlegen, wie wir ihn retten können.«

»Retten? Also ist er in Gefahr?«

Nala lachte freudlos auf. »Neo ist in Gefahr, seitdem er den Leib seiner Mutter verlassen hat. Du weißt doch, dass Narius die Halbgötter töten muss, die ihn davon abhalten wollen, die Prophezeiung zu erfüllen. Es ist also nur eine Frage der Zeit, ehe er seine Finger um Neos Kehle legen wird. Aber keine Sorge, ich habe eine Idee, wie wir ihn –«

»Warum erzählst du mir das?« Ich konnte nicht verhindern, dass meine Stimme verräterisch bebte. Nala zuzuhören, wie sie davon sprach, dass *wir* uns einen Plan überlegen mussten, tat mir beinahe schon körperlich weh. »Es gibt kein Wir mehr, seitdem *du* uns verraten hast, Nala! Du steckst mit dem Feind unter einer Decke, lässt dich von ihm sogar in dieses lächerliche Kleid zwingen. Hörst du dir überhaupt selbst zu? Merkst du nicht, dass du dir in jedem Satz widersprichst? Es gibt kein Wir mehr – diese Zeiten sind vorbei. Allein die Tatsache, dass ich in diesem Gefängnis hocke, während du durch die verschlossenen Wände des Palastes wandern kannst, wie es dir beliebt, zeigt doch, dass wir definitiv nicht für die gleiche Sache kämpfen!«

»Aber das muss nicht so sein, Bell.«

Nalas Stimme klang brüchig und nur zu gern hätte ich dem Schmerz in ihren Worten getraut. Doch ich konnte es einfach nicht; ich *durfte* es nicht. Denn auch wenn sie mir noch nicht erklärt hatte, was hier genau vor sich ging und welche Rolle sie in diesem Netz aus Lügen und Verrat eingenommen hatte, war es doch offensichtlich, dass sie *nicht* meine Freundin war. Wir standen nicht mehr auf der gleichen Seite. Vielleicht hatten wir das nie getan.

»Narius wird gleich hier auftauchen«, raunte sie. »Er wird mich fragen, ob du Freund oder Feind bist und welchen Nutzen er davon hätte, dich am Leben zu lassen. Sollte ich ihm keinen nennen können, wird er dich noch an Ort und Stelle töten. Aber so muss es nicht kommen, denn ich weiß, dass dir Neos Wohlergehen ebenso am Herzen liegt wie mir. Und wenn ich ehrlich bin, will ich dich genauso wenig verlieren wie ihn. Ich mag dich, Bell, das tue ich wirklich! Wir sind uns beide verdammt ähnlich und es würde mir das Herz brechen, wenn unsere Freundschaft so enden würde ... wenn ich dich auf diese Weise verlieren müsste. Darum bitte ich dich: Schlage meinen Weg ein. Nimm meine Hand und lass uns zusammen dafür kämpfen, die Welt ein kleines bisschen besser zu machen. Ich weiß, dass wir das zusammen schaffen können! Du wirst sehen, dass das Leben viel erfreulicher ist, wenn man nicht jede Sekunde davon opfert, um im Sinne des verdammten Zirkels zu handeln. Narius hat mir unzählige Freiheiten gewährt, ich bin mir sicher, dass er dir erlauben würde deine Familie zu besuchen. Du könntest sie sofort sehen und durch dein Handeln in Sicherheit bringen. Ist dies nicht das, was du immer wolltest? Der Grund, warum du dich damals auf die *Blutrote Lady* geschlichen hast?«

Ich öffnete meine Lippen, doch kein Ton glitt über sie hinweg. Fassungslos starte ich Nala an – die Freundin, der ich bedingungslos vertraut hatte. Und ausgerechnet diese Freundin stand nun vor mir und forderte mich auf, all das zu verraten, wofür wir in den letzten Monaten gekämpft hatten. Eigentlich hatte ich angenommen, dass ich nie wieder solche Schmerzen in meinem Herzen fühlen würde wie damals, als ich meine Familie zurückgelassen hatte. Doch nun stand ich hier und es fühlte sich genauso furchtbar an.

»Nun, wie lautet deine Entscheidung?«, fragte mich Nala und neigte den Kopf, um mir besser in die Augen sehen zu können. Als ich ihren Blick auffing und festhielt, veränderte sich ihre Miene. Es war ihr anzusehen, dass ihr das, was sie in *meinen* Augen sah, ganz und gar nicht gefiel.

»Wir sind uns nicht ähnlich, Nala.« Meine Stimme spiegelte die Leere meines Inneren wider. »Dein Weg, von dem du sprichst, ist ein Weg ins Verderben. Wie kannst du dir deine Ausreden und Ausflüchte nur selbst glauben? Du sagst, dass du auf keiner Seite stehst und nur deinem eigenen Willen folgst, aber gleichzeitig freust du dich darüber, dass dir Narius Freiheiten *gewährt* hat? Du willst für eine bessere Zukunft kämpfen, aber was für eine Zukunft ist das, in der wir dem Willen eines machthungrigen Gottes unterworfen sind? Sich ihm anzuschließen macht dich nicht frei, Nala. Ganz im Gegenteil – es macht dich von der Spielfigur des Zirkels zur Marionette eines Gottes. Der einzige Weg in die Freiheit liegt darin, die Prophezeiung zu stoppen. Nur dann würde es niemanden mehr geben, der Besitzansprüche an dich stellen könnte, den du fragen müsstest, ob du irgendetwas tun darfst oder nicht.« Ich war so aufgebracht, dass ich einen Moment innehalten musste, um wieder zu Atem zu kommen und den Kloß in meinem Hals herunterzuwürgen. Nala starrte mich noch immer fassungslos an. Ich hätte schwören können, dass sie während meiner Erzählung blasser geworden war. Trotzdem war ich noch nicht fertig. »Wir sind uns nicht im Geringsten ähnlich. Du hast keine Ahnung, wie ich gerade fühle, darum will ich es dir kurz erklären: Ja, meine Familie zu beschützen steht für mich mit an oberster Stelle. Aber weißt du, was dort noch steht? Ehrlichkeit. Denn Ehrlichkeit ist das, wozu ich erzogen wurde. Ich wäre totunglücklich, wenn meiner Familie etwas zustoßen würde. Aber wenn ich sie nur dadurch in Sicherheit bringen könnte, dass ich meine Freunde und meine Werte verrate und mich Narius anschließe, wäre ich innerlich zerrissen. Ich könnte mich nicht länger am Leben erfreuen, selbst wenn ich nicht mehr im Sinne des Zirkels handeln müsste.« Erneut versagte mir für einen Moment die Stimme. Ich räusperte mich, ehe ich flüsternd fortfuhr: »Aber weißt du, was die traurigste deiner Lügen ist? Du sagst, dass dir Neos Wohlergehen am Herzen liegt, aber das kann es gar nicht. Denn dies ist der größte Unterschied zwischen uns, Nala: Ich habe ein Herz – und du hast keines.«

Kaum hatte ich ausgesprochen, entgleisten ihre Gesichtszüge. Es war, als wären alle Muskeln in ihrem Antlitz gleichzeitig erschlafft. Bei diesem Anblick wurde mein Herz noch schwerer, als es sich sowieso schon angefühlt hatte. Denn jetzt, wo ihre harte Schale endgültig gebrochen war, gab es nichts mehr, was die Leere ihres Blickes verbergen konnte. Nala war leer – und ich hatte es in all den Wochen nicht bemerkt.

Plötzlich ertönte ein merkwürdiges Geräusch. Bei näherem Hinhören klang es wie fließendes Wasser. Mein Blick fiel auf die Wand hinter Nala. Staunend beobachtete ich, wie sich ein Loch darin auftat, dessen Ränder von fließendem Wasser gesäumt wurden. Eine hochgewachsene Gestalt betrat den Raum, pupillenlose Augen fixierten mein Gesicht. Mir kroch ein eisiger Schauer über den Rücken und die Angst kehrte in mein Herz zurück, um die Trauer, die ich soeben noch wegen Nala empfunden hatte, zu verdrängen. Ich rutschte so weit nach hinten, bis ich das kalte Glas in meinem Rücken spürte.

»Sieh an, sieh an. Da ist uns wohl jemand ins Netz gegangen.« Narius' Lippen verzogen sich zu einem breiten Grinsen. Während er auf mich zukam, schloss sich hinter ihm das Loch in der Wand. Er baute sich neben Nala zu voller Größe auf und verschränkte die muskelbepackten Arme vor der breiten Brust. Neben Nala wirkte er wie ein Riese. Ängstlich blickte ich zu ihm auf, obwohl sich alles in mir sträubte in seine finsteren Augen zu sehen.

»Und, kleines Menschenmädchen? Hast du dich schon entschieden?«

Ich fasste all meinen verbliebenen Mut zusammen. »Bisher wurden mir keine angemessenen Lösungsvorschläge unterbreitet, die es wert wären, dass ich mich zwischen ihnen entscheide.«

Narius brach in schallendes Gelächter aus. Die Vibration seiner tiefen Stimme war so stark, dass ich sie in meinem Körper widerhallen fühlte. »So langsam verstehe ich, wie du so lange an Neos Seite bestehen konntest. Du magst zwar augenscheinlich nicht den Anschein erwecken, aber deine charakterliche Stärke lässt sich nicht leicht brechen. Das gefällt mir. Wir scheinen uns ähnlich zu sein, Bell.«

Ich hielt mich gerade noch davon ab, seufzend die Augen zu verdrehen. Gab es einen Grund dafür, weshalb sich heute alle einbildeten, ich sei ihnen auch nur im Entferntesten ähnlich? »Wenn wir uns so sehr ähneln, verstehst du doch bestimmt, dass ich dich fragen *muss*, wo wir hier sind und was du mit mir vorhast, oder?«

Der Meeresgott schnaufte amüsiert. »Aber natürlich! Weißt du, Bell, ich finde es sehr bedauerlich, dass wir einen so holprigen Start hatten. Neo und der Zirkel, besser gesagt deren Gedankengut, haben dir ein Bild von mir vermittelt, das absolut unzutreffend ist. Darum freue ich mich, dass sich mir nun die Gelegenheit bietet, dich vom Gegenteil zu überzeugen! Und weil ich weiß, dass Antworten tausendmal überzeugender sind als Versprechungen, werde ich mich gern deinen Fragen stellen. Hier, mach es dir bequem! Meine Gäste sollen nicht auf dem harten Boden sitzen müssen.«

Ungläubig beobachtete ich, wie Narius aus dem Nichts einen Stuhl neben mir aus dem Boden zog. Erst bei näherer Betrachtung fiel mir auf, dass er aus purem Wasser bestand. Unwillkürlich erinnerte ich mich daran, wie Neo damals am Strand Pferde aus dem Meer erschaffen und mir angeboten hatte auf ihnen zu reiten. Ob er damals die gleiche Form der göttlichen Magie angewandt hatte wie Narius in diesem Augenblick? Möglich wäre es, doch es erschien mir unangebracht, danach zu fragen.

Zögerlich trat ich auf den Stuhl zu und wollte mich setzen, geriet dann aber doch ins Stocken. »Werde ich nicht nass, wenn ich mich niederlasse?«

»Keine Sorge, das wird nicht passieren. Das Wasser ist nicht nur in der Lage, deinen Körper zu tragen, sondern wird durch meine Magie auch daran gehindert, aus seiner Form auszutreten. Es würde also nicht in deine Kleidung kriechen oder an deiner Haut haften bleiben. Probiere es ruhig aus, Bell.«

Zwar hatte ich eigentlich gar keine Lust darauf, es selbst herauszufinden, doch andererseits wollte ich Narius' Geduld nicht überspannen. Mit einem flauen Gefühl im Magen setzte ich mich und beobachtete, wie der Meeresgott zwei weitere Stühle erschuf, auf denen er und Nala Platz nahmen. Mein Blick huschte unruhig zwischen ihren Gesichtern umher. Während mir auf dem einen falsche Freundlichkeit vorgegaukelt wurde, wirkte das andere wie versteinert.

»Also gut, dann lass uns noch einmal von vorn anfangen«, schlug Narius grinsend vor. »Wie du weißt, haben ich und meine göttlichen Geschwister vor unzähligen Jahren die Welt erschaffen, in der ihr heute lebt. Mein Bruder schenkte euch das Leben und gemeinsam existierten wir lange Zeit friedlich Seite an Seite. Doch leider gab es unter euch Menschen faule Früchte. Sie streuten böse Gerüchte über uns und unsere Intentionen, gaukelten leichtgläubigen Individuen vor, sie würden von uns Göttern unterdrückt werden. Aber das haben wir gar nicht getan – und ich kann es sogar beweisen!«

Interessiert neigte ich den Kopf, was Narius wohl als Zeichen deutete fortzufahren. »Hast du dich mal in der Welt umgesehen, Bell? Warum, glaubst du, lassen sich in jedem noch so entlegenen Winkel Tempel finden, die ihr Menschen einst errichtet habt, um uns zu danken und zu ehren? Wären wir wirklich so abscheuliche Kreaturen, wie diese hinterhältigen Menschen einst behaupteten, wären diese Heiligenstätten doch nie erbaut worden, oder?«

Nachdenklich legte ich meine Stirn in Falten. Ich war noch immer felsenfest davon überzeugt, dass ich Narius und Nala keinesfalls über den Weg trauen konnte, schließlich hatten die beiden so viel Dreck am Stecken, dass dieser selbst von der anderen Seite des Ozeans aus sichtbar war. Allerdings stimmten mich die Worte des Gottes dennoch etwas nachdenklich. Es war schon verwunderlich, dass die Menschen Tempel zu Ehren der Götter errichtet hatten, obwohl diese angeblich schon immer so grausam und machthungrig gewesen waren … Und wie kam es eigentlich, dass ein Großteil der

Menschen auch heute noch das Gute in den Göttern sah und dachte, sie stünden auf unserer Seite? Laut Neo waren die Vergehen der Götter immer weiter in Vergessenheit geraten, nachdem diese verbannt worden waren. Doch ich fragte mich, wie das Ansehen der Götter seitdem eine solche Wendung hatte nehmen können. Wäre es nicht logischer gewesen, wenn die Menschen von damals ihren Kindern und Enkelkindern von den Verbrechen der Götter erzählt hätten und das allgemeine Ansehen der Götter dadurch über Generationen hinweg negativ geblieben wäre? Ich konnte zwar nicht sagen, wie die Menschen auf dem Festland zu den Göttern standen, aber ich wusste, dass den Kindern auf unserer Insel auch heute noch gelehrt wurde, dass die Götter unsere Freunde und Beschützer waren. Könnte Neo mit seiner Behauptung recht haben, dass beinahe nur der Zirkel und die Königsfamilie um die wahren Absichten der Götter wussten? Ein paar Kritiker schien es ja schon zu geben – meine Großmutter war das beste Beispiel. *Meine Großmutter ...* Allein bei dem Gedanken an meine Familie wurde mir das Herz schwer. Was würde ich nicht alles geben, um sie in die Arme schließen zu können und in Sicherheit zu wissen.

»Ich sehe doch, wie es in deinem Kopf raucht«, hörte ich Nala leise sagen. »Mein Angebot steht noch, Bell.«

Ich sah zu ihr auf. Und als sich unsere Blicke trafen, wurde mir glasklar, was ich definitiv *nicht* tun würde, um vorzeitig zu meiner Familie zurückkehren zu können. Entschlossen biss ich die Zähne zusammen. Würde ich auf ihren Deal eingehen, wäre ich kein Stückchen besser als sie. Auch wenn ich zugeben musste, dass mir Narius' Einwand Kopfzerbrechen bescherte, so glaubte mein Herz noch immer an Neos Auslegung der Geschichte – und daran würde weder ein Gott noch eine verräterische Schlange etwas ändern können.

»Wofür das Ganze?«, fragte ich an Narius gewandt. »Ich verstehe nicht, was du mit mir vorhast. Wieso hast du mich entführt? Was erhoffst du dir von alldem?«

Das schmale Lächeln auf seinen Lippen brach. Es gelang ihm nicht, die falsche Freundlichkeit in seinen Augen länger aufrecht zu halten. Mein

Magen zog sich zusammen, als der Gott aufstand und langsam auf das Fenster zuschritt. Ich beobachtete, wie er die Arme hinter seinem Rücken verschränkte. Zum Glück sah er nicht, wie ich mit verzogener Miene auf die Schwimmhäute zwischen seinen Fingern starrte.

»Wie ich sehe, gibt es noch eine Eigenschaft, die wir uns teilen: Ungeduld.«

Ich schluckte trocken. So wie der Meeresgott das sagte, konnte diese Gemeinsamkeit nichts Gutes bedeuten …

»Also gut, dann komme ich eben gleich zum Punkt. Ich will, dass du für mich arbeitest, Bell.«

Vor Schreck hätte ich mich beinahe an meinem eigenen Speichel verschluckt. Hustend hielt ich mir eine Hand vor den Mund und starrte den Gott an, der mir sein Gesicht über die Schulter hinweg zugewandt hatte. *»Ich?«*, krächzte ich heiser. Narius musste das falsche Menschenmädchen entführt haben – wie könnte ich ihm schon nützlich sein?

»Nala, möchtest du unserem Gast erklären, was mir vorschwebt?«

Ehe sie etwas sagen konnte, schüttelte ich bereits heftig den Kopf und sprang vom Stuhl auf. »Ich bin nicht dein Gast, ich bin deine Gefangene! Und außerdem –«

»Doch, das bist du.«

»Ach, also befinde ich mich hier gar nicht in einem Gefängnis, sondern im Gästezimmer?«, fragte ich ironisch, obwohl ich wusste, dass ich mit dieser spitzen Bemerkung womöglich eine Grenze überschritt. Ob Neo stolz auf mich wäre, wenn er wüsste, dass ich dem Meeresgott so trotzig die Stirn bot, obwohl meine Chancen denkbar schlecht standen? Oder würde er es nur kopfschüttelnd auf meine Naivität schieben und die Augen verdrehen?

Plötzlich spürte ich einen festen Griff an meinem Handgelenk. Als ich hinabsah, blickte ich auf bläuliche Finger, die durch halb durchsichtige Schwimmhäute verbunden waren. Narius' Klauen waren eiskalt und ließen mich erzittern. Als ich zu ihm aufsah, war seine Miene unergründlich. Ehe ich auch nur zu einer Entschuldigung ansetzen konnte, riss er mich mit sich nach vorn. Mir entwich ein spitzer Schrei. Im nächsten Moment durchbrachen wir die Wand meines Gefängnisses und gelangten in einen weiteren

Raum, der bis zur Decke unter Wasser stand. Geistesgegenwärtig schnappte ich nach Luft. Zum Glück schien Neos Zauber noch zu wirken, denn anstatt zu ersticken, atmete ich normal weiter. Narius zog mich in einem so mörderischen Tempo durch die Wände und Räume seines Palastes, dass mir schwindelig wurde. Ich hatte keine Ahnung, wie viele Flure und Zimmer wir bereits durchquert hatten, bis er endlich in einem riesigen Saal haltmachte, der zur Abwechslung mal nicht unter Wasser stand.

Der Boden war derselbe wie in dem Raum, in dem ich zu Bewusstsein gekommen war. Auch die Wände sahen ähnlich aus, vielleicht etwas heller. Mein Blick huschte über die lange Tafel, an der bestimmt fünfzig Leute Platz gefunden hätten. Die Stühle sowie der Tisch waren aus weißem Marmor gefertigt, wobei die Sitzflächen mit einem dunkelblauen Stoff gepolstert waren. Mir blieb allerdings keine Zeit, um den Möbeln länger Aufmerksamkeit zu schenken, denn mein Blick war bereits weitergewandert und klebte nun an einem Gebilde in der Mitte des Raumes. Ein riesiges Aquarium, in dem sicherlich ein mehrstöckiges Haus Platz gefunden hätte, ragte aus dem Boden. Während mich der Anblick der farbenfrohen Korallen verzückte, ließ das Aussehen der Fische mein Herz gefrieren. Sie sahen allesamt seltsam aus. Seltsam und böse. Einige von ihnen hatten verschobene Überbisse mit Zähnen, die Schwertern ähnelten, während andere Tiere mit merkwürdigen Hörnern übersät waren, die ihnen an allen erdenklichen Stellen aus dem Körper sprossen.

»Na? Wie gefallen dir meine Tierchen?«, raunte mir Narius ins Ohr.

Als mir sein modriger Atem in die Nase wehte, hätte ich mich beinahe übergeben.

Hastig schluckte ich das Gemisch aus Speichel und Gallenflüssigkeit hinunter. *»Tierchen?«*, wiederholte ich spöttisch. »Sie sehen eher aus wie –«

Narius' finsterer Blick brachte mich zum Verstummen. Anscheinend hatte er seine verniedlichte Beschreibung dieser Bestien tatsächlich ernst gemeint …

»Wie wäre es, wenn wir die Führung durch den Palast auf später verlegen?«, drang Nalas Stimme aus einiger Entfernung an mein Ohr. Ich entdeckte sie neben der langen Tafel.

»Das ist eine sehr gute –«

Narius' Stimme ging im lauten Scheppern unter. Erschrocken sah ich mich um und blickte in die geweiteten Augen eines älteren Mannes, der mich mit offenem Mund anstarrte. In seiner Hand hielt er ein rundes Tablett, auf dem er mehrere Gläser mit bläulichem Inhalt balancierte. Vor seinen Füßen entdeckte ich Scherben in einer kleinen Pfütze, die verdächtig blau schimmerte.

»Du wagst es, mich zu stören«, knurrte Narius und fuhr zu dem Unbekannten herum, »während ich ein wichtiges Gespräch führe?«

»Nein, Herr, also ... i ...ich ... Es tut mir leid, bitte vergebt mir! Ich sollte euch wichtige Kunde überbringen, die den Halbgott und seine Mannschaft betreff –«

Binnen eines Wimpernschlages war Narius auf den Fremden zugeschossen und packte ihn am Kragen seines schwarzen Hemdes. »Nicht vor meinem Gast, du nutzloser Idiot!«

Der Meeresgott fuhr zu Nala herum. »Erkläre Bell, was sie wissen muss. Ich bin gleich wieder da.« Seine Augen richteten sich auf den schlotternden Mann. »Ob das auch auf dich zutrifft, bleibt abzuwarten. Und jetzt komm mit!«

Ehe ich auch nur Luft holen konnte, waren Narius und der Fremde durch eine der Wände davongerauscht. Ungläubig blickte ich zu Nala hinüber, die seufzend ihre Augen verdrehte und sich auf einen Stuhl am Ende der Tafel fallen ließ. Unschlüssig, was ich nun tun sollte, verlagerte ich mein Gewicht von einem Bein aufs andere. Erneut huschte mein Blick zu den grässlichen Kreaturen im Aquarium, die mich aus ihren schwarzen Augen beobachteten, während sie so dicht am Glas vorbeischwammen wie nur möglich.

»Willst du dich nicht zu mir setzen, Bell?«

Nalas Angebot löste ein seltsames Gefühl in meinem Herzen aus. Es fühlte sich nach Schmerz und Trauer an, aber irgendwie ... dumpfer. Nicht mehr wie ein scharfer Dolch, sondern eher wie ein stumpfes Küchenmesser. Unangenehm war es trotzdem.

»Jetzt komm schon. Es ist ja nicht so, als hättest du gerade etwas Besseres zu tun.«

Ich atmete noch einmal tief durch, ehe ich auf Nala zulief. Sie hatte recht, mir blieb nicht wirklich eine Alternative. Und wenn ich ganz ehrlich war, war ich trotz meiner Angst auch furchtbar neugierig darauf, endlich zu erfahren, was hier vor sich ging.

Als ich sie erreichte, schob sie den Stuhl neben sich nach hinten und klopfte einladend auf das blaue Polster, doch eher würde ich einen Besen fressen, als mich neben sie zu setzen. Stattdessen griff ich nach dem Stuhl am Kopf der Tafel und ließ mich schnaufend darauf fallen. Demonstrativ verschränke ich meine Arme vor der Brust, weil ich hoffte dadurch verschleiern zu können, wie nervös ich eigentlich war.

Nalas Augen weiteten sich. »Bei den Göttern, bist du jetzt völlig durchgedreht? Der Stuhl, auf dem du gerade sitzt, ist einzig und allein Narius vorbehalten! Nur der Herrscher sitzt am Kopf seiner Tafel, hat dir das auf deiner mickrigen Insel niemand beigebracht?«

Mir wurde übel. Sofort gab ich meine gleichgültige Körperhaltung auf und setzte mich auf dem Platz gegenüber von Nala.

Seufzend verdrehte diese die Augen. »Du legst es wohl darauf an, als Haifutter zu enden, was?«

»Eigentlich nicht. Aber ich fürchte, dass diese Entscheidung sowieso nicht in meinen Händen liegt.«

»Doch, genau das versuche ich dir ja die ganze Zeit über klarzumachen! Ich habe seit deiner Ankunft auf dem Schiff ein wachendes Auge über dich, Bell, aber ich weiß nicht, wie lange es noch dauert, bis Narius es mir aus dem Schädel reißt. Versteht du es jetzt endlich?«

Ich schnaufte trocken. »Nein.«

Nalas Finger tippten unruhig auf der spiegelglatten Tischplatte herum. Ihr Gesicht hatte während unserer Unterhaltung mehr Farbe bekommen, wahrscheinlich weil sie sich so über mein Unverständnis aufregte. Der rötliche Schimmer auf ihren erhitzten Wangen amüsierte mich. Wer hätte gedacht, dass ausgerechnet ich mal der Grund dafür sein würde, dass Nala die Beherrschung verlor?

»Du lügst doch schon wieder«, unterstellte ich leise und verschränkte meine Hände in meinem Schoß, »wieso solltest du seit meiner Ankunft ein Auge auf mich gehabt haben, wenn du mich eigentlich gar nicht leiden kannst?«

»Du hörst mir überhaupt nicht zu! Wie oft soll ich dir noch sagen, dass ich kein persönliches Problem mit dir habe, Bell? Ich will dich genauso wenig verlieren wie Neo!«

Mir entwich ein zynisches Lachen. »Du kannst es so oft wiederholen, wie du willst – ich werde es dir trotzdem nicht abkaufen. Gib doch endlich zu, dass ich dir schon immer ein Dorn im Auge war! Weißt du, am liebsten würde ich mich selbst dafür ohrfeigen, dass mir nicht schon viel früher aufgefallen ist, dass du nicht ehrlich bist. Spätestens bei der Sache im Urwald, wo du mir durch die Blume hindurch gesagt hast, ich sei unfähig und nicht auf deiner und Neos Augenhöhe, hätte ich misstrauisch werden müssen. Bist du eigentlich traurig, dass mich der Untote nicht umbringen konnte, bevor mich Neo gerettet hat?«

Nala fuhr so abrupt von ihrem Stuhl auf, als hätte sie eine Krabbe gezwickt. »Es reicht!«, fuhr sie mich an und schlug gleichzeitig mit ihren Handflächen auf den Tisch. »Du bist so blind, Bell! *Ich* war doch diejenige, die den Untoten überhaupt erst auf dich angesetzt hatte – aber nicht aus den Gründen, die du vermutest. Er sollte dich nicht verletzen oder gar töten, sondern in Sicherheit bringen.«

Nun verstand ich gar nichts mehr. »Aber wie ... Was meinst du damit?«

Nala verdrehte so energisch die Augen, dass ich fürchtete, sie könnten ihr aus dem Kopf fallen. »Du willst die ganze Wahrheit hören? Gut, aber dann höre mir jetzt auch *wirklich* zu, Bell. Narius und ich arbeiten schon seit einigen Jahren zusammen. Ich gebe ihm Informationen und im Gegenzug hat er mir geschworen, dass er Neo nicht töten wird. Und wenn diese Sache hier vorbei ist und er seine Geschwister aus der Verbannung befreit hat, werden Neo, Kai und ich von ihrer Rache verschont bleiben. Narius hat mir ein großes Gebiet auf dem Festland zugesagt, auf dem wir unbehelligt vom Rest der Welt leben können. Ist das nicht ein Traum, Bell? Wir hätten endlich unsere Ruhe, unseren Frieden, wären sicher und sorglos! Das ist alles, was ich mir je gewünscht habe. Meine Blutsverwandtschaft ist mir herzlich egal. Was mit diesen Verrätern passiert, interessiert mich nicht eine vertrocknete Qualle. Aber meine *echte* Familie werde ich zu beschützen wissen. Und weil ich dich über die letzten Wochen so liebgewonnen habe, will ich auch dich nicht mehr gehen lassen, Bell. Darum habe ich Narius vor einer Weile von dir erzählt und ihm klargemacht, dass du keine Gefahr für ihn bist. Der Untote sollte dich in den Palast bringen, wo Narius und ich dir alles erklärt hätten, und dann hättest du ihm einfach die Treue geschworen und alles wäre perfekt gewesen! Aber nein, du Dickschädel musstest dich ja plötzlich zur Wehr setzen. Und als du mir erzählt hast, dass Neo dich geküsst hat, um dir seine Magie zu übertragen ...«

Nala verstummte, doch ich wusste ganz genau, worauf sie hinauswollte.

»Im Gegensatz zu mir war dir natürlich klar, dass dies nicht der Weg ist, um Magie auf einen Menschen zu übertragen. Dir war sofort bewusst, dass er mich nicht geküsst hat, weil er es musste, sondern weil –«

»Weil er Lust darauf hatte. Na und, ist doch nichts dabei! Ich habe eben etwas überreagiert.« Schulterzuckend setzte sich Nala wieder auf ihren Stuhl, doch ich wusste, dass sie meinen Blick nur deshalb mied, weil ihr bewusst war, dass ich die Lüge in ihren Augen sehen könnte.

»Wir sind ein Paar, Nala.« Obwohl ich bei dem Gedanken an Neo Herzflattern bekam, fühlten sich die Worte noch etwas ungewohnt auf meiner Zunge an. Aber es stimmte: Wir waren zusammen. Eine Tatsache, die ich vor einigen Wochen noch für unmöglich gehalten hatte.

»Er nutzt dich nur aus, weil gerade keine andere Frau in Sichtweite ist«, versuchte Nala Zweifel zu streuen, doch davon ließ ich mich nicht beirren.

Neo und ich hatten uns unsere Gefühle füreinander offenbart. Ihm war klar, wie viel mir daran lag, dass er ehrlich zu mir war. Und auch wenn er manchmal etwas überheblich wirkte, wusste ich mittlerweile um das Herz aus Gold, das in seiner Brust schlug. Neo würde nicht mit mir und meinen Gefühlen spielen. Dafür war er sich viel zu bewusst darüber, wie viel Leid er dadurch auslösen würde.

»Wie dem auch sei, jedenfalls wollte ich dich schon lange auf die richtige Seite bringen, Bell. Und jetzt ist es endlich so weit.«

Traurig schüttelte ich den Kopf. Nala dabei zuzusehen, wie sie sich selbst davon überzeugte, das Richtige zu tun, tat beinahe mehr weh als ihr Verrat. Ich wollte etwas erwidern, doch sie kam mir zuvor.

»Du musst unserer Sache beitreten, Bell. Dir bleibt keine andere Wahl.«

»Ist es das, was du gedacht hast, als du diesen Deal mit Narius eingegangen bist? Dass du keine andere Wahl hättest? Die hat man immer, Nala.«

»Hör auf so kluge Sprüche zu klopfen. Wir sollten –«

»Na, hat sich Bell schon entschieden?«

Sofort schoss mein Gesicht in Narius' Richtung, der mit einem schmalen Lächeln auf den Lippen durch ein Loch in der Wand trat. Der Kloß in meinem Hals verdichtete sich.

»Ich war gerade dabei, ihr von deinem großzügigen Angebot zu erzählen«, antwortete Nala ruhig, doch ein Blick auf ihre Fingerspitzen, die immer noch über die Tischplatte tanzten, genügt mir, um zu wissen, dass sie nicht annähernd so entspannt war, wie sie vorgab.

Als ich im Augenwinkel sah, wie Narius den Stuhl am Kopf der Tafel zurückzog, um sich zu setzen, wurden meine Handflächen ganz schwitzig. Ob er mich wirklich umbringen würde, weil ich auf seinem Stuhl Platz genommen hatte?

»Also weißt du mittlerweile, dass dein Halbgott nicht in Gefahr ist, solange sich Nala an unsere Vereinbarung hält?«, fragte er mich und sah mir dabei direkt in die Augen.

Ich war so nervös, dass ich es nicht schaffte, seinem Blick standzuhalten. Weil keine Worte über meine Lippen traten, nickte ich nur stumm.

»Gut. Diesen Schutz kann ich auch dir und deiner Familie versprechen, Bell. Wäre das nicht eine feine Geste von mir? Egal, was nach diesem Wettkampf auch geschehen wird – du und deine Liebsten wären in Sicherheit.«

Stille breitete sich zwischen uns aus und ich vermutete, dass der Gott auf eine Antwort meinerseits wartete, doch ich konnte ihm keine geben. Denn auch wenn ich wusste, dass ich dieses Angebot unter keinen Umständen annehmen sollte, brachte ich es nicht übers Herz, laut auszusprechen, dass ich das Leben meiner Familie meinen eigenen Überzeugungen unterwarf.

Vielleicht könnte ich ihn ja irgendwie überlisten und nur so tun, als würde ich mich ihm unterwerfen?

»Ich verstehe, dass es für eine so loyale und gerechtigkeitsliebende Person wie dich schwierig zu akzeptieren ist, dass du der falschen Überzeugung nacheiferst. Aber es ist wirklich wahr, Bell – ich bin nicht der Schurke in dieser Geschichte. Wäre ich es, hätte ich meine Magie bereits dafür ausgenutzt, um ganze Landstriche zu verwüsten oder unschuldige Seefahrer zu ertränken. Aber nichts dergleichen ist geschehen, seitdem ich meine Kräfte vor knapp zwei Jahren zurückerlangt habe und in eure Welt trat. Ist das nicht Beweis genug für das Unrecht, das mir der Zirkel getan hat?«

Unruhig rutschte ich auf meinem Stuhl umher. Narius war wirklich gut darin, seine göttliche Überlegenheit zu überspielen und sich in die Rolle des Opfers zu drängen, dem jahrelang Unglück widerfahren war. Denn so war es doch, oder? Widerwillig gestand ich mir ein, dass er recht damit hatte, dass er unser Leben durch seine Magie deutlich hätte erschweren können. Andererseits hatte ich keine Ahnung davon, wie es auf dem Festland aussah. Vielleicht hatte er entgegen seinen Worten doch Leid und Elend über die dortigen Menschen gebracht ... aber vielleicht auch nicht. Von den vielen Widersprüchen in mir begann mein Kopf zu qualmen. Seufzend massierte ich mir die Schläfen und wagte es, denn Meeresgott direkt anzusehen.

»Neo hatte eine schriftliche Genehmigung des Königs dabei, dass seine Reise rechtens ist. Wieso sollte der König, dessen Volk die Götter nach wie vor verehrt, einen Komplott gegen euch unterstützen? Damit riskiert er doch den Hass seiner Untertanen.«

Zu meiner Überraschung verzogen sich Narius' blaue Lippen zu einem Schmunzeln. »Sollte die Frage nicht viel eher lauten, wieso der Menschenkönig seinem Volk weiterhin gewährt neue Tempel zu errichten und uns Götter zu ehren, obwohl er angeblich davon ausgeht, dass wir das personifizierte Böse sind? Weißt du, Bell, der Zirkel ist verdammt mächtig und einflussreich. Sie sind nicht nur akribische Büchermenschen, die alles niederschreiben, was ihnen zu Ohren kommt, sie sind auch beeindruckend talentierte Spione und haben einflussreiche Kontakte in den Palast des Königs. In ihrem Archiv verbergen sich Aufzeichnungen über die Taten der Königsfamilie, die so brisant sind, dass sein Volk ihren Herrscher hängen würde, wenn sie davon erfahren würden. Es ist nicht schwer, einen Mann zu erpressen, der mit dem Rücken zur Wand steht.«

Nachdenklich kaute ich auf meiner Unterlippe herum. »Du willst sagen, dass der König die Einwilligung nur ausgestellt hat, um den Zirkel ruhigzustellen?«

»Ganz genau«, erwiderte der Meeresgott lächelnd. »Ich wusste doch, dass du ein schlaues Köpfchen bist. Deswegen bist du ja auch hier, Bell. Wir sind uns ähnlich, du trägst dein Herz am rechten Fleck, bist genauso mutig und unerschrocken wie intelligent … Ich will dich an meiner Seite wissen, verstehst du? Es wäre eine Schande, wenn du dich falsch entscheiden würdest, denn wenn meine Geschwister zurückkehren und die Welt in Schutt und Asche legen –«

Seine Worte ließen mich aufhorchen. »Ich will nicht, dass die Welt in Schutt und Asche gelegt wird. Darum kann ich unmöglich –«

»Ich werde natürlich mein Wort für euch Menschen einlegen«, unterbrach mich Narius, ehe ich aussprechen konnte, »aber einige meiner Geschwister sind leider unberechenbar. Darum ist es ja so wichtig, dass du das Beste für dich und deine Leute aushandelst. Der Sieg der Götter ist unvermeidbar, kleines Menschenmädchen. Als echter Gott des Meeres bin ich sowieso weitaus mächtiger als der arme Neo, der für eine Sache kämpft, die er sein Leben lang verabscheut hat. Außerdem gehört mir nun auch noch ein Artefakt, das meine Kräfte verstärkt. Dein geliebter Halbgott hat keine Chance gegen mich. Wenn du und Nala ihn nicht davon abhalten könnt, sich zwischen mich und meinen Sieg zu stellen, werde ich ihn widerwillig töten müssen. Aber so weit soll es ja gar nicht kommen, Bell. Denn mit deiner Hilfe kann ich einen friedlicheren Weg einschlagen – und obendrein garantiere ich dir die Sicherheit deiner Liebsten.«

Ich spürte, wie meine Entschlossenheit ins Wanken geriet. Auch Neo hatte mir gegenüber mal erwähnt, dass Narius trotz seiner eingeschränkten Kräfte weitaus stärker war als ein normaler Halbgott. Und jetzt, wo wir das Artefakt an ihn verloren hatten … Ein eisiger Schauer kroch meine Wirbelsäule hinauf. Wollte ich es wirklich darauf anlegen? Wollte ich wirklich mit ansehen, wie Neo und Narius ihre Kräfte maßen? Denn dieser Kampf würde zweifellos brutal, blutig und fürchterlich grausam werden. Vor meinem inneren Auge konnte ich schon sehen, wie Narius Neo zurichtete, den blutüberströmten Halbgott an der Kehle packte und –

»Alles in Ordnung, Bell?« Die Stimme des Meeresgottes klang sanft wie ein schnurrendes Kätzchen. »Du siehst blass aus, Mädchen. Geht es dir nicht gut?«

Ich hörte auf meinen rasselnden Atem, auf mein bebendes Herz. Spürte den kalten Schweiß auf meinen Schläfen und die Hitze, die durch meinen Körper schoss. Nein, mir ging es definitiv nicht gut. Und Neo würde es auch nicht gut gehen, wenn ich es zu einem Kampf kommen lassen würde.

»Was ist dein Preis?« Obwohl meine Worte so leise waren wie Blätter, die zu Boden segelten, fühlte sich ihr Gewicht an, als würde ich daran zerbrechen. Sie schmeckten nach Verrat, nach hinterlistigem, bitterem Verrat. Wie Säure brannten sie auf meiner Zunge, obwohl sie meinen Mund schon längst verlassen hatten. Unwillkürlich blickte ich zu Nala. Ob meine Augen nun genauso leer wirkten wir ihre?

»Freut mich, dass du zur Vernunft gekommen bist, Bell. Durch dein selbstloses Handeln rettest du viele Leben.«

Ich zuckte zusammen. *Selbstloses Handeln?* Das, was ich gerade tat, war ja wohl das Egoistischste, was ich in dieser Situation hätte tun können.

Aus tränenverschleierten Augen beobachtete ich, wie Narius eine heranrufende Handbewegung machte. Keinen Wimpernschlag später öffnete sich die Wand und eine weitere Gestalt betrat den Raum. Sie war unter einem Kapuzenmantel verborgen, weshalb ich sie nicht erkennen konnte, doch ihre Haltung kam mir seltsam bekannt vor.

»Sieh her, Bell!«, forderte mich Narius auf, während die fremde Person neben ihn trat und einen langen Gegenstand unter ihrem Mantel hervorzog, der von einem dunklen Stoff verhüllt wurde. Der Meeresgott nahm ihn entgegen und legte das Stoffbündel behutsam auf dem Tisch ab. »Einen Gefallen für einen Gefallen: Ich habe ein Auge auf dich und deine Liebsten und im Gegenzug wirst du mir bei dieser Kleinigkeit helfen.«

Als er den Stoff aufschlug und den enthaltenen Gegenstand enthüllte, schnappte ich nach Luft. *Das Schwert der Schande* ... das Artefakt, das ich schon in den Händen gehalten hatte und das dennoch an den Feind gegangen war. Ratlos blickte ich zu Narius auf. »Und jetzt? Ich fürchte, ich verstehe nicht, wie ich dir behilflich –«

»Keine Sorge, es ist wirklich ganz einfach«, fiel mir der Meeresgott ins Wort, »du musst es nur kurz berühren.«

Überrascht zog ich meine Augenbrauen zusammen und schielte kurz zu Nala hinüber, doch deren Gesicht war so ausdruckslos wie eine weiße Leinwand. Ehe ich etwas erwidern konnte, spürte ich Narius' eisige Finger an meinem Handgelenk. Ohne um Erlaubnis zu fragen, zerrte er es zu der Schwertklinge hin und presste meine Handfläche darauf. Das Metall fühlte sich beinahe so kalt an wie seine Klauen, doch entgegen meiner Befürchtungen verspürte ich keinerlei Schmerz. Um genau zu sein, fühlte ich überhaupt nichts, nicht einmal ein leichtes Kribbeln oder Prickeln. Die einzige Veränderung bestand darin, dass mit einem Mal goldene Schriftzeichen auf der Klinge auftauchten, die aussahen, als hätte sie jemand darauf graviert.

Hilfesuchend blickte ich zu Nala hinüber. Sie seufzte leise, entschied sich dann aber doch dazu, mich aufzuklären: »Wie du weißt, akzeptiert das Artefakt nur diejenigen, die der Aufforderung des Kristalls nachgekommen sind und ihre schlimmste Schandtat niedergeschrieben haben. Diese Bedingung erfülle ich zwar auch, aber wie du bereits herausgefunden hast, habe ich sehr wohl die Absicht, diese Waffe gegen meinesgleichen zu richten. Diese Aussage ist nicht wörtlich zu nehmen: Die Tatsache, dass ich von Anfang an vorhatte sie der gegnerischen Seite zu überlassen, verstößt genauso gegen die Regel, als wenn ich die Klinge auf dich oder Neo gerichtet hätte.«

Ihre Erklärung ließ mich aufhorchen. »Also ... also ist die Prüfung noch gar nicht abgeschlossen?« Als ich in Narius' Augen schaute, die mich lauernd beobachteten, ging mir plötzlich ein Licht auf. Die Erkenntnis darüber, welchen Gefallen der Meeresgott von mir einforderte und wie schwerwiegend die Konsequenzen meines Handels wären, drückte wie ein Steinkoloss auf meinen Magen. »Nala kann den zweiten Teil der Prüfung nicht bestehen, weil sie ihresgleichen verraten hat, und du erfüllst die erste Bedingung nicht, weil du deine Schandtaten nicht niedergeschrieben und gestanden hast. Somit ist keiner von euch beiden in der Lage, den Schutzzauber das Artefakts zu lüften. Und das bedeutet, dass du das Artefakt nicht auf dich prägen kannst, es sei denn –«

Narius' Mundwinkel zuckten. »Nicht ganz, kleine Bell. Du hast den Schutzzauber bereits gelüftet, als du das Schwert aus dem Kristall gezogen hast. Die Prüfung galt in diesem Moment als bestanden. Und natürlich habe ich das Artefakt schon längst auf mich geprägt. Aber du liegst richtig mit deiner Vermutung, dass das Artefakt weder Nala noch mich als angemessenen Besitzer akzeptiert. Darum will es uns auch nicht das letzte Geheimnis verraten, das in seinem Inneren schlummert – dir hingegen schon. Du musst nur die blanke Klinge berühren, damit der Hinweis erscheint.«

Meine Augen fuhren über die goldenen Schriftzeichen. Ich brauchte nicht lang, um zu verstehen, was ich dort sah.

»Könnt … könnt ihr die Schriftzeichen auch erkennen?«, fragte ich angespannt. Vielleicht könnte ich sie auf eine falsche Fährte bringen, indem ich ihnen einfach andere Wörter vorlas als die, die auf der Klinge –

»Ja, das können wir, solange du sie berührst«, erwiderte Narius und ließ meine Hoffnung damit zerspringen. »Nala ist eine Leserin wie du und ich als Gott bin sowieso in der Lage, die Schrift zu entziffern. Aber selbst wenn dem nicht so wäre, hättest du uns doch sicherlich wahrheitsgemäß vorgelesen, was dort geschrieben steht, oder? Schließlich arbeiten wir doch für dieselbe Sache, nicht wahr, Bell?«

Ich schluckte trocken. Zwar würde ich dem Gott niemals darin zustimmen, dass wir für dieselbe Sache kämpften, aber ich wusste, worauf er eigentlich hinauswollte. Wir hatten einen Handel: die Sicherheit meiner Freunde und Familie für meine Beihilfe zur Erfüllung der Prophezeiung. Oder um es auf den Punkt zu bringen: das Leben meiner Liebsten für den Verrat an meinem Liebsten.

»Dort, wo ich verborgen liege, sagen sich Möwe und Krabbe Gute Nacht. Ich zeige dir die Himmelsrichtungen, doch aus meinem Versteck heraus kann ich keinen Himmel sehen. In mir brodelt es, nach jedem Bergauf kommt auch ein Bergab. Du musst mutig genug sein dem Weg deines Herzens zu folgen, nicht dem deines Verstandes. Kannst du mich finden?«, las ich leise und mit bebender Stimme vor. Kaum war ich verstummt, breitete sich eine unangenehme Stille aus. Mein Blick huschte nervös zwischen Nala, Narius und der unbekannten Gestalt, die noch immer an der Seite des Meeresgottes stand, umher. Nervös rutschte ich auf meinem Stuhl herum und rieb meine schwitzigen Handflächen aneinander. Ob Neo gesehen hatte, *wohin* ich entführt worden war? Wusste er, wo sich Narius' Palast befand und würde hier nach mir suchen? Ich hatte keine Antworten auf meine Fragen, aber je länger ich darüber nachdachte, desto größer wurde der Wunsch, zumindest die letzte mit Nein beantworten zu können. Am besten wäre es, wenn Neo seine Reise einfach ohne mich fortsetzte und versuchte das dritte Artefakt zu finden – wie auch immer er das anstellen sollte. Schließlich befand sich der einzige Hinweis auf dessen Verbleib in den Klauen des Feindes.

Erneut blickte ich in Narius' pechschwarze Augen, die mich nachdenklich beobachteten. Vor Anspannung gelang es mir kaum zu atmen. Nein, Neo durfte unter gar keinen Umständen hier auftauchen – eine Konfrontation mit diesem Monster könnte ihn den Kopf kosten. Und selbst wenn Narius ihn am Leben ließe, war ich mir sicher, dass er entweder Nala oder mir die Kehle durchschneiden würde, nur um Neo zu brechen. Je weiter er sich von alldem fernhielt, desto besser.

»In Ordnung, hat schon jemand eine Idee?« Die ruhige Stimme des Meeresgottes riss mich aus meinen Gedanken.

Die Verwirrung musste mir ins Gesicht geschrieben stehen, denn Narius schnaubte verächtlich und schüttelte seinen breiten Kopf.

»Schau nicht so, Bell. Es ist doch ganz logisch, dass du mir als meine neue Verbündete dabei helfen wirst, das Artefakt zu finden. Also los, streng dein kleines Köpfchen an und unterbreite mir einen Vorschlag, wo ich zuerst suchen soll.«

Ich blickte zu Nala, doch die sah nicht einmal zu mir. Sie hatte ihre Lippen fest aufeinandergepresst und starrte die Klinge des Schwertes so böse an, als würde sie es einschüchtern wollen, damit es ihr verriet, wo sich das letzte Artefakt versteckte. Schließlich stieß sie ein langes Seufzen aus und blickte zum Meeresgott auf. »Ich denke, wir sollten Schritt für Schritt vorgehen. *Dort, wo ich verborgen liege, sagen sich Möwe und Krabbe Gute Nacht …* Ich weiß nicht, ob es zu weit hergeholt ist, aber diese Formulierung erinnert mich an ein Sprichwort, das wir auf dem Festland verwenden.«

Hellhörig geworden wandte Narius' sein Gesicht in Nalas Richtung, wobei sich die flossenartigen Fortsätze an seinem Kopf aufstellten. Ob er seine Ohren spitzte, wie es eigentlich nur Tieren möglich war?

»Fahre fort, Nala – an welches Sprichwort denkst du?«

»Nun, ich denke an die Redensart: *Da, wo sich Fuchs und Hase Gute Nacht sagen*. Wir verwenden diesen Ausdruck, wenn wir etwas beschreiben wollen, das weit abgelegen liegt. Stadtbewohner sagen dies zum Beispiel oft über kleine abgeschiedene Dörfer. Die Siedlung, aus der –« Ihre Stimme versagte. Während Nala sich räusperte, huschte ein schmerzlicher Ausdruck über ihr Gesicht. »Die Siedlung, aus der Neo stammt, würde auch unter diese Redensart fallen, weil sie so weit von der Hauptstadt entfernt ist und es keine Zivilisation in der Nähe gibt, nur Felder, Wiesen und Wälder.«

Nalas Theorie klang schlüssig, doch warum hatte das Rätsel die Redewendung abgewandelt? War damit vielleicht gemeint, dass –

»Woran denkst du, Bell?«, durchschnitt Narius' kalte Stimme meinen Gedanken.

»Ach, ähm … nichts.«

Die Miene des Gottes wurde finster wie die Nacht. Ehe ich überhaupt begriff, was er vorhatte, sprang er auf und packte das Schwert. Dann spürte ich bereits die Spitze der Klinge an meiner Kehle.

»Wenn du mir nicht verrätst, was in deinem Kopf vorgeht, muss ich ihn eben aufspalten und selbst nachsehen!«

»Narius, nein!« Nalas Ruf ließ mich aufschauen. Aus dem Augenwinkel sah ich, dass sie ebenfalls aufgesprungen war, doch sie schien sich nicht zu trauen näher an den Meeresgott heranzutreten.

»So viel also zu unserem Bündnis«, murmelte ich kleinlaut, woraufhin die Klinge fester gegen meinen Kehlkopf gedrückt wurde.

»Den Vorwurf kann ich auch dir machen, Bell. Also sag mir, was du denkst, oder ich –«

»Wenn du sie tötest, wird dich das auch nicht weiterbringen.«

Überrascht blickten sowohl der Gott als auch ich zu Nala hinüber. Wieso ergriff sie plötzlich doch das Wort für mich?

»Bell, sag es ihm einfach! Du willst doch, dass er deine Liebsten beschützt, oder? Dann darfst du keine Geheimnisse vor uns hüten.«

»Wie soll ich auf sein Versprechen vertrauen, während er mir eine Klinge an die Kehle drückt?«, erwiderte ich, doch kaum hatte ich ausgesprochen, schüttelte Nala warnend den Kopf.

»Sag es, Bell, nur so können wir wissen, ob du wirklich auf unserer Seite stehst. Narius hat dir bereits einen Vertrauensvorschuss gegeben, indem er dich am Leben ließ, nachdem wir dich entführt hatten. Jetzt bist du an der Reihe.«

Ich schluckte trocken, wobei mein Kehlkopf noch fester gegen die Klinge gepresst wurde. Es missfiel mir, doch Nala hatte recht. Wenn ich mich weiterhin unbeliebt machte, würde ich entweder sterben oder Narius' Vertrauen komplett verspielen. Dabei musste ich mich doch bei ihm einschmeicheln und vorgeben seine Verbündete zu sein, um eine Chance zu bekommen, ihn zu überlisten. »Ich … ich habe darüber nachgedacht, wieso man die Redewendung nicht einfach übernommen hat. Vielleicht ist mit *Möwen und Krabben* ein Bezug zum Meer gemeint? Also, ein abgeschiedener Ort im Ozean?«

Nala schürzte nachdenklich die Lippen. »Das ist gar nicht mal so abwegig …«

Als Narius seine Klinge von meinem Hals nahm, atmete ich erleichtert auf und sank kraftlos in meinem Stuhl zusammen. »Nala«, hörte ich ihn knurren, »versuche ja nicht dich blöd zu stellen, um Bell zu retten. Wir wissen beide, dass ihr Vorschlag hirnrissig ist. Der Großteil des Ozeans liegt abgeschieden, dieser Hinweis ist nichtssagend! Wenn ich merke, dass du dich Bell gegenüber mehr verpflichtet siehst als mir, bist du die Nächste, die diese Klinge an ihrem Hals spüren wird. Hast du das verstanden?«

Nala nickte eilig.

In mir stieg unterdessen ein schlechtes Gewissen auf, obwohl ich mir eigentlich sicher war Nala nach all den Lügen rein gar nichts zu schulden. Dennoch wollte ich nicht, dass sie in Schwierigkeiten geriet oder verletzt wurde – schon gar nicht, wenn der Grund dafür der war, dass sie mich beschützen wollte.

»Vielleicht ... ist damit ja auch eine einsame Insel gemeint?«, sprach ich meine wahre Vermutung aus und bereute es gleich im nächsten Moment, in dem mein Blick auf die vor Gier geweiteten Augen des Meeresgottes fiel.

»Das muss es sein«, stieß er aus und legte das Schwert auf die Tafel zurück, »das ist genial, Bell! Wer weiß, vielleicht habe ich durch dich ja doch mehr Nutzen als durch Nala.«

Sein Lob gefiel mir ungefähr so sehr wie eine Lungenentzündung. Angewidert von ihm, von Nala und von mir selbst verzog ich mein Gesicht.

»Wie dem auch sei, widmen wir uns dem nächsten Satz: *Ich zeige dir die Himmelsrichtungen, doch aus meinem Versteck heraus kann ich keinen Himmel sehen.*« Nachdenklich neigte Narius seinen Kopf zur Seite. »Die Himmelsrichtungen beziehen sich auf meinen alten Kompass, den meine Geschwister damals in ein Artefakt verzaubert haben – *den Kompass des Mutes.* Dass er keinen Himmel sieht, kann erst einmal alles bedeuten. Vielleicht ist er vergraben? Oder er befindet sich unter dem Meeresspiegel?«

»Gute Idee«, stimmte Nala zu, »die Annahme mit dem Meeresspiegel würde auch gut mit der einsamen Insel und der Tatsache, dass dieser Kompass im Besitz des Meeresgottes war, zusammenpassen!«

Nala klang geradezu euphorisch, doch ich fühlte mich zunehmend erschöpfter. So wie es aussah, kamen wir der Lösung des Rätsels immer näher, aber ich bezweifelte, dass dies etwas Positives war. Wenn Narius auch das dritte Artefakt auf sich prägen würde, wäre unsere Chance auf den Sieg nur noch ein blasser Schimmer ... wenn überhaupt. Mir wurde ganz schwindelig bei der Vorstellung davon, dass es bald zum finalen Kampf kommen würde, der über das Schicksal unserer Welt bestimmen würde. Narius hatte recht: Wir würden die Götter nicht mehr aufhalten können. Mir blieb nichts anderes übrig, als die Haut meiner Liebsten und mich selbst in Sicherheit zu bringen, ehe es zu spät war. Koste es, was es wolle … oder? Wie hoch durfte der Preis unserer Freiheit sein?

»Jetzt ist Bell wieder dran«, verkündete der Meeresgott und legte seine kalten Finger auf meine Schulter. »Was denkst du, was mit dem nächsten Satz gemeint ist?«

»In mir brodelt es, nach jedem Bergauf kommt auch ein Bergab«, las ich die Zeile erneut vor, die ich am wenigsten verstand. Unsicher blickte ich in das Gesicht des Meeresgottes. »Ich weiß nicht … ich habe wirklich keine Ahnung.«

»Lass dir etwas einfallen, Bell. Nutzlose Schergen habe ich bereits genug. Wenn du dich nicht als hilfreich erweist, werden sich unsere Wege wohl oder übel trennen müssen.«

»Ich … ich weiß es wirklich nicht!«, rief ich verzweifelt und sah hilfesuchend zu Nala, doch deren Mimik war unergründlich. »*Nach jedem Bergauf kommt auch ein Bergab* könnte bedeuten, dass nach jedem anstrengenden Aufstieg wieder einfachere Wegstrecken kommen, aber ich habe keine Ahnung, inwiefern uns das helfen sollte …«

»Vielleicht stehen *Bergauf und Bergab* auch einfach nur für den Berg an sich«, erklang die helle Stimme der unbekannten Person, die ihr Gesicht noch immer unter der Kapuze verbarg. Ich zuckte so heftig zusammen, dass ich mir den Hals verrenkte. Es war das erste Mal, dass ich sie sprechen hörte – und dennoch kam es mir so vor, als würde ich die Stimme bereits mein Leben lang kennen. Misstrauisch blickte ich zu der verhüllten Gestalt, während ich mir meinen schmerzenden Nacken rieb. »Wer bist du?«

Narius neigte verblüfft den Kopf. »Ihr kennt euch?«

»Ich weiß nicht …«, murmelte ich in Gedanken versunken, während ich fieberhaft versuchte mich daran zu erinnern, woher ich den Klang der Frauenstimme kennen könnte.

»Welch ein Jammer«, sagte diese und ließ mein Herz erstarren, »dabei standen wir einander einst sehr nahe, kleine Bell.«

Sofort griff ich mir an die linke Brust, in der ich plötzlich ein Stechen spürte, als hätte jemand einen Dolch hineingestoßen. Meine Stimme war verschwunden. Ich konnte nur noch den Kopf schütteln, immer und immer wieder. Doch auch das änderte nichts an der Tatsache, dass ich das Gesicht sofort erkannte, als die Frau ihre Kapuze lüftete.

Auf der Suche nach Halt krallte ich mich mit meinen schwitzigen Fingern an der Tischplatte fest, doch es half nichts. Ich rutschte wortwörtlich vom Stuhl und kauerte mich daneben zusammen. Das konnte nicht wahr sein – es durfte einfach nicht sein!

»Überrascht mich hier zu sehen, kleine Bell?«

Ein ersticktes »Bei den Göttern« war alles, was mir über die Lippen glitt.

»Ganz genau, Bell. Bei den Göttern. Ohne Narius wäre ich den Wellen zum Opfer gefallen, doch durch seine Großzügigkeit bin ich eins mit ihnen geworden. Freust du dich denn gar nicht deine alte Freundin wiederzusehen?«

Hitze durchströmte mich, gleichwohl mein Herz zu Eis gefror. Meine Gedanken schrien mich an, doch ich blieb stumm. Instinktiv schüttelte ich den Kopf.

Ein zorniger Ausdruck trat in die grauen Augen der älteren Frau. »Das gehört sich aber nicht, Kindchen.«

»Bell, wer ist das?«, hörte ich Nalas neugierige Stimme, doch ich war unfähig, auch nur irgendetwas anderes zu tun, als die Frau anzustarren, die hämisch auf mich hinabgrinste.

»Woher kennst du Bell?«, wandte sich Nala an meinen wahr gewordenen Albtraum, der mir daraufhin zuzwinkerte. »Ich war einst eine Händlerin ihrer Heimat. Mein Name ist Limea.«

# Kapitel 13

»Limea!«, schluchzte ich verzweifelt, »Limea, was ist nur mit dir geschehen? Was machst du hier? Arbeitest du etwa für *ihn*?!«

Meine langjährige Bekannte schnaubte verächtlich. »Früher hast du mir besser zugehört, Bell. Wie ich bereits sagte: Ohne Narius wäre ich den Wellen des Meeres zum Opfer gefallen, doch durch seine Großzügigkeit bin ich eins mit ihnen geworden.«

»Eins mit den Wellen?« Meine Stimme klang so schrill, dass ich sie gar nicht als meine eigene identifizierte. Wie viele Katastrophen wollte mir das Schicksal denn noch vor die Füße werfen? Erst Nalas Verrat, dann die Entführung … und jetzt auch noch das. So langsam ging mir die Kraft aus.

»Sie ist eine Untote, Bell«, klärte mich Nala auf, doch ich schüttelte so vehement den Kopf, als könnte ich ihre Worte dadurch unwahr machen. »Nein … nein, das kann nicht sein!«

Wie aufs Stichwort legte Limea ihren Kopf in den Nacken, immer weiter und weiter, bis es aussah, als hätte er sich abgelöst. Als sie ihn wieder aufrichtete, blickte ich in die hässliche Fratze einer Untoten. Ich musste mich am Sitz des Stuhles festkrallen, um nicht in Ohnmacht zu fallen. Ihr Antlitz erinnerte mich stark an den Kerl, der damals versucht hatte mich zu entführen. Doch mit dem Wissen, dass es sich bei dieser scheußlichen Kreatur um meine ehemalige Freundin Limea handelte, wirkte der Anblick tausendmal schrecklicher. Gebannt starrte ich in die schneeweißen, schmalen Augen und auf das riesige Maul, in dem spitze Fangzähne aufblitzten. Stumm kauerte ich mich zusammen und zog meine Knie fest an meinen Körper. Ich konnte das alles nicht länger ertragen. Ich gab auf.

»Warum weinst du, Bell?«, hörte ich die kratzige Stimme der Untoten-Limea. »Freust du dich denn gar nicht, dass ich am Leben bin? Ich wäre beinahe ertrunken!«

»Du bist nicht am Leben«, wimmerte ich und kniff die Augen zu, doch das Bild der scheußlichen Fratze blieb. »Limea ist ertrunken, sie ist tot. Du bist nur ein Monster, das sich ihrer sterblichen Hülle bereichert.«

»Wie kannst du es wagen, so mit mir zu sprechen?«

»Das reicht jetzt«, fuhr Narius dazwischen. Keinen Augenblick später spürte ich, wie mich jemand aufhob und wieder auf meinen Stuhl setzte. Den kalten Klauen nach zu urteilen, war dieser Jemand der Meeresgott höchstpersönlich. »Öffne die Augen, Bell, und hör auf so jämmerlich zu heulen.«

Ich presste meine bebenden Lippen fest zusammen, während ich langsam die Augen aufschlug, um Narius' Befehl nachzukommen. Angewidert beobachtete ich, wie Limea abermals den Kopf nach hinten legte. Als sie sich wieder aufrichtete, sah sie aus wie früher. Die Erinnerungen brachen mit einer solchen Wucht über mich herein, dass ich erneut drohte vom Stuhl zu fallen. Sie war meine Freundin gewesen. Die Frau, die uns nächtelang von ihren Abenteuern und der weiten Welt erzählt hatte. Und nun war sie eines ihrer Märchenkreaturen: ein Monster.

»*Du musst mutig genug sein dem Weg deines Herzens zu folgen, nicht dem deines Verstandes*. Was glaubt ihr, was mit diesem letzten Teil des Rätsels gemeint ist?«, fragte Nala in die Runde, als hätte der Zwischenfall nie stattgefunden.

Doch im Gegensatz zu ihr hatte ich noch lang nicht damit abgeschlossen. »Ausgerechnet du, Limea. Wie lange arbeitest du schon für Narius? Weißt du eigentlich, was er vorhat?«

Limea stieß ein krächzendes Lachen aus. »Ach, Bell, du scheinst noch immer so naiv zu sein, wie ich dich in Erinnerung hatte. Dein Gutmenschen-Getue ging mir schon damals auf den Geist, wusstest du das?«

Ich verzog das Gesicht. Meinte sie das ernst? Die Händlerin und ich waren in all den Jahren nicht ein einziges Mal aneinandergeraten. Wieso sagte sie plötzlich so gemeine Dinge zu mir?

»Bell.« Nala musste nur meinen Namen sagen, um meine Aufmerksamkeit auf sich zu lenken. »Nimm es nicht persönlich. Menschen, die in Untote verwandelt werden, verlieren nicht nur ihre Menschlichkeit, sondern auch große Teile ihrer Persönlichkeit und ihrer Erinnerungen. Nur weil sie jetzt so abwertend über dich spricht, heißt das nicht, dass sie zu Lebzeiten –«

»Wieso erzählst du ihr das? Das spielt doch nun wirklich keine Rolle.« Narius' Stimme glich dem Knurren eines Wolfes. »Es ist ja schön und gut, dass ihr drei euch so viel zu erzählen habt, aber ich habe für dieses Geplänkel weder Zeit noch die nötige Geduld. Entweder ihr helft mir dabei, das Rätsel zu lösen, oder ich werde euch nacheinander an die Haie verfüttern.«

Verzweifelt kaute ich auf meiner Unterlippe. Wo war ich da nur hineingeraten? Mein Leben war so normal gewesen, so unaufgeregt und wundervoll eintönig. Und jetzt saß ich im Unterwasserpalast des Gottes, der unsere Welt zerstören wollte. Am Tisch mit zwei ehemaligen Freundinnen, von denen eine zur Verräterin geworden war und die andere zu einem Monster. Erneut zog ich an meinen Haarsträhnen, doch der Schmerz an meiner Kopfhaut war real. Ich träumte nicht, ich bildete mir dieses Schauermärchen nicht ein. Wie hatte mein Leben nur so eine Kehrtwende nehmen können?

»Wir sollen nicht dem Weg unseres Verstandes folgen, sondern dem unseres Herzens«, hörte ich Nala lautstark überlegen. »Vielleicht sollten wir aufhören die Hinweise bis ins kleinste Detail zu analysieren und stattdessen darauf achten, was uns unser Bauchgefühl sagt?«

»Und was sagt dir dein Bauchgefühl?« Narius klang zunehmend ungeduldiger. Das monotone Geräusch seiner Fingerkuppen, die auf den Schwertgriff hämmerten, nervte mich, doch ich wagte es nicht, den Meeresgott darauf anzusprechen.

»Lasst es uns noch mal durchgehen«, schlug Limea vor, wofür sie einen vernichtenden Blick meinerseits erntete.

Niemals hätte ich gedacht, dass die sonst so freundliche und hilfsbereite Frau zu einer Komplizin des Feindes werden würde.

»Wir wissen, dass der Kompass vermutlich auf einer Insel versteckt liegt und er unter irgendetwas begraben ist, sei es vom Meer, von Sand oder sonst einem Gegenstand. Außerdem scheint ein Berg eine Rolle zu spielen ...«

Narius schnaufte verächtlich. »Das schränkt die möglichen Verstecke natürlich ungemein ein«, spottete er und griff nach dem Schwert, »weißt du eigentlich, wie viele Inseln mit Bergen im Ozean liegen?«

»*In mir brodelt es* ... Könnte das unsere Suche eingrenzen?«, hörte ich Nala fragen. »Vielleicht ist damit eine Region gemeint, in der es häufiger zu Erdbeben kommt?«

Nachdenklich starrte ich auf die weiße Tischplatte vor meiner Nase. Nalas Idee war nicht schlecht, aber irgendetwas passte noch nicht. *In mir brodelt es ... Bergauf, Bergab* ... Wie könnten diese Dinge zusammenhängen? Ein brodelnder Berg ... ein ... ein Vulkan!

Ich fuhr so erschrocken hoch, dass sich alle Blicke auf mich richteten. Sofort schoss mir Hitze in die Wangen. Verdammt, ich hatte die Lösung gefunden! Es ging um einen Vulkan – der Kompass konnte den Himmel nicht »sehen«, weil er in einem Vulkan eingeschlossen war! Aber wie sollten wir ihn da wieder rausholen?

»Was ist los, Bell? Sag mir, woran du gerade gedacht hast!«, forderte Narius, doch meine Lippen blieben fest verschlossen. Als sich unsere Blicke trafen, schenkte er mir ein ungewohnt freundliches Lächeln. Glaubte er etwa mich dadurch manipulieren zu können?

»Ich weiß, dass es dir immer noch schwerfällt, meine Version der Geschichte zu glauben. Es ist klug von dir, einem Gott nicht blind zu vertrauen. Doch ich verspreche dir, dass ich dir die Wahrheit erzählt habe. Genauso wie ich dir verspreche dich und deine Familie zu beschützen. Denk daran, Bell: Es liegt ganz an dir, ob ich Neo töten muss oder nicht. Ob meine Geschwister über deine Heimat herfallen und deine Familie ermorden, einen nach dem anderen. Zwar bist du nur eine Leserin und augenscheinlich nie dazu bestimmt gewesen, über das Schicksal unserer Welt zu entscheiden, aber nun liegt sie in deinen Händen. Nur du allein kannst diese Entscheidung fällen. Möchtest du Krieg? Oder möchtest du Sicherheit?«

Ich schluckte trocken. Sollte ich Narius von meiner Erkenntnis erzählen oder sollte ich ihn anlügen? Würde das überhaupt etwas ändern?

»Bitte sag es ihm, Bell.« Nalas Bitte war nur ein leises Flüstern.

Als ich zu ihr sah, wirkte ihre Miene traurig, doch ich war mir unsicher, ob ich dem Anschein trauen durfte.

»Ich weiß, dass es dir wie das größte Verbrechen an der Menschheit vorkommt, aber so grausam es auch klingt: In dieser Welt muss jeder selbst sehen, wie er über die Runden kommt. Wenn dir wirklich etwas daran liegt, dass Neo diesen sinnlosen Wettkampf überlebt, dann musst du uns jetzt dabei helfen, ihm zuvorzukommen. Der Zirkel hat ihn über die Jahre so manipuliert, dass er niemals auf die Idee kommen würde, Narius' Erzählung überhaupt Gehör zu schenken. Neo ist dabei, in sein eigenes Verderben zu rennen. Wir werden die Götter nicht aufhalten können, Narius und seine Geschwister werden gewinnen. Es spielt keine Rolle, ob du es ihm *jetzt* sagst und dabei einen Vorteil für dich rausschlägst oder ob er selbst herausfindet – denn das wird er früher oder später sowieso tun. Aber dann wird es kein Erbarmen für dich und deine Familie geben. Und auch nicht für Neo. Ich flehe dich an, Bell – bitte tu es für ihn.«

Das Brennen in meinen Augen wurde unerträglich. Nalas Worte lösten eine Flut an Gefühlen in mir aus, doch es fiel mir schwer, sie zu benennen. Ich kam mir vor wie eine Verräterin. Noch nie in meinem Leben hatte ich mich so verloren gefühlt. Augenscheinlich gab es keine Alternative, keinen Fluchtweg aus meiner Misere. Ich würde als Verräterin enden – entweder weil ich meine eigenen Werte oder die meiner Familie verriet. Mutters, Phils, Marys, Minos und Großmutters Gesichter blitzten von meinem inneren Auge auf. Plötzlich musste ich daran zurückdenken, wie ich meine Nachmittage mit Lea und Flynn am Strand verbracht hatte. Wie glücklich wir gewesen waren, wie sorgenfrei und unbekümmert. Mein Leben war so unbeschwert und behütet gewesen. War dies der Preis, den ich nachträglich dafür zahlen musste? Meine Freunde und Familie bedeuteten mir alles. Ich hatte mich überhaupt nur auf diese Reise eingelassen, um Phil davor zu bewahren, seine Liebsten verlassen zu müssen. Aber dann war alles anders gekommen. Alles hatte sich verändert, nichts war mehr so, wie es einst gewesen war. Und nun hatte ausgerechnet ich die Qual, mich zwischen zwei Optionen zu entscheiden, die eigentlich keine waren. Was Neo wohl tun würde, wenn er an meiner Stelle hier säße? *Neo* ... allein an seinen Namen zu denken ließ mein Herz schwer werden. Ob ich ihn jemals wiedersehen durfte? Er fehlte mir so schrecklich! Wie gern würde ich mich jetzt einfach in seinen Armen verstecken und meine Augen vor der Welt verschließen ... Bestimmt würde er wissen, was zu tun wäre. Doch der Halbgott war nicht hier und so musste ich wohl oder übel selbst eine Entscheidung treffen.

»Ich denke, dass es sich bei dem Rätsel um einen Vulkan handelt.« Die Worte brannten wie Säure auf meiner Zunge. Während Narius aufsprang, sah ich, wie Nala die Kinnlade aufklappte.

»Das ist es«, hauchte sie staunend, »der Kompass liegt auf einer Vulkaninsel versteckt!«

»Die Karte, Limea«, sagte Narius und winkte mit seiner Hand, woraufhin Limea eine Karte aus ihrem Umhang zog und auf dem Tisch ausbreitete. Als mein Blick auf das brüchige Papier fiel, sackte ich noch mehr in mir zusammen. Ich fühlte mich in der Zeit zurückversetzt, musste daran denken, wie mir Neo in seiner Kammer erklärt hatte, wie ich mich in solch einer Karte zurechtfinden würde. Ich konnte beinahe spüren, wie seine Finger nach meiner Hand griffen, um sie sanft über die Zeichnung wandern zu lassen. Sein warmer Atem strich über meinen Nacken und jagte einen angenehmen Schauer über meinen Rücken. Während sich Nala und Narius aufgeregt unterhielten und auf die Karte blickten, verblasste die Erinnerung an unsere erste gemeinsame Nacht. Kraftlos stützte ich mein Kinn auf meine Hände und beobachtete, wie die anderen die Karte studierten, während mein Innerstes in tausend Scherben zerfiel.

»Wie fühlt sich das an, Bell?«, zischte mir Limea ins Ohr, doch ich war so verzweifelt, dass ich mich nicht einmal mehr davor fürchtete, sie so dicht an meinem Körper zu wissen.

»Merkst du jetzt, wie realitätsfern du auf deiner einsamen Insel gelebt hast? Du hast dich immer als Gutmensch ausgegeben und mir vor wenigen

Minuten sogar noch vorgehalten, dass ich mich dem Feind angeschlossen habe – und jetzt sieh *dich* an, kleine Bell. Du hast dich seinem Willen genauso unterworfen, wie ich es einst getan habe. Du denkst, dass deine Taten dadurch gerechtfertigt werden, dass du deine Familie beschützen willst. Dabei ist das alles nur vorgeschoben. Du machst das nicht für sie, sondern für dich. Weil du nicht ohne sie und die Sicherheit, die sie dir geben, leben kannst. Weil du keine Verantwortung übernehmen willst und schon immer den leichtesten Weg vorgezogen hast. Dreh und wende es, so oft du willst; rede dir ruhig ein, dass du etwas Besseres wärst. Aber die Wahrheit ist, dass du *kein bisschen* besser bist als wir. Willst du, dass ich es dir beweise?«

Mein Körper war wie erstarrt. Limea nahm das zum Anlass, um weiterzureden. »Du hast Nala vorgeworfen eine feige Verräterin zu sein, dabei hat sie aus denselben Motiven heraus die gleichen Entscheidungen getroffen wie du. Narius versucht nur seine Haut und die seiner Geschwister zu retten, aber ihn macht dieses Verlangen zum Bösewicht … Und bei dir ist es anscheinend in Ordnung. Ich gehorche ihm, weil ich den Tod fürchte – genauso wie du. Dennoch denkst du, du wärst etwas Besseres als ich. Aber eins kannst du mir glauben, Bell: Du bist genauso kümmerlich wie wir. Und dass ich Zeugin davon sein darf, wie du dich und deine Familie zu Grunde richtest, macht mich unheimlich glücklich.«

Langsam wandte ich ihr mein Gesicht zu und starrte in ihr hämisches Grinsen. Ich wünschte, ich hätte ihr etwas anderes als Reaktion an den Kopf verwerfen können, doch meine nächsten Worte waren die einzigen, die nicht gelogen waren: »Ich leugne es nicht. Du hast recht, Limea.«

Augenblicklich verschwand das Grinsen von ihren Lippen. »Du gibst es zu?«

Nickend blickte ich wieder auf die Tischplatte hinab. Mein Körper fühlte sich leer und hohl an. Würde ich nicht den dumpfen Klang meines Herzens vernehmen, hätte ich mir eingebildet, es irgendwo zwischen all den Lügen und dem Schmerz verloren zu haben.

»Limea, das reicht!«, donnerte Narius' Stimme über uns hinweg. »Komm wieder her und hör auf Bell ein schlechtes Gewissen einzureden. Sie tut das einzig Richtige!«

*Nein, das tue ich garantiert nicht,* schoss es mir durch den Kopf, doch so sehr ich mir auch eine Lösung für mein Problem wünschte, ich konnte keine finden. Aus leeren Augen verfolgte ich, wie sich Limea abwandte und einige Schritte hinter Narius stellte.

»Lass dich nicht verunsichern, Bell. Wie Nala schon sagte, sind die Untoten mitunter ziemlich … speziell.« Narius' Stimme klang süß wie Honig, doch seine Worte hatten keine Bedeutung für mich. Als er einsah, dass er keine Antwort von mir zu erwarten hatte, wandte er sich wieder der Karte zu. Während ich halbherzig zuhörte, wie er und Nala über die Insel des Ozeans sprachen und überlegten, wo es Vulkane gab, fiel mein Blick ebenfalls auf das alte Papier. Stirnrunzelnd legte ich den Kopf schief. War dieses kleine Fleckchen Erde dort hinten *meine* Insel? Sofort begann mein Herz schneller zu schlagen. Ich erinnerte mich an die Koordinaten, von denen mir Neo erzählt hatte, als er mir meine Heimat auf der Karte in seiner Kammer hatte zeigen wollen. Tatsächlich – ich hatte mein Zuhause gefunden!

Entgegen aller Logik spürte ich, wie sich meine Lippen zu einem zarten Lächeln formten. Heimweh und Wehmut, Sehnsucht und Trauer vermischten sich in meinem Herzen und sandten erneut Tränen in meine Augen. Verträumt blickte ich auf die eingezeichnete Insel und schwelgte in Erinnerungen – bis sich plötzlich Narius' blauer Zeigefinger darauflegte. Erschrocken blickte ich zu ihm auf.

»Auf dieser Insel befindet sich meines Wissens nach ein besonders mächtiger Vulkan, der seit vielen Tausend Jahren nicht mehr ausgebrochen ist. Bietet sich an für ein Versteck, oder?«

Mein Herz geriet ins Stolpern. Nein … *nein!* Das konnte nicht wahr sein, dieser widerliche Tyrann durfte keinesfalls in die Nähe meiner Familie kommen. Panisch sah ich mich um – und traf ausgerechnet auf den Blick von Nala. Sie schaute mich groß an, ihre Lippen waren leicht geöffnet. Der Ausdruck auf ihrem Gesicht wirkte zunächst erstaunt, doch je länger wir einander ansahen, desto mitleidiger wurde er. Sie *wusste,* dass es hierbei um meine Heimat ging. Flehend schüttelte ich den Kopf. *Bitte sag es ihm nicht!,* riefen ihr meine Gedanken stumm zu. *Bitte lenk ihn ab!*

»Ah, diese Insel habe ich früher oft besucht«, hörte ich Limeas schmeichelnde Stimme. »Ich war als Händlerin zwischen den Inselbewohnern und dem Festland tätig. Auf dieser Insel gab es reichlich Muscheln, die so wunderschön glänzten, dass ich einen stattlichen Preis dafür auf dem Festland einfordern konnte. Nervig waren nur die vielen Möwen, die wie eine dichte Gewitterwolke über der Insel schwebten, und die lästigen Krabben, die sich stets in meinen Fischernetzen verfingen. Obwohl ich bereits viel rumgekommen bin, kenne ich keine Insel, auf der sich so viele Möwen und Krabben tummeln wie auf dieser.«

Nala presste ihre Lippen fest zusammen. Langsam schüttelte sie den Kopf und wandte ihren Blick gen Boden. Ihre Wangen schimmerten rötlich, als würde sie sich dafür schämen, mich im Stich zu lassen. Doch die Panik in mir nahm so viel Raum ein, dass kein Platz mehr für die Wut blieb, die ich ihretwegen empfinden sollte.

Der Kloß in meinem Hals wurde größer, sodass ich befürchtete, jeden Moment daran zu ersticken. Das war nicht möglich. Niemals. Das Schicksal war zweifellos ein wankelmütiger Geselle, aber konnte es wirklich *so* grausam und abscheulich sein?

»Möwen und Krabben gibt es beinahe auf jeder Insel«, wandte Nala leise ein und schenkte mir einen hoffnungsvollen Blick. »Ich denke, dass wir uns auch die anderen Inseln ansehen sollten, auf denen es einen Vulkan gibt. Wie wäre es mit –?«

»*Vertraue auf dein Herz, nicht auf deinen Verstand.* Das war es doch, was das Rätsel uns sagen wollte, oder?«, schnitt Narius ihr das Wort ab. »Also mein Herz sagt mir, dass diese mickrige Insel ein Volltreffer ist. Wie sieht es bei dir aus, Bell? Wie denkt dein Herz über diese Sache?«

*Es sollte Angst und Schrecken empfinden, aber stattdessen fühlt es sich taub und tot an.*

»Bell? Ich habe dich etwas gefragt.«

Wie betäubt starrte ich vor mich hin. Schließlich blieb mein Blick an der glänzenden Klinge des Schwertes hängen, die in Reichweite vor mir auf dem Tisch lag. *Du musst mutig genug sein dem Weg deines Herzens zu folgen, nicht dem deines Verstandes,* las ich für mich einen Teil der goldenen Schrift, die noch immer auf dem Artefakt schimmerte. Und obwohl ich mein Herzen zuvor für tot gehalten hatte, hörte ich plötzlich, wie es mir seinen Willen zuflüsterte. Keinen Wimpernschlag später sprang ich von meinem Stuhl auf, griff in einer fließenden Bewegung nach dem Schwertgriff und rammte die Klinge mit aller Kraft, die meine müden Glieder aufbringen konnten, in die feste Brust des Meeresgottes.

Das schmatzende Geräusch von Metall auf Fleisch brannte sich in meinen Schädel ein. Ich hatte noch nie darüber nachgedacht, wie es sich wohl anfühlte, ein anderes Lebewesen zu erstechen, doch es überraschte mich, wie mühelos die Klinge durch den Gott schnitt. Ich drückte sie so tief hinein, bis der Schwertgriff auf seine bläuliche Haut traf. Währenddessen blickte ich starr auf Narius hinab, der aus riesigen Augen zu mir aufsah. Eine schwarze Flüssigkeit quoll über seine geöffneten Lippen und tropfte auf seine blaue Hose. Er sagte keinen Ton. Nicht einmal ein unterdrücktes Husten war zu hören. Stattdessen vernahm ich nur das Geräusch meines Herzens, das mein Blut rasend schnell durch meinen Körper schoss.

»Was hast du getan?!«, zerriss Nalas schriller Ruf die Stille im Saal.

Als ich antwortete, klang meine Stimme kalt wie Eis. »Das, was du mir einst beigebracht hast.«

»Bist du wahnsinnig? Ich habe dich ganz sicher nicht gelehrt einen Gott anzugreifen! Bell, verdammt, renn weg!«

Noch immer über Narius gebeugt und mit dem Schwert fest in meinen Händen beobachtete ich, wie er langsam einen Arm hob und sich das Blut von den Lippen wischte. »Wieso rätst du ihr zur Flucht, Nala? Findest du nicht, dass Bell für diese Dummheit eine gerechte Strafe verdient?«

Als ich spürte, wie Narius seine kalten Hände auf meine legte und umschloss, blieb mir vor Schreck der Atem weg. Bei den Göttern, ich hatte den Kerl erstochen! Wieso atmete er überhaupt noch? Der Schock ließ mich erstarren. Ich bewegte mich auch dann nicht, als sich Narius' Händedruck verstärkte und er den Griff des Schwertes samt meinen Händen in meine Richtung schob. Erneut erklang das widerliche Schmatzen seines Inneren. Aus schreckgeweiteten Augen beobachtete ich, wie die Klinge wieder aus seinem Körper hervortrat, doch mein Verstand weigerte sich ihnen zu glauben. Das war unmöglich – ich hatte ihn erstochen!

»Du bist so dumm, Bell«, knurrte er gefährlich leise. »So schrecklich dumm. Ich denke nicht, dass du mir in Zukunft noch behilflich sein wirst.«

Sprachlos starrte ich in seine pechschwarzen Augen, während sich der Meeresgott erhob und die Klinge mit einem schmerzverzerrten Gesichtsausdruck aus seiner Brust riss. Als er sich zu seiner vollen Größe erhoben hatte, überragte er mich er so weit, dass ich meinen Kopf in den Nacken legen musste, um ihm ins Gesicht zu sehen. Mein Körper begann zu beben. Ich verstand noch immer nicht, was sich da gerade vor meinen Augen abspielte, doch im Gegensatz zu mir schien Narius sich bereits wieder gefasst zu haben. Er drückte meine Hände so fest, dass meine Fingerknöchel knackten und zu brechen drohten. Ich wimmerte und trat einen Schritt zurück, doch ehe ich noch weiter fliehen konnte, schoss Narius' Hand nach vorn und legte sich um meine Kehle. Sofort begann ich zu würgen und legte meine Hände auf seine, um mich zu befreien. Doch gegen diese Übermacht hatte ich keine Chance.

»Wie kann man nur so blöd sein und versuchen einen Gott umzubringen?«

Meine Antwort bestand darin, hilflos nach Luft zu japsen. Kopfschüttelnd verstärkte der Gott seinen Griff um meinen Hals.

»Du dummes, kleines Menschenmädchen. Denkst du nicht, dass man mich schon längst getötet hätte, wenn es so einfach wäre? Ich bin eine Gottheit, Närrin. Ich bin unsterblich, genauso wie meine Geschwister, die das Prinzip von Leben und Sterben überhaupt erst erfunden haben. Niemand kann mich töten. Der Einzige, der mir gefährlich werden könnte, ist Neo, indem er den Wettkampf gewinnt und somit die Prophezeiung verhindert. Aber das werde ich nicht zulassen: Gleich, nachdem ich deinen zarten Hals gebrochen habe, werde ich mir seinen vorknöpfen.«

Wimmernd schüttelte ich den Kopf. Ich wollte ihn um Neos Leben anflehen. Hätte ich eine Stimme gehabt, hätte ich ihm alles versprochen – ausnahmslos alles, wenn er im Gegenzug seine kalten Klauen von Neo lassen würde. Doch so sehr ich es auch wollte: Abgesehen von einem japsenden Krächzen drang kein Laut aus meiner abgeschnürten Kehle hervor.

»Bitte, lass sie los!«, drang ausgerechnet Nalas Stimme in mein schwindendes Bewusstsein. »Wir hatten das doch besprochen, Narius! Bells Leben ist zu kostbar für unser Vorhaben, als dass du sie einfach aus einer Laune heraus umbringen darfst. Ich habe dir doch erzählt, dass du sie als letzten Schachzug gegen Neo einsetzen kannst, um ihn zum Gehorsam zu zwingen. Entweder sie flüstert ihm deine Lügen ins Ohr und manipuliert ihn oder sie stellt sich quer und du benutzt sie einfach als Druckmittel, um –«

»Genug!«, schnitt der Meeresgott ihr das Wort ab und bohrte seine Fingerspitzen so fest in meinen Hals, dass schwarze Punkte von meinen Augen tanzten. »Sie hatte ihre Chance, aber anstatt sie zu nutzen und sich und ihre Familie in Sicherheit zu bringen, hat sie Tod und Zerstörung gewählt! Ich werde Neo auch ohne sie brechen können, schließlich habe ich ja noch dich. Außerdem wissen wir jetzt, wo das letzte Artefakt verborgen liegt. Bells Anwesenheit wird nicht länger benötigt.«

Wimmernd schüttelte ich den Kopf. Narius' Gesicht war verschwommen, aber dennoch sah ich die Wut und den Hass in seinen dunklen Augen. Was würde er wohl mit mir tun? Hatte er wirklich vor mich einfach zu erwürgen? Oder würde mich das gleiche grausame Schicksal ereilen wie Limea?

»Du hast recht. Verzeih mir, dass ich an deiner Entscheidung gezweifelt habe.«

Nalas Worte gaben mir den Rest. Meine Hände erschlafften und ich hörte auf mich im Griff des Gottes zu winden. Meine Lider waren so schwer wie Blei. Doch gerade als ich drohte das Bewusstsein endgültig zu verlieren, öffneten sich plötzlich die Finger um meine Kehle. Wie eine Qualle, die jemand aus dem Ozean gefischt hatte, fiel ich zu Boden und blieb reglos auf dem kühlen Marmor liegen. Nur mein rasselndes Japsen erfüllte den Saal.

»Was hast du nun mit ihr vor?«, sprach Nala meine Frage aus, wobei sie ziemlich verwundert klang.

Ob es ihr lieber gewesen wäre, wenn Narius mich auf der Stelle getötet hätte? Hustend und spuckend versuchte ich mich aufzurichten, doch meine Unterarme zitterten so sehr, dass ich augenblicklich wieder zusammensackte.

»Ich bin kein Freund davon, Dinge zu verschwenden. Auch wenn Bell keinen Nutzen mehr für mich hat, soll ihr Tod nicht sinnlos sein. Ihr Leid ist das Glück eines anderen.«

Nachdenklich runzelte ich meine Stirn. Was meinte er damit? Was hatte Narius vor? Mühsam drehte ich mein Gesicht, sodass ich den Gott des Ozeans sehen konnte. Schwer atmend beobachtete ich, wie sich Nala neben ihn stellte und mich mitleidig beobachtete. Als Narius seinen Kopf in ihre Richtung wandte und ihren Blick bemerkte, verzog er zornig das Gesicht. »Dein Ansehen in meinen Augen schwindet, Nala.«

Erschrocken blickte sie zu ihm auf. »Einst war ich mir deiner Treue und Loyalität sicher, doch dein heutiges Verhalten hat mein Vertrauen ins Wanken gebracht. Zwing mich nicht, dir das gleiche Schicksal zuteil werden zu lassen wie Bell.«

»Verzeih mir«, gab Nala klein bei, »es wird nicht wieder vorkommen. Bell bedeutet mir nichts. Du weißt, wer der einzige Mensch ist, für den ich sterben würde.«

Narius schnaubte zynisch und wandte sich wieder in meine Richtung. »In der Tat, das weiß ich. Dein krankhafter Kontrollzwang Neo gegenüber ist unzerstörbar. Du hast es mir bewiesen, als du den Zirkel verraten und seine schlafenden Mitglieder meiner Klinge überlassen hast.«

Nalas Augen weiteten sich. Als sich unsere Blicke trafen, stand ihr förmlich ins Gesicht geschrieben, wie ertappt sie sich fühlte.

Ungläubig blinzelte ich. »Was? Das ... das warst du? Aber wieso glaubt Neo, dass es seine Schuld war?«

»Es war seine Schuld«, erwiderte sie, ohne zu zögern, »er hat mir durch sein Handeln keine andere Wahl gelassen.«

Mir klappte der Mund auf. Erneut versuchte ich mich aufzurappeln und diesmal gelang es mir sogar. Ein Hustenanfall zwang mich zwar dazu, meinen Rücken zu krümmen, doch ich hielt meinen Körper aufrecht. »Ich fasse es nicht«, krächzte ich mit bebender Stimme, »ich kann es einfach nicht glauben! Weißt du eigentlich, was du ihm damit angetan hast?«

Anstatt mir zu antworten, stürmte Nala auf mich zu und packte ihrerseits meine Kehle. Erneut wurde ich dazu gezwungen, nach Luft zu japsen.

»Was ich ihm *angetan* habe? Ich habe sein Leben gerettet, du dumme Nuss! Ich ... ich –«

Hektisch glitt ihr Blick über mein Gesicht. Zwar bohrten sich ihre Finger immer fester in meine brennende Haut, doch ich spürte, wie sehr sie zitterten. Während ich in Nalas Augen blickte, wechselte der panische Ausdruck in ihnen zu purem Wahnsinn. »Ach, lassen wir das – ich schulde dir keine Erklärung!«

»Nein, das tust du nicht«, höhnte Narius im Hintergrund, »aber Bell hat trotzdem begriffen, was du damals getan hast, um mir deine Loyalität zu beweisen.« Ein abscheuliches Lachen drang aus seiner Kehle hervor. »Also an deiner Stelle würde ich lieber dafür sorgen, dass Bell für immer schweigt. Stell dir nur vor, was dein geliebter Neo dazu sagen würde, wenn er wüsste, dass –«

Nalas Griff wurde so fest, dass die Flecken auf mein Sichtfeld zurückkehrten. »Ich habe es verstanden!«

»Gut. Ich möchte, dass meine Mädchen ihren Spaß mit ihr haben. Du weißt, was zu tun ist. Beweise mir deine Loyalität und bring es zu Ende.«

*Seine Mädchen?* Verwunderte runzelte ich die Stirn. Noch mehr überraschte es mich allerdings, dass Nala plötzlich von mir abließ und ich wieder zu Atem kam. Doch ehe ich mich etwas von dem Schrecken erholt hatte, griff sie bereits in mein kurzes Haar und zog mich daran über den Fußboden. Schreiend schlug ich mit meiner verbliebenen Kraft um mich, doch Nala zeigte keinerlei Erbarmen. Ich zog so fest am Rock ihres Kleides, dass der feine Stoff zerriss, aber auch das schien sie nicht zu stören. »Nala! Nala, bitte, du tust mir weh!«

»Das hoffe ich doch.« Ihre emotionslose Stimme ließ mich erschaudern. Sie klang so kalt und gefühlslos, dass mir klar wurde, dass ich mir jedes weitere Flehen und Betteln sparen konnte. Nala würde mich wohl erst loslassen, wenn sich meine brennende Kopfhaut von meinem Schädel löste.

Tatsächlich stoppte sie jedoch, ehe dies der Fall wurde. Schwer atmend sah ich mich um, doch da sie mich noch immer am Kopf festhielt, war mein Sichtfeld stark eingeschränkt. Hustend versuchte ich zu Atem zu kommen, doch die Tatsache, dass Narius mit einem verächtlichen Ausdruck im Gesicht immer näher kam, machte das nicht gerade einfach.

Er hockte sich vor mich und presste mir seinen Zeigefinger gegen die Schläfe. An der Stelle spürte ich ein leichtes Kribbeln, doch abgesehen davon geschah nichts. Ängstlich versuchte ich etwas wegzurutschen, doch Nala fixierte mich an Ort und Stelle.

»Welch ein Jammer, dass sich unsere Wege nun doch so schnell wieder trennen müssen, kleines Menschenmädchen«, säuselte er und tätschelte meinen Kopf. »Ich hatte wirklich gehofft, dass wir zusammenarbeiten könnten. Aber leider scheinst du im Gegensatz zu Nala noch ein Gewissen zu besitzen. Deine Moralvorstellungen, so falsch sie auch sein mögen, kann selbst ich nicht bezwingen. Schade ... aber nun gut, vielleicht haben ja wenigstens meine Mädchen ihre Freude an deinem kurzen Besuch in meinem Palast, der schon in wenigen Tagen, wenn auch das letzte Artefakt mein ist, zum Zentrum meiner neuen Welt werden wird. Noch hausen hier nur meine Schergen und Tiere, aber bald werde ich das Festland und die Inseln überfluten und die Überlebenden zu meinen Sklaven machen, die fortan in diesem Palast, in meinem neuen Königreich, leben werden. Welch ein Jammer, dass weder du noch deine Liebsten etwas davon mitbekommen werden. Mach's gut, kleine Bell. Und lass dich nicht anbeißen.«

»Anbeißen?«, wiederholte ich heiser, doch ehe ich genauer über Narius' Worte nachdenken konnte, hatte er mich bereits an der Hüfte gepackt, hob mich in die Luft und warf mich nach vorn. Mir entwich ein spitzer Schrei. Eisiges Wasser umspülte meinen Körper, aber immerhin konnte ich dennoch weiteratmen. Ich sah Narius und Nala hinter einer dicken Glasscheibe stehen. Erst als ein hässlicher Fisch mit riesigen Glupschaugen und verformtem Kiefer an meinem Gesicht entlangschwamm, verstand ich, was gerade geschehen war: Der Meeresgott hatte mich in sein Aquarium geworfen. Das erklärte seine merkwürdige Verabschiedung.

Panisch schwamm ich auf das Glas zu und hämmerte mit meinen Fäusten dagegen, doch genauso gut hätte ich auch auf einen Stein einschlagen können.

»Sieh sie dir an, Nala«, drang Narius' Stimme gedämpft in mein Gefängnis,

»sieh dir an, wie deine größte Konkurrentin zappelt wie ein Fisch im Netz. Was meinst du, wer zuerst von ihr kosten wird? Ich setze auf den Nachwuchs meiner Haidame. Ihre Kleinen waren, zumindest was ihr Futter anbelangt, noch nie besonders wählerisch.«

Sofort warf ich meinen Kopf herum, doch zum Glück entdeckte ich nirgendwo einen Hai. Dafür fiel mir auf, dass das Aquarium bodenlos war. Das säulenartige Konstrukt schien mehrere Etagen in die Tiefe zu gehen. Ganz unten bildete ich mir ein den Meeresboden zu sehen.

»An deiner Stelle würde ich zusehen, dass ich hier wegkomme«, lachte Narius und winkte mir zu. »Ich wünschte, ich könnte behaupten, dass sich die Fische so gern hier oben aufhalten, weil sie mich sehen möchten. Aber leider sind diese Geschöpfe genauso praktisch veranlagt wie ich und jedes andere Raubtier auf dieser Welt auch. Sie wissen nämlich, dass sie über diesen Schacht, durch den ich dich gerade ins Becken geworfen habe, Nahrung von mir bekommen. Es wird nicht lange dauern, bis die anderen Fische ebenfalls hier auftauchen. Und eins kann ich dir verraten: Wenn sie sehen, dass heute nur ein einziges kleines Menschenmädchen auf der Speisekarte steht, werden sie furchtbar aggressiv und futterneidisch werden. Sie werden dich zwischen sich zerfetzen, in der Hoffnung, wenigstens ein kleines Stückchen abzubekommen. Wenn ich du wäre, würde ich jetzt um mein Leben schwimmen.«

»Das wird ihr auch nichts nützen.«

Durch das Glas klang Nalas Stimme beinahe traurig, doch ich wusste, dass ich mich diesbezüglich irrte. Immerhin hatte sie gerade dabei zugesehen, wie ich wortwörtlich ins Haifischbecken geworfen worden war. Nein, mehr noch: Sie hatte sich sogar daran beteiligt. Jemand, der so abgebrüht war, konnte kein Mitleid mit mir empfinden.

»Bereust du, dass du nicht auf mich gehört hast? So hätte es wirklich nicht enden müssen, Bell«, sagte sie, »aber anscheinend habe ich mich in dir getäuscht. Wären wir uns wirklich so ähnlich, wie ich gedacht habe, hättest du dich auf meine Seite geschlagen, um unsere Freundschaft und Neos Leben zu retten. Aber du lässt mir keine andere Wahl … Ich hoffe, dass du weißt, dass ich das hier tun *muss*. Genauso wie ich Illas verraten musste, weil auch er sich als Verräter entpuppt hat. Ihr seid beide abscheuliche Wesen, noch schlimmer als Narius, denn ihr seid mir beide in den Rücken gefallen und habt mich gezwungen Dinge zu tun, die mir schrecklich wehtun. Du weißt, dass ich Neos Wohl über alles stelle. Ich werde mein Ziel erreichen. Und wenn ich am Ende mit Neo allein in unserem Haus leben muss, weil keiner von euch Feiglingen mehr übrig ist, ist es eben so.«

Ihre Worte verschlugen mir für einen Augenblick die Sprache. Die Wut in mir begann wie ein Vulkan zu brodeln und vertrieb die Kälte des Meeres aus meinen Knochen. So hasserfüllt, wie es meine Angst zuließ, blickte ich durch das dicke Glas in ihr Gesicht.

»Na dann, viel Erfolg mit deinem Plan! Mit Neo zusammenzuleben, der nur finstere Blicke und Hass für dich übrig haben wird, ist bestimmt spaßig!«

Nala verzog ihr Gesicht. »Du hast ja keine Ahnung! Neo wird mich verstehen, das hat er immer getan. Er ist nicht so hinterhältig wie du oder Illas. Im Gegensatz zu euch beiden wird er mir dankbar sein, dass ich ihm zuliebe diese Strapazen und Gefahren auf mich genommen habe!«

Am liebsten hätte ich ihr noch weitere Beleidigungen oder Schimpfwörter an den Kopf geworfen, doch Nala drehte sich bereits um und stapfte durch den Saal davon. Nun blieb nur noch Narius übrig, der grinsend in mein Gefängnis blickte. Noch nie hatte ich so sehr den Drang verspürt, jemandem Gewalt anzutun.

»Danke, kleine Bell«, säuselte er, »danke, dass du Nala noch einmal vor Augen geführt hast, dass sie fälschlicherweise niemandem vertrauen kann außer Neo und dass es deshalb umso wichtiger ist ihn zu beschützen. Ich habe keine Zweifel mehr daran, dass sie mir aus der Hand fressen wird wie eine hungernde Krähe. Von nun an ist mein Sieg in Stein gemeißelt, nichts wird mich mehr aufhalten können. Aber keine Sorge, du musst nicht mit ansehen, wie ich die Welt in den Abgrund stürze und deine Familie ermorde. Diesen Schmerz erspare ich dir, schließlich schulde ich dir etwas dafür, dass du den entscheidenden Hinweis auf das dritte Artefakt gefunden hast. Aber jetzt solltest du besser losschwimmen, kleine Bell. Fische sind nicht die einzigen Meereslebewesen, denen der Magen knurrt.«

# Kapitel 14

Vorsichtig lugte ich hinter dem rötlichen Felsen hervor. Viel war nicht zu erkennen, denn hier unten, vermutlich etliche Hundert Meter unter der Meeresoberfläche, war es stockdunkel. Nur der Palast, dessen Außenwände glücklicherweise größtenteils aus Glas bestanden, erleuchtete die Umgebung. Durch die Fenster hindurch konnte ich prachtvolle Kronleuchter erkennen, doch in keinem der Räume entdeckte ich einen Menschen oder Untoten. An Land hätte das Bauwerk bestimmt eindrucksvoll und wunderschön ausgesehen, schließlich machten die zwiebelförmigen Dächer auf den Dutzenden Türmchen und die schnörkligen Verzierungen an den Außenwänden ziemlich was her. Doch in der Dunkelheit des Ozeans wirkte es wie ein Geisterschloss. Unheimlich, kalt, leer und tot. Genauso wie die Wesen, die Narius dort drinnen versteckte.

Entgegen seiner Behauptung hatten mich die gruseligen Fische zum Glück nicht angeknabbert, während ich das säulenartige Aquarium hinabgeschwommen war, um ins Freie zu entkommen. Allerdings war mir klar, dass ich keinesfalls in Sicherheit war. Weder wusste ich, wie lang der Zauber wirken würde, um unter Wasser zu atmen, noch hatte ich eine Idee, wie ich an die Oberfläche gelangen sollte. Natürlich könnte ich mein Versteck hinter dem Felsen verlassen und nach oben schwimmen, aber wer garantierte mir, dass dort in der Dunkelheit keine schaurigen Kreaturen lauerten, die nur darauf warteten, einen Menschen zwischen die Kiemen zu bekommen?

Erneut blickte ich zur Spitze des Palastes. Ich verengte meine Augen, doch so sehr ich mich auch anstrengte, konnte ich nicht identifizieren, was dort oben um die Dächer kreiste. Es waren längliche Schatten, die langsam umherzogen wie die Wolken am Himmel an einem luftigen Sommertag. Allerdings bezweifelte ich, dass diese Schatten genauso ungefährlich waren wie Wolken. Ob es sich dabei vielleicht um die Haie handelte, von denen Narius erzählt hatte? Von der Größe her könnte dies durchaus der Fall sein, doch eigentlich hatte ich immer angenommen, dass Haie, die gefürchtetsten Jäger des Ozeans, schneller unterwegs waren.

Ich riss meinen Blick von den kreisenden Schatten los und sah mich stattdessen in meiner näheren Umgebung um. Mir war bereits vorhin aufgefallen, dass die Fische hier unten nichts mit denen gemein hatten, die ich auf meiner Insel geangelt hatte. Die Kreaturen vor meinen Augen waren nicht nur wesentlich größer, sondern ihr ganze Körperbau war anders. Die meisten von ihnen hatten riesige Schädel und dafür relativ kleine Flossen. Vielleicht war dies der Grund, weshalb sie so langsam vorankamen. Ich entdeckte sogar einige Tiere, die nur bewegungslos auf dem Meeresboden lagen und farblich mit ihm verschmolzen. Allerdings durfte man sich von ihrer Trägheit nicht täuschen lassen. Vorhin hatte ich gesehen, wie ein kleiner Fisch über dem Boden geschwommen war und sich plötzlich im Maul eines anderen Jägers wiederfand, der scheinbar nur darauf gewartet hatte, dass jemand über ihn hinwegschwamm.

Gerade beobachtete ich, wie ein besonders hässlicher Fisch mit einem übergroßen Kopf und einem winzigen Körper an der Flosse eines anderen knabberte, als ich plötzlich einen Schatten in meinem Augenwinkel wahrnahm. Es schien einer dieser länglichen Schatten zu sein, die sich an der Spitze des Palastes aufgehalten hatten. Als das Wesen in das schwache Licht des Palastes schwamm, setzte mein Herz einen Schlag aus. Der Schatten hatte sich als … *Frau* entpuppt!? Meine Augen mussten mir einen Streich spielen! Ich rieb über sie hinweg und tatsächlich: Als ich meine Augen wieder aufschlug, blickte ich auf einen großen Fischschwanz. Doch als sich dieser drehte, tauchte plötzlich wieder die Frau auf – oder besser gesagt deren Oberkörper. Erschrocken wich ich zurück. Was zur gammligen Seealge war das denn?

Schockiert beobachtete ich, wie die Kreatur nach einem der kleineren

Fische griff und ihn an ihren Mund führte. Als sie ihre Lippen öffnete, blieb mir beinahe das Herz stehen. Riesige Fangzähne blitzten auf, kein Wimpernschlag später bohrten sie sich in den schuppigen Körper des Fisches. Schnell legte ich mir eine Hand auf den Mund, ehe ich schreien oder brechen konnte – im Moment war mir nach beidem zumute. Mein Herzschlag dröhnte laut in meinen Ohren, während ich langsam rückwärtsschwamm, wobei ich die Kreatur nicht aus den Augen ließ. Sie verschlang den rohen Fisch so gierig, als hätte sie seit Tagen nichts mehr gegessen. Bei einem Blick auf ihren Brustkorb, der knochig unter ihrer Haut hervorstach, verdichtete sich mein Verdacht. Plötzlich spürte ich etwas Kaltes in meinem Rücken.

Ich japste nach Luft und hielt dann den Atem an. Etwas, das sich fast wie knochige Finger anfühlte, legte sich auf meine Schultern. Ein einziger Schauer kroch meine Wirbelsäule hinauf. Vehement weigerte ich mich der Bedrohung ins Gesicht zu sehen und hielt meinen Blick starr geradeaus gerichtet. Einzelne schwarze Haarsträhnen erschienen vor meinen Augen, gefolgt von einem kleinen Gesicht. Ich schluckte schwer.

»Wen haben wir denn da?« Die Stimme des Wesens klang gleichzeitig süß wie Honig und zischend wie ein Teekessel. Sprachlos starrte ich auf das blasse Gesicht der Frau, das einen grünlichen Unterton hatte. Ihre gelben Augen wirken riesig, aber vielleicht lag das auch daran, dass sie so tief in ihrem Gesicht versunken waren und von dunklen Schatten eingerahmt wurden. Ihr Haar war dünn und an vielen Stellen ihres Schädels leuchteten kahle Stellen. Trotzdem konnte ich mir vorstellen, dass sie einst ein schönes Gesicht besessen hatte.

»Hast du auch einen Namen?«, fragte sie neugierig und lächelte mich an, wobei ich unwillentlich auf ihre spitzen Zähne schauen musste.

»Ähm … ich … ich heiße Bell.«

»Bell? Diesen Namen habe ich ja noch nie gehört, aber er gefällt mir.«

Ich rang mir ebenfalls ein schmales Lächeln ab. Hoffentlich gefiel ihr nur mein Name und nicht die potenzielle Mahlzeit, die sie vielleicht in mir sah. »Und du?«, fragte ich mit bebender Stimme. »Wie heißt du?«

Das Grinsen des Wesens wurde noch breiter. So breit, dass die Fangzähne über ihre Unterlippe traten. Ihr Gesicht näherte sich meinem, bis sich unsere Nasenspitzen beinahe berührten. Ich spürte, wie sich ihre knochigen Finger fester in meine Schultern bohrten. Am liebsten hätte ich vor Schmerzen geschrien oder mich wenigstens losgerissen, doch ich hatte Angst, die Kreatur dadurch in Aufruhr zu versetzen.

»Meine Eltern gaben mir als Kind einen wohlklingenden Namen. Ich weiß noch, wie sie ihn riefen, während ich mich einst über das Ufer des Sees beugte und hinabsah.« Sie zog einen Schmollmund und ließ bekümmert den Kopf hängen, ehe sie mit trauriger Stimme fortfuhr: »Ich hatte das Gesicht eines Mannes unter der Wasseroberfläche entdeckt und wollte es berühren, doch der Fremde hatte das Gleiche mit mir vor. Ehe ich mich's versah, packte er meine Schultern und riss mich hinab in seine Welt. Danach gerieten nicht nur die Gesichter meiner Eltern, sondern auch der Klang meines schönen Namens in Vergessenheit.«

Als die junge Frau zu mir aufsah, lag ein beängstigendes Funkeln in ihren gelben Augen. Binnen eines Wimpernschlags verschwand der traurige Ausdruck von ihrem Gesicht, stattdessen kehrte das unheimliche Grinsen auf ihre Lippen zurück. Langsam löste sie eine Hand von meiner Schulter und fuhr mit ihren eisigen Fingern über meine Wange. Ich spürte, wie die dünnen Schwimmhäute über meine Haut strichen.

»Das ... das tut mir leid für dich«, murmelte ich, weil ich keine Ahnung hatte, was ich auf diese Schauergeschichte sonst erwidern sollte. Die Frage, wer der Mann war, der sie in den See gezogen hatte, stellte sich mir nicht.

»Oh, das macht nichts«, antwortete sie verträumt, während ihre Finger sanft die Konturen meines Gesichts nachzeichneten. »Ich kann mir ja einfach deinen Namen nehmen, der gefällt mir auch.« Das Blut in meinen Adern gefror. »Du wirst ihn nämlich nicht mehr brauchen, wenn meine Schwestern und ich dich verspeist haben.«

Meine Augen weiteten sich. Plötzlich packte mich das Wesen mit beiden Händen am Hals, riss sein Maul auf und schnellte auf mich zu. Ehe ich darüber nachdenken konnte, trat ich dem Monster instinktiv in den Bauch und packte seine Handgelenke, um es abzuschütteln. Nalas Kampftraining schien sich auszuzahlen, denn das Wesen trudelte fauchend zurück und ließ von mir ab. Ich wartete nicht darauf, dass es sich von dem Schrecken erholte, sondern machte kehrt und schwamm, so schnell ich konnte, davon. Steckte all meine Kraft in meine Arme und Beine, während ich fieberhaft überlegte, wie ich mich in Sicherheit bringen könnte. Es war offensichtlich, dass ich nicht schnell genug sein würde, aber Aufgeben war keine Option.

Während ich hörte, wie das Monster nach seinen Schwestern rief, flüchtete ich mich in meterhohen Seetang. Das Gefühl, wie die Pflanzen leicht über meine Haut streiften, gefiel mir ganz und gar nicht. In diesem Labyrinth aus Gräsern und großflächigen Blättern war es beinahe stockdunkel, weshalb ich mich widerwillig auf mein Gehör und meinen Tastsinn verlassen musste. Um die Orientierung nicht gänzlich zu verlieren, griff ich nach einer der Pflanzen und hangelte mich an ihr hinab, bis ich festen Boden unter meinen Füßen spürte. Vielleicht wäre ich hier unten sicherer vor den Fischfrauen. Erst jetzt, wo mir eine kurze Verschnaufpause möglich war, erlaubte ich mir über das Geschehene nachzudenken. Mir fiel wieder ein, dass Kai und Neo über Sirenen gesprochen hatten, als wir uns im Sumpfgebiet in der Nähe des Tempels aufgehalten hatten. Was hatte Kai noch gleich gesagt? Narius hatte einst junge Frauen entführt und in seinem Palast gefangen gehalten, wo sie immer mehr verkümmert waren, bis er sie schließlich gänzlich in Sirenen verwandelt hatte? Wenn diese Erzählung stimmte, musste die Sirene, der ich gerade begegnet war, mehrere Tausend Jahre alt sein. Kein Wunder, dass sie sich nicht mehr an ihren Namen er –

»Wo bist du, Bell?«, säuselte eine sanfte Stimme, die meinen Herzschlag augenblicklich beschleunigte.

Verdammt, die Monster mussten ganz in der Nähe sein …

»Ach, Bell, jetzt komm schon raus. Es ist so schrecklich langweilig ohne dich. Möchtest du nicht ein bisschen mit uns spielen?«

Mein Magen drehte sich um. Nein, das wollte ich ganz gewiss nicht. Ich wollte nur nach Hause. Und wenn das zu viel verlangt war, dann wenigstens an die Meeresoberfläche. Hauptsache weg von diesen scheußlichen Kreaturen.

»Aber sie spielt doch schon mit uns«, hörte ich eine weitere Stimme rufen. »Wer sie zuerst findet, darf sie behalten!«

Ängstlich kauerte ich mich zusammen. Ich konnte nur darauf hoffen, dass auf dem Boden nicht noch mehr Tiere auf mich lauerten. Wie aufs Stichwort spürte ich plötzlich ein leichtes Kribbeln an meinem Knöchel. Etwas krabbelte meinen Körper hinauf, immer weiter und höher, bis ich es schließlich an meinem Arm fühlte. Es war eine kleine Krabbe, die so schneeweiß war wie Narius' Tafel. Ich hielt die Luft an. Anschließend führte ich meine Hand langsam in die Nähe des Tierchens, doch ich traute mich nicht es von meinem Arm zu schnipsen. Was, wenn ich durch diese Bewegung die Sirenen auf mich lenken würde? Die Krabbe war nicht einmal so groß wie meine Handfläche und ihre Scheren wirkten zwar bedrohlich, aber nicht groß genug, um mich ernsthaft zu verletzen. Ich würde die Berührung des Tierchens einfach aushalten und die Zähne zusammenbeißen. Sicherlich würde es bald weiterlaufen.

Doch plötzlich spürte ich erneut ein Kribbeln. Diesmal fühlte es sich stärker an, so als würden mehrere Krebse an mir hinauflaufen. Ein kurzer Blick hinab und mir wurde ganz schwindlig! Um mich herum krabbelte eine ganze Formation! Es waren so viele, dass der Boden aussah wie mit Schnee bedeckt. Zwar wusste ich nicht, weshalb es ohne Lichteinstrahlung überhaupt möglich war, aber die Tierchen strahlten ein schwaches Glimmen aus. Obwohl das Licht nicht sonderlich stark war, fiel es in der absoluten Dunkelheit auf wie ein Leuchtfeuer. Für die Sirenen musste es so aussehen, als stünde ich im Licht Dutzender Sterne. Hektisch begann ich zu zappeln und versuchte die Krabben abzuschütteln, doch sie krallten sich vehement mit ihren kleinen Scheren an meiner Haut und am Stoff meiner Kleidung fest. Und da sie so zahlreich waren, verursachten ihre kleinen Zwicker unheimliche Schmerzen. Ich hörte, wie mein Atem vor Anstrengung zunehmend lauter wurde. Um das aufsteigende Wimmern zu unterdrücken, presste ich mir eine Hand auf den Mund, aber nach wenigen Minuten wurden die Schmerzen so unerträglich, dass ich trotzdem mein ersticktes Keuchen vernahm.

»Ich kann dich hören, kleine Bell«, flötete die Stimme einer Sirene. »Und gleich komme ich dich holen!«

Mein Verstand schaltete sich aus. Ohne darüber nachzudenken, was es für Folgen hätte, mein Versteck zu verlassen, stieß ich mich vom Meeresboden ab und schwamm nach oben. Zwar spürte ich noch immer, wie die Scheren der Krabben in meine Haut schnitten, doch je stärker ich mit meinen Armen und Beinen strampelte, desto mehr fielen von mir ab und zu Boden. Durch das schwache Licht, das vom Palast ausging, erblickte ich die Schatten der Algenspitzen. Ich hatte sie beinahe erreicht, als plötzlich etwas gegen meine Seite prallte und mich wieder in die Algen stieß.

»Gefunden!«, stieß eine kleine Sirene so glücklich aus, als hätte sie gerade einen Goldschatz entdeckt.

Sie konnte noch nicht besonders alt sein, denn ihre Stimme und der kindliche Ausdruck auf ihrem Gesicht erinnerten mich stark an meinen kleinen Bruder. Trotzdem war ich mir der Gefahr bewusst, die von der Kleinen ausging. Sie hielt mich am Handgelenk fest, während sie immer wieder laut nach dem Rest ihrer Gruppe rief.

Hastig packte ich sie und drückte sie mit dem Rücken an meinen Oberkörper, um ihr meine Hand auf den Mund zu pressen. »Sei still!«, zischte ich ihr zu, doch das Mädchen wehrte sich mit all ihrer Kraft. Am schlimmsten war ihre Fischflosse, mit der sie so heftig ruderte, dass ich beinahe das Gleichgewicht verlor.

»Du hast verloren und ich habe gewonnen!«, hörte ich ihre gedämpfte Stimme. »Du bist eine schlechte Verliererin! Lass mich sofort los!«

»Ich kann dich nur loslassen, wenn du mir versprichst, dass du ... Aua!« Sofort ließ ich von dem kleinen Biest ab und blickte auf meine blutende Hand hinab. »Hast du mich gerade wirklich gebissen?!«

»Na klar! Und warte mal ab, wie sehr es wehtut, wenn meine Schwestern dich anknabbern!«

Panisch blickte ich mich nach einer Versteckmöglichkeit um. Eine boshafte Stimme flüsterte mir, dass ich die Kleine auf die gleiche Art zum Schweigen bringen sollte, wie es Nala und Narius bei mir getan hatten. Aber schon bei dem Gedanken daran, Hand an ein Kind zu legen – mochte es auch noch so tödlich sein – wurde mir speiübel. Narius hatte diesen jungen Frauen schon genug Elend angetan. Ich würde ganz sicher nicht diejenige sein, die sie dafür bestrafte, dass sie sich in seiner Obhut in Monster verwandelt hatten.

Ehe die anderen Sirenen hier aufschlagen konnten, wandte ich mich ab und schwamm, so schnell ich mich meine Kräfte trugen, davon. Hinter mir hörte ich das Quengeln des Kindes, doch immerhin folgte es mir nicht, sondern krähte nur nach seinen Schwestern. Anscheinend hatte mein Griff sie doch mehr beeindruckt, als ich angenommen hatte.

Ich durchquerte den Urwald aus Algen und kam in der Nähe des Palastes wieder aus ihm hervor. Hektisch sah ich mich um. An der höchsten Turmspitze entdeckte ich nicht einen einzigen Schatten. Das Wissen, dass sich alle Sirenen auf der Jagd nach mir befanden, ließ mich panisch werden. Erneut sah ich mich um und entdeckte ein merkwürdiges Gebilde, das mir zuvor noch gar nicht aufgefallen war. Erst beim näheren Hinsehen wurde mir klar, dass es sich dabei um ein Schiffswrack handelte. Es war nicht sonderlich groß, doch immerhin verfügte es über mindestens einen Mast, dem allerdings das Siegel fehlte, und ein Unterdeck. Hoffnung keimte in mir auf. Vielleicht könnte ich mich da drin verstecken, bis die Sirenen meiner Suche müde geworden waren?

Nachdem ich mich noch einmal versichert hatte, dass die Ungeheuer nicht schon hinter mir standen, schwamm ich eilig auf das Schiffswrack zu. Tatsächlich schaffte ich es, den hölzernen Korpus zu erreichen, und quetschte mich durch ein kleines Loch ins Innere des Unterdecks. Erschöpft und völlig ausgelaugt lehnte ich mich mit dem Rücken gegen die Wand und versuchte meinen Atem wieder in den Griff zu bekommen. Ich schloss für einen kurzen Moment die Augen. Doch dieser kleine Moment reichte aus, um mich erneut in Gefahr zu bringen, denn etwas griff nach meinem Hals.

Schreiend riss ich die Augen auf und strampelte unbeholfen mit den Beinen. Ich erkannte den dürren Arm einer Sirene, den sie durch ein Loch im Holz gesteckt hatte. Ihre Finger suchten Halt an mir.

»Wir haben dich gefunden, Bell!«, kreischte sie glücklich. »Du musst dich ergeben!«

»Vergiss es!«, schrie ich zurück und schlug mit all meiner Kraft auf den Arm ein. »Du denkst, ich würde einfach so aufgeben? Vor knapp einer Stunde habe ich ein Schwert in das Herz deines verdammten Gottes gerammt!«

Die Sirene und ich erstarrten gleichermaßen. Hatte ich das gerade wirklich gesagt? Wo kam denn plötzlich dieser Kampfgeist her? Ich dachte, ich hätte meine Kraft in den letzten Stunden restlos aufgebraucht, doch anscheinend steckte mehr in mir, als ich mir zugetraut hatte. Entschlossen packte ich die Sirene am Handgelenk und zerrte sie von meinem Hals weg. Ich nahm bereits an sie losgeworden zu sein, doch dann spürte ich, dass sie an irgendetwas festhing, das um meinen Hals baumelte. Erst als mein Blick auf den tränenförmigen Anhänger fiel, den sie in ihren langen Fingern hielt, wurde mir klar, um was es sich handelte. »Lass das sofort los!«

»Niemals! Wenn ich dich nicht kriegen kann, dann will ich wenigstens dieses Glitzerding haben!«

»Das gehört mir! Eine Person, die mir sehr viel bedeutet, hat es mir einst geschenkt. Du kannst es mir nicht einfach wegneh –«

»Du wirst sowieso bald sterben, Menschlein. Da kannst du mir das schöne Glitzerding auch schenken!«

Anstatt mit ihr zu diskutieren, griff ich nach ihren Fingern und versuchte sie von meinem Kettenanhänger zu lösen, doch dann spürte ich plötzlich, wie das Lederbändchen an meinem Nacken riss. »Nein!« Noch eher mein Schrei verklungen war, hatte sich der Arm samt Kette zurückgezogen und war verschwunden. Mein Körper sackte in sich zusammen. Bis eben hatte ich noch gehofft, dass mir eine letzte Chance blieb, durch irgendein Wunder zu entkommen. Doch zu wissen, dass ich Neos einziges Geschenk an mich verloren hatte, tat mir mehr weh, als ich jemals gedacht hätte. Gerade jetzt hatte ich eigentlich andere Dinge zu befürchten. Man sollte meinen, dass ein verlorener Anhänger mein kleinstes Problem darstellte. Dennoch fühlte es sich an, als hätte die Sirene nicht nur ein Schmuckstück, sondern einen Teil von mir gestohlen, der mir unheimlich lieb und wichtig gewesen war. Mit einem Mal fühlte ich mich schrecklich einsam und hilflos. Obwohl ich wusste, dass es logisch betrachtet nicht möglich war, fühlte sich das Meer eisiger an als zuvor.

Die Kälte kroch durch meine Knochen und lähmte mich, während ich aus starren Augen durch das kleine Loch nach draußen blickte, wo die diebische Sirene gerade meinen Anhänger beäugte.

»Er gehört mir«, murmelte ich niedergeschlagen.

»Jetzt nicht mehr.«

»Mein Freund hat ihn mir geschenkt. Es ist das Einzige, was mir von ihm geblieben ist. Und wenn ich dazu verdammt bin, einsam und allein auf dem Grund des Ozeans zu sterben, möchte ich wenigstens diesen Anhänger bei mir wissen.«

Die Sirene hielt in ihrer Bewegung inne. Ich sah, wie ihr Blick zwischen mir und dem Kettenanhänger, den sie dicht vor ihre Augen gehoben hatte, umherzuckte. »Wenn du Mitleid suchst, bist du bei mir an der falschen Stelle, kleines Menschenmädchen. Narius hat mir alles genommen. Ich müsste wissen, wie du dich gerade fühlst, aber selbst wenn ich versuche mich in deine Lage zu versetzen, fällt es mir nicht ein. Narius hat mir meine menschlichen Gefühle gestohlen. Zu mehr Empfindungen, als die Fische um uns herum spüren können, bin ich nicht mehr imstande.«

Bekümmert nickte ich. Die Sirene hatte recht – ihr und ihresgleichen musste ich nicht erklären, wie sich Verlust und Schmerz anfühlten. Es war schon überraschend genug, dass sie mir auf solch eine ehrliche Art geantwortet hatte. Ich umschlang meine Beine und zog sie dicht an meinen zitternden Oberkörper.

»Weißt du, Bell, ich ... Hey, lass das los!«

Erstaunt beobachtete ich, wie eine zweite Sirene vor meinem Versteck auftauchte und frech nach meinem Kettenanhänger griff. Die beiden Wesen zeterten lautstark, während sie sich gegenseitig kratzten und bissen, um die Kette in ihren Besitz zu bringen. Ich traute meinen Augen nicht. Jetzt bekämpften sich meine Feinde schon selbst!

»Gib es mir!«, fauchte die eine, während sie den Arm ihrer Schwester verdrehte. »Du weißt, wie gern ich glitzernde Dinge mag!«

»Lass den Anhänger sofort los! Ich will es genauso haben wir du!«

Staunend verfolgte ich, wie sich noch mehr Sirenen in den Streit einmischten und ebenfalls um den Kettenanhänger kämpften. Irgendwann wurden es so viele, dass ich meinen Anhänger in dem Tumult aus den Augen verlor. Als er wieder aufblitzte, befand er sich in der kleinen Hand einer jungen Sirene. »Kann man das essen? Ich habe so Hunger!«

»Nein!«, schrien die Sirenen gleichzeitig und ließen mein Blut gefrieren.

Der Ton ihrer kreischenden Stimmen war so schmerzhaft, dass ich mir beide Hände auf die Ohren presste. Geschockt beobachtete ich, wie die Kleine dennoch ihren Mund öffnete und meinen Kettenanhänger zwischen die Zähne nahm. Dann biss sie zu.

»Bäh! Aua!«, schrie sie und spuckte kleine Glassplitter aus. »Das tut weh!«

Sofort rauschten ein paar Sirenen auf sie zu, um die Kleinste ihrer Gruppe zu begutachten, doch meine Gedanken waren unterdessen ganz woanders.

*»Das Wasser der Phiole habe ich mit Magie getränkt«*, erklangen die Worte, die Neo einst gesagt hatte, in meinem Kopf. *»Ich kann spüren, wenn es versiegt. Solltest du in Gefahr geraten, musst du nur den Anhänger zerbrechen, um mich zu alarmieren.«*

Für einen Moment konnte ich vor Schock nicht einmal meinen kleinen Finger bewegen. Als ich die Kontrolle über meinen Körper zurückerlangte, schlug ich mit aller Kraft gegen die Wand. »Verdammt! Ich bin so blöd«, zeterte ich vor mich hin, »ich habe meine Rettung buchstäblich um den Hals getragen! Bei den Göttern, wie kann man nur so vergesslich sein?«

»Wovon sprichst du da?«, hörte ich die Stimme einer neugierigen Sirene, doch ich fühlte mich nicht danach, ihr zu antworten. Meine Wut auf mich selbst verschleierte all meine Gedanken und Gefühle. Kopfschüttelnd fuhr ich mir durchs Haar. Würde ich nun durch das Handeln meiner Feinde gerettet werden? Wie lang Neo wohl brauchte, um mich zu finden? Ob er das Signal überhaupt gespürt hatte?

»Was sollen wir jetzt machen?«, stellte eine Sirene die Frage, die mir ebenfalls im Kopf herumspukte. Mindestens ein Dutzend Augenpaare richtete sich daraufhin auf das Loch in meinem Versteck. Ich schluckte trocken.

*Verdammt!*

»Ich möchte auch mit euch spielen«, log ich, weil mir im ersten Moment nichts Besseres einfiel, während ich mich hektisch im Wrack umsah. Ich wusste, dass mein Leben ab sofort davon abhinge, wie viel Zeit ich schindete, ehe der Geduldsfaden der Sirenen reißen würde wie zuvor meine Kette.

»Und was spielen wir?«, drangen die ungeduldigen Stimmen der Sirenen an mein Ohr. Als mein Blick auf eine dunkle Truhe fiel, die nicht weit von mir entfernt auf dem Boden des Schiffes stand, verlor ich keine Zeit, sondern schwamm darauf zu.

»Ähm … das ist eine Überraschung. In einer Minute komme ich zu euch und wir können spielen.« Während ich mich am Deckel der Truhe zu schaffen machte, hoffte ich inständig, dass ich irgendetwas finden würde, mit dem ich die Sirenen zufriedenstellen konnte. Zum Glück ließ sich der Deckel leicht öffnen, doch der Anblick des Inhaltes dämpfte meine Hoffnung. Hektisch durchwühlte ich die nassen Lumpen. Ein Seemann, der wohl früher einmal auf dem heutigen Wrack über den Ozean gereist war, musste das Ding als Kleidertruhe genutzt haben. Was wohl aus ihm geworden war? Ehe ich mich in dieser Frage verlor, schüttelte ich den Gedanken hastig ab, denn schließlich hatte ich aktuell genügend eigene Probleme um die Ohren. Doch während ich tiefer in der Truhe wühlte, schwand meine Hoffnung. Ich wollte schon aufgeben, als mein Blick plötzlich auf etwas Funkelndes fiel.

*Goldmünzen?*

Volltreffer!

Und was war das? Vor Freude hätte ich am liebsten einen Tanz aufgeführt. Hastig griff ich nach dem Schwertgriff und zog die Waffe unter den Lumpen hervor. Zugegeben, besonders frisch sah es nicht aus; der Rost hatte eine so dicke Schicht gebildet, dass ich die Klinge an sich gar nicht sehen konnte. Aber immerhin war es besser als gar nichts, darum nahm ich es mit, nachdem ich mir die Taschen mit Goldmünzen gefüllt hatte. Als ich zum Loch zurückkehrte, tummelten sich bereits die zähnefletschenden Sirenen davor. »Uns reicht es jetzt, Bell! Wir kommen rein!«

»Nein, wartet! Ich möchte ein tolles Spiel mit euch spielen!«

Die Wesen wechselten einen neugierigen Blick.

Eifrig nickte ich, während ich mir unauffällig eine Goldmünze in den

Ärmel meiner mittlerweile zerfetzten Bluse schob. Ich nahm all meinen Mut zusammen, erinnerte mich an die Münztricks, die mir Tarik in der Kombüse beigebracht hatte, und näherte mich dem Eingang, durch den ich in den Korpus des Schiffes geschwommen war. Während ich mich vor den Sirenen positionierte, hoffte ich inständig, dass diese Tricks auch trotz des Wasserwiderstandes funktionieren würden. Vermutlich musste ich meine Hände dichter zusammennehmen, als es mir der Smutje beigebracht hatte, und die Münze stärker festhalten. Wer hätte gedacht, dass die Tricks, die er während seiner Zeit am Festland gelernt hatte, um seine Kundschaft übers Ohr zu hauen, einmal überlebenswichtig *für mich* werden würden?

»Hier, schaut auf meine Handflächen: Sie sind vollkommen leer, richtig?«

Als die Sirenen näher an mich heranschwammen, um meine Handflächen zu begutachten, von denen eine immer noch blutete, schnürte sich meine Kehle zu. Hoffentlich würde mir der Trick gelingen.

»Ja, sie sind leer. Aber mit leeren Händen sollte man einer Sirene nicht gegenübertreten«, spottete eine meiner Zuschauerinnen, woraufhin die anderen in schallendes Gelächter ausbrachen.

Mein Mundraum wurde immer trockener.

»Gut, dann lass mich kurz etwas überprüfen«, murmelte ich konzentriert, während ich meine Hand an das spitze Ohr der mir nächsten Sirene führte. Gleichzeitig ließ ich die Münze aus meinem Ärmel in meine Handfläche sinken. Ich fing sie in der Mitte meiner Handfläche auf, indem ich meinen Daumen und meinen kleinen Finger zusammenzog, damit die umstehenden Sirenen keinen Verdacht schöpften.

»Nanu? Was haben wir denn hier?«, fragte ich so unschuldig wie möglich und »zog« die Münze hinter dem Ohr der Sirene hervor. Zugegeben, dieser Trick war nicht besonders eindrucksvoll, aber zum Glück waren die Sirenen so fasziniert von der funkelnden Goldmünze, dass sie mein Können nicht weiter hinterfragten.

»Mach das noch mal, Menschlein!«

»Aber nur wenn ihr versprecht mich nicht anzugreifen, während wir zusammen spielen.«

»Abgemacht. Und jetzt mach weiter!«

Das ließ ich mir nicht zweimal sagen. Immer und immer wieder führte ich mein Kunststück vor. Solange, bis ich mir sicher war, dass ich den Trick mindestens fünfmal an jeder Sirene durchgeführt hatte. Zwar waren diese völlig entzückt von meiner Vorstellung – und vor allem von ihren neuen Goldschätzen –, aber das schwindende Gewicht in meinen Taschen bereitete mir zunehmend Kopfschmerzen. Darum stieg ich nach einiger Zeit auf einen anderen Trick um, bei dem ich eine Münze zwischen meinen Händen hin- und herwarf, nur um sie zwischendurch mit meiner Handfläche festzuhalten und dadurch den Anschein zu erwecken, sie hätte sich in Luft aufgelöst.

»Das ist toll, aber wir wollen mehr Goldmünzen haben! Du lässt sie verschwinden, aber wir wollen mehr davon besitzen! Mehr!«

Besorgt griff ich in meine Hosentasche. Verdammt, da waren höchstens noch fünf Münzen! »Das verstehe ich, aber meine Magie muss erst wieder zu Kräften kommen«, versuchte ich mich rauszureden, doch die Sirenen kamen bedrohlich näher.

»Das glauben wir dir nicht, Menschlein. Und warum hast du deine Hände in den Hosentaschen? Verbirgst du dort etwa noch mehr Münzen, die du uns vorenthalten willst?!«

Mein Herz geriet ins Stolpern. »Ähm … nein?«

Ehe ich es kommen sah, packte mich einer der Sirenen am Handgelenk und riss es aus meiner Tasche. Meine restlichen Goldmünzen purzelten ebenfalls heraus und sanken gen Boden. Ich schluckte schwer, ehe ich es wagte, in die Augen der Kreatur zu blicken.

Zornig starrten sie mir entgegen. »Du hast gelogen, Menschlein.« Ihre Stimme war leise, doch so schneidend wie ein Säbel. »Wir mögen es nicht, wenn man uns anlügt. Du –«

Ihre Worte wurden von einem lauten Schrei verschluckt: »Haie!«

Sofort fuhren wir herum. Ich entdeckte eine Sirene, die in einigen Metern über uns schwamm und mit ihrem ausgestreckten Arm auf einen riesigen Schatten deutete, der sich in einem beeindruckenden Tempo nährte.

»*Sie* ist schuld!«, fauchte die Sirene neben mir, während sie sich abwandte und rasend schnell das Weite suchte. »Bells blutende Hand hat ihn angelockt! Schnell, wir müssen uns verstecken!«

Sprachlos starrte ich auf meine verletzte Hand hinab, ehe ich meinen Blick wieder auf den Schatten richtete, der gefährlich schnell näher kam. Womit hatte ich so viel Pech nur verdient?

# Kapitel 15

So schnell ich konnte, flüchtete ich wieder durch das Loch ins Schiffswrack. Hinter mir erklang das schrille Gekreische der Sirenen, doch ich hatte keine Zeit, um mich nach ihnen umzusehen. Kaum hatte ich mich in mein Versteck gekauert, hörte ich, wie etwas gegen das Holz schlug. Ehe ich überhaupt sah, was geschehen war, entwich auch mir ein panischer Schrei. Was hatte ich dem Schicksal nur getan, dass es mich so sehr verachtete? War ich nicht schon genug bestraft worden? Reichte es nicht, dass ich binnen eines Tages von einem Meeresgott entführt, von meiner besten Freundin verraten und beinahe gefressen worden war? Anscheinend nicht, denn als mein Blick auf das riesige Maul des Hais fiel, wurde mir schlagartig klar, dass ich diese Herausforderung wohl auch noch überleben musste. Verdammt, wo blieb Neo? Hoffentlich hatte er meinen Hilferuf überhaupt erhalten ...

Ungläubig starrte ich auf das geöffnete Maul des Raubtiers, das so weit aufgerissen war, dass ich stehend hineingepasst hätte. Die Zähne schienen so lang wie meine Unterarme und wuchsen in mehreren Reihen hintereinander. Zum Glück war mein Schlupfloch zu klein, als dass mir das Ungeheuer hätte folgen können, doch dem Ächzen des Schiffswracks nach zu urteilen, war es nur eine Frage der Zeit, ehe es sich seinen Weg freibeißen würde.

Hektisch sah ich mich in meinem Versteck um, das zeitgleich auch mein Gefängnis zu sein schien, denn ich sah keinen zweiten Ausgang, durch den ich entkommen konnte. Als mein Blick an der rostigen Klinge des Schwertes kleben blieb, runzelte ich nachdenklich die Stirn. Es wäre vermutlich nicht die beste Idee, einen riesigen Hai mit einer verrosteten Waffe anzugreifen, die vermutlich so stumpf war, dass sie nicht einmal Butter schneiden könnte. Aber was blieb mir schon übrig?

Ich streckte meine zitternde Hand nach der Waffe aus und zog sie zu mir heran. Um die Klinge besser betrachten zu können, hob ich sie direkt vor meine Augen und neigte sie hin und her. Mir fiel auf, dass die Seiten der Klinge nicht nur mit dickem Rost überzogen waren, sondern auch mit eingetrockneten Seepflanzen und kleinen Tierchen. Damit würde ich den Hai wohl nicht beeindrucken können ... aber vielleicht war ja wenigstens noch die Schwertspitze scharf genug, um etwas Schaden anzurichten? Um es herauszufinden, drückte ich einfach meinen Daumen darauf. Als mich ein stechender Schmerz durchfuhr, musste ich trotzdem erleichtert seufzen. Na, immerhin etwas. Dann würde ich den Hai wohl bekämpfen müssen, als hielte ich einen Speer in meinen bebenden Fingern. Ich wünschte nur, meine Hände wären wenigstens beide in der Lage, den rostigen Griff richtig festzuhalten. Doch die Hand, in die mich das Sirenenkind gebissen hatte, verursachte so unerträgliche Schmerzen, dass ich die Waffe nur einhändig führen konnte.

Nachdenklich betrachtete ich die Verletzung. Ob es wirklich *mein* Blut gewesen war, welches den Hai angelockt hatte? Ich glaubte mich vage daran erinnern zu können, dass Alarik mal was in diese Richtung gesagt hatte, doch seine Erklärung diesbezüglich war bereits verblasst.

Als ich wieder aufsah, stockte mir der Atem. *Verdammt.* Geistesgegenwärtig ließ ich die Klinge auf den Boden fallen. Vor mir klaffte das Loch, durch welches ich mich in mein Versteck gerettet hatte. Ich blickte dadurch hinaus in den weiten Ozean. Der Hai war verschwunden – zumindest augenscheinlich, denn ich war mir sicher, dass er nicht so leicht aufgeben würde.

Mein Herz hämmerte so laut in meiner Brust, dass es mir schwerfiel, mich auf die Geräusche meiner Umgebung zu konzentrieren. Die Anspannung setzte mir so stark zu, dass ich immer mehr in mich zusammensackte. Dieser Tag war einfach zu viel für mich. Erst die Strapazen mit Narius und den Sirenen und jetzt auch noch der größte Raubfisch des Ozea –?

Das Holz über meinem Kopf zerbarst. Zeitgleich entwich mir ein hoher Schrei. Als ich aufblickte, starrte ich in das geöffnete Maul des Ungeheuers.

Da das neue Loch über meinem Kopf zu klein war, um seine Kiefer komplett zu öffnen, hatte der Hai sein Maul nur ein Stückchen aufgesperrt, doch ich wusste, dass es immer noch reichte, um mir den Kopf von den Schultern zu beißen. Ehe es so weit kommen konnte, griff ich nach meinem Schwert – trotz der Schmerzen mit beiden Händen – und rammte es mit all meiner verbliebenen Kraft in den geöffneten Schlund.

Das Tier stieß merkwürdige Laute aus und begann sich wild zu winden. Sein riesiger Kopf stieß mit so viel Wucht gegen das Holz, dass das Loch immer größer wurde. Doch plötzlich zog sich das Ungeheuer so ruckartig zurück, dass es mir nicht gelang, mein Schwert aus seinem Maul zu ziehen. Kraftlos sackte ich in mich zusammen – nun hatte ich auch noch meine einzige Waffe verloren.

Ich war so erschöpft, dass ich mich flach auf den Boden legte und schwer atmend zu dem Hai aufsah, der einen weiteren Versuch unternahm, in mein Versteck vorzudringen. Ohne meine Waffe war ich ihm schutzlos ausgeliefert. Meine Muskeln brannten, ich war nicht in der Lage, auch nur meinen kleinen Finger zu bewegen. Es gab nichts, das ich mehr tun konnte, um mein bevorstehendes Schicksal abzuwenden. Nun lag es in den Händen der Götter, was mit mir geschehen würde – und wie sehr und lang ich mich quälen müsste, ehe all das endlich ein Ende hätte. Ergeben schloss ich die Augen. Ich wollte nicht, dass das riesige Maul das Letzte war, was ich sah, ehe ich in das Reich der Todesgöttin übergehen würde. Stattdessen rief ich mir die Gesichter meiner Familie ins Gedächtnis. Ich dachte daran zurück, wie ich als Kind mit Phil, Leah und Flynn am Strand gespielt und Muscheln gesammelt hatte. Wie stolz ich gewesen war, als Mino mich zur großen Schwester gemacht und ich ihm stundenlang Geschichten vorgelesen hatte. Wie ich von meiner Mutter gelernt hatte, wie man Früchte erntete und einkochte und wie Großmutter mir beigebracht hatte aus Schafswolle Kleidungsstücke oder Decken herzustellen. Meine Lippen verzogen sich zu einem schwachen Lächeln, als ich daran zurückdachte, wie ich einst mit Leah, Flynn und deren Vater in einem kleinen Holzboot hinausgefahren war, weil er uns hatte zeigen wollen, wie man Fischernetze auswarf. Im Endeffekt hatten wir so viel Lärm gemacht, dass sich kein einziger Fisch auch nur in unsere Nähe gewagt hatte. Doch obwohl wir mit leeren Netzen heimgekehrt waren, zählte dieser Tag noch immer zu den schönsten, die ich in Erinnerung hatte.

Unweigerlich zogen meine Gedanken weiter zu den Menschen, die ich erst in den letzten Monaten kennengelernt hatte. Als ein Paar ozeanblaue Augen vor mir auftauchte, quoll mein Herz gleichermaßen vor Freude und vor Schmerz über. *Neo.* Die Sehnsucht, die mich überfiel, während ich an seinen Namen dachte, ließ mein Herz in tausend Teile zerspringen. Nie hätte ich gedacht, dass Gedanken und Gefühle so starke körperliche Schmerzen verursachen konnten. Wenn ich mich entscheiden musste, ob ich den Schmerz meines Herzens oder den meiner verletzten Hand ertragen wollte, dann würde ich mich, ohne zu zögern, für die Hand entscheiden.

Die Welt war so ungerecht. Rückblickend erschien mir mein früheres Leben auf der Insel unwirklich, ja, geradezu traumgleich. Es war mir vorgekommen wie ein Weltuntergang, als Limea nicht mehr aufgetaucht war und mein Bruder dadurch das Haus für sich und seine kleine Familie nicht mehr hatte fertigstellen können. Die Umstände hatten mich wahnsinnig traurig gemacht und ich hatte stundenlang gegrübelt, wie ich ihm und Mary helfen könnte. Doch so gemein es auch klang: Jetzt wünschte ich, dass dies meine größten Sorgen wären.

Ob Neo jemals herausfinden würde, was mit mir geschehen war? Ein schwaches Schnaufen drang über meine Lippen. Hoffentlich würde wenigstens er es schaffen und für uns beide erleben, wie die Welt aussah, wenn die Gefahr durch die Götter gebannt war. Neo war klüger als ich und stärker sowieso. Er würde Nalas Lügenkonstrukt durchschauen und Narius das Handwerk legen. Er würde mich rächen und die Welt retten. Und er würde dafür sorgen, dass mein Tod nicht umsonst gewesen war. Da war ich mir sicher. Auch wenn das natürlich trotzdem nichts an der Tatsache änderte, dass uns die Götter und ihre dämliche Prophezeiung der Zeit beraubt hatten, die noch vor uns gelegen hätte.

Erneut hörte ich, wie das Schiffswrack ächzte. Ich blinzelte nach oben und sah, wie der Hai mit voller Wucht gegen das Holz rammte. Kleinere Teilchen brachen ab und rieselten auf mich hinunter, doch dadurch, dass sie vom Wasser abgebremst wurden, machte ich mir nicht einmal die Mühe, ihnen auszuweichen. Immer wieder wiederholte der Hai dieses Spielchen, bis das Loch schließlich so groß war, dass sein Maul hindurchpasste. Ergeben schloss ich die Augen. Das war es dann wohl.

Jeden Moment rechnete ich damit, dass mich das Ungeheuer verschlingen würde – doch zu meiner Überraschung geschah erst mal nichts. Nur ein merkwürdiges Geräusch, das nach einem dumpfen Aufprall klang, schallte durch meinen Kopf. Ich selbst spürte jedoch nichts, nur die Ruhe, die mich anschließend überfiel, fühlte sich falsch an. Befand ich mich etwa schon im Bauch des Ungeheuers?

»Verdammt!«, erklang plötzlich eine Stimme, die aus einer weiten Entfernung zu stammen schien. Verwundert zog ich meine Augenbrauen zusammen. Irgendwoher kannte ich sie ich doch ...

»Neo, du musst sofort herkommen! Ich habe sie gefunden!«

*Neo?*

Hatte ich das gerade richtig gehört? Ich wollte mich nach der Stimme umsehen, doch als ich versuchte meine Lider zu öffnen, fühlten sie sich an, als wären sie aus Blei gefertigt. Zu mehr als zu einem kraftlosen Blinzeln war ich beim besten Willen nicht imstande. Auch nicht, als ich den Klang meines Namens von einer Stimme hörte, die ich überall wiedererkannt hätte.

»Bell?«

Im nächsten Moment spürte ich, wie sich zwei warme Hände auf meine Schultern legen und mich leicht schüttelten.

»Bell? Bell! Hey, mach die Augen auf, Inselmädchen!«

Mit letzter Kraft folgte ich der Anweisung und blickte in Neos Gesicht auf, das knapp über meinem eigenen schwebte. Ich war so glücklich darüber, ihn endlich wiederzusehen, dass ich sogar die Kraft fand, um meine Lippen zu einem leichten Lächeln zu formen. »Du sollst endlich aufhören mich so zu nennen.«

Trotz der Dunkelheit fiel mir auf, wie Neos Blick sanft wurde. Im nächsten Moment schob er bereits einen Arm unter meinen Kopf und legte den anderen um meine Taille, um mich behutsam aufzuheben und ich seine Arme zu schließen. Als ich spürte, wie mir seine Lippen einen zärtlichen Kuss auf die Schläfe hauchten, ehe er mich so fest drückte, dass ich beinahe zerquetscht wurde, wurde mein Lächeln noch seliger. »Ich hab dich so vermisst!«

»Ich dich auch, Bell. Ich hatte schon Angst, ich würde dich nie wie –« Seine Stimme brach.

Ich nahm all meine Kraft zusammen, um seine Umarmung zu erwidern und ihm meine Arme um den Hals zu legen. Tröstend fuhr ich mit meinen Fingerspitzen über seinen Nacken, während meine Augen brannten. Er war tatsächlich hier. Neo hatte mich gefunden. Mein Unterwasser-Albtraum hatte endlich ein Ende.

»Hast du das wirklich gedacht? Immerhin bist du doch derjenige, der gesagt hat, dass ich so verbissen an dir festklebe wie eine Seepocke.«

Neo schnaubte amüsiert. Er lockerte seinen Griff, um seine Stirn an meine zu legen und mir tief in die Augen zu schauen.

Ihn zu sehen, ihn und sein wunderschönes Lächeln, raubte mir den Atem. »Ich hab dich so vermisst«, wiederholte ich mit erstickter Stimme.

Anstatt mir zu antworten, legte Neo seine Lippen so sanft auf meine, als hätte er Angst, dass er mir wehtun könnte. Doch ich hatte so lang auf diesen Moment gewartet, so sehr dafür gekämpft, dass ich keine Geduld mehr übrig hatte, um schüchtern und zurückhaltend zu sein. Also verstärkte ich meinen Griff in seinem Nacken und ließ eine Hand an seinen Hinterkopf wandern, um ihn noch fester an mich zu ziehen. Wir küssten uns so leidenschaftlich, wie wir es noch nie getan hatten, doch so fühlte es sich genau richtig an.

»So, jetzt habe ich mich lange genug zusammengerissen und die Klappe gehalten, weil ich verstehen konnte, wie sehr ihr euch vermisst habt, aber langsam reicht es auch wieder, oder?«

Sanft lösten wir unsere Lippen voneinander. Ich blickte nach oben zu Kai, der grinsend auf dem Deck des Wracks saß, und warf ihm den finstersten Blick zu, zu dem ich imstande war.

Lachend winkte er mir zu. »Hey, kleine Bell. Ich freue mich auch dich endlich wiederzusehen. Ohne dich war Neo kaum zu ertragen!«

Nun musste ich doch ein wenig schmunzeln. Herausfordernd sah ich wieder zu Neo, der seufzend den Kopf schüttelte und noch immer zu Kai aufblickte.

»Früher oder später werde ich dich über die Planke gehen lassen, Kai. Oder ich binde dir ein Tuch über den Mund.«

»Über den Mund? Also, mir wäre es tatsächlich lieber, wenn du es über meine Augen binden würdest – dann müsste ich euch Turteltauben nicht mehr zusehen.«

»Wer zwingt dich denn dazu?«, entgegnete Neo grinsend. »Du könntest dich ja mal zur Abwechslung nützlich machen und dafür sorgen, dass uns diese verdammten Sirenen vom Leib bleiben, während ich mich um Bell kümmere.« Ohne auf die Antwort seines Freundes zu warten, widmete Neo seine Aufmerksamkeit wieder mir. Sein Blick wanderte gründlich über meinen Körper, bis er schließlich an meiner Hand hängen blieb. Behutsam nahm er sie und führte sie näher an seine Augen. »Was ist passiert?«

»Eine Sirene hat mich gebissen, nachdem ich aus dem Palast geflohen bin«, erklärte ich knapp.

Als Neo mir wieder in die Augen sah, wirkte er unheimlich besorgt. »Was ist sonst noch passiert, Bell?«

»Ich ... also ...« Tja, wo sollte ich da bloß anfangen? Sollte ich ihm hier und jetzt erzählen, dass seine beste Freundin eine Verräterin war? Dass sie ausgerechnet mit Narius zusammenarbeitete, dem Gott, der die Welt vernichten und Neo töten wollte? Es erschien mir nicht besonders passend, ihn in dieser Situation mit all diesen Lügen zu konfrontieren, doch dann fragte ich mich, ob es dafür überhaupt einen passenden Moment geben könnte.

»Woher hast du das?«

Im nächsten Augenblick spürte ich, wie Neo seine Fingerspitze sanft über meinen Hals wandern ließ. Ich schluckte schwer. Ach ja, die Spuren von Narius' und Nalas Würgegriff ... Sollte ich ihm auch davon erzählen? Oder würde ich ihn dadurch nur unnötig beunruhigen? Schließlich war meine Gefangenschaft bereits vorbei und mit etwas Glück würde so etwas nie wieder vorkommen ... Während ich mir Sätze in meinem Kopf zurechtlegte, um zu erzählen, was mir in den letzten Stunden alles angetan worden war, spürte ich, dass ich nicht in der Lage war, sie auszusprechen. Ich öffnete sogar meine Lippen, doch kein Laut drang aus ihnen hervor. Es war, als würde mir jemand die Kehle zuschnüren. Mein Herzschlag beschleunigte sich und ich spürte, wie die Angst in mein Herz zurückkehrte. Nein, ich konnte ihm nicht davon erzählen. Ihn würde es in Sorge versetzen und bei mir würde es Wunden aufreißen. Ich konnte nicht ... zumindest nicht jetzt. Wir hatten wirklich Wichtigeres zu tun.

»Wir müssen sofort zu meiner Heimatinsel fahren!«, stieß ich hervor, woraufhin Neo überrascht den Kopf neigte.

»Bell, ich verstehe, dass du nach all dem deine Familie wiedersehen willst, aber –«

»Es geht nicht um meine Familie! Also ... zumindest nicht nur. Nala und Narius haben das zweite Artefakt in ihren Besitz gebracht und auf den Meeresgott geprägt. Sie haben mich gezwungen – obwohl, eigentlich eher erpresst – ihnen zu helfen, das Rätsel um den Verbleib des dritten Artefaktes zu lösen. Es befindet ich im Vulkan meiner Heimat, Neo! Narius und Nala sind bereits auf dem Weg dorthin, wir müssen –«

»Ganz langsam, Bell!« Neo deutete mit seinen Händen, dass ich mich beruhigen sollte, doch nun, wo ich mich nicht mehr um Sirenen und hungrige Hai sorgen musste, konnte ich nicht verhindern, dass sich meine Gedanken nur noch um das Wohl meiner Familie drehten. »Nein, Neo, dafür haben wir keine Zeit. Komm, wir müssen sofort los!«

»Bell, wir können nicht einfach so Hals über Kopf –«

Ehe er ausgesprochen hatte, sprang ich bereits auf meine Füße – oder besser gesagt versuchte ich es, denn kaum stand ich aufrecht, fiel ich auch schon wieder um. Alles um mich herum drehte sich, als befände ich mich schon wieder in einem Strudel. Zum Glück packte mich Neo, ehe ich gänzlich zu Boden sank.

»Wie wäre es, wenn du dich um Bell kümmerst und ich mir ein paar Männer schnappe, um den Palast zu durchsuchen?«, drang Kais Stimme dumpf an meine Ohren.

»Ich denke nicht, dass das eine gute Idee ist. Falls Narius da drin sein sollte, wovon ich stark ausgehe, habt ihr ohne mich keine Chance.«

»Bell kann hier unten aber nicht bleiben, Neo. Und begleiten kann sich dich auch nicht. Du siehst doch, wie fertig sie ist. Ich –«

»Das habe ich nie abgestritten«, fiel ihm Neo gereizt ins Wort, »aber leider kann ich mich nicht zerteilen. Was wäre dir denn lieber, Bell?«

Es dauerte etwas, bis mein matschiger Verstand begriff, dass die letzte Frage an mich gerichtet war. Seufzend presste ich mir eine Hand auf die Stirn. »Du musst dich nicht entscheiden, Neo, denn weder Nala noch Narius sind im Palast. Die beiden sind auf dem Weg zu meiner Heimatinsel, um dort nach dem dritten Artefakt zu suchen. Wir müssen schnell aufbrechen, ehe sie –«

»Warte, sagtest du gerade, dass *beide* auf der Suche danach sind? Nala ist doch seine Gefangene, wieso sollte sie –«

Kai verstummte. Seine Augen weiteten sich auf die Größe einer Kokosnuss. Ihn dabei zu beobachten, wie sich die Erkenntnis langsam in seinen Verstand schlich, war schwer mit anzusehen. Schließlich war auch er Nalas Freund gewesen. »Bei den Göttern«, hauchte er und hob eine Hand vor den Mund, während er vehement den Kopf schüttelte, »das darf nicht wahr sein! Bell, bitte sag mir, dass es nicht das ist, was ich denke!«

Mit bebenden Lippen nickte ich. Während ich mir die Worte zurechtlegte, die ich nun sagen *musste*, war ich zu feige, um Neo dabei in die Augen zu sehen. »Sie ist es. Nala ist die Verräterin.«

# Kapitel 16

»Ihr irrt euch«, wiederholte Neo zum einhundertsten Mal, seitdem er, Kai und ich seine Kammer an Bord der *Blutroten Lady* betreten haben. Er hatte seine göttlichen Kräfte genutzt, um uns in einem halsbrecherischen Tempo hierher zu bringen. Nun wirkte er ziemlich erschöpft, doch ich vermutete, dass dies mehr dem schrecklichen Verdacht geschuldet war, der im Raum stand. Ich wünschte, ich könnte etwas tun, um die dunklen Augenringe und den angespannten Ausdruck auf seinen Lippen zu vertreiben, aber ich fürchtete, dass ich diesen Zustand eher noch verschlimmern musste. Schließlich hatte ich es noch immer nicht geschafft, den beiden die *ganze* Wahrheit zu erzählen. Seit gut einer Stunde saß ich nämlich in mehrere Decken eingewickelt auf Neos Bett und hatte kaum ein Wort herausbekommen. Dies lag zwar nicht nur an dem Kloß in meinen Hals, der sich verdichtete, sobald ich über meine Erlebnisse sprechen wollte, sondern auch an dem mörderischen Brennen in meiner Kehle. Kai hatte mir erklärt, dass dieses Phänomen eine Nebenwirkung davon war, dass ich so lang unter Wasser geatmet hatte. Dagegen war selbst Neos göttliche Magie machtlos und so kam es, dass ich seit meiner Ankunft schweigend einen Tee nach dem anderen trank, in der Hoffnung, das Brennen dadurch zu lindern.

»Wie willst du das Geschehene denn sonst rechtfertigen, Neo?«, erwiderte Kai ungewöhnlich sanft. »In der Nähe des Palastes haben wir nur Bell aufgegriffen, und ich glaube kaum, dass Nala sie unter normalen Umständen allein dort draußen gelassen hätte. Außerdem ist sie laut Bell mit Narius auf der Suche nach dem dritten Artefakt, und –«

»Das beweist rein gar nichts!«, poltere Neo und warf vor Frust einen Miniaturglobus von seinem Schreibtisch, der scheppernd zu Boden ging. »Schon mal daran gedacht, dass Nala nur vorgeben könnte auf Narius' Seite zu sein? Sie ist wahnsinnig schlau und mutig, das wisst ihr genauso gut wie ich! Wahrscheinlich hat sie Bell geholfen zu entkommen, damit zumindest sie in Sicherheit ist, und dann hat sie so getan, als würde sie vor Narius kuschen und ist mit ihm losgereist, um ihn im Auge zu behalten!«

Das Brennen meiner Augen war mit jedem seiner Worte stärker geworden. Es tat weh zu sehen, wie sehr Neo an jemandem hing, der ihm einen Dolch in den Rücken gestoßen hatte – Genauso wie es mich schmerzte, dass er so vehement ausblendete, was ich bereits unter Wasser gesagt hatte. Als Neos Blick auf mein Gesicht traf, wurde der Ausdruck seiner Miene augenblicklich sanfter. Unverzüglich kam er auf mich zu, setzte sich neben mich und legte einen Arm um meine bebenden Schultern. »Shhh, hab keine Angst, Bell«, redete er ruhig auf mich ein, während er mich fester in seinen Arm zog, »du hast nichts mehr zu befürchten. Mach ruhig die Augen zu und versuch etwas zu schlafen, ja? Das hast du dir nach all den Strapazen mehr als verdient. Und wenn du wieder aufwachst, wird es deinem Hals ganz gewiss besser gehen.«

»Ich gebe es ungern zu, aber ich denke, dass Bell versuchen sollte, das Geschehene aufzuschreiben oder uns zu –«

»*Aufschreiben?* Hast du gesehen, wie ihre Hände zittern? Und dass ihre Schreibhand von einer verdammten Sirene angebissen wurde?«

Abwehrend hob Kai seine Hände. »Tut mir leid, war nur eine dumme Idee ...« Seufzend ließ er sich auf einen Stuhl sinken und schloss für einen kurzen Moment die Augen.

Ich stellte fest, dass er genauso abgeschlagen wirkte wie Neo. Was die beiden wohl in den letzten Tagen getrieben hatten? Denn da war eine neue Erkenntnis: Laut Kai war ich mehrere Tage weggewesen und nicht nur eine Nacht, wie es mir vorgekommen war. Ich musste also viel länger bewusstlos in diesem einen Zimmer gelegen haben, als angenommen ... Wollte ich mich überhaupt fragen, was währenddessen geschehen war?

»Na ...Nala ha ...«

»Ist schon in Ordnung, Bell«, unterbrach Neo meinen Versuch, die Wahrheit zu erzählen, und strich mir behutsam über den Kopf. »Lass dich von Kai nicht unter Druck setzen. Das Schiff ist auf Kurs zu deiner Heimatinsel und da die Strömungen und der Wind ausnahmsweise mal auf unserer Seite stehen, kommen wir hervorragend voran. Falls sich das ändern sollte, werde ich meine göttlichen Kräfte dafür aufwenden, uns schneller vorankommen zu lassen. Allerdings möchte ich damit warten, bis wir wirklich keine andere Wahl haben, da es sein kann, dass wir dadurch Narius oder seine Schergen auf uns ziehen.«

Ich nahm all meinen Mut zusammen und blickte direkt zu ihm auf. In seinen Augen sah ich, wie sehr er unter all dem litt. Er wirkte müde und erschöpft, traurig und gebrochen. Ob er wirklich leugnete, dass Nala uns verraten hatte? Vielleicht wollte er es nur nicht *laut* zugeben ...

Ich nahm einen tiefen Schluck aus meiner Tasse, befeuchtete meine Lippen und brachte dann das Wort über die Lippen, vor dem ich mich schon seit unserer Ankunft drückte: »Verräterin.«

Neos Lächeln erstarb, dennoch schüttelte er den Kopf. Als er mir antwortete, war seine Stimme so leise, dass ich sie beinah überhört hätte. »Nein. Du musst dich irren, Bell.«

Sanft fing ich seinen Blick auf und schüttelte ebenfalls den Kopf. »Nala ... ist die ... Verräterin. Sie ... ist es ... wirklich!«

Ohne ein Wort sprang Neo auf und begann wieder durch den Raum zu tigern.

»Neo, wie eindeutig muss Bell denn noch werden? Mir gefällt das genauso wenig wie dir, aber es ist doch offensichtlich.«

»Sie hat dich verdächtigt«, fiel Neo Kai ins Wort, »wusstest du das? Wer sagt mir, dass sie nicht recht hatte?«

Kai schien die fiese Unterstellung kaltzulassen. Ich war überrascht davon, wie einfühlsam er mit Neo umging, schließlich war er ja sonst eher für seine unpassenden Bemerkungen bekannt. »Denkst du das wirklich?«, fragte er ruhig. »Überleg doch mal, Neo: Wieso sollte Bell lügen? Sie war bei Nala, als all das passiert ist. Außerdem waren sie eng befreundet. Meinst du wirklich, dass Bell solch eine drastische Behauptung aufstellen würde, wenn sie sich nicht ganz sicher wäre? Du kennst sie doch – so etwas würde sie niemals tun, schon gar nicht, wenn es ihre Freunde betrifft! Und jetzt horch bitte noch einmal ganz ehrlich in dich hinein und überlege, ob du es Nala zutrauen würdest, gemeinsame Sache mit Narius zu machen. Ich finde – und es tut mir genauso weh wie dir –, das würde irgendwie gut ins Bild passen, meinst du nicht?«

Erneut nahm ich einen tiefen Schluck von meinem Tee. So langsam hatte ich das Gefühl, dass das Brennen nachließ.

»Er hat … er hat ihr versprochen, dass er sie und ihre Freunde vor der … vor der Gewalt der Götter beschützen wird, wenn sie ihm dabei hilft, die Prophezeiung zu erfüllen.« Hustend hielt ich mir eine Hand vor den Mund. Verdammt, ich brauchte noch mehr Tee! Eilig nahm ich den letzten Schluck und streckte Kai meine leere Tasse entgegen. Er sprang sofort auf, um mir nachzuschenken. »Nala hat krankhafte Angst davor, euch … euch zu verlieren. Vor allem dich, Neo. Sie ist wie besessen! Und dafür sind ihr … alle Mittel recht.«

Kai warf Neo einen vielsagenden Blick zu.

Der Halbgott hatte sich mit verschränkten Armen gegen die Tür gelehnt und beobachtete mich mit zusammengekniffenen Augen. Ich wusste, dass ich ihm seine Zweifel nicht übel nehmen durfte, doch ein bisschen mehr Vertrauen hätte ich mir schon gewünscht.

»Illas hat gesehen, wie Nala eine Flaschenpost ins Meer geworfen hat, die an … Narius adressiert gewesen ist. Anschließend hat er weitere Beweise gesammelt und wurde so zu einer großen Gefahr für Nala, weshalb sie ihn an den Meeresgott verriet, der ihn später entführte. Das war vor der Küste … meiner Heimat. Ich habe die Flaschenpost damals am Strand gefunden. Meine Freunde müssten sie noch immer bei sich aufbewahren. Ich habe Nalas Handschrift wiedererkannt, als wir unsere größten Sünden aufschreiben sollten, um … um die Prüfung des zweiten Artefakts zu bestehen. Im Palast hat sie mir all das dann auch gestanden.«

»Verdammt, sie hat Illas auf dem Gewissen?!«, platzte es aus Kai heraus, wobei ich nicht einordnen konnte, ob es eine Frage oder eine Feststellung seinerseits war.

Ich nickte, ehe ich erneut einen tiefen Schluck trank und mich räusperte. »Sie denkt, dass sie keine andere Wahl hätte, als Narius zu vertrauen, um dich dadurch zu beschützen, Neo. Und für diesen Zweck nimmt sie sogar den Weltuntergang in Kauf.«

Schweigend richtete Neo seinen Blick auf den Fußboden. In seinem Zimmer war es so still geworden, dass ich nur das laute Donnern des Gewitters und das Tosen der Wellen hörte. Für einen Moment sah ich aus dem Fenster und beobachtete, wie der Ozean umherpeitschte und sich aufbäumte. Der Nachthimmel war mit Wolken bedeckt, die auch den Mond verhüllten. Lang konnte ich das Naturschauspiel allerdings nicht beobachten, denn von dem Geschaukel wurde mir zunehmend schwindliger.

»Sie wusste von der Kette.«

Überrascht wandte ich meinen Kopf zu Neo. »Hm? Was meinst du?«

»Kai hat mir erst gestern erzählt, dass du ihm gegenüber erwähnt hattest, dass dich der Untote damals unter dem Vorwand aus deinem Zimmer gelockt hat, er wisse von meinem Geschenk an dich. Weil vermeintlich nur wir zwei davon wussten, hast du ihm geglaubt, dass er diese Information von mir hatte. Aber jetzt, wo sich die Beweise verdichten –« Neo fuhr sich seufzend durchs Haar. Die Schatten unter seinen Augen schienen immer dunkler und tiefer zu werden.

Er tat mir so furchtbar leid. Meine Wut auf Nala hingegen wuchs mit jeder Minute. *Sie* sollte diejenige sein, die ihm von ihren Vergehen berichtete. Wieso musste *ich* ihr diese Last abnehmen und die schlechte Botschaft überbringen?

»Als wir den Strand der Insel betraten, fragte sie mich plötzlich, ob ich jemanden als Wache vor deiner Tür positioniert hätte. Ich habe gedacht, dass sie sich einfach nur um dich sorgt. Darum habe ich ihr aufrichtig geantwortet, dass zwar keine Wache vor deiner Tür steht, du aber meine magische Kette trägst.«

Mir klappte die Kinnlade herunter. »Ja«, brachte ich zwischen einem Hustenanfall hervor, »sie hat mir gestanden, dass *sie* den Untoten auf mich angesetzt hat! Angeblich sollte er mich in den Palast entführen, damit sie und Narius mich dazu überreden können, mich … mich ihnen anzuschließen!«

Seufzend stieß sich Neo von der Wand ab und fuhr sich fahrig durch sein schwarzes Haar, das wesentlich unordentlicher wirkte als sonst. »Beim Klabautermann … sie hat tatsächlich Illas auf dem Gewissen, oder?«

Voller Mitleid nickte ich. »Er hat damals sogar versucht mich zu warnen, doch … doch ich habe nicht verstanden, von wem oder was er gesprochen hatte. Aber Neo, da … da ist noch etwas. Illas ist nicht der Einzige, den sie auf dem Gewissen hat.«

Ein trauriges Lächeln stahl sich auf Neos Lippen, während er langsam auf mich zukam und kraftlos auf die Matratze seines Bettes sank. Er setzte sich mir gegenüber und nahm meine Hände behutsam in seine. Zwar waren sie genauso weich und warm, wie ich sie in Erinnerung hatte, doch natürlich bemerkte ich das leichte Zittern in ihnen. Sanft kreiste sein Daumen über meine Handrücken, auch über den, der in einen dicken Verband gepackt war.

»Wen hat sie noch auf dem Gewissen, Bell?«, murmelte er, wobei ihm anzuhören war, wie sehr es ihn schmerzte, diese Frage überhaupt aussprechen zu müssen.

Als er mir in die Augen blickte, musste ich dennoch lächeln. Immerhin war mir etwas eingefallen, das glatt als gute Nachricht durchgehen könnte, obwohl der Hintergrund alles andere als erfreulich war.

Misstrauisch legte Neo seinen Kopf zur Seite. »Hat sie doch Narius umgebracht oder wieso freust du dich plötzlich so?«

»Nein, Neo, das hat sie nicht. Aber sie ist diejenige, die den Zirkel an Narius verraten hat. Er hat es mir selbst gesagt und sie hat es zugegeben und wollte mich daraufhin –« Meine Stimme versagte. Als ich daran zurückdenken musste, wie sehr sie mich gewürgt hatte und wie viel Panik ich in diesem Moment empfunden hatte, wurde mir übel. Ich konnte es noch immer nicht aussprechen. Vielleicht würde ich es niemals können.

Neos Augen weiteten sich. »Was? Aber wie … Ich meine, ich war es doch, der … Sag das bitte noch einmal, Bell!«

»Es ist nicht deine Schuld, Neo. Du hast den Zirkel nicht verraten! Nala hatte die Sache im Vorfeld mit Narius abgesprochen und alles von langer

Hand geplant. Sie hat es getan, um ihm ihre Loyalität zu beweisen. Dich trifft keine Schuld!«

Neo öffnete seine Lippen, doch kein einziger Ton drang über sie hinweg. Seine Augen wirkten riesig und waren wesentlich dunkler als normalerweise. Ich war mir nicht einmal sicher, ob er überhaupt noch atmete. Langsam hob ich meine Hand und legte sie an seine Wange. Während ich behutsam über die weiche Haut streichelte, stiegen mir schon wieder Tränen in die Augen. Dabei konnte ich wahrscheinlich nicht einmal ansatzweise nachempfinden, was für eine enorm schwere Last gerade von seinen Schultern abfiel. Wie lang hatte er sich mit diesen Schuldgefühlen herumgequält? Wie sehr hat er sich dafür gehasst, wie viele schlaflose Nächte hat er deswegen ertragen müssen?

Ich hörte, wie er laut nach Luft schnappte. »Bist du dir sicher?«

Traurig nickte ich. Dass Neo das Ausmaß meiner Worte erkannt hatte, wusste ich, als die erste Träne über seine Wange rollte. Unruhig rutschte er auf dem Bett umher und ließ meine Hände los, um sich mit seinen eigenen über das Gesicht zu fahren.

»Neo«, stieß nun auch Kai aus und eilte auf seinen Freund zu, »Neo, verdammt, du bist unschuldig!«

Er schloss ihn in eine feste Umarmung, doch schon nach wenigen Augenblicken wandte sich Neo daraus hervor und begann stattdessen wieder rastlos durch das Zimmer zu wandern. Ich könnte schwören, dass wir seine Fußspuren bei Tageslicht in den dunklen Holzdielen erkennen würden.

»Das ist unglaublich!«, sagte Kai zum wiederholten Male und auch mir fehlten aufs Neue die Worte. Ob Nala überhaupt jemals daran gedacht hatte, wie sehr sie Neo mit ihrem Handeln verletzt hatte?

»Sie ist es wirklich ... Sie ist die Verräterin. Ich kann einfach nicht glauben, dass ausgerechnet sie der Maulwurf ist, den wir seit Monaten suchen.«

Mitfühlend blickte ich zu Neo, der neben seinem Schreibtisch stehen geblieben war und mich so verzweifelt und hilflos ansah, dass ich am liebsten aufgestanden wäre und ihn in die Arme geschlossen hätte. Allerdings vermutete ich, dass es ihm lieber war, wenn er weiterhin frei durch die Gegend laufen konnte, um seine überschüssige Energie loszuwerden.

Plötzlich hörte ich ein lautes Scheppern.

»Neo!«, entfuhr es Kai.

Ungläubig starrte ich auf das Chaos, das sich auf dem Boden vor dem Schreibtisch ausgebreitet hatte. Neo hatte alles hinuntergefegt. Ich erkannte zerbrochenes Glas, das wohl von der Linse des Fernglases stammte. Überall lagen Karten und Papiere herum, die von der dunkelblauen Tinte der auslaufenden Fläschchen getränkt wurden. Besorgt sah ich zu Kai auf, der meinen Blick erwiderte und ratlos mit den Schultern zuckte.

»Sehen wir es ihm nach«, raunte er mir zu. »Deine Offenbarung hat seine ganze Welt aus den Angeln gerissen.«

»Ich weiß«, gab ich genauso leise zurück. »Es macht mich so wütend, dass Nala denkt, sie hätte ihm damit einen Gefallen getan. Sie sagte mir, dass er sie verstehen und sogar dankbar für ihr Handeln sein wird, wenn sie ihm eines Tages davon erzählt. Wie kann man nur so verblendet, egoistisch und besessen sein, Kai? Sie gibt vor das alles nur für Neo zu tun, aber ich glaube, dass sie in Wahrheit nicht einen Wimpernschlaglang an ihn gedacht hat.«

»Das vermute ich auch.«

Als es erneut polterte, rissen wir zeitgleich unsere Köpfe herum. Vor Schreck schnappte ich nach Luft und hielt mir eine Hand vor den Mund. Neo stand vor dem großen Spiegel neben seiner Tür. Allerdings konnte man diesen wohl nicht länger als solchen bezeichnen, denn das Glas war zu großen Teilen herausgebrochen und lag auf dem Boden verstreut. Obwohl Neo mit dem Rücken zu mir stand, schlussfolgerte ich aus seinen bebenden Schultern, wie schwer er atmete. Langsam ließ er sich auf seine Knie sinken und verbarg sein Gesicht in den Händen. Kein Ton drang auf seiner Richtung, doch es war nicht zu übersehen, wie sehr er mit sich und seinen Gefühlen kämpfte. Nun war ich mir sicher, dass er verstanden hatte: Seine beste Freundin hatte ihn verraten. Sein beinahe greifbarer Schmerz sprach mehr als tausend Worte.

Erneut wechselten Kai und ich einen besorgten Blick. Zu allem Überfluss klopfte es nun auch noch an der Tür. »Käpt'n, wir haben ein paar Probleme mit unseren Kanonen. Könntet ihr euch das vielleicht einmal anschauen? Ihr habt diesbezüglich mehr Ahnung.«

»Ich kläre das«, verkündete Kai, kaum dass der Pulverjunge ausgesprochen hatte. Wir tauschten noch einen letzten Blick, ehe er zur Tür hechtete und nach draußen verschwand.

Ich schluckte betroffen. Einerseits war es ja nett gemeint, dass er Neo nur die Arbeit abnehmen wollte, doch andererseits lag es nun ganz allein in meiner Verantwortung, mich um ihn zu kümmern – und ich wusste nicht, ob ich seinem gewaltigen Schmerz gewachsen war.

Unschlüssig stand ich auf. Ich hielt eine der Bettdecken wie einen Mantel um meinen Körper geschlungen, während ich barfuß zu Neo hinüberlief. Als ich ihn erreichte, setzte ich mich hinter ihn auf den kühlen Fußboden und schlang meine Arme und Beine um seinen Oberkörper, als wäre ich ein menschlicher Rucksack. Mein Kinn legte ich an seiner Schulter ab und zog die Decke so weit nach vorn, dass auch er etwas eingemummelt war.

»Es tut mir so leid, Neo«, flüsterte ich in sein Ohr, weil ich beim besten Willen nicht wusste, was ich sonst sagen sollte. So gebrochen und verloren hatte ich ihn noch nie erlebt – würde ich es nicht mit eigenen Augen sehen, würde ich es auch nicht glauben. Ausgerechnet Neo, der furchtlose Halbgott, der mich schon bei unserer ersten Begegnung zur Weißglut getrieben hatte ... Aber eigentlich hatte ich auch angenommen, dass ich kein rachsüchtiger oder hassgetriebener Mensch war, doch nun saß ich hier und schwor mir Nala für all das büßen zu lassen.

»Es ist nicht deine Schuld, Bell«, murmelte Neo und richtete sich etwas auf, um über seine Schulter hinweg zu mir zu schauen. »Ich hätte es irgendwie ... ahnen müssen.«

»Wie denn?«, fragte ich sanft und strich ihm währenddessen mit einer Hand durchs Haar. »Du konntest ja nicht in ihren Kopf schauen. Ich habe es selbst nicht gedacht, bis sie sich bei der zweiten Prüfung so komisch benommen hat.«

Sanft legte er seine Stirn an meine. »Was ist denn eigentlich genau passiert? Das Letzte, was ich sicher weiß, ist, dass ich euch einen Teil meiner Magie übertragen habe und ihr anschließend in den Wellen verschwunden seid.«

»Wir wurden in einen Strudel gerissen«, erinnerte ich mich, »und dann waren wir plötzlich in einer Kuppel unter Wasser. Das Schwert steckte in einem Kristall, der uns die Anweisung gab, unser größtes Vergehen aufzuschreiben. Wir mussten uns an einen kleinen Tisch setzen und Zettel beschreiben, die sich entzündeten, sobald wir fertig waren. Zuerst sind unsere Papiere nur verbrannt, weil wir beide nicht darauf gekommen sind, was die Götter für eine Sünde meinen könnten – also, zumindest war das bei mir der Fall –, aber dann haben wir richtiggelegen und die entsprechenden Zettel zerfielen zu Goldstaub. Der Kristall, in dem das Schwert steckte, brach und im Gegensatz zu Nala konnte ich es problemlos herausziehen. Dann tauchte Narius auf und weil ich mich nicht anschloss, haben sie mich irgendwie bewusstlos geschlagen oder betäubt, ich weiß es nicht genau. Als ich wieder zu Sinnen kam, war ich bereits im Palast.«

»Und dort hat sie dir gestanden, dass sie hinter alldem steckt?«

Ich nickte, ehe ich anfing auch den Rest meiner Geschichte zu erzählen. So berichtete ich Neo davon, wie Nala und Narius mich erpresst hatten, dass plötzlich Limea als Untote aufgetaucht war und wie ich den entscheidenden Hinweis auf das dritte Artefakt geliefert hatte. Dabei erwähnte ich zwar, dass Nala und Narius mich erpresst und teilweise gezwungen hatten, doch ich ließ geflissentlich weg, wie viel Gewalt sie mir wirklich angetan hatten. Einerseits wollte ich Neo nicht noch mehr aufregen, aber genauso gut wusste ich, dass *ich* noch immer nicht in der Lage war, über das Erlebte zu sprechen. Wenn ich auch nur daran zurückdachte, konnte ich plötzlich wieder Narius' Finger an meiner Kehle spüren. Fühlen, wie er mir die Luft abdrückte, und sehen, wie die dunklen Punkte vor meinen Augen tanzten. Als ich meine Erzählung damit abschloss, wie ich von einem Hai verfolgt worden war, klang meine Stimme so kratzig, als hätte ich stundenlang aus Leibeskräften geschrien.

Neo hatte mir die ganze Zeit über geduldig zugehört und mich nur unterbrochen, wenn ich etwas so aufgeregt und schnell erzählt hatte, dass er mir nicht hatte folgen können. Nun saßen wir schweigend da, Arm in Arm, und hielten einander fest, während die Welt um uns herum immer kälter und finsterer wurde. Ich kam mir vor wie eine Ertrinkende, die sich an das letzte Treibholz klammerte, das weit und breit zu sehen war. Nur dass ich nicht im Ozean ertrank, sondern in all den Grausamkeiten des Lebens. Erneut fragte ich mich, wie ich nur so naiv gewesen sein konnte, unsere Insel als die einzige Realität anzusehen.

»Es tut mir leid, Bell.«

Kopfschüttelnd rang ich mir ein Lächeln ab. Neo hat sich in den letzten Stunden, in denen wir gesprochen hatten, bereits so oft bei mir entschuldigt, dass ich nicht mehr mitzählen konnte. »Nichts davon ist deine Schuld, Neo. Du konntest es nicht ahnen und im Endeffekt warst du derjenige, der mir das Leben gerettet hat. Es ist alles in Ordnung. *Ich* bin in Ordnung. Du brauchst dich nicht zu sorgen.«

Nachdenklich betrachtete er mein Gesicht. »Bist du das wirklich, kleines Inselmädchen?«

Ich nickte mechanisch, so wie ich die Frage bisher immer beantwortet hatte, obwohl ich mir sicher war, dass nicht alles so leicht war, wie ich vorgab. Doch jetzt wollte ich mich nicht damit beschäftigen. Jetzt wollte ich einfach nur die Zeit genießen, die mir mit Neo blieb. Denn wenn ich eines in den letzten Tagen gelernt hatte, dann war es, dass Lebenszeit nicht selbstverständlich war.

Gähnend legte ich mir eine Hand auf den Mund. »Wollen wir langsam schlafen gehen? Ich bin so müde!«

»Das glaube ich dir aufs Wort«, erwiderte er lächelnd und half mir anschließend beim Aufstehen. Als er nach meinen Händen griff und mich vorsichtig auf die Beine zog, fiel mein Blick auf seine Handrücken. Erschrocken riss ich die Augen auf. »Neo – du blutest ja!«

»Ach, das bisschen ...«

Belehrend sah ich zu ihm auf. »Hast du etwas hier, womit wir deine Hände verarzten können? Ich will sicherstellen, dass du keine Glassplitter in der Wunde hast.«

Lächelnd gab er mir einen Kuss auf die Stirn, ehe er mich zu der Kommode führte, auf der noch die Verbände und Salben lagen, mit denen wir vorhin meine eigene Hand verarztet hatten. Geduldig ließ er zu, dass ich seine Finger genauestens betrachtete. Erst als ich mir ganz sicher war, dass sich keine Scherben in den aufgeschlagenen Knöcheln befanden, machte ich mich daran, die Wunden mit Salbe einzucremen und anschließend zu verbinden.

»Du hast mir so fürchterlich gefehlt«, murmelte er, während er mir die Hand hinhielt und seine Augen mein Gesicht erkundeten. Ich erwiderte sein Lächeln und stellte mich anschließend auf Zehenspitzen, um seine Lippen erreichen zu können. Während ich sie sanft küsste, ließ ich eine Hand an seinem Hinterkopf hinaufwandern und die andere zwischen seine Schulterblätter gleiten.

Neo brummte zufrieden und zog mich so fest an seinen warmen Körper, dass nicht einmal ein Stück Papier zwischen uns gepasst hätte. Sein Geruch stieg mir in die Nase und vertrieb die finsteren Gedanken an die Vergangenheit. In diesem Moment gab es nur uns, ihn und mich, und unsere Lippen, die miteinander verschmolzen, als wären sie flüssige Schokolade. Ich spürte seinen schnellen Herzschlag, genauso wie er vermutlich den meinen fühlte. Die Wärme seines Körpers vertrieb die Kälte des Ozeans aus meinen Knochen und gab mir das Gefühl, an einem wärmenden Kamin zu sitzen. In seinen Armen fühlte ich mich so sicher, dass ich zuließ, wie er seine Hand vorsichtig an meinem Rücken unter den Saum meine Bluse schob.

»Ist das in Ordnung für dich, Bell?«, murmelte er zwischen zwei hitzigen Küssen.

Ich nickte und ließ meine Hand ebenfalls an seinem Kragen entlang unter sein Hemd wandern. »Ich liebe dich, Neo«, flüsterte ich etwas heiser, woraufhin sich seine Lippen spürbar zu einem Lächeln verzogen.

»Ich liebe dich auch, Bell.«

Ehe ich mich's versah, hob er mich auf seine Arme und trug mich zum Bett. Als er mich vorsichtig auf der Mitte der Matratze ablegte, spürte ich die samtweichen Laken unter meinen Handflächen. Neo stützte seine Unterarme neben meinem Kopf ab und drückte seine Lippen erneut fest auf meine. Ich wusste gar nicht, wie es genau dazu kam, weil ich mich so auf seinen Geruch und den Geschmack seiner Lippen konzentrierte, aber plötzlich hatte ich ihm sein Hemd ausgezogen und er öffnete den letzten Knopf an meiner Bluse. Obwohl es mir früher unangenehm gewesen war, wenn ich leicht bekleidet mit meinen Freunden im Meer schwimmen gegangen war, störte es mich überraschenderweise überhaupt nicht, dass Neo mich nun so sah. Er hatte eine Decke über uns ausgebreitet, weshalb mir auch ohne meine Kleidung wohlig warm war – obwohl ich zugeben musste, dass ich dafür wahrscheinlich nicht einmal eine Decke gebraucht hätte. Schließlich waren unsere Körper so erhitzt und einander so nahe, dass ich mich fühlte wie ein menschlicher Ofen.

Als wir nach einer Weile schwer atmend nebeneinanderlagen, blickte Neo mich mit solch einer Sanftheit an, dass ich beinahe in seinen Augen ertrunken wäre. Schließlich beugte er sich wieder zu mir herab und küsste sich meinen Hals entlang. Mir entging dabei nicht, wie vorsichtig und leicht seine Berührungen waren, als er die geröteten Stellen an meinem Hals erreichte.

»Ich respektiere vollkommen, dass du nicht darüber reden willst«, murmelte er gedämpft, »aber ich will, dass du weißt, dass ich jederzeit für dich da bin, falls du dich doch irgendwann umentscheiden solltest. Und ich verspreche dir, dass ich so etwas nie wieder zulassen werde. Wenn ich Narius begegne, werde ich ihm alles heimzahlen, was er dir angetan hat.«

Unsicher knabberte ich an meiner Unterlippe. Seitdem wir uns in sein Bett zurückgezogen hatten, hatte sich mein Leben wieder so unbeschwert und leicht angefühlt. Wollte ich diese Blase zerplatzen lassen, indem ich ihm erzählte, dass Nala genauso an diesen Spuren beteiligt war? Ehe ich mich zu einer Antwort durchringen konnte, unterbrach Neo seine Küsse und stupste stattdessen seine Nasenspitze gegen meine. »Tut mir leid, falls ich dir zu nahegetreten bin. Ich –«

»Nein, schon in Ordnung«, erwiderte ich leise. »Also, es ist nur ... Weißt du, Narius ist nicht als Einziger dafür verantwortlich, dass mein Hals so aussieht.«

Neos Augen weiteten sich. »Nala?«

Ich rang mich zu einem schwachen Nicken durch und senkte schüchtern meinen Blick. »Zu Beginn hatte ich das Gefühl, sie würde versuchen mich vor dem Meeresgott in Schutz zu nehmen und mir helfen, aber nachdem er sie gegen mich aufgehetzt hat, hat sie …« Meine Stimme versagte. Doch als die ersten Tränen über meine Wangen kullerten, waren Neos Lippen sofort da, um sie aufzufangen.

»Dann wird sie eben genauso sehr dafür büßen.«

Energisch schüttelte ich den Kopf. »Ich denke nicht, dass es dir oder mir besser gehen würde, wenn du sie körperlich angreifen würdest. Im Gegenteil, es würde dich ewig verfolgen und neuen Schmerz verursachen, Neo. Versprich mir, dass du ihr nichts antun wirst, ja? Wir müssen sie stellen und zur Verantwortung ziehen, keine Frage – aber bitte triff keine überstürzten Entscheidungen.«

Neo schnaubte amüsiert, wobei mir sein warmer Atem über die Wange strich. »Ach, Bell …«

»Was?«, fragte ich ehrlich irritiert, doch Neo schüttelte nur den Kopf und fuhr damit fort, mein Gesicht zu küssen.

»Nichts. Ich glaube nur, dass ich dir schon wieder sagen muss, dass ich dich liebe.«

Verwundert blickte ich zu ihm auf, doch mehr als ein geheimnisvolles Grinsen hatte er nicht für mich übrig. Und so schloss ich einfach die Augen und genoss die vielen Zärtlichkeiten, mit denen er mich noch die ganze Nacht lang verwöhnte.

# Kapitel 17

»Bereit zum Anlegen?«

Mit klopfendem Herzen sah ich zu Neo, der neben mir am Bug der *Lady* stand und mich vertraut anlächelte. Ich nickte, obwohl diese Antwort eine blanke Lüge war. Seitdem meine Heimat vor einigen Stunden am Horizont aufgetaucht war, war mir vor Anspannung so übel, dass ich bereits damit gerechnet hatte, mich noch vor dem Anlegemanöver zu übergeben. Doch bis jetzt war mein Mageninhalt bei mir geblieben und die Männer um uns herum waren bereits damit beschäftigt, die kleinen Beiboote vorzubereiten.

»Kannst du mir bitte noch einmal das Fernrohr geben?«, fragte ich an Neo gewandt, der es mir, ohne zu zögern, reichte.

»Bisher konnten weder ich noch Arvid etwas Verdächtiges entdecken«, hörte ich ihn sagen, während ich auf meine Heimat blickte. Tatsächlich schien alles immer noch so zu sein wie bei meiner Abreise. Als ich die kleinen Häuschen entdeckte, die sich am Strand entlangschlängelten, drohte mein Herz vor Sehnsucht zu zerplatzen. So viele Wochen war ich fortgewesen, doch hier schien alles beim Alten geblieben zu sein, während mein Leben komplett auf den Kopf gestellt worden war ... Diese Tatsache löste die widersprüchlichsten Gefühle in mir aus. Heimkommen war stets das gewesen, was ich mir die ganze Zeit über sehnlichst gewünscht hatte, doch nun fühlte es sich so ...*anders* an, als ich es erwartet hatte. Nicht besser oder schlechter, aber eben anders. Ob das an der Anspannung lag, die auf mir lastete, weil wir immer noch nicht wussten, ob Narius das letzte Artefakt bereits geborgen hatte?

»Deine Hände zittern.« Neos leise Stimme riss mich aus meinen Gedanken.

Ich ließ das Fernrohr sinken und lächelte ihn zaghaft an.

»Es ist seltsam, wieder hier zu sein«, antwortete ich ehrlich und griff nach seiner Hand. »Ich habe mir meine Rückkehr irgendwie anders vorgestellt … Glaubst du, die anderen freuen sich mich wiederzusehen?«

Neo schnaubte kopfschüttelnd, während er einen Arm um meine Schultern legte. »Ach, Bell, was ist das denn schon wieder für eine Frage? Natürlich werden sich die anderen freuen! Sie müssen sich furchtbare Sorgen um dich gemacht haben … Wenn ich daran denke, wie es mir ging, als du für ein paar Tage verschwunden warst …«

Schmunzelnd kniff ich ihm in die Seite, ehe ich mich auf die Zehenspitzen stellte und ihm einen Kuss auf die Wange drückte. Seit meiner Rückkehr und unserer anschließenden gemeinsamen Nacht fühlte es sich so normal an, ihn trotz der neugierigen Blicken der Crew zu küssen und zu berühren. Wir taten das mittlerweile ziemlich oft und seit dieser Nacht vor gut einer Woche hatte es auch kaum einen Moment gegeben, in dem wir nicht zusammen gewesen waren. Alles fühlte sich so vertraut an, als wären wir schon seit Jahren ein Paar. Und die Vorfreude auf das, was noch vor uns lag, hatte mir die nötige Kraft gegeben, um mich auf den anstehenden finalen Kampf vorzubereiten. Stundenlang hatte mich Kai im Schwertkampf unterrichtet und obwohl ich zugeben musste, dass er nicht ganz so geschickt darin war, mir die Dinge so einfach zu erklären, wie es Nala früher getan hatte, fühlte ich mich mittlerweile wesentlich sicherer auf diesem Gebiet. Zwischendurch waren Neo und ich oft im Ozean geschwommen, damit ich meine Technik verbessern konnte. Mittlerweile war ich in der Lage, viel länger die Luft anhalten als zuvor, weil ich gelernt hatte besser abzuschalten und mich mehr auf mich als auf meine Umgebung zu konzentrieren, doch ob das ausreichte, um Narius erneut gegenüberzutreten, bezweifelte ich.

»Ich freue mich schon auf den Blick deiner Mutter, wenn sie deine neue Frisur sieht«, versuchte mich Neo aufzuziehen, um mir einen Teil meiner Anspannung zu nehmen. Schmunzelnd sah ich ihn an.

»Und ich freue mich schon auf Phils Reaktion, wenn er dich in die Finger bekommt. Schließlich bist du dafür verantwortlich, dass sich seine kleine Schwester auf ein fremdes Schiff geschlichen und den Ozean bereist hat.«

»Pff, was kann ich denn dafür, wenn ihr Frauen mir so verfallen seid, dass ihr solche Dummheiten macht, um in meine Nähe zu kommen?«

Sein Tonfall klang so selbstverliebt, dass ich ein Lachen nicht länger zurückhalten konnte.

»Was? Willst du diese Tatsache etwa abstreiten?«

Kopfschüttelnd schlang ich meine Arme um Neo Oberkörper und vergrub mein Gesicht an seinem Hals. »Das würde ich gern, aber ich glaube, dass dies Zweifel an meiner Glaubwürdigkeit wecken würde.«

Neo erwiderte daraufhin nichts, doch ich spürte, wie er seine Wange gegen meinen Kopf lehnte. Für einen Moment standen wir einfach nur da und genossen den Augenblick, die sprichwörtliche Ruhe vor dem Sturm. Denn egal, wie sehr wir uns auch bemühten, die Realität auszublenden – uns beiden war klar, dass dies im schlimmsten Fall die letzte Gelegenheit war, um uns Normalität vorzugaukeln. Wir hatten in den letzten Tagen oft besprochen, wie wir in gewissen Notsituationen reagieren würden, doch im Grunde wussten wir beide, dass niemand das Ende dieses entscheidenden Tages voraussagen konnte. Würden wir siegen und uns eine bessere Zukunft erkämpfen? Oder würden wir scheitern und die Welt mit ins Verderben reißen?

»Die *Lady* liegt vor Anker, Käpt'n«, schallte der Ruf eines Mannes über Deck, »und die Beiboote sind ebenfalls bereit zur Überfahrt.«

Anstatt ihm zu antworten, stieß Neo nur ein leises Seufzen aus. Während er sich langsam von mir löste, kehrte die Furcht in meinen Körper zurück und ließ mich erschaudern.

»Also gut, Inselmädchen – bist du bereit?«

So entschlossen, wie ich nur konnte, erwiderte ich seinen Blick. »So bereit, wie man in solch einer Situation nur sein kann.«

Hand in Hand gingen wir zur Reling des Schiffes und warteten, bis wir an der Reihe waren, uns in eines der Beiboote abzuseilen.

Als es endlich losging und wir auf meine Heimat zusteuerten, zitterten meine Hände wie Palmenblätter im Wind. Mir war furchtbar schlecht, der Geschmack von Galle haftete bereits in meiner Mundhöhle. Hoffentlich ging es allen Inselbewohnern gut ... Ich wusste, dass es in dieser Situation reichlich dumm war, darüber nachzudenken, aber dennoch fragte ich mich, ob Narius nicht vielleicht doch schon vor uns hergekommen war. So wie ich ihn einschätzte, hätte er niemanden verschont. Was, wenn es nur so leer und einsam aussah, weil er die Bewohner bereits entführt hatte? Oder noch schlimmer, wenn er sie –

Ich japste nach Luft. Plötzlich konnte ich nicht mehr atmen und mein Herz schmerzte, als würde es von Dutzenden Nadeln durchbohrt werden. Ich spürte, wie mich Neo umarmte und sanft über meinen Rücken tätschelte. »Ist gut, Bell, wir sind gleich da. Du –«

»Was, wenn er sie doch gefunden hat?«, unterbrach ich ihn heiser und suchte nach seinen blauen Augen, die mich besorgt betrachteten. »Nala hat ihm sicherlich erzählt, dass meine Familie hier lebt. Verdammt, sie weiß doch bestimmt noch, wo unser Haus steht!«

»Du darfst jetzt nicht die Nerven verlieren, Bell«, mischte sich Kai ein, der ebenfalls in unserem Boot saß. »Wir sind auf dem Weg zu deiner Familie und werden gleich anlegen – mehr können wir sowieso nicht tun.«

Mit brennenden Augen blickte ich zum Strand. Er war wie leergefegt, nicht einmal eine Möwe war zu erkennen. Mein Magen wurde so schwer, als hätte jemand einen Anker hineingelegt. »Wir sind zu spät, Neo.«

»Das wissen wir nicht.«

»Doch. Ich weiß es. Ich kann es *fühlen*.«

»Nein, Bell, das sind nur deine Nerven, die dir einen Streich spielen. Ich weiß, dass es leichter gesagt ist, als getan, aber du darfst dich davon jetzt nicht verrückt machen lassen. Wir müssen all unsere Konzentration auf unser Vorhaben richten, verstehst du?«

Ich nickte zurückhaltend, doch die Zweifel blieben. Und mit jedem Meter, dem wir uns dem Ufer nährten, wurden sie lauter.

»Macht euch bereit«, wies Kai die Männer in den kleinen Booten an, die etwas hinter uns schwammen. »Der Plan ist klar: Nach dem Anlegen teilen wir uns in kleine Gruppen auf, die die Insel auskundschaften. Wir müssen um jeden Preis unauffällig und diskret vorgehen. Sollte euch jemand entdecken, egal ob ein Untoter oder Inselbewohner, müsst ihr diesen zum Schweigen bringen. Die Bewohner dürfen dabei nicht verletzt werden, beschränkt euch in diesem Fall also auf die Stoffbinden, wie wir vorhin ausgeteilt haben. Vergesst nicht, dass wir nicht wissen, wie die Lage auf der Insel ist. Vielleicht haben wir Glück und Narius ist noch nicht hier, vielleicht haben wir aber auch Pech und er kommt mit dem dritten Artefakt in den Flossen angeschlendert. Das Gelingen unserer Mission hängt von unserer Schnelligkeit und Diskretion ab, kapiert?«

Ein kollektives »Aye, aye« der Mannschaft ertönte, wenn auch nur im Flüsterton. Doch meine Anspannung ließ sich nicht lösen. Mit brennenden Augen sah ich Neo an. »Kannst du mich zum Haus meiner Familie bringen ... jetzt?«

Neo betrachtete mich schweigend. Ich wusste, dass ich ihm mit dieser Forderung einiges abverlangte. Eigentlich hatten wir ausgemacht, dass ich meine Familie erst besuchen würde, sobald feststand, dass sich Narius zumindest nicht in der Gegend der Häuser aufhielt. Doch das Heim meiner Familie lag etwas abseits und somit eigentlich erst am Ende unserer geplanten Route. Wir würden ein großes Risiko eingehen, wenn wir blind zum Haus meiner Familie liefen, ohne zu überprüfen, ob es womöglich Fallen oder Spione gab. Aber ich wusste, dass mir keine andere Wahl blieb. Ich musste *jetzt* sicherstellen, dass es ihnen gut ging – eher würde ich sowieso keine große Hilfe für unser Vorhaben sein.

»Du weißt, was wir damit riskieren?«

Ich nickte entschlossen. »Bitte, Neo. Ich kann an nichts anderes mehr denken als daran, dass Narius sie wohlmöglich in seinen Klauen hat und ihnen dasselbe antut, was ... was er mir angetan hat.«

Schweigend hielt Neo meinen Blick fest. Dann nickte er. »Abgemacht. Aber du hörst auf meine Anweisungen, versprochen? Falls es erforderlich ist, dass du fliehst, dann wirst du das ohne Widerworte tun.«

Noch während ich nickte, legte Neo seine Hände um meine Taille. »Komm, Bell. Ich bringe dich nach Hause.«

Ich schlang meine Hände um seinen Hals und hielt mich fest, ehe er mit mir abtauchte und eine Art Strömung erschuf, die uns in Windeseile durch das Meer transportierte.

*Ich bringe dich nach Hause.* Seine Worte bohrten sich tief in mein Herz und ließen es bluten. Mal schauen, wie viel von diesem Zuhause noch übrig war …

Als wir nach einer Weile wieder auftauchten, pochte mein Herz so schnell, dass mir schwindlig vor Augen wurde. Wir betrachteten den Strand und sahen uns um, doch zumindest ich konnte nichts Verdächtiges erkennen. Gemeinsam eilten wir durch den feinen Sand und kamen schließlich auf unserer Treppe an. Ich wollte gerade die Tür aufstoßen, als sich Neo unvermittelt vor mich schob.

»Lass mich besser vorgehen, Bell. Es könnte immer noch ein Hinterhalt sein und falls sich wirklich etwas Schreckliches zugetragen haben sollte, will ich nicht, dass du es siehst.« Ehe ich ihm widersprechen konnte, öffnete er die Tür und trat in unseren Flur. So leise wie möglich folgte ich ihm, wobei ich mir eine Hand auf die Lippen presste, um beim Anblick meines vertrauten Heimes nicht zu weinen. Alles war so, wie ich es in Erinnerung hatte, aber dennoch erschien es mir irgendwie unwirklich und fremd. Es war ein seltsames Gefühl. Ein bisschen so, als wäre ich aus einem tiefen Schlaf erwacht und noch unwissend, was Traum und was Realität war. Das hier war mein Zuhause. Alles stand an Ort und Stelle, alles war in dem Zustand, in dem ich das Haus überstürzt verlassen hatte. Hier hatte sich nichts verändert – aber ich mich schon. Vielleicht fühlte es sich deshalb so seltsam an, durch unser Haus zu schleichen. Es erschien mir, als wären *Jahre* vergangen, seit ich aufgebrochen war. Und nun war ich ein völlig anderer Mensch als zuvor.

»Sieht nicht so aus, als hätte es einen Kampf gegeben«, raunte mir Neo zu.

Ich nickte, während mein Blick über die Stühle glitt, die ordentlich am Tisch standen. »Sieh nur! Sie haben sogar meinen Platz gedeckt.« Aufgeregt deutete ich auf den Stuhl, an dem ich typischerweise gesessen hatte.

Lächelnd zwinkerte mir der Halbgott zu. »Ich habe dir doch gesagt, dass sie dich vermissen und auf deine Rückkehr warten.«

Hastig wischte ich über meine Augen, um die nervigen Tränen zu verdrängen. Wenn ich weiter so viel heulte, würde ich bis zum Sonnenuntergang ausgetrocknet sein.

»Lass uns oben nachsehen, vielleicht verstecken sie sich in den Schlafzimmern«, schlug ich vor und deutete auf unsere schmale Wendeltreppe. Neo nickte und schob sich wortlos vor mich, um sie als Erstes zu betreten. Während er vor mir lief, sah ich durch den dünnen Stoff seines weißen Hemdes hindurch, wie stark er seine Muskeln anspannte. Er mochte es nicht laut zugeben, doch es war offensichtlich, dass auch er ziemlich nervös war.

Oben angekommen öffnete er zuerst die Tür zu Marys und Phils Zimmer, doch es war genauso leer wie die untere Etage. Als er meinen Türknauf hinunterschob, pochte mir mein Herzschlag so laut in den Ohren, dass ich nichts anderes mehr hörte. Hoffnungsvoll blickte ich über Neos Schulter hinweg in das Zimmer. Sofort verschwand mein Lächeln.

»Das kann nicht sein, sie müssen sich hier irgendwo verstecken!«, raunte ich aufgebracht und drängte mich an ihm vorbei in mein Zimmer, doch es war vollkommen leer. Um ganz sicher zu sein, guckte ich sogar unter mein Bett und in meinen Kleiderschrank. »Was hat das zu bedeuten? Meinst du, sie sind –?«

Tröstend schloss mich Neo in seine Arme. »Daran darfst du jetzt nicht denken, Bell. Überlege lieber, ob dir ein Ort auf dieser Insel einfällt, an dem sie sich versteckt halten könnten. Vielleicht haben sie den Angriff mitbekommen und sich in einer Höhle oder einer abgeschiedenen Hütte versteckt? Oder gab es ein Boot, mit dem sie zum Festland übergesetzt sein könnten?«

Nachdenklich zog ich meine Augenbrauen zusammen. »Hm, ich weiß nicht so recht … Also, ein Boot gab es vor meiner Abreise definitiv nicht. Auf der Spitze unseres Berges befindet sich ein überschaubarer Urwald, in dem ein kleiner Tempel zu Ehren der Götter steht. Könnten sie sich dort vielleicht verschanzt haben? Es gibt auch ein paar Höhlen in den Klippen auf der anderen Seite der Insel, aber ich weiß nicht, ob meine Familie das Risiko eingehen würde, sich dort zu verstecken. Zwar sind die Tunnelsysteme ziemlich weitläufig, aber eigentlich ist es jedem Bewohner verboten, sie zu betreten. Die Höhlen sind einsturzgefährdet und bergen viele Stolperfallen.«

»Wir sollten es zumindest im Hinterkopf behalten«, schlug Neo vor, »immerhin sind Höhlen und vor allem Tunnelsysteme, die miteinander verknüpft sind, eine gute Versteckmöglichkeit.«

Ich nickte zustimmend. »Und was machen wir jetzt?«

»Ich würde vorschlagen, dass wir uns umsehen, ob wir in irgendeinem der Häuser Menschen finden. Wenn niemand hier ist, ist die Wahrscheinlichkeit hoch, dass sie sich irgendwo zusammen verschanzt haben. Anschließend werde ich die Gruppen neu einteilen: Während ein Teil den Berg besteigen und zu dem Tempel vordringen wird, wird der andere die Höhlensysteme unter die Lupe nehmen. Ich vermute nämlich, dass diese eine Spur zum Artefakt sind. Kannst du noch einmal den genauen Wortlaut des Rätsels wiederholen?«

*»Dort, wo ich verborgen liege, sagen sich Möwe und Krabbe Gute Nacht. Ich zeige dir die Himmelsrichtungen, doch aus meinem Versteck heraus kann ich keinen Himmel sehen. In mir brodelt es, nach jedem Bergauf kommt auch ein Bergab. Du musst mutig genug sein dem Weg deines Herzens zu folgen, nicht dem deines Verstandes. Kannst du mich finden?«*

Nickend fuhr sich Neo durch sein rabenschwarzes Haar. »So muss es sein ... Der Kompass liegt im oder unter dem Vulkan versteckt. Vielleicht besagt der Teil mit dem Bergauf, Bergab, dass wir den Vulkan erst erklimmen müssen, um einen Weg hineinzufinden?«

Nachdenklich knabberte ich auf meiner Unterlippe. »Hm, kann sein, aber ich bin mir nicht sicher ... Wenn ich mich recht entsinne, hat Alarik, das Oberhaupt unserer Insel, einst gesagt, dass das Tunnelsystem der Klippen bis tief ins Innere der Erde reicht. Vielleicht verläuft es ja auch durch den Vulkan? Oder darunter hindurch? Ich kenne mich damit leider nicht aus ...«

Neo klatschte so laut in die Hände, dass ich im ersten Moment zusammenfuhr. Er strahlte mich an, als hätten wir die letzte Prüfung bereits überstanden. »Das ist es, Bell! So muss es sein!«

Fragend neigte ich den Kopf. Hatte ich etwas überhört? Wieso schien sich Neo plötzlich so sicher zu sein, dass wir die Lösung des Rätsels gefunden hatten?

»Ich erinnere mich wieder daran, wie der Zirkel uns einst erklärt hat, wie die sogenannte Lavaröhren zustande kommen. Eigentlich ist es ganz logisch: Wenn ein Vulkan ausbricht und die ausgestoßene Lava die richtige Konsistenz hat, frisst sie sich beim Hinabfließen des Vulkanhanges ins Gestein. Sie kann sich dabei sehr tief eingraben, unter gewissen Umständen sogar bis unter den Meeresspiegel. Da die Lava an der Oberfläche am schnellsten wieder abkühlt und zu Gestein wird, verschmilzt sie sozusagen mit dem restlichen Felsen und bildet eine Art Decke, während sich die immer noch heiße Lava weiterhin in die Tiefe frisst und abfließt, ehe auch sie irgendwann erstarrt. Dadurch bilden sich Hohlräume, die sogenannten Lavaröhren, die mehrere Kilometer lang sind. Und in genau solch einer Röhre vermute ich das Artefakt! Es muss dort versteckt liegen, denn es passt alles ganz genau zum Rätsel. Der Kompass liegt im Tunnelsystem eines Vulkans, weshalb er den Himmel nicht sehen kann, und die Lavaröhren sind entstanden, weil die Lava zuerst bergauf nach oben gestiegen und den Vulkanberg nach dem Ausbruch wieder hinabgeflossen war. Kannst du mir folgen?«

Mit offenem Mund nickte ich. »Du hast recht – das muss es sein! Wir müssen sofort den anderen Bescheid geben und uns auf den Weg machen!« Mit einem Mal wurde ich von solch einer Euphorie ergriffen, dass ich aufgeregt auf- und abwippte. »Vielleicht haben wir ja doch noch eine Chance auf den Sieg. Selbst wenn Narius ebenfalls auf die Idee gekommen ist, in den Tunneln zu suchen, könnte es ja sein, dass er sich dort verlaufen hat und immer noch umherirrt.« Plötzlich überkam mich noch eine weitere Idee. »Oh, ich glaube, dass Alarik eine Karte besessen hat, auf der ein Teil des erkundeten Tunnelsystems verzeichnet ist. Vielleicht sollten wir in seinem Haus danach suchen.«

»Gute Idee«, stimmte mir Neo zu und griff unverzüglich nach meiner Hand, um mich eilig durch den Flur zur Treppe zu ziehen. »Wir müssen uns beeilen! Kannst du mich zu Alariks Haus führen?«

»Ja, natürlich. Vielleicht haben wir ja ausnahmsweise mal Glück und finden diese Karte, ehe Narius uns einen weiteren Schritt vorauseilt.«

# Kapitel 18

»Hier entlang!«, rief Kai, der mit Alariks Karte in der Hand an der Spitze unsere Gruppe lief. Wir hatten sie tatsächlich relativ schnell in einem Fach seines Schreibtischs gefunden und uns sofort auf den Weg zu dem Eingang gemacht, der auf der Karte markiert worden war. Nun hatten wir ihn beinahe erreicht, denn ich sah bereits die Klippe am Ende des Strandabschnittes, in welcher der Eingang zum Tunnelsystem liegen sollte.

Erleichtert stützte ich bei der Ankunft meine schwitzigen Hände auf meinen Knien ab und beugte mich nach vorn, während ich versuchte wieder zu Atem zu kommen.

»Alles in Ordnung, Bell?«, fragte Neo neben mir, der beinahe genauso laut schnaufte wie ich.

»Ja, alles gut. Ewig durch feinen Sand zu rennen ist wesentlich anstrengender, als im Ozean zu schwimmen.«

Er gluckste leise und stieß mir seinen Ellenbogen in die Seite. »Schön zu wissen, dass du das genauso siehst.«

Während ich lächelnd versuchte meine rasselnde Atmung wieder in den Griff zu bekommen, richtete sich Neo gerade auf und sah sich aufmerksam um.

»Haltet eure Waffen bereit«, wies er die anderen Männer unserer Gruppe an, »was dort im Dunklen auf uns lauert, wissen nur die Götter. Wir müssen mit allem rechnen. Verhaltet euch so leise wie nur möglich, fasst nichts an, das euch verdächtig vorkommt, und zögert nicht, wenn ihr einen Untoten erblickt. Jetzt geht es um alles. Wenn wir versagen, werden wir alle sterben und die Welt, wie wir sie kennen, wird ausgelöscht. Das müssen wir unbedingt verhindern. Also lasst uns ein letztes Mal unsere Kräfte sammeln. Jetzt oder nie!«

»Aye, aye, Käpnt'n«, ertönte das Echo der Männer.

»Aye, aye«, nuschelte ich nicht einmal halb so kräftig, wofür ich gleich *noch* einen Stoß in meine Seite kassierte.

»Etwas mehr Elan bitte, Inselmädchen.«

Schnaubend blickte ich in Neos feixende Augen. »Ich bin froh, wenn mich meine Beine noch ein Stückchen tragen! Mehr Elan habe ich gerade nicht.«

»Na, das kann ja heiter werden«, spottete nun auch Kai, der neben uns aufgetaucht war. »Also gut, dann mal los.«

Neo und Kai bildeten die Spitze unserer Gruppe, während ich dicht hinter ihnen folgte. Es gefiel mir nicht, dass ausgerechnet die beiden, die mir am meisten bedeuteten, wie ein Schild vor mir liefen, doch ich wusste, dass mein Protest keinen Zweck hätte. Ich würde uns bei einem plötzlichen Angriff nicht verteidigen können. So sehr es mir auch missfiel – die beiden mussten vorn laufen, wenn wir auch nur den Hauch einer Chance haben wollten.

Mit jedem Schritt, den wir tiefer in den Tunnel eindrangen, kühlte sich die Luft stärker ab. Nach einer Weile war mir so kalt, dass ich mir fröstelnd über die Oberarme rieb. Um uns herum war nur dunkelgraues Gestein, das an vielen Stellen auffällig glatt war. Ohne die Öllampen, die einige unserer Männer bei sich trugen, wäre es wohl stockdunkel gewesen. Ein modriger Geruch zog in meine Nase, doch ich konnte nicht sagen, woher er stammte. Unsere Schritte hallten leiser durch den Tunnel, der immer tiefer ins Erdreich führte. Teilweise fiel der Boden so steil ab, dass ich mich an den Wänden abstützen musste, weil ich fürchtete sonst abzurutschen oder vornüber zu fallen. Abgesehen davon verlief unsere Wanderung jedoch problemlos. Weder lösten wir eine Falle aus noch begegnete uns ein Untoter oder gar Narius persönlich. Mich beruhigte diese Tatsache und augenscheinlich schien es den anderen ebenso zu gehen. Die Anspannung ließ spürbar nach. Neo schien sogar so unbesorgt, dass er ab und an seine Hand nach mir ausstreckte, um sie sanft zu halten. Kai navigierte uns währenddessen zielsicher durch Dutzende Verzweigungen, bis Neo plötzlich unvermittelt stehen blieb.

»Hört ihr das?«, zischte er leise, doch sowohl die Männer als auch ich schüttelten die Köpfe.

Angespannt zog er seine Augenbrauen zusammen und lauschte in die Dunkelheit, die sich vor ihm erstreckte. Ich versuchte es ihm gleichzutun, doch abgesehen von dem leisen Geräusch unseres Atems hörte ich absolut gar nichts.

»Von irgendwoher kommt ein heller Ton«, murmelte Neo nachdenklich. »Es klingt ein bisschen wie ein leiser Schrei … vielleicht ein verletztes Tier?«

»Welches Tier sollte sich so tief in diese Höhlen verirren?«, fragte Kai. Gibt es hier überhaupt Tiere, Bell?«

»Hm, abgesehen von Möwen, Fischen und Krabben?«, erwiderte ich leise und schüttelte den Kopf. »Nein, ich glaube nicht … Obwohl, einer unserer Bewohner hält ein paar Schafe. Könnte das Geräusch daher stammen, Neo?«

»Ich bin mir nicht sicher … Könnte auch eine Sirene sein.«

Erschrocken japste ich nach Luft. Eine *Sirene*? Bitte nicht! Von diesen merkwürdigen Fischfrauen hatte ich bereits genug gesehen. Die Zeit, die ich gezwungenermaßen mit ihnen verbracht hatte, sollte doch für den Rest meines Lebens genügen, oder?

Kai räusperte sich. »Meinst du? Ich habe nicht das Gefühl, dass wir schon so viele Höhenmeter überwunden haben, dass wir bereits unter den Meeresspiegel gestiegen sind. Kannst du nicht fühlen, ob Wasser in der Nähe ist?«

»Warte«, murmelte Neo, während er die für einen Moment die Augen schloss. Als er sie wieder öffnete, wirkte sein Gesichtsausdruck noch ungläubiger als zuvor. »Ich spüre tatsächlich, dass sich in einiger Entfernung Wasser befindet. Allerdings nur in verschwindend geringer Menge. Das kann höchstens ein Fass voll sein …«

Er warf einen kurzen Blick auf die Karte und deutete dann auf einen Punkt, der wirklich nicht weit entfernt lag. »Hier ungefähr. Da müssen wir lang, oder?«

Kai nickte. »Ja, das liegt direkt auf unserem Weg. Was meinst du? Sollen wir es wagen?«

»Bleibt uns eine andere Wahl?«, erwiderte der Halbgott ironisch, ehe er sich an die Männer wandte. »Haltet euch bereit. Wir müssen mit allem rechnen.«

Als ich das leise Säbelrasseln vernahm, wurde mein Mund staubtrocken. Neo und ich wechselten einen besorgten Blick, ehe er sich wieder nach vorn drehte und unsere Gruppe gemeinsam mit Kai anführte.

»Jetzt höre ich es auch!«, verkündigte ich nach einiger Zeit. Tatsächlich hallte von irgendwo ein leiser Schrei durch den Tunnel, doch ich war mir nicht sicher, aus welcher Richtung er überhaupt stammte. Das Geräusch wurde von den Wänden zurückgeworfen und schien von überall her zu kommen. Es war kein kräftiger Schrei, eher ein helles Weinen. Inständig hoffte ich, dass wir nicht gleich einer Sirene in die Arme laufen würden.

Die Lavaröhre machte in einiger Entfernung einen scharfen Knick. Neo deutete uns an stehen zu bleiben. Er drückte sich mit dem Rücken gegen die Felswand und schlich beinahe lautlos an ihr entlang. Als er seinen Kopf um die Ecke drehte, hielt ich vor Anspannung den Atem an. Was würde uns erwarten? Narius? Eine Sirene? Nala? Neos Augen weiteten sich. Dann verzogen sich seine Lippen plötzlich zu einem breiten Lächeln. »Na, sieh mal einer an!«

Ich hörte, wie jemand erstickt aufschrie und jemand anderes laut nach Luft schnappte.

»Bell, komm mal her. Ich glaube, hier ist jemand, den du gesucht hast.« Ungläubig sah ich Neo an, doch der streckte nur seine Hand nach mir aus und deutete, dass ich zu ihm kommen sollte.

Als er mich um die Ecke führte und ich in den weiteren Verlauf des Tunnels blickte, geriet mein Herz ins Stolpern. Sofort stiegen mir Tränen in die Augen. Ich schlug mir meine Hände vors Gesicht und ließ mich langsam auf die Knie sinken. Das konnte nicht wahr sein. Ich musste träumen. Entweder das oder die Höhlenluft hatte Halluzinationen hervorrufen.

»Bell!«, quiekte Mino, der als Erstes seine Sprache wiedergefunden hatte. Ich entdeckte ihn auf dem Boden neben Bea und ihren eigenen Kindern sitzen, die sich zitternd unter eine Decke gekauert hatten. Sofort rappelte er sich auf und kam auf mich zugerannt. Er schlang seine kleinen Arme um meinen Hals und klammerte sich so fest an mich, dass es beinahe wehtat – doch glauben konnte ich es trotzdem nicht.

»Bell! Bell! Du bist zurück!«, rief er überglücklich und ließ mich los, um aufgeregt auf und ab zu hüpfen. »Du hast aber lange Verstecken gespielt! Ich hatte schon Angst, du hättest dich verlaufen, doch Mama hat gesagt, dass du irgendwann ganz bestimmt wieder zu uns zurückfinden würdest. Aber jetzt möchte ich erst mal kein Verstecken mehr mit dir spielen, ja? Das macht keinen Spaß, wenn du so lange wegbleibst.«

Ich wollte etwas sagen, doch abgesehen von einem kläglichen Schluchzer drang kein Laut aus mir hervor. *Verstecken spielen?* War das die Ausrede, die meine Mutter für meinen Verschwinden erfunden hatte? Wo waren sie und die anderen überhaupt? Durch meinen Tränenschleier hindurch blickte ich in die ungläubigen Gesichter von Bea, Alarik und vielen anderen Inselbewohnern, die ich schon seit etlichen Jahren kannte. Sie alle starrten mich an, als wäre ich ein Geist. Immerhin gelang es mir endlich, meinen kleinen Bruder in den Arm zu nehmen und so fest ich konnte an meinen Körper zu drücken. Mit bebenden Fingern tätschelte ich seinen Kopf. »Mino«, weinte ich in sein weiches Haar, »du hast mir so gefehlt!«

»Du mir auch, Bell. Es war ganz schlimm! Immerhin durfte ich bei Mama im Bett schlafen, ohne dich allein in unserem Zimmer zu sein war nicht schön. Da habe ich immer so böse Sachen geträumt.«

Erneut war ein Schluchzer alles, was ich zustande brachte. Wie konnten Minos Worte nur so zuckersüß und schmerzhaft zugleich sein?

»Hey, dich kenne ich gar nicht!«, sagte er plötzlich.

Als ich meine Umarmung lockerte und auf ihn hinabblickte, sah ich, dass Mino seinen kurzen Arm zu Neo ausgestreckt hatte, der noch immer neben mir stand und tröstend über meinen Rücken streichelte.

»Du hast noch nie von mir gehört, Kleiner? Das kränkt mich aber, Bell.«

»Das ist Neo«, erklärte ich meinem Bruder, ohne auf Neos spöttische Bemerkung einzugehen.

Minos Augen weiteten sich. »Ah, der Fiesling, der dir beim Verstecken geholfen hat?«

Ich war so überrascht, dass ich mich vor Schreck verschluckte. »Wie hast du ihn genannt? Seit wann kennst du solche Wörter?«

»Das haben Mama und Mary gesagt. Hab ich heimlich aufgeschnappt.«

»Soso«, lachte Neo, »dann scheinst du ja doch zu wissen, wer ich bin.«

»Wieso hast du sie so lange versteckt? Das war richtig gemein! Und was ist mit deinen langen Haaren passiert, Bell?«

»Ich –«

»Bell!«

Sofort riss ich meinen Kopf hoch. »Leah! Flynn!« Kaum hatte ich ihre Namen ausgesprochen, fand ich mich in ihren Armen wieder. Leah schluchzte sogar noch lauter als ich, was ihr eine ruhige Ermahnung von Neo einbrachte. Sofort fuhr Flynn auf.

»Du!«, zischte er und trat so dicht an Neo heran, dass ich befürchtete, er würde ihn im nächsten Moment angreifen. Ehe die Situation eskalierte, stand ich trotz meiner weichen Knie auf und schob mich zwischen die beiden Männer.

»Ist gut, Flynn. Neo ist mein Freund, du musst keine –«

»Dein *Freund?* Inwiefern?«

»Wir sind zusammen. Also … so richtig. Wie Mary und Phil eben.«

Leah klappte der Mund auf. »Wie Mary und Phil? Du willst mir aber nicht gerade weismachen, dass deine Familie den nächsten Nachwuchs erwartet, oder?«

Während Neo losprustete, riss ich erschrocken die Augen auf. »Nein! Was denkst du denn von mir, Leah?«

»Na ja«, erwiderte sie grinsend, »ehrlich gesagt hätte ich auch nie erwartet, dass du dich eines Tages davonschleichen und mit einem Halbgott durchbrennen würdest. Bei dir muss man wohl einfach mit allem rechnen, Bell.«

Kopfschüttelnd verzog auch ich meine Lippen zu einem breiten Lächeln. »Punkt für dich. Aber keine Sorge, ich bin nicht schwanger. Das hätte mir ja gerade noch gefehlt!«

»Was hast du denn die ganze Zeit lang getrieben, Bell? Wieso seid ihr überhaupt hier?«

»Oh, das ist eine furchtbar lange Geschichte«, wich ich Flynns Frage aus und tastete nach Neos Hand, »die ausführliche Variante muss ich euch wohl wann anders erzählen. Kurzum: Wir haben nach den drei Artefakten gesucht, die Narius benötigt, um die Prophezeiung zu erfüllen, die ihn und seine Geschwister aus der Verbannung befreien würde. Allerdings würde dies dazu führen, dass er unsere Welt dem Meeresboden gleichmacht, weshalb Neo, ich und der Rest der Crew ebenfalls nach diesen Artefakten suchen, die Neo seinerseits benötigt, um die Verbannung der Götter für die nächsten fünfhundert Jahre aufrechtzuerhalten. Je mehr Artefakte ein Gott beziehungsweise Halbgott besitzt, desto höher sind seine Chancen auf den Sieg. Im Moment steht es eins zu eins und wir müssen uns echt beeilen, um das dritte Artefakt, das vermutlich in diesem Höhlensystem verborgen liegt, *vor* dem Meeresgott zu finden.«

Mit offenen Mündern starrten Leah und Flynn mich an. Ich hatte den Eindruck, dass sie etwas sagen wollten, doch eine weitere bekannte Stimme lenkte meine Aufmerksamkeit ab.

»Bell? Bell, bist das wirklich du?«

»Natürlich ist sie das!«, rief Leah meinem großen Bruder zu. »Hast du etwa vergessen, wie deine eigene Schwester aussieht?«

Ohne auf Leahs Kommentar einzugehen, eilte Phil auf mich zu. Er schloss mich fest in seine Arme und wuschelte durch mein kurzes Haar. »Wie konntest du das nur tun, Bell?«, murmelte er erstickt. »Wie konntest du *mir* das antun?«

»Es ging nicht anders, Phil«, versuchte ich ihn zu beruhigen, »ich konnte dich nicht gehen lassen. Du musstest auf die anderen aufpassen, ich hätte das nicht geschafft.«

»Nein, Bell. *Ich* hätte bei Neos Mannschaft anheuern müssen und nicht meine Schwester! Du bist doch viel zu klein und zerbrechlich, um allein umherzureisen. Ich ... ich weiß gar nicht, was ich sagen soll.«

»Ihr habt Bell unterschätzt«, mischte sich Neo hinter mir ruhig ein, wodurch er gleich einen finsteren Blick meines Bruders erntete.

»Noch ein Wort, verdammter Hund, und ich reiße dir den Kopf ab.«

Ich erschrak vor Phils hasserfüllter Stimme und ließ ihn los.

»Dieses Vorhaben solltest du dir besser noch einmal überlegen«, wandte

Leah schmunzelnd ein, »denn dieser *verdammte Hund* scheint deiner Schwester ziemlich viel zu bedeuten.«

Erschrocken starrte Phil mich an. »Was? Warte … hat er dich etwa angefasst?«

»Langsam, Phil«, versuchte ich ihn zu beruhigen, »Neo ist mein Freund. Er hat mich nie schlecht behandelt, ganz im Gegenteil – er hat mir mehrfach das Leben gerettet.«

»Hätte dieser Mistkerl dich nicht verschleppt, hätte er dich auch nicht retten müssen.«

Lächelnd tätschelte ich Phils Wange. »Er hat mich nicht verschleppt, das weißt du ganz genau. Ich bin freiwillig gegangen und wie du siehst, erfreue ich mich bester Gesundheit. Wo sind denn eigentlich Mary, Mutter und Großmutter? Geht es ihnen gut? Weshalb seid ihr überhaupt hier?«

»Alarik hat uns aufgefordert, dass wir uns alle mit einem kleinen Vorrat an Wasser und Nahrung hier unten verstecken. Narius und seine Untoten sind heute in den frühen Morgenstunden über unsere Insel hergefallen. Zwar sind sie nicht in unsere Häuser eingedrungen, um uns zu verschleppen oder zu verletzen, aber wir hatten Angst, dass es noch dazu kommen könnte. Darum haben wir uns hier versteckt«, antwortete mir Leah.

Erst jetzt bemerkte ich die dunklen Augenringe in ihrem Gesicht. Mitfühlend verzog ich meine Lippen. »Das tut mir so leid …«

»Quatsch, es ist doch nicht deine Schuld!«

»Doch, irgendwie schon«, gab ich kleinlaut zu. »Narius hatte mich zeitweise in seiner Gewalt, und während meiner Gefangenschaft habe ich –«

»Du hast zugelassen, dass sie entführt wird?«, brüllte Phil Neo ins Gesicht.

Ich spürte, wie er unseren Handgriff verstärkte, und sprang ein, um ihn zu verteidigen. »Es war nicht seine Schuld, ich –«

»Lass es gut sein, Bell«, fiel mir Neo ruhig ins Wort, »dein Bruder hat recht. Ich habe nicht gut genug aufgepasst.«

»Blödsinn, wir wurden alle hinters Licht geführt. Und genau deshalb müssen wir jetzt auch weiter, so gern ich auch bei euch bleiben würde.«

»Was?!«, fragten Leah, Flynn und Phil wie aus einem Mund. »Das kommt gar nicht infrage!«

»Uns bleibt keine Wahl. Wie gesagt, ich werde euch alles ausführlich erzählen, wenn –«

»Bell!«

Noch ehe ich mich nach meiner Mutter umschauen konnte, zog sie mich in ihre Arme. Doch anstatt sie zu umarmen, war ich wie erstarrt. Vor ihrer Reaktion auf meine Rückkehr hatte ich mich am meisten gefürchtet ... und jetzt *das*?

»Bell, bist du in Ordnung? Geht es dir gut? Was hast du dir nur dabei gedacht?«

Nervös zog ich mich aus ihren Armen zurück und trat einen Schritt neben Neo, sodass ich sein Gesicht sah, wenn ich meinen Kopf ein wenig drehte. »Ich ... mir geht es gut, Mutter. Dir auch?«

»Meinst du diese Frage ernst? Was denkst du denn, wie ich mich wohl gefühlt habe, nachdem meine Tochter mitten in der Nacht spurlos verschwand und mit einem Halbgott durchgebrannt ist?! Ich wusste ja nicht einmal, ob du überhaupt noch lebst, geschweige denn, wo du warst!«

»Tut mir leid«, murmelte ich kleinlaut, »ich ... oh, hallo, Großmutter, hallo, Mary!« Erleichtert blickte ich die beiden an, die sich neben Phil gestellt hatten und mich aus tränengefüllten Augen ansahen. Bei ihrem Anblick fiel mir ein Stein vom Herzen. Meiner Familie ging es gut, sie waren alle wohlauf! Auf so viel Glück hatte ich gar nicht mehr zu hoffen gewagt.

»Sieh an«, sagte Neo lächelnd und deutete auf Mary, die allerdings zum Großteil von meiner Mutter verdeckt wurde, »da haben wir ja den Schreihals, den ich durch den halben Tunnel gehört habe. Glückwünsch zum Nachwuchs!«

Was meinte er? Verwundert reckte ich den Kopf. Dann entdeckte ich, worauf Neo hinauswollte. Entzückt schlug ich mir meine Hände auf die Wangen.

»Mary! Nein, ich fass es ja nicht – bin ich etwa endlich Tante geworden?«

Lächelnd streckte sie mir das kleine Bündel entgegen, das aus mehreren Stofflagen und einem kleinen Babygesicht bestand. »Schön, dass du endlich wieder hier bist, Bell. Wir haben uns wirklich große Sorgen um dich gemacht. Hier, du kannst ihn ruhig nehmen.«

Unbeholfen zog ich meine Arme vor die Brust und schüttelte den Kopf. »Ich weiß nicht ... Was, wenn ich ihn nicht halten kann und er runterfällt?«

»Pff, und wie hast du die letzten Monate auf hoher See überlebt, Bell?«, zog mich Leah auf, doch mir war trotzdem nicht wohl dabei, das kleine Bündel in den Arm zu nehmen. Das Menschlein in Marys Armen war so winzig und mein ganzer Körper zitterte noch immer vor Aufregung über das Wiedersehen mit meiner Familie. Was, wenn meine Kraft plötzlich schwand? Nervös beobachtete ich, wie Phil seinen Sohn aus Marys Armen nahm und dicht neben mich trat. »Alles gut, Bell, ich hab ihn.«

Nachdem ich mich davon überzeugt hatte, dass Phil das Bündel sicher hielt, beugte ich mich vorsichtig hinab und betrachtete meinen neuen Verwandten. »Er ist so süß!«, stieß ich verzückt hervor und blickte wieder zu Phil. »Und irgendwie sieht er aus wie du.«

Neo gluckste. »Wäre auch etwas verdächtig, wenn er das nicht täte, Bell.«

Während ihm Phil einen wütenden Blick zuwarf, stimmte Leah in Neos Lachen mit ein. Schmunzelnd beobachtete ich die beiden. Ich hatte mir schon gedacht, dass Neo es bei ihr am einfachsten haben würde. Schließlich war Leah nie nachtragend gewesen und genauso draufgängerisch wie mein Freund. Es freute mich zu sehen, dass ihm wenigstens einer der Menschen, die mir am Herzen lagen, eine zweite Chance gab. Für die Zukunft wünschte ich mir, dass die anderen ihn auch ins Herz schlossen.

»Es tut mir wirklich leid, dass ich das tränenreiche Wiedersehen unterbreche«, vernahm ich Kais Stimme, »aber wir müssen wirklich weiter. So kaltherzig es auch klingen mag, aber wir haben bereits zu viel Zeit verloren.«

Neo nickte zustimmend, während er eine Hand auf meinen Rücken legte. »Du hast recht, Kai. Wir müssen unbedingt los, ehe Narius das letzte Artefakt in die Flossen bekommt.« Sein Blick verdunkelte sich. »Und mit Nala habe ich auch noch eine Rechnung offen ...«

Seufzend trat ich einen Schritt zurück. »Ihr habt recht. Also dann, drückt uns bitte die Daumen, dass –«

»Moment«, unterbrach mich Phil mit eisiger Stimme, »du hast doch nicht etwa vor diese Kerle zu begleiten, oder, Bell?«

»Ähm, doch, natürlich. Ich –«

»Das kommt gar nicht infrage!«

»Aber Phil, ich *muss!* Wenn Narius siegt, wird unsere Welt untergehen, verstehst du? Ich hänge zu tief mit drin, um mich jetzt zurückzuziehen.«

Vehement schüttelte er den Kopf. »Mutter, sag du doch mal was!«

Entschuldigend blickte ich in ihr besorgtes Gesicht. »Tut mir leid, aber es gibt nichts, das mich von diesem Vorhaben abbringen könnte. Ich muss das tun, Mutter. Für mich, für euch ... für alle Menschen, die in großer Gefahr schweben werden, wenn Narius das dritte Artefakt in die Hände bekommt. Es tut mir leid, dass ich euch schon wieder einen Grund gebe, besorgt zu sein, aber eine Alternative gibt es für mich nicht.«

Während ich in die sprachlosen Gesichter meiner Familie sah, keimte ein schlechtes Gewissen in mir auf. Trotzdem wusste ich, dass es richtig war, für mich einzustehen und mich nicht bevormunden zu lassen. Wir befanden uns am wohl wichtigsten Punkt dieser Reise. Ich konnte jetzt keinen Rückzieher machen.

»Wow«, hauchte Leah mit einem traurigen Lächeln auf den Lippen, »wer bist du und was hast du mit unserer schreckhaften Bell angestellt?«

Schweren Herzens erwiderte ich ihr Lächeln. »Diese Geschichte hebe ich mir für später auf, in Ordnung?«

Leah nickte. »Dann sieh zu, dass du später noch imstande bist mir davon zu erzählen.«

Plötzlich spürte ich, wie meine Mutter nach meinem Handgelenk griff. Verdutzt sah ich in ihre Augen, die so traurig aussahen, wie ich sie zuletzt gesehen hatte, als Vater uns verlassen hatte. »Es tut mir leid, aber ich –«

»Es ist deine Entscheidung, mein Kind«, unterbrach sie mich ungewohnt ruhig. »Ich will nur, dass du weißt, dass ich dich furchtbar liebe, ja? Ich weiß, dass ich in den letzten Jahren kläglich daran gescheitert bin, dir dies zu zeigen und zu beweisen, aber ich schwöre dir, dass du und deine Brüder die wichtigsten Menschen in meinem Leben seid. Es war wahnsinnig ungerecht von mir, meinen Frust und meine Trauer über die Trennung von eurem Vater auf dich zu schieben, Bell. Du warst die Einzige, die seine Masche durchschaut hatte. Hätte ich auf dich gehört, obwohl du noch ein Kind warst, wäre mir so einiger Kummer erspart geblieben. Es tut mir so wahnsinnig leid ... Aber ehe du gehst, muss ich dir unbedingt sagen, dass es da noch etwas gibt, was du nicht weißt.«

Ich schluckte ergriffen. So offen hatte ich meine Mutter noch nie erlebt. Glaubte sie etwa, dass ich den anstehenden Kampf nicht überleben würde, oder wieso verhielt sie sich plötzlich so? Und was für ein Geheimnis war das, von dem sie da sprach? Wollte ich es überhaupt wissen?

Doch ehe ich mich dagegen entscheiden konnte, ergriff meine Mutter bereits wieder das Wort. »Damals habe ich es nicht ernst genommen ... Ich dachte, dein Vater würde mich anlügen, doch in der letzten Nacht, in der er uns für immer verließ, erzählte er mir tatsächlich die Wahrheit. Ich war zu wütend, um ihm richtig zuzuhören und ihm zu glauben, aber euer Vater ... er war ein Zirkelmitglied, Bell. In dieser Nacht erzählte er mir zum ersten Mal davon, dass die Götter nicht unsere Freunde, sondern unsere Feinde waren, und dass der Zirkel gerade damit beschäftigt war, die fünfzig Auserwählten aufzuspüren, die eine Prophezeiung aufhalten sollten. Natürlich glaubte ich ihm kein Wort. Auch nicht, als er sagte, dass du ebenfalls zu diesen Auserwählten gehörst. Du musst wissen, dass er mich damals, als wir noch auf dem Festland gelebt haben, mehrmals darum gebeten hatte, dich mit ihm gehen zu lassen. Natürlich habe ich das nie erlaubt, schließlich hat er mir nie genau erzählt, was er tagsüber trieb. Offiziell arbeitete er an einer Geheimmission des Königs, aber ich hätte niemals geglaubt, was sich hinter dieser schlichten Bezeichnung verbarg. In der Nacht, in der er uns verließ, sagte er mir, dass er so erleichtert darüber sei, dass ich nie erlaubt hätte, dass du ihn begleitest. Die Zirkelmitglieder hätten wohl unmenschliche Trainingsmethoden für die Auserwählten vorbereitet und sie regelrecht gequält, um ihnen beizubringen, wie sie mit ihren Kräften umgehen sollten. Er bat mich dich auf der Insel gut zu verstecken, während er versuchen würde die Aufzeichnungen des Zirkels zu manipulieren, damit sie dich niemals fanden. Er versprach mir, dass er alles in seiner Macht Stehende tun würde, um dich davor zu beschützen, entdeckt zu werden. Ich dachte immer, dass wir ihm nie etwas bedeutet hätten, nachdem er plötzlich spurlos verschwunden war. Doch in Wahrheit hat er alles auf Spiel gesetzt, um dich vor deinem Schicksal zu beschützen, Bell. Es tut mir so leid, dass ich dir nie davon erzählt habe. Ich gab dir die Schuld an allem, dabei konntest du überhaupt nichts dafür … Ich hoffe, dass du mir eines Tages verzeihen kannst.«

Sprachlos starrte ich meine Mutter an. »Du … du hast es gewusst? Das war der Grund für Vaters Verschwinden? Er ließ uns zurück, damit man *mich* nicht finden würde?« Mein Blut schoss mir so schnell durch die Adern, dass mir ganz schwindelig wurde. Mein Leben lang hatte ich mir die Schuld dafür gegeben, dass mein Vater uns verlassen hatte … Und im Grunde stimmte das ja auch, aber auf eine ganz andere Art, als ich vermutet hatte. Sagte meine Mutter die Wahrheit? Hatte ich ihm wirklich etwas bedeutet?

»Du kannst ruhig hier bei deiner Familie bleiben, Bell«, hörte ich Neo sanft sagen. »So wie es aussieht, haben du und deine Mutter noch einiges zu klären. Und solange du bei ihnen bist, muss ich wenigstens keine Angst um dich haben.«

Meine Gedanken rasten so schnell durch meinen Kopf, dass ich eine Zeit lang einfach nur dastand und schwieg. Hatte meine Mutter nicht warten können, bis all das hier hinter uns lag, ehe sie diese Bombe platzen ließ? Ich war völlig verwirrt. Wusste nicht, was ich sagen oder empfinden sollte. Doch je länger ich darüber nachdachte, desto entschlossener wurde ich – dieses Thema hatte jetzt keinen Platz. Es lag in der Vergangenheit und ich musste mich nun erst mal um die Gegenwart und Zukunft kümmern, ehe ich mich diesen Problemen stellte. Andernfalls würde es vielleicht keine Zukunft mehr geben.

»Danke für deine Ehrlichkeit«, sagte ich darum schlicht an meine Mutter gewandt und drehte mich anschließend zu Neo, um erneut nach seiner Hand zu greifen. »Hierzubleiben ist keine Option für mich. Wir haben das erste Artefakt gemeinsam gefunden und wir werden auch diese letzte Prüfung zusammen antreten. Ich werde keinen Rückzieher machen.«

»Es ist deine Entscheidung. Ich will nur sichergehen, dass du dich nicht verpflichtet fühlst. Schließlich ist dieses Wiedertreffen mit deiner Familie dein größter Wunsch gewesen, oder?«

Die Besorgnis stand ihm in die Augen geschrieben, aber da war noch so viel mehr. Liebe. Angst. Hoffnung. In Neo sah es genauso aus wie in mir. Lächelnd schüttelte ich den Kopf.

»Du irrst dich, Neo. Dies ist eben nicht der Moment, den ich mir herbeisehnte. Ich habe dafür gekämpft, dass ich meine Familie in Sicherheit wiegen kann. Dass ich ihnen von unseren Abenteuern erzählen kann, während wir friedlich am Kamin sitzen und zusammen lachen und weinen. Ich arbeite auf den Momenten hin, in dem du nicht länger dafür verantwortlich bist, die Prophezeiung abzuwenden. Ich will, dass wir endlich frei sind, Neo. Frei von Narius, frei vom Zirkel. Frei von Angst, Schuld und Schmerz. *Das* ist der Moment, den ich mir ersehne. Der Augenblick, für den ich kämpfe. Und solange dies nicht der Fall ist, werde ich weitermachen.«

Neos Lippen formten ein stolzes Lächeln. »Verstanden, Inselmädchen. Dann lass uns dafür sorgen, dass sich dein Traum noch heute erfüllt.«

# Kapitel 19

»Wie weit ist es noch, Kai?«, fragte Neo hörbar ungeduldig, doch dieser zuckte nur ahnungslos mit den Schultern. »Laut Alarik ist noch kein Mensch tiefer in dieses Höhlensystem vorgedrungen, als wir es gerade tun. Wer weiß, wie lange wir noch laufen müssen, ehe wir etwas finden … wer weiß, ob wir *überhaupt* etwas finden. Wie lautete noch gleich der letzte Satz des Rätsels? Wir sollen unserem Herzen folgen, nicht dem Verstand?«

»Ja«, antwortete ich an Neos Stelle, »genau das besagt es.«

»Hm, also mein Herz sagt mir schon lange nichts mehr. Wie sieht es bei euch aus?«

»Wir müssen weiter«, verkündete ich entschlossen, »ich denke, dass wir ganz nah sind.«

»Und ich denke, dass ich auf Bells Intuition vertrauen sollte«, verkündete Neo und griff sanft nach meiner Hand.

Seufzend legte Kai seinen Kopf in den Nacken. »Gut, dann ist es also entschieden. Aber –«

»Halt!« Ehe ich begriff, was geschah, hatte Neo Kai bereits am Arm gepackt und zog ihn schwungvoll zurück. Erschrocken sah ich zu ihm auf.

»Schau nach unten, Bell«, beantwortete er meine unausgesprochene Frage. Ich folgte seiner Anweisung und blickte hinab. Der Anblick war so beeindruckend und angsteinflößend zugleich, dass ich überfordert nach Luft japste. Vor uns tat sich ein riesiges Loch im Boden auf. Es war so unheimlich tief, dass ich das Gefühl hatte, ich würde auf einer Bergspitze stehen und hinabsehen.

Rund zwei Drittel der gigantischen Auskerbung waren mit Wasser gefüllt.

Durch die klare Oberfläche hindurch sah ich auf ein Labyrinth hinab, das zwar nicht übermäßig groß war, aber über Dutzende Verzweigungen und tote Enden verfügte. Ob etwas in den schmalen Gängen auf uns lauerte, konnte ich jedoch nicht erkennen. »Wir haben es gefunden, oder?«

»Ich hab zwar keine Ahnung, *was* wir da gefunden haben, aber ich würde sagen, dass wir auf jeden Fall an der richtigen Stelle sind«, antwortete Neo nach einigem Zögern. »Zwar bin ich mir sicher, dass es sich um einen Hinterhalt handelt oder wir zumindest mit Fallen rechnen müssen, aber dennoch würde ich vorschlagen, dass ich uns eine Wassersäule aufsteigen lasse, die uns sicher hinabbringt. Was meint ihr?«

Kai und ich nickten einstimmig. »Wir haben wohl keine andere Wahl ...« Er klang genauso wenig überzeugt wie ich, doch wir wussten, dass uns keine andere Option blieb. So ein Labyrinth befand sich nicht zufällig unter einem Vulkan. Es *musste* einem höheren Zweck dienen. Wer würde schon auf die Idee kommen, solch ein Gebilde zu errichten, wenn nicht die Götter selbst?

Während ich Neo dabei zusah, wie er eine Wassersäule aus dem Loch emporsteigen ließ, wurde mein Magen schwer wie Blei. Er half mir über das Loch auf die Säule zu steigen und wartete, ehe sich unsere kleine Gruppe darauf eingefunden hatte. Langsam ließ er sie wieder hinabsinken. Währenddessen sah ich mich angespannt um, doch ich konnte noch immer nichts Verdächtiges entdecken. Waren wir Narius tatsächlich zuvorgekommen? Durfte ich dem Frieden glauben?

Als die Säule die Wasseroberfläche durchbrach, kroch dessen Kälte tief in meine Knochen. Immerhin konnte ich, Neo sei Dank, problemlos atmen. Plötzlich entdeckte ich unter meinen Füßen etwas Funkelndes in der Mitte des Labyrinths. Aufgeregt zupfte ich an Neos Hemdsärmel. »Schaut, da!«

»Das sieht vielversprechend aus«, murmelte er und lenkte uns durch das Wasser zu der entsprechenden Stelle. Doch selbst als wir direkt darüber schwammen, fiel es mir schwer, meinen Augen zu trauen. Auf einem kleinen Podest lag ein rotes Samtkissen, auf dem sich ein goldener Kompass befand, der im schummrigen Licht der Fackeln, die an den Mauern des Labyrinths hingen und in einem gelblichen Licht erstrahlten, funkelte. Ich konnte es nicht fassen – das letzte Artefakt! Wir hatten es tatsächlich gefunden.

»Schnell, wir müssen ihn holen und auf dich prägen«, sprach Kai meine Gedanken aus und schwamm unverzüglich zu dem Objekt hinab. Doch plötzlich hielt er inne. »Verdammt, hier geht es nicht weiter!«

»Wie meinst du das?«, fragte ich, während ich gemeinsam mit Neo und den anderen zu Kai aufschloss. Ich erkannte absolut nichts, das ihn aufhalten könnte – zwischen uns und den Mauern lag doch nur Wasser? Doch als wir Kai erreicht hatten, verstand ich, was er meinte, denn auch ich kam keinen Zentimeter mehr vorwärts. Etwas befand sich unter uns, auch wenn wir es nicht sehen konnten, und blockierte den direkten Weg ins Labyrinth. Seufzend verdrehte ich die Augen. Das wäre ja auch zu schön gewesen ...

»Sieht so aus, als müssten wir einen anderen Eingang finden«, gab Neo zerknirscht von sich. »Kommt, lasst uns da hinten nachschauen. Und versucht euch zu merken, welchen Weg wir laufen müssen, um das Artefakt wiederzufinden. Ich habe keine Lust darauf, stundenlang umherzuirren.«

Gesagt, getan. Wir schwammen gemeinsam über das Labyrinth hinweg und hielten nach einem alternativen Eingang Ausschau. Währenddessen blickte ich so oft wie möglich hinab und versuchte mir den Aufbau des Gebildes einzuprägen, doch schon nach einiger Zeit hatte ich das Gefühl, große Teile wieder vergessen zu haben. Der Anblick des weißen Sandes am Boden des Labyrinths brannte mir bereits in den Augen, als ich plötzlich etwas sah, das mir das Blut in den Adern gefrieren ließ. Der Schreck raubte mir meine Stimme, weshalb ich nur stumm nach Neo tastete und seinen Arm packte. Unter uns, vermutlich keine sechs Meter entfernt, schlenderte Nala durch die Gänge des Labyrinths. Als Neo bemerkte, worauf ich hinauswollte, begann er leise zu fluchen. Nala war nicht allein. Sie wurde von drei Untoten begleitet, die sich aufmerksam umsahen. Und ausgerechnet, als sie direkt unter uns standen, blickten einer von ihnen zu uns auf.

Seine bläulichen Lippen bewegten sich. Keinen Augenblick später riss Nala ihren Kopf in den Nacken und blickte ebenfalls nach oben.

Als sich unsere Blicke trafen, setzte mein Herzschlag aus. Wir starrten einander an; zwei ehemalige Freundinnen, die wohl beide gehofft hatten einander nie wieder zu sehen. Ich empfand Schmerz, aber auch eine rasende Wut, die mich rotsehen ließ. Diese Frau hatte nicht nur zugesehen, wie Narius mich gequält hatte – sie hatte *mitgemacht*. Und das würde ich ihr niemals verzeihen.

»Käpt'n, wir haben einen Eingang gefunden!«, hallte der Ruf einer unserer Männer an meine Ohren.

Ehe ich mich's versah, packte mich Neo am Handgelenk und zog mich ohne Umschweife mit sich, während er auf den Rest unserer Gruppe zusteuerte, der sich am vermeintlichen Eingang gesammelt hatte.

»Nala ist schon drin«, keuchte ich atemlos, »wir müssen uns beeilen!«

Sofort setzte sich unsere Truppe in Bewegung. Wir schwammen durch einen hohen Torborgen in das Labyrinth hinein und eilten viele Biegungen und Wendungen entlang. Mit jedem Schwimmzug stieg meine Anspannung. Hinter jeder Ecke mussten wir mit einem Hinterhalt rechnen, Nala und Narius könnten überall auf uns lauern. Die andauernde Furcht, die wie eine finstere Gewitterwolke über mir schwebte, raubte mir beinahe den Verstand. Es wunderte mich, dass wir bisher so unbeschwert vorangekommen waren. Längst hatte ich aufgehört zu zählen, wie viele Biegungen wir passiert hatten und wie oft wir umgekehrt waren, weil wir fälschlicherweise eine Sackgasse erwischt hatten. Der blendende Sand, die dunklen Mauern und das grelle Licht der Fackeln, die wohl über dasselbe magische Feuer verfügten wie die des Tempels, vermischten sich in meinen Augen zu einem Einheitsbrei. Als wir um eine weitere Biegung schwammen, ertönte plötzlich ein lauter Knall. Sofort blieb ich stehen.

»Kanonen!«, hörte ich Neo rufen, ehe auch schon ein runder Schatten über meinen Kopf zischte. Sofort tauchte ich bis auf den Sand hinab und legte mich flach auf den Boden. Neo hatte mir diese Technik beigebracht, als wir zusammen für den Ernstfall trainiert hatten. Wie gut, dass mir seine Anweisung ins Blut übergegangen waren und ich nicht lang nachdenken musste, was nun zu tun war. Als ich bemerkte, dass er sich neben mich legte, suchte ich angespannt nach seinem Blick.

»Wie gut, dass du entschieden hast zu trainieren, anstatt auszuschlafen«, versuchte er mich durch einen Scherz zu beruhigen, doch selbst die Anspielung darauf, dass ich ihn damals beinahe dazu überredet, hatte das Training auszusetzen, konnte mich nicht erheitern. Als ich aufsah, bemerkte ich, dass noch mehrere Kanonenkugeln über unsere Köpfe flogen. Soweit ich die Lage einschätzte, hatten sich immerhin alle von uns rechtzeitig in Sicherheit bringen können.

»Wir scheinen auf der richtigen Spur zu sein«, rief uns Kai von hinten zu, »sonst hätten sie diesen Weg wohl kaum so gut geschützt. Wie gehen wir jetzt vor, Neo?«

»Wir kriechen«, antwortete er knapp, während er sich bereits in Bewegung setzte und über den Boden robbte.

»Kannst du nicht einfach deine Magie einsetzen?«, wollte Kai wissen.

»Ich will sie nicht aufbrauchen, solange wir auch ohne sie auskommen würden. Ich brauche all meine Kräfte, um Narius gegenüberzutreten.«

Dadurch, dass wir den Gang entlangkrochen, dauerte es eine gefühlte Ewigkeit, bis wir die nächste Abzweigung erreichten – aber immerhin war niemand von uns den Geschossen zum Opfer gefallen.

Als ich sah, wie Neo sich aufrichtete, wurde mir ganz flau im Magen. Ich zählte in meinem Kopf bis fünf. Nichts geschah. Erleichtert stieß ich den Atem aus und stand ebenfalls auf. Scheinbar hatten wir das Schlimmste überstanden.

»In einigen Metern Entfernung teilt sich der Gang«, erklärte Neo. »Wollen wir den Linken nehmen, oder – Vorsicht, Kai!« Neo packte mich am Arm und zog mich wieder auf den Boden hinab. Ich wusste nicht, wie mir geschah, klammerte mich nur ängstlich an ihm fest. Dann sah ich sie. Ungefähr zehn Untote, die hinter uns wie aus dem Nichts aufgetaucht waren und zähnefletschend auf uns zuschossen. Sie sausten so schnell herum wie Pfeile am windstillen Himmel. In ihrem Element waren wir Menschen ihnen hoffnungslos unterlegen. Diese Erfahrung musste Kai am eigenen Leib machen, denn trotz Neos Warnung hatte er es nicht geschafft, den Angreifern rechtzeitig auszuweichen. Als ich mit ansah, wie einer von ihnen sein Maul öffnete und Kais Hals anpeilte, schnürte mir die Angst förmlich den Hals zu.

Neo ließ meinen Arm los und schwamm in Windeseile seinem Freund entgegen. Er packte den Kopf des Untoten an dessen Kiefer und riss ihn so ruckartig herum, dass ich ein leises Knacken vernahm. Keinen Augenblick später löste sich das Scheusal im Wasser auf.

»Bist du in Ordnung?«, hörte ich den Halbgott aufgebracht fragen.

Kai nickte, doch als er sich an seinen Hals griff, blieb Blut an seinen Fingern haften. Neo zog ihn mit sich, bis sie bei mir ankamen. Währenddessen beobachtete ich aus schreckgeweiteten Augen, wie immer mehr Untote auftauchten und unsere Männer attackierten. Selbst wenn Neo sie alle beschützen wollte, würde er es nicht können – es waren einfach zu viele.

»Was jetzt?«, rief ich den beiden Männern zu, doch obwohl Neo seine Lippen öffnete, kam seine Antwort nicht bei mir an – der grelle Schrei einer Sirene verschluckte seine Worte. Sofort überbrückte Neo den Abstand zwischen uns und zog mich schützend an seinen Körper, um mich vor der anrauschenden Fischfrau zu schützen. Mir fiel sofort auf, dass die Sirene anders war als die, denen ich bisher begegnet war. Ihre geschuppte Flosse war beinahe so schwarz wie Neos Haar und ihre Haut so grau wie die göttlichen Statuen, die vor dem Tempel unserer Insel wachten. Mit ihren riesigen Augen und den langen Fangzähnen wirkte sie unmenschlicher als die Sirenen, die mir vor Narius' Palast begegnet waren. Aber was mich am meisten verblüffte, war die Tatsache, dass das Wesen nicht nur uns, sondern auch die Untoten angriff. Ungläubig beobachtete ich, wie sie sich auf einen von ihnen stürzte und mit ihren raubtierhaften Zähnen angriff. Standen die beiden nicht auf der gleichen Seite?

»Bell, zieh den Kopf ein und bleib dicht bei mir!«, vernahm ich Neos Anweisung. Er streckte seine Hand vor seinen Körper aus und drückte die anschwirrenden Sirenen durch seine göttliche Magie zurück.

»Wieso greifen sie die Untoten an?«, rief ich ihm zu. »Ich dachte, sie gehören alle zu Narius und den Göttern.«

»Nein, nicht alle. Der Wettkampf wäre nicht fair, wenn die Götter ihre eigenen Schergen in den Orten, an denen die Artefakte versteckt liegen, positionieren würden. Laut den Vermutungen des Zirkelns verbringen diese Sirenen ihr ganzes Leben in den Verstecken der Artefakte. Sie kennen keine Menschen oder Götter, haben keinerlei Kontakt nach außen. Darum sind sie noch animalischer und gefährlicher als die Sirenen, die rund um Narius' Palast leben. Im Gegensatz zu ihnen können diese hier auch nicht sprechen. Sie kennen kein Gut oder Böse, unterscheiden nicht zwischen Wahr und Falsch. Das Einzige, was sie kennen, ist ihr Artefakt. Es ist ihr Schatz und sie würden alles tun, um ihn zu verteidigen. Wer auch immer der Eindringling sein mag – sie greifen ihn an.«

»Verstanden ... und wie sieht unser Plan aus?«

»Auf mein Zeichen hin werdet ihr losschwimmen, als hinge euer Leben davon ab.«

Ich warf Neo einen kritischen Seitenblick zu, dessen Mundwinkel daraufhin leicht zuckten. »Was denn? Ich hätte es nicht treffender formulieren können.« Er verstärkte seine Kraft auf die Sirenen und drängte sie und die Untoten immer weiter zurück. Als er mich losließ, machte ich mich bereit für den schnellsten Schwimmsprint, den ich je geschwommen war. »Jetzt!«

Sofort schossen wir in Richtung der Weggablung. Hinter uns ertönte das schrille Gekreische der Sirenen, doch Neo schien sie gut im Griff zu haben, denn keine von ihnen schaffte es, zu uns aufzuschließen. Erst als wir die Weggabelung erreichten, stoppte ich und sah mich nach dem Halbgott um.

»Neo, welchen Weg sollen wir nehmen?«

»Egal, Hauptsache, ihr nehmt alle denselben«, rief er zurück, ehe er eine so kräftige Wasserbewegung erzeugte, dass unsere Angreifer bis ans andere Ende des Ganges gespült wurden. Ich folgte den Männern unserer kleinen Gruppe, die bereits in den rechten Gang geschwommen waren, und war erleichtert, als ich Neo in meinem Augenwinkel wahrnahm. »Meinst du, wir haben den richtigen Weg gewählt?«

»Ich hoffe es zumindest. Was sagt denn dein –« Seine Stimme ging in meinem hellen Aufschrei unter. Kalte Arme hatten mich gepackt und an einen festen Körper gedrückt, der mich rasend schnell mit sich zog. Ohne meinen Entführer zu sehen wusste ich sofort, um wen es sich handelte.

# Kapitel 20

»Na los, Neo, zeig mir, wie schnell ein kümmerlicher Halbgott schwimmen kann. Kommst du etwa nicht hinterher?«

»Lass mich los!«, protestierte ich halbherzig und versuchte Narius zu kratzen oder zu treten, doch sein Griff ließ keinen Raum für Gegenwehr.

»Beeil dich, Neo. Sonst endet deine kleine Menschenfreundin als Fischfutter!«

»Neo, nicht! Er will dich nur provozieren!«, hörte ich Kai rufen, doch ich konnte mir nicht vorstellen, dass Neo auf ihn hören würde. Die Tatsache, dass Kais Stimme so weit entfernt klang, machte mir Angst. Wenn Narius nicht bald gestoppt wurde, erreichten wir wohlmöglich schon die andere Seite des riesigen Labyrinthes.

Plötzlich hielt er unvermittelt an und ließ mich los. »Verlauf dich nicht, Bell«, höhnte der Meeresgott, ehe er sich abwandte.

»Wo willst du hin?«, fragte ich verwundert und das hämische Grinsen, mit dem er mir antwortete, gefiel mir ganz und gar nicht.

»Deinen geliebten Halbgott suchen, was sonst? Er wird uns kopflos vor Sorge gefolgt sein und unvorsichtig werden – und genau das werde ich ausnutzen, um dieser Angelegenheit ein für alle Mal ein Ende zu bereiten.«

Ehe ich etwas erwidern konnte, zischte Narius davon und ließ mich allein zurück. Hektisch blickte ich mich in meiner neuen Umgebung um, doch allen Anschein nach war ich allein. Immerhin ... zwar wäre es schöner gewesen, wenn ich Neo in meiner Nähe gewusst hätte, aber ich zog die Einsamkeit der Gesellschaft von Sirenen deutlich vor.

Erneut ließ ich meinen Blick umherschweifen. Was sollte ich nur tun? Darauf hoffen und warten, dass Neo mich rettete? Kopfschüttelnd unternahm ich ein paar zurückhaltende Schwimmzüge. Nein, das kam gar nicht infrage. Darauf zu hoffen, dass er mich rechtzeitig finden und in Sicherheit bringen würde, erschien mir unsinnig. Immerhin wollte ich eine Hilfe sein und kein Ballast, um den man sich kümmern musste. Ich hatte während dieser Reise schon so einigen Abenteuern getrotzt und war ständig über mich hinausgewachsen – wenn Narius glaubte, er könnte mich hier einfach absetzen, schnitt er sich gewaltig! Ich würde meine Suche nach dem Kompass fortsetzen und ihn Neo übergeben, sobald ich ihn wiederfand.

Entschlossen beschleunigte ich meine Schwimmzüge und folgte dem Gang bis zu einer weiteren Abzweigung. Wie auch zuvor verließ ich mich auf mein Bauchgefühl, auch wenn ich mir dabei etwas blauäugig vorkam. Aber vielleicht war das ja genau die Bedingung, die das Artefakt an mich stellte: *Hör auf dein Herz, nicht auf deinen Verstand!*

Als ich nach mehreren Abzweigungen in einen Gang gelangte, der genauso nichtssagend war wie alle zuvor, hörte ich plötzlich leise Geräusche an mein Ohr dringen. Es klang wie Kampfgeräusche ... das mussten die anderen sein! Aber wo lang musste ich schwimmen, um zu ihnen zu kommen?

»Suchst du was, Bell?«

Mein Blut wandelte sich in erstarrte Lava. Langsam drehte ich meinen Kopf herum und blickte der Verräterin in die Augen. »Verschwinde, Nala.« In Anbetracht der brodelnden Wut in meinem Herzen klang meine Stimme erstaunlich kühl.

»Sonst noch was? Willst *du* mir etwa drohen, Inselmädchen?«

»Halte diesen Namen aus deinem Mund, Verräterin! Er ist nur meinen *Freunden* vorbehalten. Leute, die mich kaltherzig an Raubfische verfüttern wollten, sollten mich lieber gar nicht ansprechen.«

Seufzend kam Nala auf mich zu. »Wie gesagt: Du bist nicht meine Feindin, sondern –«

»Stopp! Du hast nicht ernsthaft vor mir zu sagen, dass wir noch Freundinnen wären, Nala. So blöd kannst nicht einmal du sein.«

»Doch, genau das wollte ich sagen. Versteh doch, Bell: Ich hatte keine andere Wahl! Wie oft habe ich dir die Hand gereicht und dir einen Ausweg geboten?«

»Gar nicht. Denn deine Angebote waren keine Auswege, sondern lediglich Trampelpfade, die immer tiefer in den Abgrund führten. Du konntest es einfach nicht ertragen, dass ich dir vor Augen gehalten habe, dass dein Traum von dir und Neo nur ein Fiebertraum war – für ihn sogar ein Albtraum.«

Nalas falsches Lächeln erstarb. Ohne Vorwarnung schoss sie auf mich zu und griff nach meinem Hals, doch dank Neos Training war ich vorbereitet. Blitzschnell blockte ich ihren Angriff mit meinem Unterarm ab und stieß so fest gegen ihre Schulter, dass sie zurücktaumelte.

»Du bist ein Monster, Nala«, warf ich ihr vor, während wir miteinander rangen. »Wie hast du nachts nur so ruhig schlafen können?«

»Alles, was ich tat, tat ich für meine Familie«, zischte sie zurück und schlug mir so fest gegen die Rippen, dass ich um Atem rang. Nala nutzte meinen Fehler und griff erneut nach meiner Kehle. Diesmal gelang es mir nicht, den Angriff zu abzublocken. Grob drückte sie mich gegen die kalte Mauer in meinem Rücken und starrte mich so wütend an, dass ich fürchtete, sie würde mir jeden Moment den Hals abschnüren.

»Wenn all das hier in wenigen Stunden vorbei ist und wir uns auf meine Ländereien zurückziehen, wird Neo es verstehen«, presste sie heiser hervor. »Du hättest auch in meinem Haus wohnen können, Bell, aber leider hat es dein Sturkopf nicht zugelassen.«

Ich stieß ein kratziges Lachen aus. »Mach dich nicht lächerlicher, als du bist! Du hättest mich niemals in deinem Haus willkommen geheißen, Nala.«

»Doch! Wieso glaubst du mir nicht?«

»Ist das eine ernst gemeinte Frage? Schon vergessen, dass du es geschafft hast, den Mann, der dir angeblich alles bedeutet, jahrelang anzulügen? Weißt du, dass er fast zusammengebrochen ist, als er von deinem Schwindel erfuhr? Was für eine unendliche Last von ihm abgefallen ist? Ach nein, das kannst du ja gar nicht wissen. Schließlich warst du mit deinem besten Freund Narius unterwegs, während es ganz allein in meiner Verantwortung lag, Neo zu stützen. Du bist wirklich abscheulich, Nala. In dir steckt kein Funken Liebe oder Empathie – alles, was du für Neo empfindest, ist krankhafte Besessenheit!«

Nala presste sichtlich überrumpelt ihre Lippen zusammen und riss ihre Augen dafür umso weiter auf. Ich sah, wie sie schwer schluckte. Etwas in ihrem Blick änderte sich und ließ sie verletzlicher wirken, doch ich wusste, dass ich mir darauf nichts einbilden durfte. Meine Worte würden sie nicht umstimmen können – ihr war nicht mehr zu helfen.

»Bell, ich … ich bin kein schlechter Mensch! Ich bin auch kein Monster. Wie könnte ich eins sein, wenn ich doch immer nur versucht habe meine Liebsten zu beschützen? Alles, was ich tat, tat ich für euch. Ich will doch nur verhindern, dass du oder Neo verletzt werden. Deshalb dürfen du und er auch kein Paar sein. Nicht weil ich eifersüchtig bin, sondern weil ich euch vor den Gefühlen beschützen muss, die entstehen werden, wenn das mit euch doch nicht von Dauer ist. Schließlich habe ich am eigenen Leibe erfahren, wie sehr es schmerzt, wenn einen die Menschen, die man liebt, im Stich lassen. Du stehst einfach nicht auf seiner Ebene, Bell.«

Ihre Worte sollten mich wohl verletzten, doch das Einzige, das ich spürte, war Mitleid. Traurig schüttelte ich den Kopf. »Du kannst deine feigen Eltern, die dich damals im Stich ließen, nicht mit Neo oder mir vergleichen, Nala. Jeder Mensch ist ein Individuum. Ich musste auch erst lernen auf jemanden zu vertrauen, der mir jeden Moment den Rücken kehren könnte. Du bist nicht die Einzige, die Ängste in ihrer Kindheit durchlebt hat. Auch ich wurde im Stich gelassen – zumindest dachte ich das. Aber im Gegensatz zu dir habe ich gelernt damit umzugehen und wieder zu vertrauen. Vielleicht hattest du wirklich nur das Beste für dich und Neo im Sinn, als du diesen Handel mit Narius eingegangen bist, aber lass dir eins gesagt sein: Du kannst Neo nicht dazu zwingen, an deiner Seite zu bleiben. Selbst dann nicht, wenn die Welt um dich herum im Chaos und Elend versinkt, weil die Götter sie zugrunde richten. Du könntest Neo sogar in ein Zimmer mit dir sperren und du hättest ihn trotzdem verloren, Nala. Artefakte mögen sich für alle Ewigkeit an eine einzige Person binden – aber Menschen tun das nicht.«

Nala hielt in ihrer Bewegung inne. Sie starrte mich an, als hätte ich mich in einen Geist verwandelt. Für einen Moment wagte ich zu hoffen, dass meine Worte sie erreicht hatten, doch dann kehrte die Wut in ihre Augen zurück und sie schüttelte heftig den Kopf. »Nein, du lügst! Neo wird mich verstehen.«

»Merkst du es denn wirklich nicht, Nala? Bist du so besessen von deiner Verlustangst, dass du nicht siehst, wie du alles nur noch schlimmer machst? Du hast nicht einmal darüber nachgedacht, wie viel Elend und Leid du Neo mit deinem Handeln angetan hast. Die Schuldgefühle wegen der Sache mit dem Zirkel haben ihn fast aufgefressen und du egoistisches Monster hast ihn all die Jahre in dem Glauben gelassen, diese Tragödie sei seine Schuld. Dabei warst *du* diejenige, die all dieses Leid verursacht hat. Wie konntest du nur so abgebrüht sein?«

»Das ... das ... Es war meine einzige Chance, Bell! Ich hatte keine andere Wahl!«

»Natürlich hattest du die!«, rief ich wütend und unternahm einen neuen Versuch, mich aus ihrem Griff zu lösen. Als mir auffiel, dass sie nicht auf ihre Verteidigung achtete, rammte ich ihr mit aller Kraft ein Knie in die Magengrube. Keuchend ließ sie von mir ab und ich nutzte die Gelegenheit, um mich wieder wortlos aufzurappeln und eilig um die nächste Ecke des Labyrinths zu schwimmen. Nachdem ich abgebogen war, erwartete mich die nächste unvorhergesehene Überraschung: Nur wenige Meter von mir entfernt befand sich das Podest mit dem Kompass. Ich stand direkt vor dem Artefakt ... Ich hatte es tatsächlich wiedergefunden!

So schnell ich konnte eilte ich darauf zu und packte es. Der Kompass fühlte sich kühl und schwer an, doch abgesehen davon geschah gar nichts. Ob der Schutzzauber bereits gelüftet war, weil ich die Prüfung erfüllt hatte, indem ich meinem Herzen durch das Labyrinth gefolgt war?

Nachdenklich wandte ich mich ab, um mich auf die Suche nach Kai und Neo zu begeben – und blickte direkt in Nalas hasserfüllte Augen. Sie war mir so nahe, dass sich unsere Fußspitzen beinahe berührten. Wie hatte ich *nicht* bemerken können, dass sie sich angeschlichen hatte? Ehe ich wusste, wie mir geschah, packte sie mich erneut am Hals und griff mit der anderen nach dem

Kompass. Ich war nicht stark genug, um gegen sie zu bestehen. Mit einem kräftigen Ruck riss sie mir das Artefakt ausgerechnet in dem Augenblick aus der Hand, in dem auch Neo und Narius in unseren Abschnitt des Labyrinths stolperten. Als ich Neo sah, begann mein Herz aufgeregt zu springen. Er lebte! Er war hier! Doch als ich bemerkte, wie erschöpft und kraftlos er wirkte, verpuffte meine Euphorie. Sein Anblick reichte aus, um zu wissen, dass wir verloren hatten – Narius würde uns umbringen und es gab nichts, was wir ihm entgegenzusetzen hatten.

Nala ließ unverzüglich von mir ab und schwamm auf den Meeresgott zu, der Neo mit einer Strömung so fest gegen eine der Wände drückte, dass dieser ächzend zu Boden ging.

Abrupt blieb sie stehen. »Du hast versprochen, dass du ihn verschonen wirst«, murmelte Nala kleinlaut, woraufhin Narius in lautes Gelächter ausbrach.

»Ich sagte, dass ich ihn verschonen werde, solange er nicht im Weg steht«, antwortete er selbstgefällig. »Und jetzt komm her, ehe ich es mir anders überlege und euch alle auf einmal umbringe.«

Als Nalas Blick unsicher zu mir huschte, wusste ich, dass dies unsere letzte Chance war. Also sprang ich über meinen Schatten und unternahm einen allerletzten Versuch, an ihre Vernunft zu appellieren.

»Erinnerst du dich noch daran, wie du im Palast zu mir sagtest, wie seien uns ähnlich? Ich habe darüber nachgedacht und eigentlich hast du recht, denn zumindest unsere Schicksale sind sich wirklich *erschreckend* ähnlich. Wir mussten beide im Kindesalter erfahren, wie es sich anfühlt, im Stich gelassen zu werden. Wie sich der Schmerz durch ein Kinderherz bohrt, wenn ausgerechnet die Person, von der man dachte, dass sie für immer bedingungslos zu einem stehen würde, fortgeht. Wir –«

»Ach, wie rührend!«, flötete Narius und zog einen spöttischen Schmollmund. »Leider habe ich für diesen sentimentalen Kram keine Zeit, schließlich muss ich meine Geschwister befreien und die Menschheit unterwerfen. Wenn du mir also das Artefakt übergeben würdest, Nala?«

»Tu das bitte nicht!«, rief ich ihr zu und schaffte es immerhin, dass sie mich weiterhin ansah. »Wir tragen dieselben Narben auf unseren Seelen, Nala. Du hattest recht! Aber umso trauriger macht es mich zu sehen, was aus uns geworden ist. Wir waren uns einst so ähnlich – und trotzdem konnte ich die Wunden heilen lassen und an meinem Schmerz wachsen, während du dir dieselben Wunden immer wieder aufgerissen hast und an dem Leid zugrunde gegangen bist. Hätte ich mich nicht für das Licht und du dich für die Dunkelheit entschieden, könnte mein Leben deines sein und dein Leben meines. Und das tut mir so weh, Nala. So schrecklich weh! Bitte mach jetzt nicht den Fehler und übergib ihm das Artefakt. Du würdest einen Schaden anrichten, der niemals behoben werden könnte. Und Neo wird sterben, denn Narius' Wort ist nichts wert, solange ihr keinen magischen Vertrag abgeschlossen habt.«

Unsicher huschte Nalas Blick zwischen mir und Narius hin und her. »Ich … ich weiß nicht …«

»Gut, dann helfe ich dir eben bei deiner Entscheidung!«, donnerte Narius und riss seine Hand empor. Augenblicklich griff sich Nala an die Kehle und begann zu husten. Ich wollte ihr zur Hilfe eilen, doch da sah ich, wie Neo sich mit aller Kraft aufrappelte und auf Narius zuschoss. Wie ein Pfeil traf er auf dessen Körper und rammte ihn zur Seite. Nala schnappte krächzend nach Luft. Ich nutzte die Gelegenheit, um unverzüglich auf sie zuzuschwimmen und ihr meine Hand entgegenzustrecken. »Gib mir das Artefakt, Nala! Jetzt!«, zischte ich ihr so leise zu, dass nur wir es hören konnten. Ihr Blick huschte hinab auf den kleinen Kompass. Als sie wieder aufsah, fiel mir auf, wie viel Angst in ihren Augen stand.

»Komm schon, Nala. Du kannst doch nicht ehrlich darüber nachdenken, Narius gewinnen zu lassen. Sieh dir an, wie er Neo zurichtet. Dein Freund wird ihm nicht mehr lange standhalten können. Wenn Neo dir wirklich etwas bedeutet und du ihn retten willst, dann musst du uns das Artefakt geben. Bitte beweise uns, dass nicht *alles* eine Lüge war.«

Sie zögerte. Dann streckte sie mir den Kompass entgegen. Kaum war er in greifbarer Nähe, schnappte ich ihn mir und wich ein Stück zurück. »Danke, Nala. Du wirst sehen, dass das die richtige Entscheidung war.«

Sie schenkte mir ein verhaltenes Lächeln. »Ich lenke Narius ab und du gibst das Artefakt heimlich an Neo weiter, abgemacht?«

Ich nickte. »Abgemacht.«

Erleichtert beobachtete ich, wie sich Nala an Narius wandte. »Schnell, Narius, ehe sie mir das Artefakt abnimmt!«, rief sie nun wieder laut und deutlich. Narius hörte aufs Wort. Er schleuderte Neo erneut zur Seite, doch dieses Mal gelang es dem Halbgott, den Aufprall abzufedern. Als sich unsere Blicke trafen, deutete ich Neo sofort zu mir zu kommen, doch plötzlich wurde ich von einer starken Druckwelle erfasst und an die Felsenwand gedrückt. Benommen griff ich mir an den Kopf. Als sich das Bild vor meinen Augen schärfte, blickte ich direkt in Narius' Gesicht. Er stand gefährlich dicht vor mir und die Spitze seines Dreizacks war auf meine Brust gerichtet.

»Ich habe keine Lust mehr auf eure Spielchen! Nala, gib mir sofort das Artefakt!«

Als sie nicht antwortete, sah sich Narius suchend nach ihr um. Ich tat es ihm gleich und entdeckte sie nicht weit von uns entfernt. Sie hatte ihre Hände hinter ihrem Rücken verborgen und kam langsam auf uns zu. »Natürlich.«

Verwirrt blickte ich zwischen ihr und Neo hin und her, der langsam an einer Wand entlangschlich. Was hatte ich verpasst? Als sich unsere Blicke trafen, deutete er mit dem Kinn auf eine Stelle im Sand, die einige Schritte von ihm entfernt war. Ich hielt den Atem an – dort lag das Artefakt! Es musste mir aus der Hand gefallen sein, als mich der Meeresgott angegriffen hatte. Nala gab nur vor es in den Händen zu halten, um Narius abzulenken.

Gebannt beobachtete ich, wie sie dem Meeresgott immer näherkam, während Neo zeitgleich dichter an das Artefakt heranschwamm.

Als Nala uns erreichte, stellte sie sich direkt vor Narius und somit zwischen die Spitze des Dreizacks und mich. Augenblicklich fiel mein Blick auf ihre leeren Hände, die sie noch immer hinter ihrem Rücken versteckt hielt. Was hatte sie nun vor?

»Bell hat recht«, murmelte sie und ballte ihre leeren Hände zu Fäusten. »Ich war blind vor Angst. Du hast mir etwas versprochen, das du mir gar nicht geben kannst.«

»Und das fällt dir jetzt auf, ja?«, knurrte der Meeresgott ungeduldig. »Es ist dein Pech, dass du dich hast blenden lassen. Und jetzt gib mir endlich den Kompass oder ich werde dich und Bell auf der Stelle töten. Dann hätte dein toller Neo gar keine Freundin mehr.«

Aus dem Augenwinkel beobachtete ich, wie sich Neo unauffällig nach dem Kompass bückte. Nala schien es ebenfalls zu bemerken, denn sie schnaubte amüsiert und zeigte dem Meeresgott furchtlos ihre leeren Hände. »Du hast recht, Narius. Aber es ist sehr wohl *dein* Pech, dass mich Bell noch gerade rechtzeitig davor bewahrt hat, die schwerwiegendste Dummheit meines Lebens zu begehen.«

Kaum hatte sie ausgesprochen, wurde Neo von einem gleißenden Licht eingehüllt.

Narius blickte aus geweiteten Augen zu ihm hinüber. Dann fixierte er wieder Nala. »Du bist erbärmlich, Nala. Kein Wunder, dass dich alle Menschen in deinem Leben verstoßen haben.« Ich sah, wie er mit seinem Dreizack ausholte, doch mein Schrei war noch nicht einmal über meine Lippen getreten, als er bereits auf Nala zuschnellte. Ihr Körper zuckte, doch trotzdem fand sie die Kraft, dem Gott weiterhin die Stirn zu bieten. »Wir wissen beide, dass du verloren hast, Narius. Viel Glück beim nächsten Versuch.« Dann sackte sie in sich zusammen.

»Nala!«, schrie ich aus Leibeskräften. »Neo, tu doch was!« Doch ein Blick in die Richtung des Halbgottes reichte mir, um zu wissen, dass er uns nicht zur Hilfe eilen konnte. Er leuchtete noch immer wie ein Feuerball und fixierte Narius, der seinerseits erneut nach seinem Dreizack griff. »Lass es uns zu Ende bringen, Halbgott.«

»Aber gern.«

Als die beiden zum Angriff übergingen, schlug mein Herz so schnell, dass ich fürchtete, es würde jeden Moment aus meiner Brust springen. Während ich beobachtete, wie sich Narius und Neo duellierten – mit derart entfesselten Kräften, dass die Mauern des Labyrinths Risse erhielten –, gab ich meinen weichen Knien nach und bückte mich zu Nala hinab.

Hektisch tätschelte ich ihre Wange. »Hey, Nala, schön hierbleiben, hörst du?«

Aus gesenkten Lidern blickte sie zu mir auf, während ich ihren Kopf behutsam auf meine Oberschenkel bettete.

»Es tut mir so leid, Bell. Du hattest recht … mit allem. Ich war so blind vor Angst, dass ich diejenigen verletzt habe, die ich beschützen wollte. Und nun sieh mich an, Inselmädchen. Ich werde mein Haus bekommen, doch es wird nicht auf dem Festland stehen, sondern im Reich der Todesgöttin. Und statt dir und Neo werde ich niemanden an meiner Seite haben. Aber das ist in Ordnung. Es ist … es ist das, das ich verdiene.«

»Hör auf so einen Unsinn zu reden«, erwiderte ich bebend und drückte meine Hand auf die Wunde, die in ihrem Bauch klaffte. »Du wirst mit uns auf die *Lady* zurückkehren und deine Kammer beziehen. Und wenn du dich trotzdem einsam fühlst, schlafe ich eben wieder bei dir … ab und an zumindest.«

Nala versuchte zu lachen, doch in meinen Ohren klang es eher wie das Krächzen einer Möwe. Lächelnd sah sie zu mir auf. »Nichts da. Du bleibst bei Neo und passt auf, dass er sich nicht in Schwierigkeiten begibt. Er … er braucht jemanden, der … der ein Auge …«

Ihre Lider flatterten. Panisch rüttelte ich an ihren Schultern und sah mich hilfesuchend um, doch Neo und Narius waren noch immer in ihren verbitterten Kampf vertieft, der die Wände beben ließ. Hoffentlich würde die Höhle nicht einstürzen und uns alle begraben …

»Sagst du ihm, dass es … mir leid tut?«

Mein Blick fiel wieder auf Nalas grüne Augen.

»Mach ich, aber es wäre mir lieber, wenn du es ihm persönlich sagen würdest. Halt einfach noch ein bisschen länger durch, ja? Ich bin mir sicher, dass er dich retten wird. Neo hat immer eine Lösung.«

»Nein, Bell, mich kann niemand mehr retten. Es … es tut mir so leid, was ich euch angetan habe. Bitte pass gut auf euch auf, so wie du es immer getan hast, ja?«

Ich nickte. Zu mehr war ich nicht imstande, während ich Nala vorsichtig die Haare aus dem Gesicht strich, die sich durch die heftigen Wasserbewegungen auf ihre Stirn gestohlen hatten.

Es war offensichtlich, wie viel Mühe sie damit hatte, ihre Augen geöffnet zu halten. »Nicht sterben, Nala.«

»Ich glaube nicht, dass es in meiner Macht steht, darüber zu … entscheiden. Sei nicht traurig, Bell. Im Reich der Toten warten einige Leute, denen ich noch eine Entschuldigung schulde.«

»Aber wir brauchen dich auch hier!«

Ihr Lächeln wirkte so friedlich, als wäre sie kurz davor, in einen sanften Schlaf zu gleiten. »Nein, Bell. Das tut ihr nicht. Zumindest nicht mehr. Alles, was ich tat, tat ich aus Liebe. Und doch bin ich ein Monster, wie meine Eltern es waren. Sie taten gut daran, mich zu verkaufen.«

»Das stimmt nicht. Du bist kein Monster, Nala. Narius hat deine Angst und deine Abhängigkeit schamlos ausgenutzt.«

»Das läuft zwar auf … das Gleiche hinaus, aber … Danke, Inselmädchen. Du wirst mir fehlen. Ihr alle.«

Erneut zuckte mein Blick zu Neo hinüber. In der Zwischenzeit hatte er sich Narius' Dreizack erkämpft und richtete dessen Spitze direkt auf die Kehle des Meeresgottes, der auf dem Rücken vor seinen Füßen lag. Der Tränenschleier vor meinen Augen war so dicht, dass ich den Ausdruck auf Narius' Gesicht nicht erkennen konnte.

»Im Namen der Prophezeiung, der Menschen und Götter«, verkündete Neo mit fester Stimme und holte mit dem Dreizack aus, »hiermit erkläre ich dich für besiegt, Narius. Deine Kräfte sind am Ende, die Prophezeiung wurde verhindert. Und jetzt kehre in deine Verbannung zurück und wage es ja nicht zurückzukehren.«

Mit diesen Worten stieß er die Spitze des Dreizacks in die Kehle des Gottes. Grelles Licht blendete meine Augen, aber ich hielt meinen Blick dennoch auf Neo gerichtet, der langsam seine Hand hob. Neben ihn tat sich eine Art Loch auf. Als ich in dessen Inneres blickte, war da nichts als absolute Schwärze. Narius schrie und brüllte, doch er schien machtlos gegen die Strömung, die ihn in das Innere des Loches zog.

»Diesmal habt ihr gewonnen, aber lass dir gesagt sein: Meine Rache wird grausam sein, Neo! Du –«

»Heb dir deine leeren Versprechungen für deine Geschwister auf.«

Ungläubig beobachtete ich, wie Narius vollständig in das Loch gezogen wurde. Sein Gebrüll verstummte. Ich wurde ein letztes Mal von einem hellen Licht geblendet – dann war plötzlich alles still. Neo sackte erschöpft auf seine Knie, den Dreizack noch immer in der Hand.

»Neo! Bist du in Ordnung? Ist Narius fort?«

»Ja, das ist er. Wie du weißt, kann man einen Gott nicht einfach umbringen, aber ... aber durch die Macht des Artefaktes war es mir möglich, ihn bis ans Ende seiner Kräfte zu treiben und ein Portal zu erschaffen, das ihn wieder in die Verbannung zu seinen Geschwistern gezwungen hat ... Wie geht es dir?«

»Den Umständen entsprechend, aber Nala –«

Meine Stimme verstummte. Nala blickte noch immer zu mir auf, doch die Art ihres Blickes kam mir schmerzhaft bekannt vor.

»Nein!« Meine Stimme war nur ein schwacher Hauch. »Nein, Nala, wach auf!« Ich rüttelte aus Leibeskräften an ihren Schultern, doch sie reagierte nicht. Ihr milchiger Blick – derselbe, den ich in Illas Augen gesehen hatte, als er in meinen Armen verstorben war – verschwand nicht.

Weinend brach ich über ihrem Körper zusammen. »Wach auf! Narius ist fort, er kann dich nicht länger erpressen. Wir sind jetzt endlich frei, Nala! Wach auf, bitte wach auf!« Doch meine Worte erreichten sie nicht. Wimmernd kauerte ich mich zusammen. Das war zu viel – *das* durfte nicht sein! »Wir haben gewonnen«, schluchzte ich und blinzelte zu Neo auf, der langsam auf uns zukam. In seinen Augen sah ich keinen Funken Freude über unseren Sieg – nur den Schmerz über das, was wir verloren hatten. »Wir haben gewonnen, Neo. Wir haben all diesen verdammten Gefahren getrotzt, haben alles getan, was man von uns erwartet hatte. Wieso haben wir gewonnen, aber gleichzeitig verloren? Das ist so ungerecht, das ... das ist ...«

»Ich weiß, Bell. Ich weiß.«

Neo hockte sich neben uns und legte mir kurz eine Hand auf den Rücken, ehe er seine Arme unter Nalas leblosen Körper schob und sie behutsam aufhob. In seine Augen schimmerte ein so unfassbarer Schmerz, dass ich das

Gefühl hatte, mein Herz würde ein weiteres Mal brechen. »Komm, Inselmädchen. Es ist vorbei. Für uns gibt es hier nichts mehr zu tun. Nala hat unsere Freiheit, unsere gemeinsame Zukunft mit ihrem Leben bezahlt – lass uns unser Bestes geben, ihr Geschenk nicht zu vergeuden.«

# Epilog

Ein kühler Wind wehte durch mein Haar. Während Neo und ich Hand in Hand auf das Bauernhaus zuliefen, das am Ende des verschlungenen Weges auf uns wartete, sog ich den mir bis dahin unbekannten Geruch nach Weide und Kühen auf. Ich entdeckte die Tiere auf den Feldern, die sich um das Haus herum erstreckten. Überall am Wegesrand blühten bunte Blumen und das Brummen fleißiger Bienen erfüllte die Luft. Neugierig beäugte ich wieder das Bauernhaus, das aus dunkelbraunen Holzbalken und weißen Backsteinen gebaut worden war. Das Dach schien aus einem ähnlichen Material gefertigt zu sein wie Stroh, doch es wirkte um einiges fester und war nicht honiggelb, sondern dunkelbraun. Je länger ich es betrachtete, desto mehr erinnerte es mich an Schilf. Kopfschüttelnd verzog ich meine Lippen zu einem Lächeln. Schilf auf Hausdächern – auf diese Idee konnten auch nur die Menschen vom Festland kommen.

»Das ist keine gute Idee«, hörte ich Neo neben mir zum gefühlt eintausendsten Mal sagen.

Lächelnd rollte ich die Augen. »Angsthase! Du hast einen wahrhaftigen Meeresgott besiegt, Neo, und trotzdem willst du ausgerechnet *jetzt* einen Rückzieher machen?«

»Das hier ist ja wohl was ganz anderes!«, verteidigte er sich, wobei ich seiner Stimme deutlich anhörte, wie nervös er eigentlich war. »Auf die Sache mit Narius wurde ich mein ganzes Leben lang vorbereitet. Im Gegensatz dazu habe ich nicht einmal in meinen kühnsten Träumen damit gerechnet, dass ich *das hier*«, sagte er und deutete mit seinem Arm auf das Bauernhaus, »jemals wiedersehen würde.«

»Tja, aber jetzt sind wir hier und ich werde dich nicht eher auf die *Blutrote Lady* zurückkehren lassen, bis du dich deiner Angst gestellt hast. Um wie viel wetten wir, dass du mir im Nachhinein dankbar sein wirst?«

Zur Antwort schnaubte er nur verächtlich.

Kichernd drückte ich seine leicht schwitzige Hand. »Hab keine Angst, Neo. Du musst dich dem nicht allein stellen, ich bin an deiner Seite. Und wenn es dir wirklich nicht gefallen sollte, drehen wir auf der Türschwelle um und setzen unsere Reise über den Ozean fort, abgemacht?«

Optimistisch wertete ich sein leises Brummen als Zustimmung.

»Wir hätten einfach noch länger auf deiner Insel bleiben sollen«, murmelte Neo, als wir nur noch wenige Meter von der dunklen Haustür entfernt waren. »Im Haus deiner Familie war es so gemütlich und entspannt. Oh, und wie ich das Essen deiner Großmutter vermisse.«

Schmunzelnd stieß ich ihm meinen Ellenbogen in die Seite. »Sieh an! Nachdem wir mehrere Wochen dort verbracht haben, hast du wohl auch verstanden, wie schön die Abgelegenheit und Eintönigkeit meiner Heimat ist, was?«

»Natürlich! Seitdem wir das Festland betreten haben, fühle ich mich hingegen so gestresst, als würde mir das Herz jeden Moment aus der Brust springen.«

Lächelnd drückte ich ihm einen kurzen Kuss auf die Wange. »Hab keine Angst. Dein Mut wird sich auszahlen, da bin ich mir sicher.«

Als wir endlich die Türschwelle erreicht hatten, rückte ich mit Absicht zur Seite, damit Neo im Mittelpunkt stand. Eingeschnappt zog er mich zurück. »Hey, schön hiergeblieben!«

Erneut schüttelte ich kichernd den Kopf. »Ich bin doch hier. Und jetzt schieb deine Zweifel beiseite und klopf endlich an!«

»Ich weiß nicht. Was, wenn wir gerade ungelegen kommen? Vielleicht –«

Ehe er aussprechen konnte, nahm ich ihm die Entscheidung ab und klopfte fest gegen das dunkle Holz der Tür. Als hätte ihn ein Seeigel gestochen, fuhr Neo zur Seite und positionierte sich etwas abseits. Ich wollte ihn gerade zurückziehen, als die Tür bereits schwungvoll geöffnet wurde.

»Guten Tag«, wurde ich freundlich begrüßt, »kann ich dir helfen?«

Während ich in die ozeanblauen Augen der dunkelhaarigen Frau sah, konnte ich nicht verhindern, dass mein Grinsen immer breiter wurde. Mit pochendem Herzen streckte ich ihr meine freie Hand entgegen und schüttelte ihre.

»Guten Tag, mein Name ist Bell. Freut mich Sie endlich kennenzulernen.«

Verwundert zog die Frau ihre Augenbrauen zusammen, wobei sich eine leichte Falte zwischen ihnen bildete. »Verzeihung, junge Dame, aber ... kennen wir uns?«

Kopfschüttelnd hielt ich ihren ungläubigen Blick fest. »Nein, noch nicht. Wobei ich sehr hoffe, dass sich dieser Zustand bald ändern wird. Aber hier ist jemand, den Sie sehr wohl kennen.«

Mit einer Mischung aus Misstrauen und Neugierde trat die Frau über die Türschwelle ins Freie hinaus, um zu sehen, worauf ich deutete. Als sie Neo erblickte, schnappte sie laut nach Luft und schlug sich die Hände vor den Mund. Keinen Augenblick später war ihr Gesicht tränenüberströmt.

»Mama, wer ist denn da?«, hörte ich eine weitere Stimme aus dem Inneren des Hauses fragen. »Ist alles in Ordnung?«

Der Frau entwich ein lautes Schluchzen. »Ja, das kann man wohl sagen«, brachte sie mit bebender Stimme hervor.

Mein Blick huschte kurz zu Neo hinüber, der wie angefroren neben der Tür stand und die Hausbewohnerin schweigend anstarrte. Er hatte seine Lippen geöffnet, doch zum ersten Mal, seit ich ihn kannte, schien Neo wahrlich sprachlos zu sein. Die warmen Sonnenstrahlen verstärkten das verdächtige Glitzern in seinen Augen. Beruhigend ließ ich meinen Daumen über seinen zitternden Handrücken kreisen. Wie lang hatte er nur auf diesen einen Moment gewartet? Ich gönnte es ihm von Herzen, dass sich sein Traum, auf den er kaum noch zu hoffen gewagt hatte, endlich erfüllte.

»Was ist los, Mama? Weinst du etwa?«, hallte die fremde Stimme erneut zu uns nach draußen.

»Ja. Aber es sind die glücklichsten Tränen, die ich je vergossen habe«, erwiderte die Frau lächelnd. Sie wischte sich über das tränengetränkte Gesicht, ehe sie kurz zwischen mir und Neo hin und her sah. »Hol schnell deine Brüder und deinen Vater. Sag ihnen, dass unser geliebter Sohn heimgekehrt ist!«

Und dann stürmte sie endlich auf Neo zu und nahm ihr einst gestohlenes Kind so liebevoll in den Arm, als wäre es nie fortgewesen.

# Danksagung

Da Neos und Bells Geschichte bereits weitaus länger ist als ursprünglich geplant, werde ich mich mit meiner Danksagung etwas kürzer halten. Ich hoffe, dass ich denjenigen, die mir beim Entstehungsprozess dieses Buches zur Seite standen, schon vorher zeigen konnte, wie dankbar ich ihnen bin – darunter natürlich wieder allen involvierten MitarbeiterInnen des Impress Verlags und meiner lieben Lektorin Julia Feldbaum, die wie immer großartige Textmagie vollbracht hat. Meinen Eltern, die mir den Rücken freigehalten und meinen ellenlangen Ausschweifungen über die kleinen und großen Sorgen des Autorenlebens gelauscht haben. Meinen AutorenkollegInnen, LeserInnen und BloggerInnen, die über die letzten Monate hinweg mit mir mitgefiebert haben. Eure Nachrichten, Bilder und Audios sind motivierender als ein Fass voll Kaffee und ich bin jeder/jedem von euch zutiefst dankbar, dass ihr an meine Bücher glaubt und ihnen ein Zuhause schenkt.

Bells und Neos Geschichte zu schreiben war wahnsinnig intensiv. So viel ist passiert, nicht nur auf den Seiten des Skripts, sondern auch drumherum; nicht nur bei Bell und Neo, sondern auch bei mir. Ich bin dankbar, dass ich die beiden und Nala, deren Ende mich noch immer schmerzt, obwohl ich es selbst geschrieben habe, auf ihrer Reise begleiten und mit ihnen wachsen durfte. Es fällt mir schwer, sie nun loszulassen, doch ich weiß, dass sie bei dir, lieber Leser, liebe Leserin, gut aufgehoben sind. Ich hoffe, dir hat die Reise auf der *Blutroten Lady* gefallen. Wir sehen uns im nächsten Abenteuer.

Bis dahin alles Gute!

Hanna Frost

# Romantische Märchenadaptionen

Jennifer Alice Jager
**BEING BEASTLY.**
**DER FLUCH DER SCHÖNHEIT**
ISBN 978-3-551-30076-8
Softcover
Auch als E-Book erhältlich

**Als die schöne Valeria** erfährt, wen sie heiraten soll, ist ihr wohlbehütetes Leben auf einen Schlag vorbei. Graf Westwood benimmt sich mehr wie ein Biest als ein Mann von Stand. Doch dann stößt Valeria auf magische Windlichter, die ihr einen ganz anderen Grafen zeigen …

Jennifer Alice Jager
**PRINZESSIN FANTAGHIRO.**
**IM BANN DER WEISSEN WÄLDER**
ISBN 978-3-551-30121-5
Softcover
Auch als E-Book erhältlich

**Fantaghiro** ist nicht nur die Jüngste von drei Königstöchtern, sondern auch die Wildeste. Tagtäglich setzt sie sich über alle Regeln des Hofs hinweg und streift oft stundenlang in den verbotenen Weißen Wäldern umher. Bis sie plötzlich nur mit einem Stock bewaffnet dem gut aussehenden Schwertkämpfer Alessio gegenübersteht …

Jennifer Alice Jager
**DIE NACHT DER FALLENDEN STERNE**
ISBN 978-3-551-30122-2
Softcover
Auch als E-Book erhältlich

**Niemals trüben Wolken** den Blick auf das Firmament des Landes Havendor. Der Mond leuchtet stets und die Sterne flüstern sich Legenden über den silbernen Thron der alten Könige zu … Als direkte Nachfahrin und rechtmäßige Regentin hat Luna die Erzählungen schon immer geliebt, aber nie geglaubt. Bis eines Nachts die Sterne vom Himmel fallen und zu Männern werden – den Kriegern der Mondkönigin.

IMPRESS

**WWW.IMPRESSBOOKS.DE**

Impress

*Die Macht der Gefühle*

**Wir produzieren nachhaltig**

- Klimaneutrales Produkt
- Papiere aus nachhaltigen und kontrollierten Quellen
- Hergestellt in Europa

MIX
Papier aus verantwortungsvollen Quellen
FSC® C083411

**Impress**
Ein Imprint der Carlsen Verlag GmbH
November 2022

Lektorat: Julia Feldbaum
Umschlagbild: shutterstock.com: ©vectortwins (wellen 1963449124); ©serazetdinov (flasche 138624365)
Umschlaggestaltung: formlabor
ISBN 978-3-551-30513-8
www.impressbooks.de